HEYNE

AF203424

SUSANNE RUBIN

Das Grandhotel
an der
Alster

Roman

WILHELM HEYNE VERLAG
MÜNCHEN

Penguin Random House Verlagsgruppe FSC® N001967

2. Auflage
Originalausgabe 08/2021
Copyright © 2021 dieser Ausgabe
by Wilhelm Heyne Verlag, München,
in der Penguin Random House Verlagsgruppe GmbH,
Neumarkter Str. 28, 81673 München
Redaktion: Christiane Wirtz
Printed in Germany
Umschlaggestaltung: Nele Schütz unter Verwendung der Motive
von Richard Jenkins, AdobeStock (dietwalther) und
Shutterstock.com (Erik AJV)
Satz: KompetenzCenter, Mönchengladbach
Druck und Bindung: GGP Media GmbH, Pößneck
ISBN: 978-3-453-42546-0

www.heyne.de

Für Peter,
aus vielerlei Gründen

Prolog

Martha Jacoby fühlte sich schwach. Noch nie in ihrem Leben war sie so erschöpft gewesen. Ihr erschien selbst das Heben ihrer Lider als wahrer Kraftakt, deshalb ließ sie ihre Augen lieber geschlossen. Von der Brust abwärts wütete ein unbeschreiblicher Schmerz in ihrem Körper – ein Schmerz, der sie zusätzlich lähmte. Sie wollte sich bewegen, doch irgendetwas lag schwer auf ihrem Leib, und sie brachte einfach nicht genug Energie auf, um dieses Gewicht loszuwerden.

»Liebes, nein, bleib fein liegen. Du hast schwere Stunden hinter dir und darfst dich nicht bewegen.«

Endlich schaffte sie es, ihre Augen zu öffnen. Langsam drehte sie den Kopf in die Richtung, aus der die sanfte Stimme ihres Ehemannes in ihr Bewusstsein vordrang. Er saß an ihrem Bett, und sie fühlte seine warme Hand auf ihrer linken, die neben ihrem Körper auf dem Laken lag.

»Erich …«

»Du musst dich noch ausruhen, mein Herz«, sagte er und lächelte sie aufmunternd an.

»Das Baby …«

»Unserem Kind geht es ganz wunderbar«, unterbrach er sie sanft. »Mach dir keine Sorgen, Martha.«

»Es geht ihm gut?«

»Es ist ein Mädchen, und sie ist rundherum gesund und wunderschön.« Er löste seine Hand von ihrer und streichelte mit den Fingerknöcheln zart über ihre Wange. »Möchtest du sie sehen?«

Martha fühlte Tränen der Dankbarkeit in sich aufsteigen. Offenbar hatte sie nur einen furchtbaren Traum gehabt.

»Ja«, brachte sie endlich hervor. »O ja, ich möchte sie sehen.«

Nur wenige Minuten später brachte ihr eine kleine rundliche Frau ein weißes Bündel und legte es ihr in den Arm. Martha schob vorsichtig eine Ecke des weißen Baumwollstoffs beiseite und sah zum ersten Mal in die großen dunklen Augen ihrer Tochter. Sofort wurde ihr Körper von einer Wärme durchflutet, die ihr nahezu jeden Schmerz nahm.

»Oh, sie ist wirklich wunderschön.«

»Ihr Kind hat sicherlich Hunger. In den letzten Stunden hat uns zwar eine Amme geholfen, aber nun, da Sie wach sind, können Sie das auch selbst übernehmen, wenn Sie möchten«, sagte die Frau. »Ich bin Traude Meier, die Hebamme, die Ihnen letzte Nacht zur Seite gestanden hat. Wir hatten auch schon einmal vor ein paar Wochen miteinander gesprochen, wissen Sie noch?«

Martha erinnerte sich plötzlich an das Gesicht. »Ja ... o ja, Frau Meier, natürlich. Ich erinnere mich.« Plötzlich fiel ihr noch etwas ein. »Letzte Nacht ... Da war noch ein Arzt, nicht wahr?«

Die Hebamme nickte, während sie Martha ein weiteres Kissen in den Rücken schob, ihr Nachthemd aufknöpfte und ihr schließlich half, das Baby in die richtige Position zu bringen.

»Das war Doktor Kreidler aus dem Hafenkrankenhaus. Ich kenne ihn schon lange und habe nach ihm schicken lassen, als ich sah, dass es Ihnen immer schlechter ging. Ihr Baby wollte nicht alleine kommen, gnädige Frau, wir mussten nachhelfen«, erklärte Frau Meier. Die Stimme der Hebamme klang sehr beruhigend, fand Martha.

»Nachhelfen?«

»Ja, der Doktor hat einen Kaiserschnitt gemacht und das Kind geholt.«

Martha blieb für einen kurzen Moment vor Schreck fast die Luft weg. »Einen ... Kaiserschnitt? Das heißt, er hat mich ... aufgeschnitten?«

»Es war die einzige Möglichkeit, Sie zu retten, gnädige Frau, und wir mussten schnell eine Entscheidung fällen. Für eine Fahrt ins Krankenhaus blieb einfach keine Zeit mehr. Dass das Kind ebenfalls lebt, ist ein wahres Wunder. Sie sollten sich keine Sorgen machen, wegen der Operation. Doktor Kreidler hat das schon viele Male gemacht und so vielen Frauen geholfen. Er hat damit Ihr Leben und das Ihres Kindes gerettet.«

»Soso.« Vielleicht hatte ich deshalb diesen schlimmen Traum, dachte sie.

Das Baby begann schmatzend zu trinken und vertrieb damit jeden trübsinnigen Gedanken. Das tiefe Glücksgefühl, das sie nun regelrecht überschwemmte, erstickte jede Besorgnis im Keim. Eine ganze Weile konzentrierte sich Martha allein auf das süße Baby an ihrer Brust. Es erschien ihr durchaus, als wäre ihr ein Wunder widerfahren.

»Gut so«, lobte die Hebamme lächelnd, nachdem einige Zeit vergangen war und sie Martha das Kind wieder abgenommen hatte. Das Baby schien wirklich satt und zufrieden zu sein.

Martha schloss die Knöpfe ihres Nachthemds und sah zu, wie Frau Meier das Baby in eine Wiege legte, die nicht weit entfernt von ihrem Bett stand.

»Offensichtlich haben Sie genug Milch, gnädige Frau. Das ist fein. Die Kleine wird jetzt eine ganze Weile schlafen, denke ich.«

»Würden Sie die Wiege noch ein bisschen näher zu mir ans Bett schieben, Frau Meier? Ich möchte meine Tochter besser sehen können.«

»Aber natürlich. Das mache ich gleich. Zuerst möchte ich noch nach Ihnen sehen.« Die Hebamme kam zurück zu ihrem Bett und hob die Decke an. »Haben Sie starke Schmerzen?«, fragte sie.

»Nun ja … Mein Bauch … Er ist so …«

»Auf Ihrem Bauch liegt ein Sandsack, gnädige Frau. Das hat der Doktor angeordnet. Das Gewicht wird Ihnen helfen, glauben Sie mir. Ein paar Tage, und Sie haben das Schlimmste überstanden.«

»O bitte, Frau Meier, sagen Sie doch einfach Frau Jacoby zu mir.« Sie versuchte sich an einem Lächeln. »Ich bin Ihnen so dankbar, dass Sie für mich da sind.«

»Das ist mein Beruf, und ich liebe ihn«, erwiderte die Hebamme und lächelte ebenfalls. »Sie sind eine sehr tapfere Frau und haben das wunderbar gemeistert. Sie werden die nächsten Tage auch noch gut überstehen.«

»Wird der Arzt noch einmal herkommen? Ich möchte

mich auch bei ihm bedanken. Mit dem Baby ist ein lang gehegter Wunsch endlich in Erfüllung gegangen.«

Die Hebamme schüttelte den Kopf. »Mit dem Arzt kann ich leider nicht dienen. Doktor Kreidler arbeitet eigentlich nur im Krankenhaus, aber Ihr Hausarzt, Doktor Lüders, weiß bereits Bescheid und wird heute Abend nach Ihnen sehen. Ihr Mann hat ihn gleich heute Morgen informiert.«

»Ah ja, das ist gut. Zu Doktor Lüders habe ich Vertrauen.«

»Ich muss Ihnen noch etwas sagen, Frau Jacoby.« Die Stimme der Hebamme klang plötzlich sehr ernst, und Marthas Herz schlug sofort schneller.

»Mein Baby ist doch gesund, oder?«

»Ja, soweit wir es bisher beurteilen können, ist das Kind rundherum gesund und munter. Nein, es geht um etwas anderes. Der Doktor, also …«

»Was wollen Sie mir sagen, Frau Meier? Sie klingen plötzlich so ernst, zögern Sie es bitte nicht noch hinaus.«

»Sie können leider keine weiteren Kinder bekommen, gnädige Frau. Doktor Kreidler musste während des Kaiserschnitts eine Entscheidung treffen, um Ihr Leben zu retten. Es gab eine furchtbare Entzündung, die …«

Martha atmete tief durch und hob eine Hand. »Ich verstehe.«

»Ihr Hausarzt wird es Ihnen besser erklären können. Doktor Kreidler hat ihm eine Notiz hinterlassen.« Die Hebamme holte tief Luft, bevor sie weitersprach, so als wäre sie erleichtert darüber, dass die schlechte Nachricht nun heraus war. »Wie ich von Ihrem Mann gehört habe, hatten Sie bereits ein Kindermädchen angestellt«, fuhr sie fort. »Das Mädchen wird heute Nachmittag herkommen und ihren Dienst beginnen, damit wäre das Kind dann gut versorgt. Da auch Sie noch ein bisschen Pflege benötigen, werde ich in den nächsten Tagen weiterhin nach Ihnen schauen.«

»Das ist sehr nett von Ihnen, Frau Meier.«

»Wie gesagt, ich liebe meinen Beruf, Frau Jacoby.« Die Hebamme sah sie aufmunternd an. »Aber ich bin auch Krankenschwester. Ich werde auf Sie aufpassen, bis alles verheilt ist. Sie werden sich bald wieder vollkommen gesund und stark genug fühlen, das verspreche ich Ihnen.«

Nachdem die Hebamme sich von ihr verabschiedet hatte, kam Erich wieder zu ihr.

»Du hast sicherlich schon gehört, dass ich keine Kinder mehr bekommen kann, nicht wahr?«, fragte sie ihn leise, nachdem er ihr einen Kuss auf die Stirn gedrückt und sich erneut auf den Stuhl neben ihrem Bett gesetzt hatte.

Er nickte. »Der Arzt, der letzte Nacht bei dir war, hat es mir gesagt, bevor er gegangen ist.« Nach einem langen Atemzug, der fast seufzend klang, sah er ihr direkt in die Augen. »Wir haben jetzt eine Tochter, mein Liebes, und wir werden diesem Kind die besten Eltern sein.«

»Aber wir werden keinen Sohn mehr bekommen können, Erich. Das Hotel ...«

»Die Geschichte hat bereits viele großartige Frauen hervorgebracht, die eine Menge bewegt haben. Ich kann und werde dafür sorgen, dass unsere Tochter alles lernt, was sie wissen muss.« Er hob ihre Hand und drückte seine Lippen darauf. Die Geste rührte sie. »Mit dir habe ich eine kluge Frau an meiner Seite. Du weißt sehr genau, dass mir deine Meinung stets wichtig war. Auch in geschäftlichen Dingen habe ich oft genug deinen Rat eingeholt, nicht wahr?«

»Das stimmt wohl, aber …«

»Du kennst mich, Martha. Ich glaube fest daran, dass Frauen ebenso klug und geschäftstüchtig sein können wie wir Männer. Und selbst wenn unsere Tochter kein Interesse für das Geschäft aufbringen sollte, dann können wir sie immer noch entsprechend verheiraten. Für das Hotel wird es immer eine Lösung geben, glaub mir. Ich bin sehr, sehr glücklich über unser wunderhübsches Mädchen, daran darfst du nicht einen Augenblick zweifeln.«

Martha musste schlucken. »Ich liebe dich sehr«, flüsterte sie. »Und ich bin sehr froh, dass ich dich zum Mann gewählt habe.« Wieder hob er ihre Hand an und küsste sie. Die Wärme seiner Lippen tat ihr gut. »Bist du damit einverstanden, wenn wir sie nach unseren Müttern benennen?«, fragte sie. »Den Namen Lina-Marie fände ich wirklich passend.«

»Ja, das klingt sehr hübsch. Lina-Marie Jacoby.«

1. Kapitel

Schottland, Inverness, im Januar 2019

In der zaghaft anbrechenden Dämmerung waberten tief hängende Nebelschwaden träge und zäh über den Rasen. Die Szenerie wirkte, als wollte die Nacht noch nicht weichen, doch Ryan Maclane wusste, dass es jetzt nur noch wenige Minuten dauern würde, bis der Tag gewann und vollständig hereinbrach. Obwohl Ryan eigentlich ein Langschläfer war, liebte er diese frühe Stunde, kam sie doch stets ein wenig mystisch daher. Die seltsame Stimmung wirkte auf ihn entspannend und sorgte für die nötige Kraft und innere Ruhe, die jeder neue Tag von ihm forderte. Er hatte die Nacht durchgearbeitet und vorhin eigentlich nur kurz lüften wollen, doch nun stand er schon eine ganze Weile mit verschränkten Armen auf der Terrasse und genoss die frische, wenn auch sehr kalte Morgenluft.

Erst als die winterliche Kälte schließlich unangenehm durch die Wolle seines Pullovers drang, ging er zurück ins Wohnzimmer. Er schloss die Terrassentür und überlegte kurz, ob er zuerst duschen sollte, doch dann entschied er, dass es Zeit für einen starken Kaffee war. Wenig später saß er mit einem dampfenden Becher in der Hand erneut vor seinem Bildschirm. Sekundenlang starrte er auf den letzten Satz und das von ihm teils geliebte, teils verhasste Wort *Ende*.

Es wird Zeit, Abschied zu nehmen, sagte er sich, bevor er die Datei mit dem überarbeiteten Manuskript zum allerletzten Mal auf seiner externen Festplatte sicherte und sie anschließend per Mail an seine Verlagslektorin schickte. Jedes Mal stellte dieser Schritt eine Herausforderung dar, die sein Innerstes spaltete. Einerseits war er froh, dass die Geschichte zu einem Ende gekommen war, andererseits fiel es ihm schwer, sich von den lieb gewonnenen Charakteren zu trennen, die er erschaffen hatte. Stets war es wie ein kleiner Abschied von guten Freunden, aber auch Feinden, und jeder davon hinterließ eine gewisse Leere in seinem Herzen.

Der Kaffee hatte Ryan gutgetan, und er verwarf den Gedanken daran, sich noch ein paar Stunden hinzulegen. Früher hatte er oft nachts gearbeitet, doch inzwischen gestalteten sich seine Tage ebenso ruhig wie die Nächte, und er war nicht mehr auf die Abgeschiedenheit der Nacht angewiesen, um in einen konzentrierten Schreibprozess hineinzufinden. Die vergangenen Stunden hatte er durchgearbeitet, um die letzte Überarbeitung endlich abschließen zu können. Dennoch reagierte sein Körper auch heute nur selten empfindlich auf einen unregelmäßigen Schlafrhythmus. Er holte sich den Schlaf, wenn er ihn brauchte. So einfach war das.

Ryan erhob sich und ging noch einmal hinüber in die Küche, um sich seinen Becher ein zweites Mal aufzufüllen. Als er zurückkam, fiel sein Blick auf den Stapel Post, der auf der anderen Seite seines Schreibtischs lag und den er schon seit mehreren Tagen erfolgreich ignorierte. Seufzend griff er nach den unterschiedlich großen Umschlägen, öffnete einen nach dem anderen und sortierte den Inhalt nach Wichtigkeit.

Der letzte, ein brauner C5-Umschlag ließ ihn stutzen, denn er kam aus Hamburg. Der Absender war ein Notariat in der Innenstadt. Ryan kannte Hamburg gut. Während und im Anschluss seines Studiums hatte er einige Jahre dort gelebt. Er liebte die Stadt und war auch später, nach seiner Rückkehr nach Schottland, immer wieder dort gewesen. Lange Zeit hatte er sogar mit dem Gedanken gespielt, für immer in Hamburg zu bleiben, doch dann war er über Weihnachten zu Besuch zu seinen Eltern nach Schottland gefahren, und bei dieser Gelegenheit hatte er schließlich Jenna, seine spätere Frau, kennengelernt. Damit waren die Weichen für ihn gestellt worden, denn Jenna war eine äußerst heimatverbundene und stolze Schottin gewesen.

Jenna ... Wie so oft schweiften seine Gedanken ab, und sein Herz zog sich vor Schmerz zusammen. Er vermisste sie und seine Eltern noch immer so sehr, als wäre das furchtbare Unglück erst gestern geschehen. Dabei war es schon fast zwei Jahre her, dass er seine gesamte Familie verloren hatte. Wie üblich, wenn ihn die Trauer überkam, brauchte er einige Minuten, um wieder klar denken zu können, doch dann wurde ihm plötzlich bewusst, dass er noch immer den ungeöffneten Brief aus Hamburg in der einen und seinen Brieföffner in der anderen Hand hielt.

Ryan atmete tief durch und öffnete den Umschlag. Noch während er den Brief las, lachte er mehrere Male laut auf und schüttelte den Kopf. Als erste Reaktion zog er sich die Tastatur heran und gab den Namen des Notars in eine Suchmaschine ein. Erstaunt stellte er fest, dass es tatsächlich einen Hamburger Notar mit dem Namen Doktor Winfried Bergholt gab. Allem Anschein nach war der Brief also keine dieser nervtötenden Werbeaktionen, die sich als Gewinn oder vermeintliches Erbe tarnten.

»Na, da hat sich aber jemand so richtig vertan«, sagte er laut.

Wieder musste er lachen. Er warf einen Blick auf seine Armbanduhr und schüttelte den Kopf. Bevor er zum Telefon griff, sollte er erst mal in Ruhe duschen und frühstücken. Für einen Anruf bei einem Notar in Hamburg war es auf jeden Fall noch zu früh.

Eine gute Stunde später hatte er Doktor Winfried Bergholt am Apparat.

»Oh, Sie sprechen aber gut Deutsch, Mr. Maclane«, bemerkte der Notar gleich nach der Begrüßung.

»*Aye*«, erwiderte Ryan. »Ich bin zweisprachig aufgewachsen und habe sogar einige Zeit in Hamburg gelebt. Vermutlich ahnen Sie bereits, weshalb ich mich bei Ihnen melde, Doktor Bergholt?«

»Natürlich. Es geht um Ihr Erbe.«

»Also, ich nehme mal an, dass da ein Irrtum vorliegen muss.«

»Ich kann Ihnen versichern, dass das kein Irrtum ist, Mr. Maclane. Sie sind doch Ryan Maclane, wohnhaft in Inverness, Schottland.«

»Das ist richtig, aber …«

»Sie sind der letzte lebende Nachkomme von Cameron Maclane, geboren 1899 in Hamburg?«

In Ryans Kopf begann es zu arbeiten. »Ja, mein Urgroßvater hieß Cameron Maclane. Ich weiß allerdings nicht, ob er in Hamburg geboren wurde, das müsste ich erst nachsehen.«

»Glauben Sie mir, Mr. Maclane, Ihr Urgroßvater wurde in Hamburg geboren. Und zwar im Hotel Jacoby. Unsere Nachforschungen lassen daran keinen Zweifel.«

»Aber das rechtfertigt doch nicht, dass ich …«

»Offenbar tut es das doch. Das Testament von Max Jacoby ist eindeutig. Außerdem liegt eine weitere beglaubigte Vereinbarung zwischen ihm und seiner verstorbenen Mutter Lina-Marie Jacoby vor, die Ihrem Erbe zugrunde liegt, wenn man es genau nimmt.«

»Ehrlich gesagt, verstehe ich kein Wort, Doktor Bergholt.«

»Ich kann sehr gut nachvollziehen, dass das für Sie jetzt erst einmal überraschend kommt, Mr. Maclane, aber es besteht nicht der geringste Zweifel, glauben Sie mir. Sie sind der Alleinerbe eines der berühmtesten Hotels der Welt. Unsere Nachforschungen waren eindeutig und außerordentlich gründlich.« Der Notar holte tief Luft. »Sie müssen wissen, es war gar nicht so einfach, Sie zu finden, Mr. Maclane. Das Gericht hatte deshalb einem Eilantrag der Familie Jacoby stattgegeben und das Testament ohne Ihre Anwesenheit eröffnet. Nur so konnte gewährleistet werden, dass das Hotel seinen normalen Betrieb fortführen kann. Das Gericht fand die Begründung der Familie einleuchtend. Schließlich hängen viele Arbeitsplätze davon ab, und die rechtliche Lage musste schnell geklärt werden, um jemanden kommissarisch einsetzen zu können, der das Hotel in der Zwischenzeit leitet. Meiner persönlichen Meinung nach stand für die Familie im Vordergrund, genug Handhabe zu bekommen, um das Testament anfechten zu können. Dennoch wurden Sie natürlich weiterhin gesucht.«

»Aber warum? Ähm, ich meine … Ich kenne diesen Max

Jacoby überhaupt nicht. Auch der Name seiner Mutter sagt mir nichts.«

»Darum geht es nicht, Mr. Maclane. Sie sind der Erbe. Und ich kann Ihnen versichern, hier in Hamburg hat diese Tatsache bereits jede Menge Staub aufgewirbelt. Das Hotel befindet sich seit Generationen im Besitz der Familie. Ich sollte Sie schon jetzt vorwarnen. Die Familie Jacoby ist nicht unbedingt erfreut darüber.«

»Was ich auch durchaus nachvollziehen kann, wenn ich ehrlich bin.« Er musste sich räuspern. »Wie geht es jetzt weiter?«

»Nun, Mr. Maclane, ich würde vorschlagen, dass Sie, sobald es Ihnen möglich ist, nach Hamburg kommen, um Ihr Erbe anzutreten.« Eine Weile war Ryan absolut sprachlos. Es blieb still in der Leitung, bis der Notar noch einmal nachhakte. »Mr. Maclane?«

»Ja, pardon, aber ich muss das erst mal verarbeiten.«

»Das kann ich gut verstehen. Melden Sie sich einfach bei mir, sobald Sie in Hamburg sind, dann sehen wir weiter.«

»Das Hotel …?«

»Das *Hotel Jacoby* liegt direkt an der Außenalster. Jeder Taxifahrer in Hamburg kennt es.«

»Ja, das weiß ich. Wie gesagt, habe ich einige Jahre in Hamburg gelebt. Ich wollte fragen, wer denn der Geschäftsführer des Hotels ist? An wen sollte ich mich wenden, sobald ich dort eintreffe?«

»Ah, offenbar können Sie schon wieder etwas klarer denken, das freut mich.« Ryan hörte ein leises Lachen. »Max Jacoby hat das Hotel bis zu seinem Tod selbst geleitet. Die Geschäftsführung oblag schon immer dem jeweiligen Besitzer des Hauses. Im Augenblick kümmert sich Frau Magnussen um alles. Sie war die Assistentin von Herrn Jacoby und kennt sich bestens aus, dennoch wird sie froh sein, die volle Verantwortung alsbald wieder abgeben zu dürfen.«

»Frau Magnussen wäre also im Hotel meine Ansprechpartnerin?«

»Ja, Emily Magnussen. Sie können sich auch gerne zuerst mit ihr unterhalten, wenn Sie möchten. Frau Magnussen ist in alle Interna eingeweiht und wird die Übergabe verantwortungsvoll managen, das weiß ich.«

»Gut, vielen Dank, Doktor Bergholt, dann weiß ich erst mal Bescheid.« Ryan griff nach dem Wasserglas auf seinem Schreibtisch und schüttelte zum wiederholten Male den Kopf. »Ich melde mich bei Ihnen, sobald ich in Hamburg bin.«

»Dann freue ich mich darauf, wieder von Ihnen zu hören, Mr. Maclane. Ach, und übrigens, ich bin ein begeisterter Leser Ihrer Bücher und freue mich schon sehr, Sie persönlich kennenzulernen.«

»Ich danke Ihnen. Wir sehen uns in zwei oder drei Tagen, nehme ich an.«

Ryan beendete das Telefonat und gönnte sich einen tiefen Atemzug. Ein weiteres Mal las er sich das Schreiben des Hamburger Notars durch.

»Ich glaube immer noch an einen Irrtum«, sagte er laut zu sich selbst, während er wenig später die Webseite des Hotels aufrief.

Das renommierte Haus gehörte tatsächlich seit Generationen der Familie Jacoby. Ryan fand heraus, dass Max Jacoby zwei Kinder und sogar einen Enkel hatte, der in etwa in seinem Alter war und seinerseits ein großes Hotel in Frankfurt leitete, also ebenfalls aus der Branche kam. Ryan konnte sich beim besten Willen nicht vorstellen, warum ein Mann wie Jacoby einem völlig Fremden ein derart erfolgreiches Familienunternehmen wie dieses Hamburger Grandhotel vererben sollte, wenn die eigene Thronfolge sozusagen gesichert war.

Er klickte sich durch die Webseite des Hotels und entdeckte ein Foto der kommissarischen Geschäftsführerin Emily Magnussen. Das Bild zeigte eine auffallend schöne Frau, die er ihrer Stellung entsprechend auf mindestens Anfang dreißig schätzen sollte, obwohl sie ihrem Aussehen nach auch gut noch in den Zwanzigern sein könnte. Ryan war es gewohnt zu recherchieren, deshalb wusste er bereits wenige Minuten später, dass Emily Magnussen einunddreißig Jahre alt war, einen Abschluss in Wirtschaftswissenschaften von einer Eliteuniversität vorweisen konnte und einer berühmten Hamburger Kaffeedynastie entstammte, die inzwischen ein weltumspannendes Unternehmen ihr Eigen nannte.

Hm, reich und reich gesellt sich gern, dachte er leicht amüsiert.

Ryan schloss die Seite und buchte die passenden Flüge für den übernächsten Tag, dann schickte er seinen Computer in den Ruhezustand und erhob sich. Ihm war nach frischer Luft, und da er ohnehin noch einige Besorgungen zu erledigen hatte, zog er sich warm an und verließ das Haus, um zu Fuß in die Innenstadt zu laufen. Es war noch immer klirrend kalt, doch die Luft war klar, und sogar die Sonne lugte jetzt durch die Wolken. Nach weniger als fünfzehn Minuten überquerte er die *Greig Street Bridge*, die über den River Ness führte, und hielt kurz darauf auf den *Inverness Shopping Park* zu.

Touristen waren im Januar kaum in der Stadt, so war noch nicht viel los in den Geschäften, die erst vor gut einer Stunde geöffnet hatten. Ryan kam schnell voran. Neben den erforderlichen Besorgungen gönnte er sich einige neue Kleidungsstücke. Das hatte er eigentlich schon vor Monaten angehen wollen, doch nun ergab sich durch seine bevorstehende Reise nach Hamburg eine gute Gelegenheit dafür. Trotzdem beschränkte er sich auf das Notwendigste, denn in Hamburg würde es deutlich mehr Möglichkeiten geben, sich neu einzukleiden. Zwei neue Hemden, eine Jeans und ein Paar schwarze Sneaker, das musste vorerst reichen.

Kurz bevor er wieder zu Hause ankam, begann es zu schneien. Es waren nur ein paar Flocken, fein und viel zu wenig, um liegen zu bleiben, doch sie riefen erneut die Erinnerung an Jenna wach. Sie hatte Schnee geliebt. Wahrscheinlich hätten diese wenigen zarten Flocken sie schon zum Jauchzen gebracht, dachte er wehmütig. Ihre Begeisterungsfähigkeit hatte ihn stets berührt.

Den restlichen Tag verbrachte er vor allem damit, seine unerwartete Reise vorzubereiten, und er stellte fest, dass ihm diese Abwechslung von seinem Alltag sogar gefiel. Zunächst holte er seinen Trolley vom Dachboden, dann ließ er die Waschmaschine und den Trockner laufen und bügelte ein paar Hemden. Zwischendurch führte er noch ein längeres Telefonat mit seiner Lektorin, die sich für das fertige Manuskript bedankte und mit ihm noch ein paar Einzelheiten besprach. Am frühen Abend kochte er sich Pasta mit Käsesoße und recherchierte nach dem Essen noch ein wenig für seinen nächsten Roman. Eigentlich hatte er dafür noch jede Menge Zeit, doch er wollte sich beschäftigen, um es irgendwie bis in den Abend zu schaffen, damit sein Schlafrhythmus nicht vollständig durcheinandergeriet. Auf diese Weise hielt er tatsächlich bis zweiundzwanzig Uhr durch. Doch dann machte sich die schlaflose Nacht immer deutlicher bemerkbar, und die Müdigkeit ging in eine bleierne Schläfrigkeit über, also machte er sich bettfertig und fiel schon wenige Minuten später in einen tiefen und traumlosen Schlaf.

Am nächsten Morgen fiel ihm auf, dass er im Grunde niemanden mehr hatte, dem er von seiner kuriosen Erbschaft erzählen konnte. Seine Familie gab es nicht mehr, und der einzige wirkliche Freund, den er jemals gehabt hatte, war bereits vor zehn Jahren einem frühen Krebsleiden erlegen. Natürlich gab es noch ein paar Bekanntschaften, aber die gingen nicht in die Tiefe und reichten höchstens für ein gemeinsames Bier im Pub.

Ryan war sich im Klaren darüber, dass das nicht zuletzt an ihm selbst lag. Er war nicht unbedingt der extrovertierte Typ. Sicherlich hing sein zurückgezogenes Leben auch mit seiner Arbeit zusammen. Jenna war zum Glück sehr gut damit zurechtgekommen. Es hatte schlicht zu ihrem gemeinsamen Leben gehört, dass er jeden Tag viele Stunden, manchmal auch nächtelang vor seinem Computer saß. Was das anging, hatte sich sein Alltag nicht verändert. Noch immer war er gern allein mit seiner Arbeit und den Charakteren, die manchmal wie aus dem Nichts seiner Fantasie entsprangen und sein Denken beherrschten, bis ihre jeweilige Geschichte irgendwann zu Ende erzählt war. Nur in den Zeiten zwischen zwei Manuskripten fühlte er sich manchmal einsam. Wahrscheinlich sorgte er deshalb auch dafür, dass diese Pausen nie besonders lang waren. Zum Glück ließ ihn seine Kreativität nur selten im Stich. Schreibblockaden waren ihm gänzlich fremd, und dafür war er ebenso dankbar wie für seinen Erfolg.

So verbrachte er den Tag vor seiner Abreise mit weiteren Recherchen und Notizen für sein nächstes Projekt. Zwischendurch informierte er Ron und Susan Kennedy telefonisch darüber, dass er für ein paar Tage nicht zu Hause sein würde. Das Ehepaar aus der Nachbarschaft kümmerte sich sehr liebevoll und sorgfältig um seinen Garten und das Haus, seit er alleine lebte. Sie hatten einen Hausschlüssel und würden alles gut und verlässlich in Schuss halten – wie sie es immer taten, sobald er unterwegs war. Am Abend schob Ryan schließlich eine Tiefkühlpizza in den Ofen, trank ein Glas Rotwein dazu und ging zeitig ins Bett, da er in aller Frühe aufstehen musste.

2. Kapitel

Hamburg, am nächsten Tag

Kaum saß Ryan im Taxi, stieg ein vertrautes, sehr angenehmes und warmes Gefühl der Zufriedenheit in ihm auf.

Hamburg!

Er hatte die Stadt wirklich vermisst, das musste er sich jetzt eingestehen. Ryan teilte dem Fahrer sein Ziel mit und kramte in seiner Erinnerung die grobe Strecke hervor.

»Fahren Sie doch bitte über Hoheluft«, bat er den Taxifahrer. »Und wenn es geht, nehmen Sie die Strecke über die Lombardsbrücke. Ich war lange nicht mehr hier und würde gerne einen kurzen Blick über die Binnenalster werfen.«

»Kein Problem, aber das ist ein Umweg. Wenn ich über Winterhude fahre, wären wir deutlich schneller und müssten die Alster nicht überqueren.«

»Ja, ich weiß, aber das stört mich nicht. Ich habe keinen Termindruck und würde mir die Zeit gerne nehmen.«

»Sie sind der Boss«, sagte der Fahrer und schnalzte mit der Zunge. »Mir soll es recht sein.«

»Ich werde die Fahrt genießen«, erwiderte Ryan und meinte es auch so.

Er war wirklich viel zu lange nicht mehr in Hamburg gewesen. Es war nicht etwa so, dass er sein Heimatland nicht liebte. Schottland mit seiner eindrucksvollen Landschaft würde für immer das schönste Land dieser Erde für ihn bleiben. Dennoch ... diese Stadt hatte ihn schon vor Jahren auf eine Art berührt, die er nicht in Worte fassen konnte. Sie hatte sein Herz erobert.

Als das Taxi dann tatsächlich die Lombardsbrücke überquerte und er einen Blick über die Binnenalster hinweg auf die imposanten Häuser am Jungfernstieg und am Ballindamm erhaschen konnte, bemühte sich der Fahrer etwas langsamer zu fahren, wie er bemerkte. Dennoch ging dieser Moment viel zu schnell vorbei, denn der laufende Verkehr forderte seinen Tribut. Hier hätte sich Ryan ausnahmsweise gerne einmal einen kurzen Verkehrsstau gewünscht, doch gerade heute lief alles wie am Schnürchen.

Nur wenige Minuten später hielt das Taxi direkt vor dem *Hotel Jacoby*. Ryan bezahlte den Fahrer, bedankte sich und stieg aus. Vor dem Eingang des Hotels hielt er kurz inne. Die mächtige doppelflügelige Glastür mit dem berühmten Logo des Hotels – ein goldenes J, um das eine feine Ankerkette geschlungen war – glänzte im Schein der Wintersonne. Er wusste, dass auf dem Dach in ebenfalls goldenen Lettern der Name des Hotels thronte, doch der war aus dieser Perspektive nicht zu sehen. Sein Blick glitt dennoch an der schneeweißen Fassade empor. Die eindrucksvollen Mauersäulen und kunstvoll gestalteten Vorsprünge wirkten majestätisch. Das Gebäude war zum Ende des achtzehnten Jahrhunderts wie ein typisches Palais erbaut worden. Lang gestreckt und in drei mächtigen Abschnitten zog es sich auch noch heute am Ufer der Außenalster entlang.

Ein Anflug von Demut erfasste Ryan. Doch da war noch

ein anderes Gefühl, das er sekundenlang nicht einzuordnen vermochte, bis ihm bewusst wurde, dass dieses Gebäude eine seltsame Anziehungskraft auf ihn ausübte. Langsam stieg er die drei Steinstufen empor. Kaum war er oben angekommen, öffneten sich wie durch Zauberhand die beiden riesigen Türen. Natürlich war ihm klar, dass es sich schlicht um Automatiktüren handelte, die auf einen Bewegungsmelder reagierten, doch es beeindruckte ihn trotzdem.

Das Foyer wirkte klassisch elegant, so wie man es von einem Luxushotel erwartete, und war dennoch einzigartig. Dunkelroter Granit und weiß lackiertes Holz standen in einem faszinierenden Kontrast zueinander.

Ryan hielt auf den wunderschön gestalteten Tresen der Rezeption zu. Eine der drei Rezeptionistinnen begrüßte ihn mit einem freundlichen Lächeln.

»Mein Name ist Ryan Maclane«, sagte er auf Deutsch. »Ich würde gerne Frau Magnussen sprechen.«

»Haben Sie einen Termin, Herr Maclane?«

»Nein, aber ich denke, Frau Magnussen erwartet mich.«

»Einen kleinen Moment, bitte«, antwortete die Empfangsdame gleichbleibend freundlich.

Ryan beobachtete, wie sie telefonierte. Kurz darauf erschien ein älterer Mann aus einer zuvor nahezu unsichtbaren Tür hinter dem Rezeptionstresen und kam direkt auf ihn zu. Am Revers seiner dunkelroten Uniformjacke blinkte das goldene J mit der dazugehörigen Ankerkette.

»Guten Tag, Herr Maclane, mein Name ist Ulf Willmer, ich bin der Empfangschef des Hotels. Darf ich fragen, weshalb Sie Frau Magnussen sprechen möchten? Vielleicht kann auch ich Ihnen weiterhelfen.«

»Nein, das können Sie leider nicht, Herr Willmer. Ich muss Frau Magnussen persönlich sprechen. Ich sagte bereits Ihrer Mitarbeiterin, dass Frau Magnussen mich sicherlich erwartet. Sie bräuchten Sie nur kurz zu informieren, dass ich hier bin, glauben Sie mir.«

»Nun gut. Wir werden sehen.« Der Empfangschef griff nach dem Telefon, doch dann hielt er kurz inne. Wenn Ryan sich nicht täuschte, schien ihm in dieser Sekunde ein Gedanke zu kommen, und Ryan konnte regelrecht dabei zusehen, wie dem Mann ein Licht aufging. Unter normalen Umständen gelang es dem erfahrenen Empfangschef sicherlich in nahezu jeder Situation, die Fassung zu bewahren, da war sich Ryan sicher. Auch jetzt zeigten nur sehr kleine Veränderungen seiner Mimik, dass soeben eine leichte Nervosität von ihm Besitz ergriffen hatte. »Ich melde Sie sofort an, Herr Maclane.«

»Das wäre wirklich sehr freundlich von Ihnen, Herr Willmer.« Innerlich musste Ryan schmunzeln. Offenbar machten im Hotel bereits entsprechende Gerüchte die Runde.

Kurz darauf kam der Empfangschef um den Tresen herum zu ihm. Sein Blick fiel auf Ryans Rollkoffer. »Möchten Sie Ihr Gepäck vielleicht hier unten deponieren? Wir kümmern uns sehr gerne darum.«

»Danke, aber das ist nicht nötig«, antwortete Ryan.

»Wie Sie wünschen. Wenn Sie mir bitte folgen würden, Herr Maclane.«

Ryan nickte und folgte Willmer ans hintere Ende der Halle. Hinter einer weiteren Glastür, die nur mit einem Schlüssel geöffnet werden konnte, führte ein langer Gang an mehreren Türen vorbei zu einem kleinen Fahrstuhl. »Dies ist der Privatlift. Sie brauchen nur auf den oberen Knopf zu drücken, dann landen Sie direkt in der Direktionsetage. Frau Magnussen wird Sie dort in Empfang nehmen.«

»Herzlichen Dank«, erwiderte Ryan und stieg in den Lift.

Als sich die Tür des Fahrstuhls wieder öffnete, befand er sich in einem großen Vorraum, von dem mehrere Türen und ein weiterer Flur abgingen. Kaum hatte sich die Fahrstuhltür hinter ihm geschlossen, trat Emily Magnussen aus einer der Türen und kam lächelnd auf ihn zu. Dank des Fotos, das er auf der Homepage des Hotels gesehen hatte, erkannte er sie sofort.

»Ryan Maclane?«, fragte sie ihn.

»Der bin ich«, antwortete er und ergriff ihre dargebotene Hand. »Ich hoffe, ich störe Sie nicht allzu sehr, Frau Magnussen.«

»Überhaupt nicht. Kommen Sie, ich habe uns gerade Kaffee bestellt. Ach, verzeihen Sie, oder möchten Sie lieber einen Tee?«

»Keine Sorge, ich bin trotz meiner Herkunft ein eingefleischter Kaffeetrinker.«

»Fein, dann sind wir uns in dieser Hinsicht ja schon mal einig.«

Ihr Lächeln vertiefte sich, und er fühlte einen kurzen Anflug von Verlegenheit in sich aufsteigen. Das wunderte ihn, denn normalerweise ließ er sich von äußerer Schönheit bei anderen Menschen nicht besonders beeindrucken. Während er ihr in ein großes Büro folgte, schaffte er es jedoch spielend, sein inneres Gleichgewicht wiederzuerlangen.

Das Foto auf der Homepage wird dieser Frau nicht gerecht, dachte er.

»Sie entstammen der Kaffeedynastie Magnussen, nicht wahr?«, fragte er.

»Wie ich sehe, haben Sie sich schon informiert«, erwiderte sie und deutete auf eine Sitzecke, die aus einem kleinen Tisch und vier einzelnen Ledersesseln bestand. »Bitte nehmen Sie doch Platz. Unser Kaffee kommt sicherlich jede Sekunde.«

»Danke sehr.« Er ließ sich in einem der Sessel nieder. »Heutzutage stellt es kaum ein Problem dar, sich über jemanden zu informieren.«

»Und ich gebe zu, dass ich diese Möglichkeiten ebenfalls ausgeschöpft habe. Dank ihrer Webseite und diversen Einträgen in den sozialen Medien weiß ich zum Beispiel, dass Sie einst hier in Hamburg studiert haben und schon auf einige Bestseller stolz sein dürfen. Ja, ich weiß sogar, dass Sie alleinstehend sind und ein Haus in Inverness besitzen. Ach, und bevor Sie fragen, ja, ich habe bereits einige Ihrer Romane gelesen.«

»Ich hätte nicht danach gefragt«, sagte er. »Das tue ich nie.«

Sie nickte. »Ich verstehe.«

Sie hatte kaum ausgesprochen, da erschien ein Kellner und servierte Kaffee und eine Etagere mit Keksen und Pralinen. Emily Magnussen schenkte ihnen ein, als sie wieder allein waren.

»Sie haben mit Herrn Jacoby eng zusammengearbeitet, wie ich gelesen habe«, nahm er den Faden wieder auf, nachdem er von dem Kaffee getrunken hatte.

»Ja«, sagte sie. »Ich arbeite seit fast drei Jahren hier.«

»Dann können Sie mir vielleicht sagen, was es mit dieser ominösen Erbschaft auf sich hat.«

Sie verzog nachdenklich ihren schönen Mund und schüttelte den Kopf. »Leider kann ich das nicht, Herr Maclane. Max ... also Herr Jacoby war zwar nicht nur mein Chef, sondern auch ein langjähriger Freund meines Vaters und sogar mein Patenonkel, aber er hat sich mir diesbezüglich nicht anvertraut. Genau wie seine Familie bin auch ich aus allen Wolken gefallen.«

»So ist es mir auch gegangen. Wenn ich ehrlich bin, denke ich noch immer, dass es sich schlicht und ergreifend um einen Irrtum handeln muss.«

»Das glaube ich kaum. Max Jacoby war ein ausgesprochen kluger Mann, der niemals etwas dem Zufall überließ. Ich habe wirklich nie erlebt, dass er etwas Unüberlegtes getan hätte, eher im Gegenteil. Er ist zweiundneunzig Jahre alt geworden, doch man hätte ihn auch für siebzig halten können. Im Kopf war er noch absolut fit, und er kam bis kurz vor seinem Tod jeden Tag ins Büro, um dieses Hotel zu führen. Bis zum Schluss tat er das mit einer Leidenschaftlichkeit, als wäre er in seinen besten Jahren.« Sie lachte verhalten auf und nahm einen Schluck von ihrem Kaffee, bevor sie weitersprach. »Sie merken sicherlich, wie sehr ich Max Jacoby mochte und verehrt habe. Aber um auf Ihre Erbschaft zurückzukommen ... Thomas Jacoby, das ist sein Sohn, teilte mir vor einiger Zeit mit, dass zusätzlich noch eine notariell beglaubigte Vereinbarung zwischen seinem Vater und seiner Großmutter vorliegen würde, die dem Testament sozusagen zugrunde liegt.«

»Das klingt kompliziert«, warf er ein.

»Ja, das ist es wohl auch.« Sie hob ihre schmalen Schultern und ließ sie wieder fallen. »Ich kann Ihnen nur sagen, dass

Thomas Jacoby und seine Schwester Bettina Jacoby-Schönwalde bereits versucht haben, das Testament ihres Vaters anzufechten, jedoch ohne Erfolg.« Emily Magnussen machte eine kleine Pause, nippte an ihrer Tasse, nahm einen Keks und knabberte daran. »Es ist alles eindeutig und rechtsgültig, das können Sie mir glauben, Herr Maclane. Ich nehme an, dass Sie sich noch mit Doktor Bergholt treffen werden. Der kann Ihnen das sehr viel besser erläutern.«

Eine Weile herrschte nachdenkliche Stille zwischen ihnen. Um sich irgendwie zu beschäftigen, nahm auch Ryan einen Keks.

»Ich habe wirklich keine Ahnung, warum Max Jacoby mir dieses Hotel vererben sollte«, sagte er schließlich und sah Emily Magnussen wieder direkt an.

»Das glaube ich Ihnen sogar.« Sie griff noch einmal zur Kaffeekanne und schenkte ihnen nach. Dann erhob sie sich und ging hinüber zu einem kleinen Tisch, auf dem eine Wasserkaraffe und ein paar Gläser standen. Sie befüllte zwei, kam zu ihm zurück und setzte sich wieder, nachdem sie ihm eins davon hingestellt hatte. Das andere Glas behielt sie zunächst in der Hand, doch als ihr Telefon klingelte, stellte sie es auf dem Tisch ab. Sie warf einen Blick auf ihr Smartphone. »Entschuldigen Sie, das ist unsere Hausdame, da muss ich kurz ran.«

»Kein Problem«, erwiderte er. »Soll ich solange …« Er deutete mit dem Kopf Richtung Tür, aber sie winkte sofort ab. Während sie bereits das Gespräch entgegennahm, schüttelte sie den Kopf und machte eine beschwichtigende Bewegung mit ihrer freien Hand. Sie erhob sich erneut. Mit dem Telefon am Ohr ging sie hinüber zu ihrem Schreibtisch und blätterte in irgendwelchen Papieren. Während sie sprach und der Hausdame Zahlen und Namen durchgab, nutzte Ryan die Gelegenheit, um sie genauer zu betrachten.

Emily Magnussen war von Kopf bis Fuß genauso gekleidet, wie man es von einer Hotelmanagerin erwartete. Sie trug einen schwarzen Hosenanzug, eine weiße Hemdbluse und klassische schwarze Pumps mit dezentem Absatz. Winzige Diamantohrstecker, eine schlichte Armbanduhr mit schwarzem Lederband und eine silberne Spange, mit der sie die vorderen Strähnen ihrer schulterlangen Haare am Hinterkopf festgesteckt hatte, waren ihr einziger Schmuck. Ihr nahezu schwarzes Haar glänzte im Licht der Sonne, das durch die Fenster hinter ihrem Schreibtisch fiel. Auf den ersten Blick hatte Ryan diese Frau als den klassischen Schneewittchen-Typ eingestuft, doch das stimmte nicht ganz, denn es war nichts Mädchenhaftes an ihr, dazu strahlte sie viel zu viel Selbstbewusstsein aus. Er erwischte sich dabei, wie er darüber nachdachte, auf welche Weise er ihre Augen beschreiben würde, wäre sie ein Charakter in einem seiner Romane. Das tiefe Blau ihrer Iris war faszinierend, wenn nicht sogar einzigartig. Vielleicht eine Mischung aus Kornblumenblau und Mittsommernacht, dachte er noch, doch da kam sie auch schon wieder zurück zur Sesselgruppe, und er rief sich innerlich zur Ordnung.

»Entschuldigen Sie bitte die Unterbrechung. Ich habe jetzt dafür gesorgt, dass man uns nicht mehr stört«, sagte sie.

»Ich müsste mich entschuldigen, Frau Magnussen. Schließlich bringe ich mit meinem unangekündigten Erscheinen wahrscheinlich Ihren gesamten Arbeitstag durcheinander.«

Wieder winkte sie ab. »Keine Sorge.«

»Nun ja, wenn ich es richtig sehe, schmeißen Sie den Laden jetzt doch allein, oder etwa nicht?«

Sie lachte. Es war ein angenehmes Lachen, registrierte er. »Ganz so ist es nicht, Herr Maclane. Es gibt jede Menge Menschen in diesem Hotel, die mir dabei zur Seite stehen.«

Wieder blieben sie eine Weile still. Ryan trank seinen Kaffee aus und nahm anschließend noch einen Schluck Wasser. »Wie geht es jetzt weiter?«, fragte er.

»Vielleicht sollte ich Ihnen noch sagen, dass es Tradition in diesem Haus ist, dass der Eigentümer es selbst führt.« Sie schmunzelte, räusperte sich dann.

Nun war es an ihm, kurz aufzulachen. »Aber das kann ich doch gar nicht. Ich bin Autor, kein Geschäftsmann, geschweige denn, dass ich wüsste, wie man ein Hotel führt.«

Emily Magnussen legte den Kopf ein wenig schief. »Ach, wissen Sie, das ist kein Hexenwerk. Alles, was Sie dafür brauchen, ist ein gesunder Menschenverstand, und den haben Sie ja ohne Zweifel. Wenn Sie dann noch genug Empathie und Einsatzfreude mitbringen, lernen Sie das in null Komma nichts, Sie werden sehen. Um das normale Tagesgeschäft kümmern sich ja ohnehin unsere Angestellten. Wir haben großartige Leute, das kann ich Ihnen versichern.«

»Ich bitte Sie, nein, das geht wirklich nicht. Mal abgesehen davon, dass ich in Schottland lebe. Ich …«

»Sprechen Sie doch erst einmal mit Doktor Bergholt, dann sehen Sie vielleicht schon klarer.«

»Gut, das ist dann wohl der beste Weg. Wie auch immer, ich möchte Sie jetzt nicht länger aufhalten.« Er erhob sich, und sie tat es ihm nach. Dann fiel ihr Blick auf seinen Koffer, den er vorhin neben der Bürotür abgestellt hatte.

»Sie kommen direkt vom Flughafen, nicht wahr?«

»*Aye*, ich bin gleich hierher zu Ihnen gekommen.«

»Na, dann folgen Sie mir mal, Herr Maclane, ich zeige Ihnen Ihre Suite.«

»Äh ... Ich habe eigentlich ein Zimmer im ...«

»Ihnen gehört dieses Hotel, Herr Maclane, und damit besitzen Sie auch eine Wohnung hier im Hause«, unterbrach sie ihn. »Die Suite ist bereits ausgeräumt und vollkommen neu für Sie ausgestattet worden. Sie können ihr anderes Zimmer also getrost stornieren.«

Erneut musste er lachen. »Sie meinen das ernst, ja?«

»Natürlich.« Sie zog ihre Stirn ein wenig kraus und schmunzelte. »So ein Leben als Besitzer eines Grandhotels hat auch Vorteile, müssen Sie wissen.«

Sie ging noch einmal zu ihrem Schreibtisch und nahm einen Schlüssel aus der Schublade, ließ ihn kurz in der Luft baumeln und lächelte ihm zu. »Kommen Sie?«

Ryan griff nach seinem Koffer und marschierte hinter ihr her. Er hatte erwartet, dass sie zum Fahrstuhl gehen würde, aber das tat sie nicht. Stattdessen hielt sie auf den kleinen Flur zu, der ihm vorhin schon aufgefallen war. »Die Wohnung befindet sich hier oben?«

»Ja, sie ist vollkommen abgeschottet vom Rest des Hotels. Sie werden dort absolute Ruhe haben.«

Sie gingen den Flur entlang, an einer Tür vorbei und standen schließlich vor einer weiteren. Emily Magnussen öffnete sie, und sie traten ein. Nachdem sie eine kleine Diele hinter sich gelassen hatten, befanden sie sich nun in einem Wohnzimmer, das mindestens so groß war, wie das gesamte Untergeschoss seines Hauses in Inverness. Die Einrichtung war in warmen Erdfarben gehalten und wirkte ausgesprochen edel. Eine Wohnlandschaft aus dunkelbraunem Wildleder dominierte den Raum, ihr gegenüber hing ein riesiger Flachbildschirm an der Wand, und durch die hohen Fenster hatte man einen grandiosen Blick über die Außenalster. Vor einem der Fenster stand ein ausladender Schreibtisch, der dazugehörige Chefsessel hatte den gleichen Wildlederbezug wie das Sofa.

»Wow!«, entfuhr es ihm.

»O ja, es ist eine tolle Wohnung. Im Haus wird sie allgemein als Direktionssuite bezeichnet«, sagte sie lächelnd. »Der Durchgang da hinten auf der linken Seite führt zum Schlafzimmer, von dort geht auch das große Bad ab. Hinter der schmalen Tür auf der rechten Seite befindet sich eine kleine Küchenzeile mit Kaffeevollautomat und Kühlschrank. Den Kühlschrank können Sie ganz nach Ihren Wünschen regelmäßig auffüllen lassen. Vorne in der Diele gibt es noch ein Gäste-WC mit einer zusätzlichen Dusche, die wahrscheinlich nie jemand brauchen wird«, erklärte sie lachend und reichte ihm den Schlüssel. »Der kleinere Schlüssel ist für die Tür im Erdgeschoss, die zum Verwaltungstrakt und zum Privatlift führt. Den Weg kennen Sie ja bereits.«

»Keine Schlüsselkarte?«

»Nein. So etwas haben wir hier nicht. Wir sind ein traditionelles Haus mit traditionellen Schlüsseln.« Sie sah zu ihm auf. »Darf ich Ihnen noch eine persönliche Frage stellen, Herr Maclane?«

»Natürlich.«

»Sie sprechen exzellentes Deutsch. Haben Sie die Sprache während Ihres Studiums gelernt?«

»Ich hatte das Glück, zweisprachig aufzuwachsen. Die Studienjahre waren sozusagen noch das Tüpfelchen auf dem i. Schon einige Jahre vor dem Abitur hatte ich beschlossen, in Deutschland zu studieren.«

»Oh, Ihre Mutter oder Ihr Vater stammen aus Deutschland?«

Er schüttelte den Kopf. »Nein, meine Eltern kamen beide aus Schottland. Allerdings liebte meine Mutter die deutsche Literatur. Schon mein Großvater sprach Deutsch, deshalb hat auch sie die Sprache recht gut beherrscht. Als Familie haben wir sogar recht häufig unsere Ferien hier verbracht. Da wir gerade bei Traditionen sind, fällt das wohl auch in diese Kategorie.«

»Ah, eine Familientradition. Davon kann ich als Magnussen ein Lied singen.« Sie räusperte sich. »So, nun will ich Sie nicht länger aufhalten. Richten Sie sich in aller Ruhe ein, und falls noch etwas fehlen sollte, wenden Sie sich gerne direkt an mich. Übrigens können Sie natürlich jederzeit unseren Zimmerservice nutzen. Unsere Mitarbeiter sehen automatisch, wenn eine Bestellung hier aus der Direktionssuite kommt, und wissen dann, dass nichts in Rechnung gestellt werden muss. Nutzen Sie es ruhig, es lohnt sich, das kann ich Ihnen versprechen. Unsere Küche ist legendär. Eine entsprechende Karte finden Sie in der obersten Schublade des Schreibtischs. Natürlich wird außerdem stets ein Tisch für Sie im Restaurant frei sein, auch das gehört in die Kategorie ›Tradition des Hauses‹. Die Zugangsdaten für Ihren persönlichen Internetzugang finden Sie in der kleinen Mappe auf dem Schreibtisch, gleich neben dem Telefon. Der Zugang ist übrigens extra gesichert und vom System des Hotels unabhängig. Und … ach ja, hier ist meine Visitenkarte, damit Sie meine Handynummer haben und mich jederzeit erreichen können.«

»Hm. Danke.« Er starrte auf die Karte und fühlte sich tatsächlich überfordert – ein beunruhigendes Gefühl, das ihm bis zu diesem Moment gänzlich fremd gewesen war.

»Herzlich willkommen zurück in Hamburg. Ich wünsche Ihnen noch einen schönen Tag, Herr Maclane. Wir können dann über alles Weitere reden, sobald Sie bei Doktor Bergholt gewesen sind.«

»*Aye.*«

»Ich gebe unten sofort Bescheid, dass Sie die Direktionssuite bezogen haben.« Sie schenkte ihm noch ein weiteres, sehr beeindruckendes Lächeln, bevor sie ging.

Ryan schnappte sich seinen Koffer, um ihn ins Schlafzimmer zu bringen. Das Bett war riesig und wirkte ebenso luxuriös wie das dunkle Holz der Möbel. Als er die Tür zum Bad öffnete, konnten ihn der herrliche Granit, die wunderschöne frei stehende Wanne und die außerordentlich geräumige Duschkabine kaum noch überraschen. Unweigerlich musste er an Jenna denken. Sie war nie gerne verreist, doch wenn sie einmal zusammen in einem Hotel oder einer Pension gewesen waren, hatte sie stets zuerst das Badezimmer inspiziert. Jenna war der festen Überzeugung gewesen, dass man die Qualität eines Hotels vor allem an der Ausstattung der Bäder erkennen konnte. Diese ebenerdige Duschkabine mit all ihren zusätzlichen Wasserdüsen ringsherum hätte sie ohne Frage laut jubeln lassen.

Als sein Blick zufällig in den großen Spiegel über den beiden Waschbecken fiel, sah er sich lächeln. Er wunderte sich, dass er gar nicht in diesen grauenvollen und leider allzu vertrauten Zustand der schmerzlichen Trauer verfallen war, obwohl er an Jenna gedacht hatte. Offensichtlich tat ihm der Tapetenwechsel gut.

Bei einem kurzen Telefonat mit Doktor Bergholt verabredete er sich mit dem Notar für den späteren Nachmittag. Da das Notariat nur wenige Schritte vom Hotel entfernt lag, ging Ryan zu Fuß.

Als er schließlich mit Doktor Bergholt in dessen Büro saß, versuchte er zu verarbeiten, was der Notar ihm noch einmal ausführlich erklärt hatte, nachdem er ihm das Testament von Max Jacoby vorgelesen hatte. Offenbar gab es rechtlich tatsächlich nicht den geringsten Zweifel daran, dass ihm von nun an das weltberühmte *Hotel Jacoby* gehörte.

»Ich kann immer noch nicht nachvollziehen, warum mir diese Erbschaft widerfährt«, sagte Ryan, während er einige notwendige Papiere unterzeichnete. »Mir ist nicht die geringste Verbindung zu Max Jacoby bekannt.«

»Wie ich Ihnen bereits bei unserem ersten Telefonat sagte, fällt es auch der Familie Jacoby recht schwer, den letzten Willen von Max zu akzeptieren, doch inzwischen mussten sie einsehen, dass es nicht in ihrer Macht liegt, daran etwas zu ändern. Die Familie hat bereits sämtliche Möglichkeiten ausgeschöpft, doch die Sache ist eindeutig.« Der Notar sammelte sämtliche Unterlagen zusammen und nickte ihm freundlich zu. »Die offizielle Urkunde lasse ich Ihnen gleich morgen per Boten zukommen, Herr Maclane.«

Ryan fiel auf, dass Bergholt jetzt die deutsche Anrede benutzte. Am Telefon war das noch anders gewesen. »Ja … das ist sehr freundlich.«

»Sie können es immer noch nicht glauben, nicht wahr?«

Er schüttelte den Kopf und seufzte. »Ehrlich gesagt, fühle ich mich im Augenblick ziemlich überfordert. Vor allem mag ich mir gar nicht vorstellen, wie sehr die Familie Jacoby mich hassen muss.«

»Hass ist ein großes Wort«, winkte der Notar ab. »Und wenn Sie mich fragen, sollten Sie diese Gefühle möglichst schnell abschütteln. Es ist ja nicht so, dass Max seine Kinder mittellos zurückgelassen hätte. Der Familie gehören zwei außerordentlich erfolgreiche Restaurants hier in Hamburg. Eines davon führt ein berühmter Sternekoch. Außerdem besitzen Thomas Jacoby und seine Schwester Bettina ein großes Messehotel in Frankfurt, welches von Bettinas Sohn Fabian geleitet wird, sowie zwei kleinere Hotels in Köln und München. Das ist aber noch nicht alles. Darüber hinaus gehört der Familie ein Grandhotel in der Schweiz, direkt am Zürichsee, das sehr einträglich ist und von Bettina Jacoby-Schönwalde persönlich geführt wird, da sie mit einem Schweizer verheiratet ist. Die Nachkommen von Max Jacoby sind also auch so außerordentlich vermögend. Das *Hotel Jacoby* war schon lange nicht mehr ihre Haupteinnahmequelle. Der Familie geht es eher ums Renommee des Hauses als um die Bilanz, falls Sie verstehen, was ich meine.«

»Ja, ich verstehe. Die Familie hat also Bedenken, dass ein Fremder das Hotel in den Ruin treiben würde.«

»Hm, das spielt sicherlich eine Rolle, aber ganz so eindeutig ist auch das nicht. Das *Hotel Jacoby* war sozusagen das Flaggschiff des Familienunternehmens. Meiner Meinung nach geht es vorwiegend darum, dass die Familie sich nun nicht mehr damit schmücken kann. Ich möchte Sie noch einmal auf den im Testament ausdrücklich formulierten Wunsch hinweisen, dass das Hotel nicht an die Familie zurückverkauft werden sollte. Das war Max Jacoby offenbar sehr wichtig.« Der Notar holte einmal tief Luft und zog ein weiteres Papier aus einer blauen Mappe. »Eine weitere Unterschrift brauche ich noch von Ihnen«, sagte er.

Nach einem kurzen Blick auf das Dokument, das Bergholt ihm über den Schreibtisch hinweg zugeschoben hatte, musste Ryan sich räuspern.

»Ein Treuhandkonto? Was soll das heißen?«, fragte er.

»Das heißt zunächst einmal, dass Sie jetzt ein außerordentlich reicher Mann sind, Herr Maclane.«

»Das ist eine … beachtliche Summe.«

»So ist es. Bereits Lina-Marie Jacoby hat dieses Treuhandkonto eröffnet und regelmäßig darauf eingezahlt. Max Jacoby erfüllte den Wunsch seiner Mutter und führte das Konto später weiter. In den vergangenen zehn Jahren warf das Hotel immer größere Summen ab, und so wurden auch die Beträge deutlich höher, die Jacoby einzahlte. Mit anderen Worten, in diesen Jahren überschrieb er dem Konto nahezu den gesamten Gewinn des Hotels.« Bergholt hustete kurz. »Das Konto wurde nun vollständig auf Ihren Namen übertragen, und der Status als Treuhandkonto fällt somit weg, Herr Maclane. Von heute an können Sie frei darüber verfügen. Das vorhandene Kapital ist zwar an die Erbschaft des Hotels geknüpft, aber an keinerlei Vorgaben gebunden. Sobald Sie das Erbe durch diese letzte Unterschrift vollständig angenommen haben, können Sie das Geld ganz nach Belieben ausgeben. Lina-Marie Jacoby und ihr Sohn werden ihre Gründe für ihre Entscheidung gehabt haben. Wahrscheinlich wollten Sie einfach

sicherstellen, dass Sie vor einer finanziellen Schieflage geschützt sind und Ihnen dauerhaft genug Kapital zur Verfügung steht, falls das Hotel Investitionen benötigt.«

»Darf ich Ihnen noch eine Frage stellen, Doktor Bergholt?«,
brachte Ryan schließlich hervor.

»Gerne.«

»Glauben Sie, dass es in meinem Fall richtig ist, das alles
anzunehmen? Ich meine, aus rein moralischer Sicht.«

Der Notar lächelte. »Es ehrt Sie, dass Sie sich darüber Gedanken machen, aber ich kann Ihre Frage nur mit einem ein-
deutigen Ja beantworten. Indem Sie dieses Erbe annehmen
und das Hotel weiterführen – denn auch das wird als Wunsch
im Testament eindeutig formuliert –, erfüllen Sie den letzten
Wunsch meines Mandanten, das kann ich Ihnen versichern.«
Sein Blick wurde eindringlicher. »Machen Sie sich bitte keine
weiteren Gedanken darüber, Herr Maclane, und seien Sie
einfach dankbar für diese glückliche Fügung. Ich habe persönlich viele Stunden mit Max Jacoby darüber gesprochen.
Genau so wie es jetzt ist, war es von ihm und seiner Mutter
gewollt. Auch wenn er mir seine Motive oder die seiner Mutter nicht weiter erläutern wollte, so war er in seiner Entscheidung doch völlig klar.«

»Wenn ich Sie richtig verstanden habe, kommt ein Verkauf – selbst an die Familie Jacoby – nicht infrage, und ich
soll das Hotel tatsächlich selbst führen?«

»Im Testament wird das als eindeutiger und dringlicher
Wunsch formuliert, nicht als Bedingung, doch wenn Sie mich
fragen, würde ich diesen Wunsch erfüllen. So, wie ich Sie
einschätze, werden Sie sich dann besser fühlen. Ich meine,
wenn man die Umstände bedenkt.«

Ryan nickte. »Damit könnten Sie recht haben, aber das bedeutet auch, dass ich meinen Lebensmittelpunkt nach Hamburg verlegen muss. Das ist doch alles verrückt, Doktor Bergholt. Ich bin Schriftsteller und habe nicht die geringste Ahnung davon, wie man ein Grandhotel führt. Geldsorgen habe ich übrigens auch nicht. Noch gestern war ich zutiefst davon überzeugt, dass ich dieses Erbe ablehnen werde.«

»Unseren Unterlagen habe ich entnommen, dass Sie keine Familie mehr haben. Natürlich weiß ich nicht, ob es jemanden in Ihrem Leben gibt … nun ja, zumindest Ihr Beruf lässt Ihnen jede Freiheit. Als Schriftsteller sind Sie doch an keinen Ort gebunden, oder?«

»Nein, das bin ich nicht …« Ryan schluckte. »Und ich habe auch keine Lebenspartnerin. Ich bin erst seit knapp zwei Jahren Witwer.«

»Oh, das tut mir leid.«

»Ich bin also tatsächlich alleinstehend und vollkommen frei in meinen Entscheidungen.«

»Unsere Sprache müssen Sie auch nicht erst lernen, das macht die Sache noch zusätzlich leichter für Sie. Noch mal, Herr Maclane, nehmen Sie das Erbe mit allen Konsequenzen und ohne Vorbehalte an. Nicht nur auf dem Papier. Es ist nämlich genau das, was Max Jacoby sich wünschte. Springen Sie, Herr Maclane, springen Sie.«

Ryan atmete tief durch und unterschrieb das letzte Dokument.

»Warum auch immer«, sagte er dabei leise und mehr zu sich selbst.

Der Notar lächelte. »Offenbar konnte ich dazu beitragen, Ihre letzten Bedenken über Bord zu werfen. Das freut mich,

Herr Maclane. Ich beglückwünsche Sie zu dieser Entscheidung.«

Auch Ryan musste lächeln. »So ist es nicht ganz, Doktor Bergholt. Die Bedenken sind nicht alle fort. Wahrscheinlich werde ich sogar noch einige Nächte wach liegen, bis ich diese für mich doch sehr einschneidende Entscheidung verarbeitet habe.« Er holte tief Luft. »Ich will ehrlich sein. Seit ich hier bin, gibt es da eine Stimme in mir … nein, vielleicht ist es eher ein drängendes Gefühl, das mir sagt, ich sollte das Erbe annehmen. Ich weiß nicht, warum dieser Drang plötzlich da ist, aber ich werde ihm folgen, denn seltsamerweise ist er sehr hartnäckig.« Er lachte kurz auf. »Und wenn das alles schiefgehen sollte und ich trotzdem noch verkaufen muss, habe ich zumindest etwas außerordentlich Spannendes erlebt, das ich in einem meiner Romanen verarbeiten kann.« Er schüttelte den Kopf. »Wie auch immer, drücken Sie mal die Daumen, dass ich mich schnell in meine neue Aufgabe einarbeite und mich nicht allzu dämlich dabei anstelle.«

»Halten Sie sich einfach an Emily Magnussen«, erwiderte der Notar mit freundlicher Miene. »Ihr können Sie voll und ganz vertrauen, das kann ich Ihnen versichern.«

3. Kapitel

In Gedanken versunken stand Emily am Fenster ihres Büros und sah hinaus in die Dunkelheit, doch die Lichter der Stadt nahm sie kaum wahr. Das Karussell in ihrem Kopf drehte sich seit Wochen unaufhörlich, und das hatte nicht allein mit dem Hotel zu tun. Vor allem ihr Privatleben machte ihr nämlich Kummer, und sie war fast froh darüber, dass die Veränderungen im Hotel und das Eintreffen des neuen Besitzers für einige Ablenkung sorgten.

Es war gut, dass Ryan Maclane nun in Hamburg war, und nach dem Telefonat, das sie vor wenigen Minuten mit Doktor Bergholt geführt hatte, zog er offensichtlich nicht in Erwägung, das Erbe abzulehnen und für alle Zeiten zurück in die Highlands zu verschwinden.

Ja, sie musste zugeben, darüber war sie erleichtert. Sie hatte Max Jacoby sehr gemocht, doch was seine Kinder anging, war sie unsicher, ob das altehrwürdige Hotel bei ihnen tatsächlich in guten Händen gewesen wäre. Thomas und Bettina waren viel zu sehr darauf bedacht, stets einen möglichst großen Gewinn aus ihren Geschäften zu ziehen, und hätten hier sicherlich viel zu viel verändert. Das hätte dem Hotel nicht gutgetan, soviel stand fest, und das hatte auch Max gewusst. Thomas und Bettina waren dem Hotel nicht auf eine so besondere Weise wie ihr Vater verbunden.

Max Jacoby hatte dieses Haus mit großer Leidenschaft und Fürsorge geleitet. Für ihn war es vor allem wichtig gewesen, das besondere Flair des Hotels zu erhalten, und welchen Grund er auch gehabt haben mochte, es in die Hände von Ryan Maclane zu legen, so vertraute Emily dieser Entscheidung voll und ganz, ohne sie weiter zu hinterfragen. Sie hatte lange und eng genug mit Max zusammengearbeitet und wusste sehr genau, wie klug und umsichtig ihr Chef gewesen war. Er hätte niemals leichtfertig sein Lebenswerk und das seiner Mutter gefährdet.

Als Emily von der Erbschaft gehört hatte, war ihr sofort klar gewesen, dass sie Ryan Maclane dabei helfen würde, sich hier wohlzufühlen und sich in aller Ruhe einzuarbeiten. Das war sie nicht nur ihrem verstorbenen Chef schuldig, sondern auch dem Hotel, das ihr inzwischen sehr am Herz lag. Wahrscheinlich hatte Max genau mit dieser Reaktion von ihr gerechnet, denn er hatte sie schließlich schon als Kind gekannt.

Hinzu kam noch, dass Ryan Maclane vom ersten Augenblick an einen sehr guten Eindruck auf sie gemacht hatte. Seine ganze Art hatte ihr sofort gefallen, und darüber war sie froh, weil es ihr Vertrauen in Max und ihre eigene Erwartung bestätigte. Maclane wirkte intelligent und außerordentlich integer. Zudem strahlte er auf eine beruhigende Art Bodenständigkeit aus, und genau das passte exakt zum *Hotel Jacoby*. Irgendetwas hatte ihr sofort gesagt, dass er haargenau der richtige Mann am richtigen Platz war.

Emily seufzte und wandte sich vom Fenster ab, um nach ihrer Tasche zu greifen. Ihr Magen knurrte, und es wurde Zeit, endlich Feierabend zu machen. Sie schloss gerade die

Tür zu ihrem Büro von außen ab, als Ryan Maclane aus dem Fahrstuhl trat.

»Oh«, sagte er. »Guten Abend, Frau Magnussen.«

»Guten Abend«, erwiderte sie. »Wie ich soeben hörte, waren Sie bereits bei Doktor Bergholt und haben alle nötigen Papiere unterzeichnet.«

»So ist es.«

Sein Lächeln wirkte verhalten, und sie spürte sofort die Anspannung, die er ausstrahlte. Offenbar hatte er sich noch immer nicht vollständig mit dem Gedanken angefreundet, der Alleinerbe dieses Hotels zu sein.

»Haben Sie schon gegessen?«, fragte sie, selbst ein wenig überrascht von ihrer Spontaneität. »Ich wollte gerade hinunter ins Restaurant gehen. Falls Sie keine anderen Pläne haben, könnten wir doch gemeinsam zu Abend essen.« Sie sah, dass er zögerte. »Oh, Pardon, ich wollte Sie nicht überrumpeln«, fügte sie rasch hinzu.

»O nein.« Er schüttelte den Kopf. »Das haben Sie nicht, keine Sorge. Ich würde wirklich sehr gerne mit Ihnen zu Abend essen«, sagte er nachdrücklich. »Ich habe nur nicht mit Ihrem Angebot gerechnet.« Dann sah er an sich herunter. »Wenn Sie noch einen Moment Geduld haben, bringe ich schnell meinen Mantel weg, und ...« Er deutete auf seine Hose. »Ich sollte mich vielleicht umziehen, bevor wir hinunter ins Restaurant gehen.«

»Unsere Restaurants sind absolut jeanskompatibel«, antwortete sie lächelnd. »Darüber brauchen Sie sich keine Sorgen zu machen. Wir sind zwar ein Grandhotel, aber beileibe nicht realitätsfern, darauf legen wir sehr viel Wert. Die Menschen sollen sich hier wohlfühlen. Den Mantel können

Sie einfach dort auf dem Stuhl ablegen.« Sie deutete auf die kleine Sitzgruppe neben ihrem Büro. »Um diese Zeit hat außer uns beiden hier niemand mehr Zutritt. Zumindest nicht, ohne direkte Aufforderung.«

Seine Miene wirkte noch immer nachdenklich, als er den Mantel ablegte und sie zusammen in den Fahrstuhl stiegen. »Offenbar gibt es für mich ab jetzt jede Menge zu lernen«, sagte er.

»Sie haben ja mich«, erwiderte Emily lachend. Sie hatte das Gefühl, dass sie die Situation ein wenig auflockern musste, damit er sich etwas entspannte. »Wir haben übrigens zwei Restaurants, ein wunderhübsches Café mit Bistro und natürlich unsere Hotelbar.«

Auf dem Weg durch die Lobby nickte sie den zwei Damen und dem Empfangschef an der Rezeption zu.

»Unseren Empfangschef Ulf Willmer kennen Sie ja schon«, wandte sie sich wieder an Maclane. »In den nächsten Tagen werde ich Ihnen zunächst die Mitarbeiter vorstellen, die in einer leitenden Position sind. Natürlich auch diejenigen, die direkt für uns beide in der Direktion arbeiten. Alle anderen werden Sie sicherlich nach und nach kennenlernen. Bei Gelegenheit erstelle ich Ihnen eine Liste mit den wichtigsten Namen und dem dazugehörigen Aufgabenbereich. Wir sollten auch möglichst zeitnah eine Personalversammlung einberufen, bei der wir Sie ganz offiziell vorstellen können. Keine Sorge, im Grunde funktioniert es hier fast wie in einer großen Familie.«

»Na, wenn Sie das sagen.«

Sie sah, dass er schmunzelte, und ging einen Schritt voraus, um die Glastür aufzuhalten, die zum größeren der beiden Hotelrestaurants führte.

»Hier entlang«, bat sie ihn. »Dies ist sozusagen unser Hauptrestaurant, das zweite liegt auf der gegenüberliegenden Seite der Lobby und bietet unseren Gästen eine internationale Küche mit wöchentlich wechselnden Schwerpunkten, während hier … ach, das werden Sie gleich selbst feststellen.«

Durch den bereits gut gefüllten Gastraum steuerte sie einen kleinen Tisch an, der etwas abseits hinter einem hübschen Paravent stand und stets für die Direktion reserviert blieb, was man auf einem goldenen Schild ablesen konnte.

»Erste wichtige Lektion«, sagte sie, während sie sich setzten. »Dies ist sozusagen Ihr Stammplatz. Sie können ihn jederzeit benutzen, wenn Ihr Magen knurrt.«

»*Aye*, alles klar«, erwiderte er grinsend.

Sie teilten sich eine kalte Fischplatte, die mit verschiedenen Brotsorten serviert wurde, und tranken einen spritzigen Weißwein dazu.

»Das Essen ist hervorragend und die Karte erfreulich … hm …« Er suchte nach dem passenden Wort.

»Was Sie sicherlich sagen wollen, ist, dass die Speisekarte eher gutbürgerlich und überhaupt nicht abgehoben daherkommt, nicht wahr?«, half Emily aus.

»Ja, genau. Ich finde wirklich, das ist eine Erleichterung.«

Seine Bemerkung bestätigte ihren guten Eindruck von ihm, und sie spürte, wie sich ein Lächeln auf ihrem Gesicht ausbreitete. Praktisch mit jeder Sekunde wurde er ihr sympathischer. »Sehen Sie, Herr Maclane, Max Jacoby war davon überzeugt, dass es den allermeisten Menschen so ergeht. Eine gewisse Bodenständigkeit war ihm wichtig. Luxus, ja, aber mit einer gehörigen Portion Wohlfühlcharakter, das war seit jeher die Prämisse dieses Hauses. Und was die Küche angeht ... Natürlich achten wir trotzdem darauf, stets die besten Köche zu beschäftigen. Eine hohe Qualität auf allen Ebenen ist immer die beste Voraussetzung für den Erfolg eines Hotels.«

»Ich verstehe«, sagte er und nickte. »Meiner Meinung nach passt diese Einstellung auch hervorragend zu dem traditionsbewussten Charakter des Hauses.«

»So ist es. Es freut mich sehr, dass Sie das so sehen.« Sie sah zu, wie er die Flasche aus dem Weinkühler nahm und ihnen nachschenkte. Seine Gesellschaft war wirklich angenehm. Sie winkte nach dem Kellner. »Möchten Sie auch einen Kaffee?«, fragte sie.

»Sehr gerne.«

»Ähm, ich habe noch eine Frage, die mich persönlich betrifft«, sagte sie, nachdem ihnen der Kaffee serviert worden war.

»Kommen Sie mir jetzt bloß nicht schon mit irgendwelchen Personalentscheidungen«, mahnte er leise lachend.

»Keine Sorge. Es geht um meine Wohnung.«

»Ihre Wohnung? Ja, aber ...«

»In der Direktionsetage gibt es noch eine weitere, natürlich viel kleinere Wohnung. Es ist die Tür auf der linken Seite, kurz bevor man den Flur erreicht, der zu ihrer Suite führt. Wir sind vorhin daran vorbeigekommen. Sie erinnern sich bestimmt.«

»Natürlich.«

»Max Jacoby hat mir die Wohnung zur Verfügung gestellt. Er hat sie als Teil meines Gehalts bezeichnet. Natürlich ist diese Vereinbarung auch schriftlich festgehalten worden.«

»Ah ja. Sie wohnen also immer dort?«

»Ja, das heißt …« Sie nahm einen Schluck von ihrem Kaffee. »Ich müsste wohl besser sagen, ich wohne dort die meiste Zeit. Eigentlich lebe ich offiziell noch in einem eigenen Wohntrakt im Hause meiner Eltern in Nienstedten, aber dort bleibe ich nur selten über Nacht. Nun ja, um es kurz zu machen: Ich wohne wirklich sehr gerne hier im Hotel. Es ist mir nur wichtig nachzufragen, ob Sie damit einverstanden sind, wenn wir es dabei belassen.«

»Das ist doch selbstverständlich, Frau Magnussen. Warum sollte ich denn damit nicht einverstanden sein?« Er hob ebenfalls seine Tasse und trank den Rest seines Kaffees aus. Als er sie wieder abstellte, zog er einen Mundwinkel zu einem schiefen Grinsen nach oben. »Außerdem haben Sie doch schon selbst festgestellt, dass ich sozusagen auf Sie angewiesen bin. Also sollte ich Sie wohl bei Laune halten. Wo wir gerade beim Thema sind … Haben Sie schon einen Plan, wie Sie mir am effektivsten alles beibringen können, was ich wissen muss?«

Sie war erleichtert, dass das Thema mit ihrer Wohnung vom Tisch war. Im Augenblick war sie ohnehin nur selten auf Lindenhain, dem Besitz ihrer Familie. Inzwischen war sie sogar davon überzeugt, dass sie viel früher auf ihren älteren Bruder Leonard hätte hören müssen. Er hatte sich schon vor Jahren eine eigene Wohnung zugelegt, um unabhängig zu sein, wenn es um sein Privatleben ging. Anfangs hatte Emily die Wohnung hier im Hotel nur selten benutzt, doch seit einigen Monaten lebte sie praktisch ständig hier. Sehr schnell hatte sie gemerkt, dass ihr der Abstand zu ihrer Familie gut-tat. Außerdem waren die alltäglichen Vorteile nicht zu übersehen. Sie konnte länger schlafen und brauchte sich nicht jeden Tag aufs Neue durch den Hamburger Verkehr zu quälen.

»Erst einmal danke ich Ihnen, Herr Maclane. Die Sache mit der Wohnung lag mir wirklich auf der Seele. Und glauben Sie mir, alles andere wird sich finden. Sie werden schnell lernen, dieses Haus zu leiten. Ich weiß, ich habe das schon mal gesagt, aber daran besteht für mich nicht der geringste Zweifel.«

Er räusperte sich so leise, dass sie es fast überhört hätte. »Wissen Sie, mir kommt das alles immer noch so unwirklich vor, und gleichzeitig fühlt es sich seltsamerweise richtig an, dass ich jetzt hier bin. Ich hätte tausend Fragen an Max Jacoby.«

»Das kann ich sehr gut nachvollziehen«, erwiderte sie nur.

Er machte eine kleine Pause, schob seine leere Tasse beiseite und nahm einen Schluck aus dem noch halb vollen Weinglas. Sie schwieg und wartete ab, denn sie spürte, dass er noch mehr loswerden musste.

»Mein ganzes Leben wird sich verändern«, fuhr er schließlich fort. »Und ich habe immer noch keine Ahnung, wie ich das bewältigen soll.« Der Blick aus seinen braunen Augen wirkte unsicher. »Ich muss auf jeden Fall in den nächsten Tagen noch einmal zurück nach Schottland. Wenn ich nun für eine längere Zeit in Hamburg bleiben soll, brauche ich … ein paar Dinge.«

»Dinge?« Sie unterdrückte ein Lachen. »Sie wissen schon, dass wir uns hier in einer Großstadt mit jeder Menge Einkaufsmöglichkeiten befinden?«

»Sie verstehen mich falsch. Natürlich bin ich nur auf ein paar Tage eingerichtet, aber es geht nicht allein um Kleidung oder die Dinge des täglichen Lebens, das wäre wohl wirklich das geringste Problem. Mir geht es vor allem um meine

Arbeitsutensilien: meinen Computer, Bücher und meine Ordner mit dem für mich so wichtigen Recherchematerial. Im Grunde müsste ich eine große Frachtkiste packen, aber einige dieser Sachen würde ich nur ungern allein auf die Reise schicken. Ich bin Schriftsteller, Frau Magnussen. Mein Computer, das erwähnte Material und meine diversen Sicherungskopien sind mir sozusagen heilig.«

»Hm …« Sie dachte kurz nach, dann fiel ihr etwas ein. »Oh, ich habe gerade eine Idee«, sagte sie, und ihr Herz begann schneller zu schlagen. »Soweit ich weiß, hat Inverness einen eigenen Flughafen, oder?«

»Ja, es gibt einen kleinen Airport. Er liegt etwas außerhalb der Stadt, aber Direktflüge nach Deutschland gibt es von dort aus nicht.«

Sie nickte. »Stimmt, aber daran habe ich auch nicht gedacht. Ich habe einen guten Freund, Mr. Maclane. Er heißt Andreas Neumann und ist Charterpilot. Andreas besitzt eine eigene kleine Frachtmaschine. Ich gehe mal davon aus, er könnte mit Leichtigkeit eine Landeerlaubnis in Inverness beantragen und recht zügig erhalten. Er arbeitet überwiegend für Filmproduktionen und fliegt deren Equipment an die jeweiligen Filmsets, aber er übernimmt auch Frachtaufträge von anderen Firmen. Ich könnte ihn anrufen und fragen, ob er gerade frei ist.«

Seine Augen leuchteten auf. »Das klingt nach einer perfekten Lösung, andererseits wäre so eine Chartermaschine inklusive des Piloten sicherlich unverschämt teuer, meinen Sie nicht?«

Emily gefiel es sehr, dass er sich über die Kosten Gedanken machte, obwohl er erst vor wenigen Stunden ein wirklich reicher Mann geworden war und sicherlich auch vorher nicht unbedingt am Hungertuch genagt hatte, wenn man einmal die diversen Bestseller berücksichtigte, die er bereits geschrieben hatte.

»Ich rufe ihn an«, sagte sie nur. »Dann sehen wir weiter.«

»Das ist wirklich nett von Ihnen.«

»Ich kümmere mich gerne darum, schließlich überlassen Sie mir weiterhin meine kleine Wohnung.«

Er lachte kurz und dunkel auf. »Wenn Sie mir noch häufiger wie nebenbei mitteilen, dass ich hier jetzt tatsächlich der Chef bin, glaube ich es Ihnen irgendwann.«

»Das sollten Sie auch.« Emily sah sich um. Das Restaurant war inzwischen bis auf den letzten Platz gefüllt. »Wollen wir langsam aufbrechen?«, fragte sie.

»Ja, klar.« Er zögerte kurz, bevor er weitersprach. »Sie erwähnten vorhin die Hotelbar. Ich könnte wirklich einen guten Single Malt vertragen, bevor ich nach oben gehe. Der Tag war doch recht … na, sagen wir mal, er war ungewöhnlich.«

»Wir haben eine hervorragend ausgestattete Bar«, antwortete sie. »Und sicherlich gibt es dort eine Auswahl erlesener Single Malts, damit sie die Aufregung dieses Tages abschütteln können.«

»Na, dann nichts wie los«, erwiderte er und erhob sich.

Sie hatte bereits erwartet, dass ihm die Hotelbar gefallen würde, und so war es auch. Nach einem kurzen Austausch mit dem Barkeeper bekam er seinen *Glenfiddich* und sie einen feinen Whiskeylikör auf Eis. Sie nahmen ihre Gläser, setzten sich an einen etwas abseits stehenden Tisch und prosteten einander zu.

»Auf gute Zusammenarbeit«, sagte sie.

»Darauf trinke ich gerne«, erwiderte er.

»Ich muss zugeben, dass ich sehr froh darüber bin, dass Ihnen das klassische Ambiente des Hotels gefällt.«

Er nickte. »Es gefällt mir wirklich. Die Einrichtung wirkt durchweg edel, sehr behaglich und trotzdem zeitgemäß. Verstehen Sie mich nicht falsch, ich habe rein gar nichts gegen klare und einfache Formen, doch es gibt Häuser, in denen zu viel Stahl und Glas einfach nichts zu suchen haben. Dieses gehört eindeutig dazu.«

Emily war beeindruckt. »Das sehe ich ganz genauso.«

»Sie haben vorhin meine Frage nicht beantwortet, Emily. Wie fangen wir an?«

Sie fand es angenehm, dass er sie beim Vornamen nannte. »Nun, ich würde vorschlagen, dass wir uns morgen gegen neun Uhr in meinem Büro treffen. Das kennen Sie ja inzwischen. Dann gehen wir die Aufgabe zusammen an.«

»Das klingt nach einem guten Plan.«

Als Emily später vor ihrem Badezimmerspiegel stand, um sich für die Nacht zurechtzumachen, wurde ihr bewusst, dass sie während der letzten Stunden nicht ein einziges Mal über ihre eigenen Sorgen nachgedacht hatte. Der Abend mit ihrem neuen Chef war wirklich angenehm und eine willkommene Ablenkung gewesen. Im Spiegel sah sie, dass ein leichtes Lächeln über ihr Gesicht huschte. Ryan Maclane gefiel ihr, das stand außer Frage, und es war tatsächlich eine Erleichterung, dass es so war.

Was das Erbe anging, hatte sie nämlich eine klare und unverrückbare Einstellung. Von Anfang an war sie fest entschlossen gewesen, den letzten Willen von Max Jacoby zu respektieren und ihn auch nach seinem Tode in jeder Hinsicht zu unterstützen. Das schloss natürlich auch die Übergabe an den neuen Besitzer des Hotels und dessen Einarbeitung mit ein.

Wenn man es genau nahm, beschäftigte sie sich schon seit Monaten mit Ryan Maclane. Sobald sie erfahren hatte, dass er der Alleinerbe des Hotels war, hatte sie sofort alles darangesetzt, so viel wie nur möglich über ihn zu erfahren. Das war allerdings gar nicht so leicht gewesen, wie sie sehr schnell hatte erkennen müssen. Es war nämlich nahezu unmöglich gewesen, irgendetwas Persönliches aus den sozialen Medien zu erfahren, um sich ausreichend auf eine Begegnung mit ihm vorbereiten zu können. Sämtliche Informationen und Einträge über ihn betrafen allein seinen Beruf und seine Werke. Selbst seine Homepage war auffallend sachlich gehalten und verriet nichts über den Privatmann Ryan Maclane. Als Schriftsteller war er ihr natürlich schon vorher bekannt gewesen. Sie hatte mit Begeisterung einige seiner Bücher gelesen. Insofern war sie sofort davon ausgegangen, dass es sich bei ihm zumindest um einen gebildeten Mann handelte. Dennoch hätte es immer noch passieren können, dass Ryan Maclane ein unsympathischer, vielleicht sogar mürrischer Kerl war, der nichts Besseres zu tun hatte, als das Hotel so schnell wie nur möglich an den Nächstbesten zu verramschen, um gleich darauf wieder in seine Highlands zu verschwinden. Zum Glück war es anders gekommen. Schon wenige Minuten nach ihrer ersten Begegnung hatte sie gespürt, dass er ein Mensch mit einem ausgeprägten Verantwortungsgefühl war, und mehr geahnt als nur gehofft, dass er das Erbe mit allen Konsequenzen annehmen würde.

Ja, Ryan Maclane hatte einen hervorragenden ersten Eindruck bei ihr hinterlassen. Mit seinem gesamten Auftreten bestätigte er vollkommen die allgemeine Meinung, dass die Schotten ein ausgeprägt freundliches Volk waren. Emily musste zugeben, dass auch sein Äußeres dazu beitrug, ihn in einem positiven Licht zu sehen. Mit seinen tiefbraunen Augen, den dunkelblonden, nicht zu kurzen Haaren und seiner sportlichen Erscheinung war er sicherlich kein Schönling, eher ein Mann von der Sorte, die eine etwas rauere Attraktivität besaß. Sie hatte diesen Typ Mann jedoch schon immer gemocht. Ryan strahlte Kraft und eine ausgeprägte Männlichkeit aus, die Emily außerordentlich sexy fand. Zunächst war sie davon sogar etwas überrascht gewesen, denn einen Schriftsteller, der die meiste Zeit seines Lebens vor seinem Computer saß und in irgendwelche Fantasiewelten abtauchte, hatte sie sich bislang anders vorgestellt. Natürlich hatte sie die üblichen Autorenfotos von ihm gesehen, doch auf all diesen Bildern wirkte Ryan ernst, vielleicht sogar ein bisschen streng, doch das war er ganz und gar nicht, das wusste sie inzwischen. Wie auch immer, sie freute sich sehr auf die nächste Zeit und darauf, ihn an seine neuen Aufgaben heranzuführen. Sie empfand das schon jetzt als eine willkommene Herausforderung.

Emily musste über sich selber lachen, als sie plötzlich bemerkte, dass sie in der einen Hand noch immer ihre Zahnbürste hielt, und in der anderen die offene Tube mit der Zahncreme. Offenbar war sie völlig in Gedanken versunken gewesen.

4. Kapitel

Hamburg, Ende September 1918

»Wir haben den Krieg bald überstanden, glaub mir Lina. Alles deutet darauf hin. Meiner Meinung nach ist das nur noch eine Frage von wenigen Tagen.«

Bruno, der Mann, den sie erst vor knapp einem Jahr geheiratet hatte, ließ kurz seine Zeitung sinken und sah sie über den Tisch hinweg an. An sein anhaltendes, wenn auch im Augenblick nur kaum erkennbares Zittern hatte sie sich schon fast gewöhnt. Das starke Beruhigungsmittel, das er mehrmals am Tag einnahm, unterdrückte es fast vollständig. An den seltsamen Ausdruck in seinen Augen würde sie sich hingegen wohl nie gewöhnen. Sie nahm an, dass es eine ungute Mischung aus Verzweiflung und Abgestumpftheit war. Manchmal erkannte sie sogar eine beängstigende Kälte darin, doch meist erschien ihr sein Blick einfach nur bar jeglichen Gefühls, leer und nichtssagend. Seit er vor drei Monaten kriegsversehrt an Leib und Seele aus Flandern heimgekehrt war, kam er ihr manchmal wie ein völlig Fremder vor, dabei kannte sie ihn schon fast ihr halbes Leben.

»Wie es auch kommt, es kann nur besser werden«, antwortete sie knapp.

Lina hatte keine Lust, sich mit ihrem Ehemann zu unterhalten, und sie war erleichtert, dass er sich nach einem kurzen Nicken sofort wieder seiner Zeitung zuwandte. So blieb ihr heute Morgen eine der anstrengenden Konversationen mit ihm erspart, und sie konnte sich ihren eigenen sorgenvollen Gedanken zuwenden.

Ihre Ehe erschöpfte sie zunehmend, raubte ihr den Schlaf und machte ihr Sorgen. Sie hatte ihren Mann nicht allein deshalb geheiratet, weil ihr Vater niemals einen Zweifel daran hatte aufkommen lassen, dass Bruno der beste Ehemann für sie sein würde, sondern auch weil er ihr so wunderbar vertraut gewesen war und sie ihn wirklich gemocht hatte. Bruno und sie waren praktisch zusammen aufgewachsen, denn er war der Sohn eines Lieblingscousins ihres Vaters. Als Bruno im Alter von zwölf Jahren durch ein Schiffsunglück zur Vollwaise geworden war, hatte Erich Jacoby den Sohn seines Cousins wie selbstverständlich bei sich aufgenommen. Bruno und sie hatten sich von Anfang an gut verstanden, und schon während ihrer Kindheit hatte ihr Vater keinen Zweifel daran aufkommen lassen, wie sehr er sich eine spätere Verbindung zwischen ihr und seinem Ziehsohn wünschte. So wuchsen sie gemeinsam im *Hotel Jacoby* auf und lernten, was es bedeutete, ein Grandhotel zu leiten, das fast wie ein eigener Kosmos funktionierte. So teilten sie nicht nur die Liebe zu Linas Vater, sondern auch die Leidenschaft für das Hotel. Beides zusammen weckte früh ein Verantwortungsgefühl in ihnen, das den Gedanken an eine Ehe sehr schnell zur Selbstverständlichkeit werden ließ.

Kurz vor ihrem sechzehnten Geburtstag hatte sie sich jedoch plötzlich gefragt, ob es besonders klug war, jemanden zu heiraten, der doch im Grunde ihr bester Freund war. Sie konnte sich noch gut an diese Zeit erinnern. Damals wurde ihr klar, was es hieß, jemanden zu begehren. Eine erste, wenn auch einseitige Schwärmerei beherrschte zu der Zeit ihre Gedanken. Einer der Küchenlehrlinge hatte es ihr angetan, und sie hatte wochenlang von dem Jungen mit den auffallend hellgrünen Augen geträumt. Dann brach der Krieg aus, und wie viele junge Männer verschwand auch der hübsche Kochlehrling und kam niemals zurück. Im vorigen Jahr hatte sie es schließlich fast als Pflicht angesehen, Bruno während seines Heimaturlaubs trotz all ihrer Bedenken zu ehelichen.

Inzwischen musste sie sich schmerzlich eingestehen, dass diese Heirat ein großer Fehler gewesen war. Sie hätte die Warnungen in ihrem Inneren ernster nehmen müssen, auch ihr Vater hätte das letztlich verstanden, das wusste sie. Dabei lag ihre missliche Lage nicht nur darin begründet, dass Bruno als ein völlig veränderter Mensch heimgekehrt war. Nein, vielmehr war ihr in den vergangenen Monaten klar geworden, dass sie niemals so für ihn empfinden würde, wie es für eine lange und glückliche Verbindung notwendig war. Würde sie Bruno aufrichtig lieben, wäre es bedeutend einfacher, mit seinem derzeitigen Zustand fertigzuwerden, daran zweifelte sie nicht. In ihrer Ehe fühlte sich Lina zunehmend einsam und oft sogar unverstanden. Der Krieg hatte tatsächlich alles verändert. Nichts war mehr so, wie es gewesen war.

Selbst ihr Fels in der Brandung, ihr geliebter Vater, schien sich immer mehr in seine eigene Welt zurückzuziehen. In den letzten Monaten hatte sie herausgefunden, dass er politisch aktiv geworden war, und man munkelte, dass er sogar zu den Leuten gehörte, die im Untergrund eine Revolution vorbereiteten. Die Leute, mit denen er sich regelmäßig traf, wollten den Kaiser entmachten und eine neue Republik gründen, sobald der Krieg endete und ein Umsturz möglich war, das war ein offenes Geheimnis. Ihr Vater war ein Gegner der Monarchie und seit vielen Jahren Sozialdemokrat aus Überzeugung, daraus hatte er nie einen Hehl gemacht. Seit sie denken konnte, bewunderte Lina ihn für seine Haltung. Seine Klugheit und seine Umsicht, vor allem aber seine Menschenfreundlichkeit waren beeindruckend.

Kaum dass die Gäste wegen des Krieges ausgeblieben waren, hatte er das Hotel für einige bedürftige Hamburger Familien geöffnet. Soweit es ihm möglich war, versorgte er vor allem die Mütter und ihre Kinder mit dem Nötigsten. Manchen gab er sogar Obdach und ließ sie in den einfacheren Zimmern des Hotels wohnen. Überwiegend waren es frühere Angestellte, denen er vertrauen konnte, doch manchmal nahm er auch junge Mütter auf, die ihre Wohnungen verloren hatten, weil ihre Männer nicht mehr nach Hause gekommen waren, und damit niemand mehr das Geld für die Miete verdiente. Die Straßen waren voll von Frauen, die mit allen Mitteln versuchten, Arbeit zu finden, um ihre Kinder ernähren zu können. Erich Jacoby machte auch in der Not keinerlei Unterschiede. Er versuchte zu helfen, wo er nur konnte, und die Menschen, denen er half, zeigten sich dankbar und sorgten zusammen mit ihm und seiner Familie dafür, dass das Hotel nicht verkam. Die Frauen putzten, halfen in der Küche und kümmerten sich gemeinsam um die Versorgung ihrer Kinder. Das *Hotel Jacoby* ähnelte inzwischen einer Art Schutzraum gegen die graue und traurige Welt, die sich außerhalb der Mauern des Hauses offenbarte, und das war allein ihrem Vater zu verdanken.

Einerseits bewunderte Lina ihn dafür, denn sie teilte seine politische Meinung, doch andererseits war es schon lange kein Geheimnis mehr, dass inzwischen auch für sie die Lebensmittel immer knapper wurden, und das machte ihr Sorgen. Der Reichtum ihres Vaters hatte sie alle einigermaßen über die Runden gebracht, doch nun gingen auch ihre Reserven immer mehr zur Neige. Die britische Seeblockade, die bereits seit den ersten Kriegstagen den Hamburger Hafen praktisch abriegelte, war einer der Hauptgründe dafür, dass kaum noch Lebensmittel in die Stadt kamen. Ein anderer war sicherlich die desolate Versorgung vonseiten des Senats, denn der war noch immer für die Lebensmittelversorgung der Hamburger Bürger zuständig, auch wenn ansonsten fast alle wichtigen Entscheidungen die Generäle trafen.

Lina mochte sich kaum vorstellen, wie es weitergehen sollte, wenn der Krieg nicht bald endete. Manchmal kam es ihr vor, als würde Hamburg, ihre einst so prächtige und stolze Heimatstadt, unter all dem Elend lautlos ächzen. Die Not war nun überall in der Stadt sichtbar. Wenn es überhaupt noch jüngere Männer gab, waren sie als seelische und körperliche Krüppel nach Hause zurückgekehrt, so wie Bruno. Überall in der Stadt versuchten nun die Frauen die fehlende Arbeitskraft der Männer zu ersetzen. Sie versorgten nicht nur die Kranken, putzten oder arbeiteten als Dienstmädchen, sondern fuhren nun sogar die Straßenbahnen, saßen in Kontoren und kümmerten sich um die Verteilung der Post. Die Zeitungen berichteten davon, dass es auch in den Fabrikhallen inzwischen immer mehr Frauen gab, damit die Hamburger Wirtschaft zumindest in Teilen am Leben blieb.

Als die Tür zum Esszimmer aufging, sah sie auf, und auch

Bruno faltete sofort seine Zeitung zusammen. Es war ihr Vater. Lina hatte sich schon oft gefragt, wie er es geschafft hatte, keine Uniform anziehen zu müssen. Obwohl er inzwischen auf die sechzig zuging, war Erich Jacoby noch immer hochgewachsen und schlank. Sein silbergraues, leicht gewelltes Haar war voll, und die stahlblauen Augen strahlten wie die eines jungen Mannes. Er war ein attraktiver Mann, trotzdem war er nach dem Tod seiner Frau allein geblieben. Zumindest gab es offiziell keine neue Gefährtin an seiner Seite.

»Guten Morgen, meine Lieben«, begrüßte er sie, während er zu ihnen an den Frühstückstisch kam und Lina einen Kuss auf die Stirn drückte, so wie er es immer tat. »Wie geht es dir, meine Prinzessin?«, wollte er wissen.

»Ganz gut, Papa, danke.«

Sein Blick senkte sich. »Du musst etwas besser essen, mein Kind. Dein Teller ist noch unbenutzt, wie ich sehe. Noch haben wir genug Mehl, um Brot zu backen, das solltest du zu schätzen wissen. Iss bitte, damit du bei Kräften bleibst.«

»Das tue ich auch, Papa, verzeih.« Sie setzte ein Lächeln auf und griff nach einer Scheibe Brot, um sie mit etwas Fett zu beschmieren.

»So ist es richtig, mein Kind. Nun denn …« Der Blick ihres Vaters richtete sich auf seinen Schwiegersohn. »Wir sollten heute noch einmal den Weinkeller inspizieren, Bruno. Wir müssten noch ein paar Flaschen von dem einfachen französischen Landwein haben. Wenn wir einige Kisten davon verkaufen oder tauschen könnten, wäre das gut.«

»Ja, von dem Landwein liegen noch mehrere Flaschen im Keller«, antwortete Bruno nickend.

Lina fiel erst jetzt auf, wie blass er war.

»Gut. Das Fett geht langsam aber sicher zur Neige, und wir könnten aufs Land fahren und versuchen, mehr Gemüse, vielleicht sogar einen Sack Kartoffeln zu bekommen, um wieder für ein paar Wochen auf der sicheren Seite zu sein«, fuhr ihr Vater fort. »Wie ihr wisst, kenne ich einige Gutsherren und Bauern, die sicherlich noch etwas in ihren Kellern horten. Diese vermaledeiten Steckrüben kommen mir schon aus den Ohren wieder raus. Ach, Gott, und was würde ich für einen ordentlichen Bohnenkaffee und ein Stück Fleisch geben.«

»Das geht uns allen so, Papa.«

»Natürlich.« Er brummte noch etwas Unverständliches in seinen Schnurrbart, aber weder sie, noch Bruno hakten nach.

So sah sie still zu, wie ihr Vater sein karges Frühstück einnahm, mit sichtbarer Abneigung am Malzkaffee nippte und sich schließlich wieder erhob. Sofort stand auch Bruno auf, sodass Lina kurz darauf mit sich allein war.

Eine Weile blieb sie noch sitzen und warf ebenfalls einen Blick in die Morgenzeitung, die ihr Ehemann beiseitegelegt hatte, doch dann erhob auch sie sich. So wie jeden Morgen zog sie den Servierwagen heran, räumte das Geschirr zusammen und stellte es drauf. Da ihr noch nicht unbedingt nach anderen Menschen zumute war, verzichtete sie darauf, den Wagen sofort hinunter in die Küche zu bringen. Viel lieber wollte sie noch einen Moment die seltene Ruhe genießen, also ging sie hinüber zum Fenster und sah hinaus auf die Alster, denn das tat sie gern.

Den Blick aufs Wasser hatte sie schon als Kind gemocht. Am schönsten war er natürlich im strahlenden Sonnenschein, doch heute fiel leichter Regen aus den dichten grauen Wolken. Aber das machte ihr nichts aus, denn Lina mochte auch den Hamburger Regen. Der Herbst hatte nun endgültig Einzug gehalten. Das Laub tanzte im Wind, und schon sehr bald würde auch die Kälte kommen.

Einmal mehr war sie froh darüber, dass das Hotel mit einem ausgeklügelten Heizsystem ausgestattet war. In den wichtigsten Räumen des Hauses würde es zumindest so warm bleiben, dass niemand frieren musste. Auch dafür war Lina ihrem Vater dankbar. Er hatte es irgendwie geschafft, für genug Kohle und Holz zu sorgen. Mehrere Keller waren gefüllt, sodass sie gut über den Winter kommen würden. All die Menschen, die in ihren Häusern und Wohnungen saßen und bald schutzlos der Kälte ausgesetzt sein würden, taten ihr unendlich leid. Ihr Vater sagte oft, dass es ihn um den Schlaf brachte, dass er nicht mehr Leuten helfen konnte. Sie glaubte ihm, doch sie wusste auch, dass es bereits jetzt seine gesamte Kraft in Anspruch nahm, dafür zu sorgen, dass zumindest hier im Haus niemand verhungerte oder fror.

Gerade wandte sie sich vom Fenster ab, da klopfte es kurz an der Tür, und Alma, ihre beste Freundin, kam herein und wünschte ihr gewohnt fröhlich einen guten Morgen.

So wie Lina war auch Alma Gerlach im *Hotel Jacoby* aufgewachsen. Bis zu seinem frühen Tod hatte ihr Vater als Portier hier gearbeitet, und Selma Gerlach, Almas Mutter, war seit ihrer Jugend Küchenmädchen und später Kaltmamsell im Hotel gewesen. Kurz nach dem Tod ihres Ehemannes war Selma Gerlach zu ihrer ebenfalls verwitweten Schwester an die Nordsee gezogen, um dort in ihrem Heimatdorf ihren Lebensabend zu verbringen. Alma war geblieben. Sie hatte im

Hotel eine Lehre absolviert und einige Zeit als Zimmermädchen gearbeitet. Kurz vor dem Krieg hatte Erich Jacoby sie schließlich zur jüngsten Hausdame Hamburgs gemacht. Auch für Alma bedeutete das Hotel ihre Heimat. Lina hatte sich schon oft mit ihrer Freundin darüber unterhalten, wie sehr sie beide am *Hotel Jacoby* hingen.

»Dir ebenfalls einen guten Morgen, meine Liebe. Du willst bestimmt das Geschirr holen«, sagte sie zu Alma. »Verzeih, ich war eine Weile in Gedanken, sonst hätte ich es schon selbst nach unten gebracht.«

»Du bist immer noch die Hotelerbin, Lina, und wirst sicher irgendwann Direktorin sein. Der Krieg wird vorbeigehen, und du solltest dich langsam wieder auf deine Stellung konzentrieren. Geschirrtransport gehört sicherlich nicht zu den Aufgaben einer Hotelchefin.«

Lina schüttelte den Kopf. »Nun ja, zu den Aufgaben einer Hausdame gehört das Abräumen von Geschirr auch nicht unbedingt.«

Alma lachte. »Es sind einfach zu wenig Zimmermädchen da, die ich zusammenstauchen könnte«, scherzte sie. Alma kam zu ihr und sah ihr forschend ins Gesicht. »Du siehst schon wieder so nachdenklich und traurig aus, Lina«, stellte sie treffsicher fest.

»Das Leben mit Bruno …«, begann sie, doch Alma unterbrach sie.

»Ach, ich weiß. Dieser Mann ist wirklich eine Belastung.«

»Sag doch so was nicht, Alma. Eigentlich kann er nichts dafür, dass es ihm so schlecht geht. Der Krieg hat ihn verändert und an Leib und Seele verletzt.«

»Nun, ich weiß ja, dass du es nicht hören willst, aber ich

glaube trotzdem, dass er sich ganz wohl in der Rolle des verwundeten Helden fühlt. Meine Güte, Lina, ein steifes Knie ist nun wirklich nicht das Ende der Welt, da haben andere Männer viel schlimmere Verletzungen mit nach Hause gebracht. Schau dir nur Jan Kröger, unseren ehemaligen Pferdepfleger an. Er ist blind und ohne Hände nach Hause gekommen. Bruno lebt, er kann sehen, hören, laufen und denken, und er hat ein festes Dach über dem Kopf, mit der Aussicht darauf, nach dem Krieg seinen Lebensunterhalt weiterhin bestreiten zu können. Wir sind uns wohl einig, dass das derzeit nur wenige der Heimkehrer von sich behaupten können.«

Lina seufzte. Natürlich hatte ihre Freundin nicht ganz unrecht. »Ich weiß das alles, Alma.«

»Und was den Seelenzustand deines Ehemannes angeht, könnte er sicherlich selbst einiges dazu beitragen, wieder auf die Füße zu kommen.« Alma schnaufte geräuschvoll und unterstrich damit ihr Unverständnis, bevor sie weitersprach. »Wie auch immer, ich bin jedenfalls davon überzeugt, dass dein Vater heute nicht mehr auf den Gedanken kommen würde, deinem Mann die Leitung des Hotels zu überlassen. Bei dir ist er auf der sicheren Seite, das weiß der alte Herr sehr genau.«

»Eigentlich bin ich immer davon ausgegangen, dass Bruno und ich das Hotel irgendwann gemeinsam führen werden, aber ich glaube, du hast recht mit deiner Vermutung. Dieses Haus ist meinem Vater viel zu wichtig. Es ist sein Lebenswerk. Schließlich war er es, der es zu einem Grandhotel gemacht hat, das man nahezu in der ganzen Welt kennt.«

»Wie ich dich kenne, hast du sicher schon versucht, mit Bruno über all das zu reden, oder?«

»Natürlich habe ich das, aber es hat rein gar nichts verändert. Er stopft sich voll mit dieser Droge, und das macht ihn im Grunde noch unleidlicher. Ich komme eigentlich gar nicht mehr richtig an ihn ran.«

»Warum nimmt er das verfluchte Zeug denn überhaupt noch?«

»Er sagt, sein Knie mache ihm noch immer zu schaffen, aber ich glaube, dass er vor allem sein Zittern in den Griff bekommen will.«

»O nein, er ist ein Kriegszitterer?«, fragte Alma nun hörbar besorgt. »Das hast du noch nie erwähnt, und ich habe es Bruno auch wirklich nicht angemerkt, Lina. Meine Güte, so was aber auch! Ich habe schon davon gehört, dass dieses schreckliche Zittern einige heimgekehrte Soldaten heimsucht. Was für ein Graus.«

Lina nickte. »Ja, das ist es. Er versucht es auch vor mir zu verbergen, aber ich musste es einmal zufällig mitansehen, als er einen schweren Anfall hatte. Er dachte, ich bin schon nach unten gegangen, und fühlte sich unbeobachtet, deshalb weiß er nicht, dass ich das ganze Ausmaß kenne. Ach, Alma, es war einfach furchtbar, und ich glaube, ohne das Beruhigungsmittel würde er keinen einzigen Tag mehr durchstehen.«

»Herrje, jetzt habe ich fast ein schlechtes Gewissen, dass ich sein Verhalten so streng beurteilt habe.«

»Das Problem ist, dass es überhaupt nicht besser wird, aber zu einem Arzt will er nicht gehen. Er behauptet mir gegenüber, das Zittern sei sowieso nur noch ganz leicht und würde sicherlich mit der Zeit ganz vergehen.«

»Einmal abgesehen davon, dass du ihm natürlich sagen könntest, dass du mitbekommen hast, wie schlimm das Zittern wirklich bei ihm ist, verstehe ich sogar, dass er zu keinem Psychiater will. Es sind schier unglaubliche Geschichten zu hören. Die Behandlung von Kriegszitterern soll recht grausam sein, Lina, und ich habe noch von keinem gehört, dem das wirklich geholfen hätte, im Gegenteil.«

»Ja, das ist mir auch schon zu Ohren gekommen. Es ist zum Verzweifeln.«

»Und jetzt magst du dir wahrscheinlich kaum vorstellen, wie dein weiteres Leben mit ihm aussehen wird, nicht wahr?«

»Das ist es, worüber ich seit Wochen schon nachdenke. Meine Eltern sind immer sehr liebevoll miteinander umgegangen, das kannte ich gar nicht anders. Sie haben sich innig geliebt, daran habe ich nie gezweifelt.« Ein weiteres tiefes Seufzen entglitt ihr, und sie konnte gerade noch die Tränen unterdrücken, die ihr bereits in den Augen brannten. »Bei Bruno und mir ist es anders. Wenn man es genau nimmt, sind wir noch nicht einmal mehr gute Freunde. Und ja, das jagt mir schreckliche Angst ein, sobald ich an die Zukunft denke.« Sie musste erneut schlucken, bevor sie weitersprechen konnte. »Er ist furchtbar empfindlich geworden. Ich muss ständig aufpassen, dass ich nichts sage, das ihn reizen könnte. Früher konnten wir uns so gut miteinander unterhalten. Wir waren uns so vertraut, und er war wirklich mein bester Freund, doch nun kommt es mir oft vor, als wäre er durch den Krieg ein völlig anderer Mensch geworden.«

Alma nahm ihre Hand und sah ihr eindringlich in die Augen.

»Hast du schon mal an eine Scheidung gedacht, mein Lieb?«

»Ach, Alma, wie sollte das denn gehen? Wahrscheinlich

würde Bruno das Hotel dann verlassen, und in dem Zustand, in dem er sich noch immer befindet, wäre er vollkommen verloren ohne uns. Von dem Skandal, den mein Vater und das Hotel zu verkraften hätten, mal ganz abgesehen. Nein, das würde ich den beiden niemals antun.«

»Du solltest aber auch an dich denken. Du wirst noch selbst krank werden, wenn du nicht aufpasst. Du bist doch noch so jung, Lina. Dein ganzes Leben liegt noch vor dir.«

Lina löste ihre Hand aus der ihrer Freundin und breitete die Arme aus, so als wollte sie den Raum umarmen.

»Dann werde ich mein Leben eben diesem Hotel widmen, das wird mich auch glücklich machen.« Sie ließ ihre Arme wieder fallen. »Alle sagen, der Krieg sei bald vorbei, und dann wird alles wieder so werden, wie es früher einmal war, Alma. Die Gäste werden zurückkommen und diesem Haus neues Leben einhauchen, damit es zu seiner eigentlichen Bestimmung zurückfindet. Ich glaube fest daran.«

»Ja, die Gäste werden wiederkommen, da bin ich mir auch sicher. Das Hotel wird ohne Frage weiterleben.« Ihre Freundin schüttelte leicht den Kopf. »Doch ehrlich gesagt, zweifle ich daran, dass dir die Arbeit für das Haus auf die Dauer reichen wird, um wirklich glücklich zu sein.«

»Glück ist doch sowieso nur ein flüchtiger Moment, Alma.«

»Nun, das sehe ich anders. Ich finde, dass die kleinen Glücksmomente, die du meinst, rein gar nichts mit echtem Lebensglück zu tun haben. In meiner Vorstellung besteht da ein klarer Unterschied. Außerdem ...« Alma zögerte kurz, bevor sie weitersprach. »Außerdem bin ich davon überzeugt, dass gerade du ein Mensch bist, der eine große Liebe nicht

nur verdient hat, sondern sie auch braucht, um überhaupt …
Hm, mir fehlen die richtigen Worte.«

»Du hast zu viele Romane gelesen, meine Liebe«, erwiderte
Lina, doch sie musste schlucken, weil die Worte ihrer Freundin etwas in ihr anrührten.

»Und du weißt tief in deinem Herzen, dass ich damit richtigliege. Ich kenne dich, Lina-Marie Jacoby. Schon seit unserer Kindheit habe ich oft das Gefühl, dass du auf der Suche
bist, und das hat sich mit deiner Heirat nicht verändert.«

Nun musste sie doch aufpassen, dass ihr nicht die Tränen
kamen. Sie wandte sich kurz ab, sah noch einmal aus dem
Fenster, um sich zu fangen, doch dann drehte sie sich Alma
wieder zu.

»Du hast recht, Alma. Solange ich denken kann, ist da
etwas in mir«, gab Lina zu. »Eine Empfindung, die sich gar
nicht richtig in Worte fassen lässt.« Ihre Stimme klang belegt,
und wie immer, wenn sie angespannt war, umfassten ihre
Finger unweigerlich den kleinen goldenen Anker, der an einer
zarten Kette um ihren Hals hing – ein Geschenk ihres Vaters
zum fünfzehnten Geburtstag. Sie atmete einmal tief durch,
dann sprach sie weiter. »Das Gefühl war schon immer da,
eigentlich schon seit ich mir meiner selbst bewusst bin. Es
gleicht einer tief sitzenden Einsamkeit, verbunden mit einer
Art Trauer, aber das kann es ja nicht sein, denn ich war niemals allein.« Sie versuchte sich an einem Lächeln, als sie in
den Augen ihrer Freundin erneut Sorge erkannte. Bisher
hatte sie noch nie mit irgendjemandem darüber gesprochen.
Sie hätte gar nicht gewusst, wie sie es hätte anstellen sollen,
doch jetzt, da sie es tat, fühlte es sich richtig an, und sie verspürte eine gewisse Erleichterung. »Ich hatte meine Eltern,

dich und Bruno, doch das Gefühl, dass mir etwas fehlte, wollte niemals ganz verschwinden. Es war immer in mir, und mit den Jahren gewöhnte ich mich daran. Es tut mir leid, ich würde es dir gerne besser erklären, aber ...«

»Warum hast du denn nie mit mir darüber gesprochen?«, fragte Alma.

Die Stimme ihrer Freundin klang fast ebenso heiser wie ihre eigene. »Ich weiß es nicht genau. Vielleicht war es einfach das schlechte Gewissen, denn wie gesagt, ich war ja niemals einsam.«

Alma nickte. »Ich verstehe.«

»Und ja, ich hoffte auch, dass dieses Gefühl mit meiner Heirat verschwinden würde. Das war natürlich eine Illusion, nichts weiter.«

»Du liebst Bruno nicht, so einfach ist das.«

»Da magst du recht haben, aber das war mir im Grunde schon immer klar. Ich habe das unterschätzt, Alma. Ich hätte Bruno wirklich niemals heiraten dürfen.«

5. Kapitel

Hamburg, im Frühsommer 1919

Lina saß über ein paar Bestellungen und notierte vorsorglich die Beträge, die an die Zulieferer gezahlt werden mussten, sobald die Waren eingegangen waren. Seit dem frühen Morgen saß sie allein im Büro und kümmerte sich um den Papierkram. Ihr Vater und zum Teil auch Bruno, wenn er sich stark genug fühlte, behielten die Handwerker im Auge, die gerade an mehreren Stellen im Haus unterwegs waren, um einige Modernisierungen und Renovierungen durchzuführen. Die neue Küche war fertig, zum Glück, und der Hotelbetrieb nahm wieder Fahrt auf, wenn auch langsam. In den vergangenen Wochen hatten sie schon einige Gäste begrüßen dürfen. Lina war froh darüber. Auch wenn die Veränderungen jede Menge Arbeit mit sich brachten, so war sie dadurch doch die meiste Zeit des Tages von der Sorge um Bruno und ihre Ehe abgelenkt.

Kaum war der Krieg vorbei gewesen, hatte ihr Vater es fertiggebracht, die alten Verträge mit einigen der ehemaligen Zulieferer, vor allem mit den Landwirten und Gutsherren aus dem Umland, wieder aufleben zu lassen. So konnte er schon bald ausreichend Lebensmittel erwerben, selbst wenn die Auswahl noch recht eingeschränkt gewesen war und die Seeblockade den Hafen nach wie vor abgeriegelt hatte. Doch nun war auch diese letzte Hürde beseitigt, und es kamen endlich wieder die schmerzlich vermissten Waren über den Seeweg in die Stadt. Das Leben wurde von Tag zu Tag leichter.

Nachdem sie den Stapel mit den Bestellungen beiseitegelegt hatte, heftete sie noch Lieferscheine, diverse Korrespondenz und bereits bezahlte Rechnungen ab. Dann griff sie nach der Notiz mit der ausladenden Handschrift ihres Vaters. Sie hatte den Zettel am Morgen bereits gesehen und kurz überflogen, doch jetzt war der Papierkram des Vormittags erledigt, und sie konnte sich auf die zweite Hälfte des Arbeitstages vorbereiten.

Lina, sei so gut und nimm mir das Gespräch mit dem neuen Koch ab. Ich habe ihn gebeten, am frühen Nachmittag vorbeizuschauen. Am Empfang wissen sie Bescheid. Sie schicken ihn direkt zu dir rauf. Der Mann ist ein wahrer Künstler am Herd, also sei nett zu ihm. Danke, Papa.

Sie musste lächeln. Personalgespräche waren vielleicht der einzige Bereich seiner Arbeit, den ihr Vater nicht gerne erledigte. Alles, was damit zu tun hatte, trat er nur allzu gerne an sie ab, wenn es möglich war. Ihr hingegen machte es nichts aus. Normalerweise genoss sie es sehr, mit anderen Menschen zu sprechen. In diesem Fall handelte es sich sowieso nur noch um eine reine Formalität, denn ihr Vater hatte dem neuen Chefkoch bereits vor einigen Tagen eine feste Zusage gegeben. Lina war zu der Zeit gar nicht im Hause, sondern zusammen mit Alma für ein paar erholsame Tage an der Ostsee gewesen, um Almas Mutter zu besuchen.

Lina sah auf die Uhr. Sicherlich hatte sie noch Zeit, um eine Kanne Kaffee zu bestellen. Zum wiederholten Male schickte sie ein Dankgebet gen Himmel, dass es endlich wieder richtigen Bohnenkaffee gab. Der Handelsumschlag im Hafen hatte praktisch sofort wieder begonnen, kaum dass die Briten die Seeblockade aufgelöst hatten. Es war ein Segen, dass nun nach und nach wieder viele Waren in die Stadt kamen, auf die sie lange hatten verzichten müssen.

Als es eine halbe Stunde später schließlich an ihrer Tür klopfte, war alles bereit für ein angenehmes Einstellungsgespräch.

»Immer herein«, rief sie, erhob sich und strich ihren Rock glatt.

Ein Mann betrat ihr Büro, zog seine Schiebermütze vom Kopf und kam lächelnd auf sie zu, um ihr die Hand zu reichen.

»Fräulein Jacoby, es ist mir eine Freude, Sie gesund und munter wiederzusehen«, sagte er aufgeräumt.

Lina blieb fast die Luft weg, und sie brauchte einen Moment, um sich innerlich zur Ordnung zu rufen. Die ungewöhnlich hellen, grün schimmernden Augen des Mannes strahlten, und allein daran hätte sie den ehemaligen Küchenjungen wohl überall sofort wiedererkannt. Viel zu sehr hatte sie damals für ihn geschwärmt.

»Martin Hoffmann«, brachte sie endlich hervor. »Mein Vater hat mit keinem Wort erwähnt, dass Sie es sind, der unsere Küche von nun an führen wird.«

Der Mann lachte, was das Strahlen seiner Augen noch stärker hervorhob. »Wahrscheinlich hat er gar nicht mehr an den Küchenjungen von damals gedacht, Fräulein Jacoby.«

Sie räusperte sich. »Frau ... Ähm, Frau Jacoby. Ich habe unterdessen geheiratet.«

»Ah, Sie konnten Ihren Nachnamen behalten. Dann haben Sie sicherlich den Bruno geheiratet, richtig? Das hatten ja damals schon alle erwartet.«

Sie nickte nur. Das Thema war ihr nicht besonders angenehm. »O bitte, setzen Sie sich doch, Herr Hoffmann.«

Lina schenkte Kaffee ein, bot ihm Sahne und Zucker an und deutete schließlich auf die Mappe, die er in der Hand hielt, seit er das Büro betreten hatte.

»Sind das Ihre Papiere?«, fragte sie.

»Ja, Arbeitsnachweise, zwei Zeugnisse und natürlich der Personalbogen, den ich ausfüllen sollte.« Über den Schreibtisch hinweg reichte er ihr die Mappe, und sie überflog die wenigen Schriftstücke, die darin zu finden waren.

»Oh, wie ich sehe, haben Sie die vergangenen Monate im *Adlon* in Berlin gearbeitet«, stellte sie fest.

»Das ist richtig, allerdings nicht als Chefkoch, wie Sie sich denken können, sondern nur als Beikoch. Eigentlich wollte ich nach Kriegsende sofort wieder zurück nach Hamburg kommen, aber dann erhielt ich über einen früheren Kollegen das Angebot aus dem *Adlon* und dachte, es wäre besser, für eine Weile wieder Hotelküchenluft zu schnuppern, bevor ich erneut bei Ihrem Vater vorstellig werde.«

»Das war klug«, erwiderte sie.

»Das war es wohl. Vor allem deshalb, weil Sie jetzt sogar einen neuen Chefkoch gesucht haben und das Gehalt, das mir Ihr Vater in seinem Antwortschreiben vorgeschlagen hat, wirklich überzeugend war. Für mein Alter ist das ein enormer Aufstieg, aber das wissen Sie ja sicherlich.«

Sein Grinsen wirkte zwar ein wenig frech, aber nicht unangenehm oder gar unverschämt. Er hatte insgesamt etwas Jungenhaftes an sich.

Auch wenn es ihr etwas schwerfiel, weil sein Blick sie seltsam aufwühlte, sah Lina ihm nun erneut in die Augen. »Mein Vater hat beschlossen, dass ihr junges Alter kein Hindernis sein sollte, nachdem sie für ihn und einige andere hier im Hause gekocht haben. Ich war zu der Zeit leider gerade an der Ostsee, aber ich denke, Sie haben an diesem Abend jeden, der mitessen durfte, von Ihrem Können überzeugt.«

»Das freut mich.«

Sie wechselte das Thema. »Sie sind also völlig unversehrt aus dem Krieg zurückgekommen?« Es war ihr wichtig, mehr von ihm zu erfahren.

Er zögerte nur einen Moment, bevor er antwortete. »Ich hatte unverschämtes Glück. Man könnte auch sagen, mein Gulasch hat mich gerettet.«

Sie musste lachen. »Ihr Gulasch hat Sie gerettet?«

»So ist es. Zu der Zeit war ich noch in einer Ausbildungskompanie auf der anderen Seite der Elbe, als ein paar hochrangige Offiziere zu uns in die Kaserne kamen. Einer von ihnen, Oberst Friedrich von Kranbach, ließ diejenigen Soldaten zu sich kommen, die in ihren Papieren als Beruf Koch stehen hatten. Wir waren zu viert.« Sein Lächeln vertiefte sich. Offenbar amüsierte ihn die Erinnerung. »Einige Offiziere hatten bei einer Jagd zwei junge Hirsche geschossen. Der Oberst erteilte uns den Auftrag, Wildgulasch daraus zu kochen.«

»Und Ihr Gulasch hat ihm also am besten geschmeckt?«

»Gott sei Dank, ja. Ich hatte schon den Marschbefehl nach

Frankreich und wäre sehr wahrscheinlich an der Westfront gelandet, doch dann kam Friedrich von Kranbach und ersparte mir das. Er machte mich zu seinem Leibkoch und später auch zum Adjutanten, so blieb mir die Front erspart. Kranbach war der Obersten Heeresleitung zugeteilt. Mit Kampfhandlungen hatten wir überhaupt keine Berührung. Der Oberst beschäftigte sich vorwiegend mit irgendwelchen Papieren und nahm an wichtigen Konferenzen teil. Wir reisten häufig, hielten uns dann und wann auch in Kasernen auf, verbrachten vor allem aber viel Zeit auf seinem Familiensitz in der Nähe von Potsdam und wurden im Laufe der Zeit sogar gute Freunde. Ich muss zugeben, dass ich viel von ihm gelernt habe. Mein Gulasch hat mich also vor dem eigentlichen Krieg gerettet und mir gleichzeitig einen guten Freund und etwas mehr Bildung beschert.«

»Das war wirklich Glück«, sagte sie. Sein Bericht hatte sie gefesselt, ihr aber gleichzeitig aufgezeigt, dass er tatsächlich nicht ungebildet war. Seine Sprache war ebenso untadelig wie sein gesamtes Auftreten. Lina fand so etwas wichtig.

»Ich bin sehr froh, dass das *Hotel Jacoby* majestätisch wie eh und je hier am Ufer der Alster steht«, fuhr er fort. Sein Blick glitt kurz zum Fenster, dann sah er sie wieder an. »Hamburg ist meine Heimat, und ich habe immer sehr gerne in Ihrem schönen Haus gearbeitet. In Zeiten wie diesen kann es nur von Vorteil sein, wieder ein richtiges Zuhause zu haben.«

Lina nickte. »Es freut mich, dass Sie offenbar eine enge Bindung zu unserem Hotel verspüren. Wie ich den Papieren entnehme, werden Sie eine Personalunterkunft im Hotel beziehen.«

»Ja, Ihr Vater hat mir das freundlicherweise zugestanden. Im Augenblick bin ich bei einem früheren Schulkameraden untergekommen, aber das ist, ehrlich gesagt, keine gute Lösung.«

»Wann können Sie anfangen, Herr Hoffmann?« Ganz tief in ihrem Herzen regte sich ein Gefühl, das sie nicht einordnen konnte. Sie fragte sich, ob es vielleicht ein Alarmzeichen sein könnte, doch dann verwarf sie den Gedanken, denn die Empfindung war weder bedrohlich noch unangenehm. Ganz im Gegenteil.

»Wenn Sie möchten, gleich morgen zur Tagesschicht.«

»Das wäre wunderbar. Unser früherer Chefkoch ist schwer versehrt aus dem Krieg zurückgekehrt und konnte seine Stelle nicht wieder antreten. Das Geschäft läuft schon seit einiger Zeit tüchtig an. Die Leute wollen nach den entbehrungsreichen Kriegsjahren endlich wieder das Leben genießen. Es wird wirklich Zeit, dass unsere Küche wieder eine vernünftige Struktur erhält. Wir freuen uns also sehr auf Sie, Herr Hoffmann.«

»Ich werde Sie nicht enttäuschen, Frau Jacoby.«

»Das setze ich voraus.« Sie schenkte ihm ein strahlendes Lächeln.

»Ich habe noch eine Frage«, sagte er.

»Bitte.«

»Wäre es möglich, dass ich schon heute meine Kammer beziehe?«

»Aber natürlich, das ist überhaupt kein Problem. Übrigens ist es keine einfache Kammer. Unser Chefkoch bekommt üblicherweise zwei zusammenhängende und voll möblierte Räume mit eigenem Bad.«

»Oh, was für ein Luxus. Damit habe ich gar nicht gerechnet. Das ist ungewöhnlich großzügig. Vielen Dank.«

»Erwarten Sie nur keine großen Räume«, sagte sie lächelnd. »Die Wohnung ist zwar gemütlich, aber wirklich klein und nur für eine Person ausgerichtet. Sie finden sie bei den anderen Unterkünften für die Angestellten im Souterrain, wo sich auch der Personalraum für die Pausen und Besprechungen befindet. Vielleicht erinnern Sie sich noch daran?«

»Ja, natürlich, ich weiß noch genau, wo das ist.«

»Dann holen Sie ruhig schon mal ihre persönlichen Sachen, Herr Hoffmann. Ich gebe derweil unten Bescheid, und natürlich auch in der Küche, damit schon mal alle wissen, dass dort ab morgen ein neuer Küchenchef für frischen Wind sorgen wird.« Bevor Lina ihm die Mappe zurückgab, nahm sie den Personalbogen heraus und legte ihn beiseite. »Sobald Sie zurück sind, melden Sie sich einfach am Empfang«, fuhr sie fort. »Dort bekommen Sie dann den Schlüssel für Ihre Unterkunft und können sich in aller Ruhe einrichten. In Ihrer Wohnung finden Sie übrigens auch Ihre Arbeitskleidung in vierfacher Ausführung. Mein Vater hatte Sie ja nach der Größe gefragt, daher ist bereits für alles gesorgt. Die Ausstattungen für das Personal werden hier im Hotel gewaschen, darum brauchen Sie sich also nicht zu kümmern. Entsprechende Terminpläne hängen im Personalraum aus. Falls trotzdem noch etwas fehlen sollte, geben Sie ruhig Frau Gerlach, unserer Hausdame, Bescheid. Sie wird Ihnen behilflich sein. Alles Weitere können wir dann besprechen, sobald Sie sich einen Überblick verschafft haben.«

Martin Hoffmann erhob sich und reichte ihr die Hand zum Abschied. »Ich bin sehr glücklich, wieder für das *Grand-*

hotel Jacoby arbeiten zu dürfen.« So, wie er das sagte, klang es fast feierlich.

»Vom ehemaligen Küchenjungen und Kochlehrling zum Chefkoch, und das in dem Alter. Das nenne ich mal einen schönen Karrieresprung«, stellte Bruno während des Abendessens fest. »Normalerweise sind Chefköche doch bedeutend älter und müssen sich erst jahrelang profilieren, oder irre ich mich?«

Er griff nach seinem Weinglas und nahm einen großen Schluck. Zu groß, wie Lina sofort registrierte. Das Glas ihres Ehemannes war danach fast leer. Sie unterdrückte ein Seufzen, wie so oft in letzter Zeit. Irgendwann nach dem Jahreswechsel hatte Bruno damit begonnen, die Wirkung seiner üblichen Drogen mit reichlich Alkohol zu unterstützen. Ihr Vater und sie wechselten einen aussagekräftigen Blick miteinander. Es war auch ihm nicht entgangen, dass es mit seinem Schwiegersohn immer weiter bergab ging.

»Wir sind sehr froh, dass Martin Hoffmann die Küche übernimmt«, wandte sich ihr Vater an Bruno. »Gute Chefköche sind seit dem Krieg rar gesät. Hoffmann hat in unserem Hause sein Handwerk von der Pike auf gelernt, und inzwischen besitzt er hervorragende Referenzen, wie ich erfahren durfte. Das macht sein junges Alter wett. Lina sieht das sicher ebenso wie ich.«

Sie sah auf und nickte. »Das stimmt. Die vergangenen Monate war er in Berlin und hat im *Adlon* gearbeitet, aber er hat sich auch während des Krieges weiterbilden können, da er praktisch die ganze Zeit als Leibkoch eines hochrangigen Offiziers gearbeitet hat.«

»Ah, einer von diesen Glückspilzen also.« Bruno nahm die Karaffe mit dem Rotwein und schenkte sein Glas wieder voll, bevor er es erneut an die Lippen setzte und fast leerte. »Ich konnte den schon früher nicht ausstehen«, schob er mit Abscheu in der Stimme nach. »Jetzt weiß ich auch warum. Ich hasse Leute, denen alles in den Schoß fällt.«

»Trink doch bitte nicht so viel, Bruno.« Sie ärgerte sich sofort darüber, dass ihr die Bemerkung herausgerutscht war. Ihr fehlte die Kraft für einen Wutausbruch ihres Mannes.

»Behalte deine guten Ratschläge doch bitte für dich, Schätzchen«, sagte er. Seine Stimme klang hörbar bedrohlich, und das letzte Wort schien er fast auszuspucken.

»Bruno, bitte verhalte dich deiner Frau gegenüber angemessen«, mahnte ihr Vater.

Lina war ihm ausnahmsweise dankbar für die Einmischung. Sie wusste nur zu gut, dass Brunos Gemüt sehr leicht aus den Fugen geraten konnte, doch meistens riss er sich zusammen, solange ihr Vater in der Nähe war.

»Wenn man die ständigen keifenden Maßregelungen meiner Gemahlin zugrunde legt, war das durchaus angemessen, lieber Schwiegervater.«

Bruno erhob sich ruckartig und stieß dabei das Weinglas um. Wie durch ein Wunder blieb es heil. Wortlos stellte Lina es wieder auf.

»Entschuldigt mich bitte. Es reicht mir für heute, und der Appetit ist mir ohnehin vergangen.«

Ohne ein weiteres Wort verließ er das Esszimmer und warf die Tür geräuschvoll hinter sich zu.

»Ich halte das nicht mehr lange aus, Papa«, gab Lina leise zu.

»Ich weiß, mein Kind, ich weiß das.«

»Er ist praktisch schon vormittags betrunken.«

»Auch das habe ich mitbekommen.«

»Und das Schlimmste ist: Er macht mir Angst.«

»Ich werde über eine Lösung nachdenken. Vertrau mir.«

»Danke, Papa.«

Zwei Wochen später saß Lina allein mit Bruno am Mittagstisch, da ihr Vater einen Termin bei der Bank hatte. Das Essen verlief ruhig. Bruno wirkte ein wenig in sich gekehrt, doch das war ihr lieber als seine Tiraden über was oder wen auch immer.

»Ich werde übrigens für einige Wochen verreisen«, teilte er ihr nach dem Essen wie nebenbei mit.

»Du verreist? Wohin?«

»Dein Vater schickt mich in ein Sanatorium an der Nordsee. Er hat mir keine Wahl gelassen.«

»Könntest du mir das etwas genauer erklären, Bruno?«

Er schob seinen leeren Teller von sich und schnaubte.

»Nun, dein lieber Vater hat mich darüber in Kenntnis gesetzt, dass er ein Gespräch mit einem befreundeten Psychiater geführt hat. Und wenn ich mich jetzt nicht in dieses Sanatorium begebe, um mich ... sagen wir mal ... zu *erholen*, dann wird dieser Psychiater dafür sorgen, dass ich in eine entsprechende geschlossene Klinik eingewiesen werde. Dort werden jedoch üblicherweise nicht so sanfte Methoden wie in einem Sanatorium an der Nordsee angewendet. Mein zutiefst besorgter Schwiegervater würde ihm natürlich die notwendigen Sachverhalte schildern, um ausreichend Gründe für eine Einweisung zu liefern.«

Lina brauchte einen Moment, um das, was Bruno soeben gesagt hatte, zu verdauen. Offensichtlich hatte ihr Vater tatsächlich über eine Lösung nachgedacht, so wie er es ihr versprochen hatte.

»Was starrst du so?«, fragte Bruno unwirsch. »Es wundert mich, dass du offenbar nichts davon weißt, denn ich nehme an, dass ich diese unerfreuliche Entwicklung vor allem dir und deiner ständigen Jammerei zu verdanken habe, richtig?«

Da sie seine Nähe plötzlich nicht mehr ertragen konnte, stand sie auf und ging hinüber zum Kamin des Esszimmers. Erst dort drehte sie sich wieder zu ihm um und sah ihn an. Der kurze Moment hatte ihr geholfen, ihre Fassung zu bewahren.

»Das Gegenteil ist der Fall, Bruno. Du hast diese Entwicklung, wie du es nennst, nämlich allein dir selbst zu verdanken, nicht mir. Und wenn du noch genug bei Verstand bist, dann wirst du dieses Angebot von Papa zu schätzen wissen. Er tut dies sicherlich nicht allein für mich, denn er liebt auch dich, falls du es vergessen haben solltest.« Sie atmete tief durch und straffte die Schultern. »An deiner Stelle würde ich diese Gelegenheit nutzen. Du musst endlich lernen, dich vor dir selbst zu schützen, und einen Weg finden, dein zukünftiges Leben zumindest in ruhigere Bahnen zu leiten, damit wir alle friedlich miteinander weiterleben können. So wie es jetzt ist, kann es wirklich nicht weitergehen. Sei ehrlich, Bruno, du bist doch genauso wie ich zutiefst unglücklich mit der gegenwärtigen Situation.«

Zu ihrer Überraschung nickte er, ohne einen weiteren Streit vom Zaun zu brechen.

»Vielleicht habt ihr beide recht«, hörte sie ihn leise sagen.

»Mir geht es ja tatsächlich nicht gut. Wir werden sehen, ob der Aufenthalt im Sanatorium mir helfen kann.« Er erhob sich. »Ich werde dann besser mal packen gehen. Mein Zug fährt schon in zwei Stunden.«

Es dauerte einen Moment, bis sie verarbeitet hatte, dass er tatsächlich ruhig geblieben war, aber auch dass seine Abreise schon so kurz bevorstand. »Du fährst schon in zwei Stunden? Warum erfahre ich das denn erst jetzt? Auch Papa hat mir gar nichts ...«

»Dein Vater weiß gar nicht, dass ich schon heute abreise«, warf er ein. »Ich selbst habe beschlossen, schon vorher ein paar Tage in ein Hotel in der Nähe des Sanatoriums zu gehen, bevor mein Platz dort in der nächsten Woche frei wird.« Er seufzte. »Mir ist klar geworden, dass ich dringend einen Tapetenwechsel brauche.«

Lina nickte. Seine Entscheidung leuchtete ihr ein. »Brauchst du Hilfe beim Packen?«

»Nein, das ist nicht nötig. Ich denke, wir werden uns nicht mehr sehen, bevor ich fahre. Um genau zu sein, wäre es mir sogar lieber, wenn du mir nicht hinterherwinkst. Du weißt ja, ich mag Abschiede nicht besonders.«

Er kam nicht zu ihr, um sie zu umarmen oder gar zu küssen, doch wenigstens wandte er sich ihr noch einmal zu, als er in der Tür stand.

»Also dann ... Auf Wiedersehen, Lina. Grüße an den Patriarchen.«

»Auf Wiedersehen, Bruno. Ich hoffe, du kommst gesund zurück.«

»Das werden wir sehen.«

Eine Stunde später saß sie an ihrem Schreibtisch und hatte die Hoffnung nicht aufgegeben, dass ihr Mann noch einmal bei ihr vorbeischauen würde, um sie zum Abschied in den Arm zu nehmen. Doch das tat er nicht.

Am frühen Abend kehrte ihr Vater von einigen Terminen heim und kam zu ihr ins Büro.

»Wie ich soeben hörte, ist Bruno schon fort«, sagte er.

»Ja, das ist er.« Sie zögerte einen Moment, weil ihr die Worte fehlten. »Er hat sich gar nicht richtig von mir verabschiedet. Zwischen Mama und dir hätte es so etwas nie gegeben.«

Ihr Vater nickte, ging aber nicht auf ihre Bemerkung ein. Sie wusste, dass es für ihn noch immer viel zu schmerzhaft war, über ihre Mutter zu sprechen. »Ich habe dir versprochen, etwas zu unternehmen, und wollte eigentlich heute Abend mit dir darüber reden, aber nun ist mir Bruno durch seine vorzeitige Abreise zuvorgekommen. Es erschien mir als das Beste, ihn wegzuschicken, Prinzessin. Außerdem ermöglicht seine Abwesenheit auch dir eine Verschnaufpause.«

»Ich weiß, Papa.«

»Wir müssen jetzt nur abwarten, in welchem Zustand er sich befindet, wenn er zurückkommt.«

»Wie lange wird sein Aufenthalt im Sanatorium dauern, weißt du das?«

»Professor Carstens sprach von ungefähr sechs bis acht Wochen.«

»Sechs bis acht Wochen …« Plötzlich fühlte sie sich wie befreit. Als ihr das bewusst wurde, spürte sie den Anflug eines schlechten Gewissens.

»Du solltest dir keine Vorwürfe machen, Lina«, sagte ihr Vater, als hätte er ihre Gedanken gelesen. »Du trägst keinerlei

Schuld – weder an seinem Zustand, noch an der gesamten Situation. Vergiss das nicht.« Sein Blick fiel auf ihren Schreibtisch. »Arbeite nicht mehr so viel. Gönn dir mal ein bisschen Ruhe, mein Kind.«

Er war im Begriff zu gehen, doch sie hielt ihn zurück. »Wie war es denn bei der Bank, Papa?«

»Alles läuft bestens. Ich habe zwei größere Beträge eingezahlt. Wenn es noch zwei Monate so gut weitergeht, haben wir den Kredit für die Renovierungen zurückgezahlt. Das ging alles viel schneller als erwartet.«

»Das klingt gut. Die Schulden haben mir ein bisschen Sorgen bereitet.«

»Lina, das waren keine echten Schulden, sondern Investitionen in die Zukunft des Hotels. Du solltest den Unterschied langsam kennen.« Er zwinkerte ihr zu. »Ich habe übrigens noch eine Vollmacht bei mir liegen, die du unterschreiben musst. Bitte mach das heute noch. Die Bank weiß bereits Bescheid und wartet darauf. Die Vollmacht liegt mitten auf meinem Schreibtisch, du kannst sie nicht übersehen. Wenn deine Unterschrift drauf ist, hast du endlich vollen Zugriff auf unsere Konten. Vorhin war ich außerdem noch bei unserem Notar. Mein Testament habe ich angepasst, das war lange überfällig. Niemand wird dir jemals das Hotel streitig machen können, auch Bruno nicht.«

»Das hätte doch noch Zeit gehabt, Papa.«

»Das sehe ich anders. Was getan ist, ist getan. Mich beruhigt es außerordentlich, dass alles geregelt ist. So, und nun mach du auch endlich Feierabend. Ich habe übrigens auswärts gegessen und gehe bald schlafen. Der Tag war anstrengend.« Offenbar war er bester Stimmung.

Lina lächelte noch, als er schon wieder gegangen war. An manchen Tagen fragte sie sich, ob es vielleicht doch wieder eine Frau in seinem Leben gab. Wenn ja, hatte er offenbar beschlossen, es noch für sich zu behalten. Oder es handelte sich um eine rein körperliche Angelegenheit, und auch damit konnte sie leben. Hauptsache, es ging ihm gut dabei.

Schließlich klappte sie den Ordner zu, der auf ihrem Schreibtisch lag, und stellte ihn zurück in den Aktenschrank, dann verließ sie ihr Büro, ging kurz hinüber zu ihrem Vater und unterschrieb die Vollmacht, die ihm so wichtig war.

Wie immer nahm sie anschließend die Treppe, um nach unten zu gehen. Es war ihr zu einer lieben Gewohnheit geworden, abends einen kleinen Rundgang zu machen, bevor sie sich ins oberste Stockwerk des Mittelflügels zurückzog, wo ihre Wohnung lag.

Als sie unten ankam, herrschte noch immer reges Treiben im Foyer. Sie nickte kurz dem Chefportier zu, der sich gerade mit zwei Gästen unterhielt. Da sie nicht stören wollte, ging sie weiter, warf einen schnellen Blick ins Hauptrestaurant und freute sich, dass es gut besucht war. Sie erkannte ein paar Senatoren, die mit ihren Gattinnen an einem der größeren Tische saßen, was in der letzten Zeit glücklicherweise häufiger geschah. Manchmal war sogar der Bürgermeister dabei. Hier im Hauptrestaurant ging es meist sehr gediegen und ruhig zu. Ganz anders im kleineren Restaurant, dessen Zugang im hinteren Teil des Foyers lag. Dort saßen wie fast jeden Abend ein paar Künstler zusammen. Berühmte Theaterschauspieler und Schriftsteller fanden sich hier ebenso ein wie aufstrebende bildende Künstler. Eine illustre Runde, die das gute Essen und die edlen Weine in vollen Zügen genoss.

Alles geht wieder seinen Gang, dachte sie zufrieden. Sie begrüßte kurz den Oberkellner, wünschte ihm einen schönen Abend mit freundlichen Gästen und ging durch das Foyer zurück zur hinteren Treppe.

»Guten Abend, Frau Jacoby.«

Die Stimme mit dem angenehmen dunklen Timbre ließ sie mitten in der Bewegung innehalten. Bevor sie sich jedoch zu ihm umdrehte, schloss sie für einen Atemzug lang die Augen. Es war jedes Mal eine Herausforderung für sie, wenn sie auf den neuen Chefkoch traf. Es hatte nur ein paar Tage gebraucht, um sich einzugestehen, dass Martin Hoffmann es noch immer fertigbrachte, ihr Herz höher schlagen zu lassen. In seiner Gegenwart fühlte sie sich genau wie damals, als sie noch ein junges Mädchen gewesen war und so sehr für ihn geschwärmt hatte. Die freundliche und aufmerksame Art, mit der er ihr stets begegnete, machte ihr die Sache nicht unbedingt leichter.

»Ihnen auch einen schönen Abend, Herr Hoffmann.«

»Sie arbeiten noch?«, fragte er. »Um diese Uhrzeit?«

Er stand jetzt direkt vor ihr. Lina sah zu ihm auf und bemühte sich, möglichst ungezwungen zurückzulächeln. »Am Abend laufe ich gerne noch einmal durch das Foyer und schaue in die Restaurants, manchmal auch in die Bar, um zu sehen, ob alles läuft und die Gäste zufrieden sind.«

»Und?« Er lächelte ebenfalls. »Waren die Gäste zufrieden?«

»Es sah ganz danach aus. Besonders in den Restaurants.«

»Das höre ich gerne.«

»Sie sind gerade einmal zwei Wochen hier, und unter Ihrer Führung entwickelt sich schon jetzt alles ganz wunderbar. Beide Restaurants sind fast jeden Abend ausgebucht. Es ist eine Freude, das zu sehen. Wir sind wirklich froh, dass wir Sie haben, Herr Hoffmann.«

»Danke. Ich gebe mir Mühe, und die Jungs in der Küche leisten großartige Arbeit.«

Seine hellgrünen Augen glitzerten im Licht der Kronleuchter wie Opale. Es irritierte sie, dass sie das überhaupt bemerkte.

»Nun, dann werde ich jetzt mal nach oben gehen«, beeilte sie sich zu sagen und wandte sich hastig von ihm ab.

»Gute Nacht, schlafen Sie gut«, rief er ihr nach, aber da war sie schon auf dem ersten Absatz der Treppe angekommen. Ihr wurde klar, dass er an Ort und Stelle stehen geblieben war, um ihr nachzusehen. Wärme breitete sich in ihrem ganzen Körper aus, und tief in ihrem Bauch fühlte sie ein Kribbeln, als wären dort ganze Kohorten von Ameisen auf Wanderschaft.

Das ist nicht gut, dachte sie, während sie schnurstracks die Treppe weiter nach oben stieg, ohne noch einmal zurückzuschauen. Das ist überhaupt nicht gut.

6. Kapitel

Die Wochen ohne Bruno flogen nur so dahin. Lina spürte mit jedem Tag mehr, dass diese Zeit auch für sie die reinste Erholung darstellte. Die allgegenwärtige Anspannung, die Brunos Rückkehr aus dem Krieg mit sich gebracht hatte, löste sich nach und nach auf. Schon nach kurzer Zeit genoss sie das Leben, *ihr* Leben, wieder in vollen Zügen. Sie liebte ihre Arbeit und den täglichen Umgang mit den Menschen im Hotel. Mit ihrem Vater verstand sie sich fast ohne Worte, und Alma und sie lachten nun wieder viel häufiger zusammen.

Ein herrlicher Sommer ging in einen sehr warmen Spätsommer über, und einige Tage nach ihrem einundzwanzigsten Geburtstag flatterte ein Telegramm ins Haus, in dem Bruno seine Rückkehr in den kommenden ein bis zwei Wochen ankündigte. Lina sah seinem Eintreffen mit gemischten Gefühlen entgegen. Einerseits freute sie sich, ihn endlich wiederzusehen, andererseits hatte sie Angst davor, dass sich auch zukünftig nichts im Zusammenleben mit ihm ändern würde. Die Vorstellung, dass es so sein könnte, ließ sie schaudern.

Die Erfahrungen der letzten Wochen hatten sie geprägt und eine ganz neue Lebensfreude zum Vorschein gebracht, die sicherlich schon lange in ihr geschlummert hatte. Nun würde sie es schlicht nicht mehr hinnehmen können, wenn sich erneut eine graue Wolke über ihren Alltag legte, die ihr jeden wärmenden Sonnenstrahl verwehrte. Es wäre viel zu schmerzhaft für sie, wenn Brunos Anwesenheit jene Leichtigkeit wieder vertrieb, die ihr inzwischen jeden einzelnen Tag versüßte.

Am Abend sprach sie mit Alma darüber. Sie hatten beide etwas früher Feierabend gemacht und saßen nun gemütlich bei einem Glas Wein zusammen vor dem Kamin im Salon von Linas Wohnung.

»Du hast zwischendurch also überhaupt nichts von Bruno gehört?«, wollte Alma wissen. »Das heißt, du weißt tatsächlich nicht, ob ihm der Aufenthalt im Sanatorium geholfen hat?«

Lina nickte. »Genauso ist es. Es war ein wichtiger Teil der Behandlung, die Kontakte zur Familie vollkommen einzustellen.«

»Dann kann ich verstehen, warum du so aufgeregt bist.«

»Ich hoffe so sehr, dass Bruno sich gefangen hat.«

»Das wünsche ich dir von Herzen«, sagte Alma und seufzte. »Um mal das Thema zu wechseln ... Ist es nicht wunderbar, wie viel wir wieder zu tun haben? Das Haus ist die meiste Zeit nahezu ausgebucht.«

»Ja, ich kann es auch kaum fassen. Zuerst habe ich mir wegen des Kredits ein bisschen Sorgen gemacht, aber es war eine großartige Idee von meinem Vater, die Suiten zu modernisieren.«

»Das stimmt. Die Räume sind allesamt fantastisch geworden, aber wenn du mich fragst, hat sich auch herumgesprochen, dass wir einen hervorragenden neuen Chefkoch haben. Seit er bei uns ist, bleibt kaum ein Tisch in den Restaurants unbesetzt. Mit Martin Hoffmann habt ihr einen guten Griff getan, vielleicht sogar den besten«, bestätigte Alma. »Man kann nur hoffen, dass er uns lange erhalten bleibt, schließlich ist er noch recht jung.«

»Das ist wohl richtig.«

Ihre Miene musste sich verändert haben, denn Alma legte den Kopf auf die Seite und sah sie eindringlich an.

»Hast du was gegen Martin? Du mochtest ihn früher doch sogar sehr gerne, wenn ich mich richtig erinnere.« Ihre Freundin klimperte aussagekräftig mit den Wimpern, und als Lina nicht antwortete, hakte sie nach: »Ähm, Lina …?«

»Ach, das ist doch lange her. Damals war ich erst sechzehn, und zum Glück hat er nie etwas von meiner jugendlichen Verliebtheit bemerkt.«

»Aber das ist noch nicht alles, oder?« Alma ließ nicht locker. »Nun komm schon, Lina, raus mit der Sprache.«

Um ein wenig Zeit zu gewinnen, nahm Lina ihr Glas und nippte daran. Sie kannte Alma und wusste, dass ihre Freundin sowieso keine Ruhe geben würde. »Also …«, setzte sie noch einmal an, nachdem sie das Glas wieder abgestellt hatte. »Also … sagen wir mal so …«

»Ah, er gefällt dir also immer noch«, half Alma aus.

»Ja, sogar sehr.« Sie schluckte, aber da sie ihrer Freundin vertraute, war es auch eine Erleichterung, endlich darüber zu sprechen. »Wenn ich ehrlich bin, finde ich es enorm anstrengend, ihm zu begegnen, und hoffe, dass diese unmögliche Schwärmerei bald vorübergeht. Im Augenblick gehe ich Martin Hoffmann bewusst aus dem Weg. Schließlich bin ich eine verheiratete Frau, und ich möchte vermeiden, dass er meine Gefühle auch nur erahnt. Das wäre mir sehr unangenehm.«

»Ach, herrje.«

Lina musste lachen. »Richtig. So könnte man mein Dilemma zusammenfassen.« Sie schüttelte den Kopf. »Ach, vergiss es, lass uns das Thema wechseln.«

Alma blieb ernst. »Es ist nicht zu übersehen, dass dich das wirklich aufwühlt, Lina. Verzeih mir, aber da ich dich sehr gut kenne, muss ich einfach noch mal nachhaken. Die Sache würde dich nur halb so sehr mitnehmen, wenn du nicht das Gefühl hättest, dass Martin Hoffmann ähnlich fühlt wie du. Liege ich damit richtig?«

Lina blies kurz die Wangen auf, denn Alma traf einmal mehr genau den Kern. »Du kennst mich wirklich gut, und ja, du hast recht. Wenn ich mich nicht furchtbar täusche, empfindet er auch etwas für mich. Gerade deshalb will ich unter allen Umständen verhindern, dass es womöglich zu Situationen kommt, die … nun ja, die eventuell die Lage noch komplizierter machen würden. Schließlich ist Hoffmann ebenfalls verheiratet.«

Alma zog ihre Augenbrauen in die Höhe. »Er ist verheiratet? Das wusste ich gar nicht.«

»Doch, ist er. Auf seinem Personalbogen hat er es jedenfalls beim Punkt Familienstand angekreuzt.«

»Aber er hat doch die Personalwohnung bezogen. Das finde ich eigenartig.«

»Ich habe mich auch darüber gewundert, aber es kann viele Gründe geben, warum er zurzeit hier im Hotel wohnt.«

»Komisch ist es trotzdem.«

»Nun, er hat bis vor Kurzem noch in Berlin gelebt, vielleicht ist seine Frau ja noch dort und kommt erst später nach, wer weiß. Im Augenblick scheint es ja nicht ganz so leicht zu sein, in Hamburg eine adäquate Wohnung zu finden.«

Alma kräuselte leicht die Lippen, so wie sie es immer tat, wenn sie nachdachte. »Er hat seine Frau noch nie erwähnt, dabei habe ich mich schon einige Male mit ihm unterhalten. Außerdem ist mir aufgefallen, dass er an seinen freien Tagen das Hotel nie für länger als ein oder zwei Stunden verlässt. Als ich ihn mal darauf ansprach, erwähnte er, dass es ihm für seine Freizeit absolut ausreichen würde, ausgedehnte Spaziergänge um die Alster zu machen und ansonsten ein paar gute Bücher zu lesen.«

»Ach ja? Na, das ist tatsächlich ungewöhnlich für einen verheirateten Mann.« Lina winkte ab. »Wie auch immer, Alma, wir werden das jetzt nicht ergründen. Sobald Bruno wieder im Hause ist, werde ich mich sicherlich selbstsicherer fühlen, wenn ich mit Hoffmann zu tun habe.«

»Wenn du meinst ...«

Eine Weile schwiegen sie beide einvernehmlich, tranken ihren Wein und schauten ins knisternde Kaminfeuer. Das Klingeln des Haustelefons riss sie jäh aus ihrer gedankenvollen Stille. Sie sahen sich kurz an, und Alma verdrehte die Augen. Lina erhob sich und ging hinüber zum Apparat, der auf einem kleinen Tisch neben der Zimmertür stand. Sie nahm den Hörer ab und meldete sich.

»Frau Jacoby, bitte kommen Sie schnell nach unten ins Foyer!« Die Stimme des Nachtportiers klang hörbar aufgeregt. »Ihr Vater, Frau Jacoby ... Bitte, bitte, kommen Sie schnell!«

Linas Herz stolperte kurz, bevor es wie wild zu rasen begann.

»Ich bin sofort da«, antwortete sie hastig. Pure Angst fraß sich bereits durch ihren Körper und ließ sie zittern. »Komm mit, Alma. Es ist irgendwas mit meinem Vater.«

Als sie kurz darauf unten ankamen, befand sich bereits eine kleine Menschenmenge direkt vor dem Rezeptionstresen. Lina rannte durch die Halle, und als man sie kommen sah, machten einige Leute sofort Platz und gaben den Blick auf ihren Vater frei, der regungslos am Boden lag. Martin Hoffmann kniete neben ihm. Er bewegte die Arme ihres Vaters über dessen Brustkorb auseinander und wieder zusammen, doch als er sie bemerkte, stellte er seine Bemühungen ein und sah zu ihr auf. Sein Blick wirkte sichtlich erschüttert.

Einen Augenaufschlag später kniete Lina neben ihm und sah voller Verzweiflung auf das bleiche und völlig erstarrte Gesicht ihres Vaters. Sie erfasste sofort, dass er nicht mehr atmete. Almas Hände lagen auf ihren Schultern. Die Freundin war direkt hinter ihr.

»Ich habe getan, was ich konnte«, sagte der Chefkoch gepresst. »Aber mir sind nur die Wiederbelebungsversuche für Ertrinkende geläufig. Es tut mir leid.«

»Es ist … gut«, antwortete Lina. Die grauenvolle Gewissheit fraß sich in ihr Herz und ließ ihre Stimme heiser klingen. Ihr Vater war tot, sie hatte ihn verloren.

»Der Portier sagte, Ihr Vater sei einfach umgefallen«, erklärte er. »Ich denke … er ist innerhalb weniger Sekunden verstorben. Ein Arzt wurde sofort gerufen, aber der ist noch nicht eingetroffen.« Sein Blick traf auf ihren. »Ich konnte nichts mehr tun. Es tut mir wirklich leid«, wiederholte er eindringlich.

Sie wollte noch etwas sagen, doch plötzlich wurde ihr schwindelig. Nur eine Sekunde später schien sich ein dunkler Vorhang vor ihre Augen zu senken, der ihr nicht nur die klare Sicht, sondern auch all ihre Kraft nahm. Sie konnte sich nicht mehr halten und sackte nach vorne. Das Letzte, was sie fühlte, waren die starken Arme von Martin Hoffmann.

Als sie wieder zu sich kam, lag sie auf dem Diwan im Salon ihrer Wohnung. Man hatte ihr den Kopf mit einem Kissen gestützt, und ein Mann saß neben ihr und fühlte ihren Puls. Erst nach einem Moment erkannte sie Doktor Kroll, ihren Hausarzt. Dieser nickte ihr freundlich zu.

»Da sind Sie ja wieder.« Der Mediziner tätschelte ihre Wange und erhob sich. »Ich habe ihr ein Mittel zur Kräftigung des Kreislaufs verabreicht«, hörte Lina den Doktor zu jemandem sagen, der hinter ihr und damit außerhalb ihres Blickfeldes stand.

»In Ordnung.« Lina erkannte Almas Stimme, die hörbar angegriffen klang.

»Frau Jacoby sollte noch ein wenig liegen bleiben und etwas zu sich nehmen. Am besten eine Tasse Boullion«, fuhr Doktor Kroll fort. »Das stärkt die Nerven und wärmt die Seele. Ich würde vorschlagen, dass sie sich dann alsbald zur Nachtruhe begibt.«

Da sich ihr Kopf wie leergefegt anfühlte, wartete Lina ab, bis Alma den Arzt verabschiedet hatte und zu ihr zurückkkam. Die Freundin ließ sich auf einen Sessel nieder, der kaum eine Armlänge vom Diwan entfernt stand. Langsam und vorsichtig setzte Lina sich auf.

»Du sollst noch liegen bleiben.«

»Will ich aber nicht.« Und dann kamen die Tränen. Ihr Vater war tot. Der Gedanke war ein Messerstich mitten ins Herz. Sie konnte sich nichts Schlimmeres auf der Welt vorstellen als ein Leben ohne ihn. Sie glaubte, dass sie niemals mehr würde aufhören können zu weinen, doch dann schaffte sie es, sich etwas zu beruhigen. Auch Alma hatte geweint. Sie schnäuzten sich die Nasen und sahen einander erschöpft an.

»Wie bin ich hier heraufgekommen?«, fragte Lina nach einiger Zeit der Stille.

»Martin Hoffmann hat dich nach oben getragen. Du bist umgefallen und direkt in seinen Armen gelandet, Lina.«

»O mein Gott, wie peinlich.«

»Mach dir keine Gedanken darüber. Er war völlig erschüttert von der Situation, hat dich einfach hochgehoben und mich gebeten, ihm den Weg zu deinen Privaträumen zu zeigen. Das habe ich dann auch getan.«

»War er es, der … mich hier abgelegt hat?« Die Vorstellung, dass sie in seinen Armen gelegen hatte, ließ ihr Herz schneller schlagen.

»Ja, aber er ist sofort wieder gegangen. Er war sehr umsichtig und ganz behutsam mit dir, also keine Sorge.«

»Ich sollte ihm dankbar sein.«

»Ja, das solltest du. Doktor Kroll traf kaum eine Minute später ein. Hoffmann hat auch versucht, deinen Vater zu retten, Lina.« Sie nickte. »Daran erinnere ich mich. Er entschuldigte sich dafür, dass er nur die Wiederbelebungsversuche für Ertrinkende kannte.«

»Nichts hätte mehr etwas genützt, Liebes. Doktor Kroll vermutet, dass es ein Herzschlag gewesen ist. Mehrere Leute sagten, dass dein Vater sich an die Brust gefasst hat und dann einfach umgekippt ist. Niemand hätte mehr etwas tun können, davon war der Arzt überzeugt.«

»Wo ist Papa jetzt?« Lina fühlte schon wieder neue Tränen in sich aufsteigen.

»Er liegt auf seinem Bett. Wir haben ihn dorthin bringen lassen. Für alles Weitere ist auch noch morgen Zeit«, antwortete Alma. »So, und nun hörst du auf den Arzt. Ich besorge dir eine Brühe, und danach legst du dich hin. Morgen früh hast du dann sicher wieder genug Kraft gesammelt, um alles anzugehen, was jetzt vonnöten ist. Ich helfe dir dabei.«

»Ich möchte lieber eine heiße Schokolade. Die hat Papa mir immer gemacht, wenn ich nicht schlafen konnte.«

Ihre Freundin schenkte ihr ein warmes Lächeln. »Ich kümmere mich darum. Mach du dich unterdessen für die Nacht zurecht. Ich bringe dir deine Schokolade ans Bett.«

»Kannst du heute Nacht bei mir bleiben?«

»Natürlich bleibe ich bei dir. Ich würde dich jetzt niemals alleine lassen.«

Auch wenn sie kaum ein Auge zugemacht hatte, fühlte Lina sich am nächsten Morgen etwas stärker. Natürlich hatte sie noch viel geweint, aber irgendwann in den frühen Morgenstunden waren die Tränen versiegt. Nun hatte sie sogar das Gefühl, dass sie wieder einigermaßen vernünftig denken konnte. Noch bevor sie die Bettdecke zurückschlug, wurde ihr bewusst, wie wichtig es war, dass sie jetzt den Überblick behielt. Es lag nun allein in ihren Händen, das Hotel am Laufen zu halten.

Lina erledigte ihre Morgentoilette, steckte ihre taillenlangen Haare auf und stand kurz darauf vor ihrem Kleiderschrank. Ohne lange überlegen zu müssen, entschied sie sich für ein einfaches schwarzes Kleid. Es war nach der neuesten Mode geschnitten, jedoch so schlicht gehalten, dass es für diesen ersten Tag der Trauer angemessen war. Sie legte sich die Perlenkette ihrer Mutter um den Hals, dann warf sie einen schnellen Kontrollblick in den Spiegel. Die dunklen Schatten unter ihren Augen waren nicht zu übersehen, doch darauf kam es jetzt nicht an. Nach einem tiefen Atemzug ging sie hinüber zur Tür und öffnete sie.

Alma saß bereits an dem kleinen runden Tisch vor dem Fenster des Wohnzimmers, der für zwei gedeckt war. Ihre Freundin sah auf und erhob sich, um ihr entgegenzukommen.

»Ich habe uns das Frühstück hierherbringen lassen und nicht ins große Esszimmer«, sagte sie leise. »Ich dachte, so ist es etwas gemütlicher.«

Lina erkannte sofort, wie umsichtig Alma damit gehandelt hatte, denn im Esszimmer hatte sie jeden Morgen zusammen mit ihrem Vater gefrühstückt.

»Das war eine gute Entscheidung«, erwiderte Lina dankbar. »Hast du ein bisschen schlafen können?«

»Ja«, antwortete Lina. »Es war sicher nicht ausreichend, aber ein paar Stunden habe ich geschlafen, wenn auch mit einigen Unterbrechungen.«

»Dann komm, setz dich und frühstücke erst mal ordentlich. Du brauchst jetzt Kraft für alles. Es gibt frischen Hefezopf. Den magst du doch so gerne.« Alma ging zurück zum Tisch und schenkte ihr Kaffee ein.

Lina folgte Almas Aufforderung und setzte sich. »Wie war deine Nacht auf dem Sofa?«, fragte sie, während sie einen kleinen Schuss Sahne in ihren Kaffee gab.

Alma winkte ab. »Nun ja, so weit, so gut. Natürlich habe ich auch nicht besonders viel geschlafen, aber das wäre in meinem eigenen Bett nicht anders gewesen.«

Nachdem sie eine Scheibe vom Hefezopf mit Butter und

Marmelade gegessen und zwei Tassen Kaffee getrunken hatte, ging es Lina eine Spur besser.

»Es gibt furchtbar viel zu tun. Ich weiß im Augenblick gar nicht recht, wo ich beginnen soll.«

»Wir gehen das gemeinsam an, Lina. Ich bin bei dir und kann dir jede Menge Arbeit abnehmen. Du musst mir nur ohne Umschweife sagen, was ich für dich tun kann.«

»Du bist ein wahrer Schatz, Alma.« Sie erhob sich und ging hinüber zum anderen Fenster. Die Sonne schien von einem wolkenlosen Himmel und ließ die Alster glitzern. »Es ist so ein schöner Tag«, flüsterte sie. Seufzend drehte sie sich wieder zu ihrer Freundin um und sah sie an. »Es mag nach einer Phrase klingen, doch es wäre tatsächlich der Wunsch meines Vaters gewesen, dass ich sofort an die Arbeit gehe. Das Hotel stand für ihn immer an erster Stelle.«

»Neben dir.«

»Ich habe nie an seiner Liebe gezweifelt, Alma, doch das Hotel war immer das Wichtigste in seinem Leben, glaub mir.«

»Du hast zumindest recht damit, dass es ganz in seinem Sinne wäre, wenn du deine Aufgaben als neue Besitzerin und Direktorin des Hotels sofort anpackst. Das ist in diesem Fall also sicherlich keine Phrase.«

Lina nickte, ging zurück zu ihrem Stuhl und setzte sich wieder. »Weißt du, ich war kaum zwölf Jahre alt, als mein Vater damit begann, mir nach und nach alles beizubringen. Es gab Zeiten, da ging er mir damit gehörig auf die Nerven, doch jetzt bin ich froh über seine Beharrlichkeit. Ich kann dieses Haus ohne Schwierigkeiten in seinem Sinne weiterführen, dafür hat er gesorgt.«

»Du wirst das großartig machen. In den vergangenen Monaten hast du ja sowieso schon die meiste Arbeit gemacht.«

»Am besten wird es sein, wenn wir uns später im Büro treffen, um alles zu besprechen«, fuhr Lina fort, ohne weiter auf Almas Kompliment einzugehen. »Zuerst möchte ich gerne noch einmal zu meinem Vater gehen, um mich allein und in Ruhe von ihm verabschieden zu können.«

»Das kann ich gut verstehen.«

»Danach muss ich zuerst den notwendigen Papierkram erledigen. Außerdem sollte ich Bruno ein Telegramm schicken und mit unserem Notar und der Bank sprechen. Natürlich werde ich auch heute noch alles für die Beisetzung in die Wege leiten. Währenddessen kannst du erst einmal deine wichtigsten täglichen Aufgaben erledigen, damit die Dienstpläne stimmen und alles wie gewohnt abläuft. Wenn du damit fertig bist, wäre es schön, wenn du etwas für mich organisieren könntest. Inzwischen wird jeder im Haus erfahren haben, was passiert ist, und einige werden sich vermutlich Sorgen machen, wie es hier jetzt weitergeht. Ich möchte deshalb mit einigen vom Personal sprechen. Es sollte aus jedem Bereich jemand dabei sein, vorzugsweise die leitenden Personen. Die können dann die Kollegen über alles unterrichten. Ich denke, am frühen Nachmittag wäre eine passende Zeit. Lass dafür bitte Kaffee und Gebäck in den kleinen Gesellschaftsraum bringen.«

»Wird alles erledigt.«

»Ich danke dir.«

7. Kapitel

Drei Wochen nach dem Tod ihres Vaters war Lina noch immer erstaunt darüber, dass sie diese Zeit überstanden hatte, ohne irgendwann einfach zusammenzubrechen. Selbst der Tag der Beisetzung war an ihr vorübergezogen wie ein kurzer schrecklicher Albtraum. Die Last ihres Kummers und der Trauer waren gewaltig, doch das Zusammenspiel von alltäglichen Arbeitsabläufen und den üblichen unvorhersehbaren Aufgaben, mit denen man zu jeder Zeit rechnen musste, brachte sie durch jeden neuen Tag. Die vergangenen Wochen hatten ihr viel abverlangt, dennoch gab es auch positive Veränderungen.

Seit drei Tagen war Bruno wieder zu Hause, und zu Linas großer Erleichterung hatte der letzte Wille ihres Vaters keinerlei Auseinandersetzungen zwischen ihr und ihrem Ehemann ausgelöst. Erich Jacoby hatte seinem Schwiegersohn einen großzügigen Geldbetrag sowie ein kleines Stadthaus in Winterhude vermacht. Das Haus hatte einst der Familie von Linas Mutter gehört. Es stand seit einigen Jahren leer, war seitdem jedoch gut gepflegt worden, dafür hatte Erich Jacoby stets Sorge getragen. Wie sich herausstellte, war Bruno mit seinem Erbe außerordentlich zufrieden. Er überlegte sofort, ob er das Haus vielleicht vermieten oder zum Verkauf anbieten sollte. Dass Lina hingegen die Alleinerbin des Hotels sein würde, daran hatte er sowieso niemals einen Zweifel gehabt, wie er ihr mehrmals versicherte.

Seit Bruno zurück war, saßen sie wieder gemeinsam am Frühstückstisch. Es war Lina sofort aufgefallen, dass er sich verändert hatte, und endlich schöpfte sie wieder Hoffnung, dass sich sein seelischer Zustand tatsächlich gebessert haben könnte. Insgesamt wirkte Bruno erholt und deutlich ausgeglichener als vor seinem Aufenthalt im Sanatorium.

»Du siehst viel besser aus«, sagte sie, nachdem sie ihn aufmerksam betrachtet hatte. »Durch die Herausforderungen der letzten Tage sind wir noch gar nicht dazu gekommen, in Ruhe über deine Gesundheit zu sprechen. Hat dir die Kur geholfen? Sag, wie fühlst du dich?«

Bruno sah von seiner Morgenzeitung auf und legte sie beiseite, bevor er antwortete.

»Die Ärzte haben meine Medikation angepasst, so könnte man es wohl ausdrücken«, antwortete er. »Mir geht es besser, aber noch nicht so gut wie vor dem… Krieg. Keiner der Ärzte konnte mir sagen, ob das überhaupt jemals wieder so sein wird.« Er seufzte leise. »Ich weiß, dass ich dir einigen Kummer bereitet habe, und das tut mir leid, Lina. Sehr leid. Ich wollte…«

Sie hob die Hand. »Es ist lieb von dir, dass du dich für dein Verhalten entschuldigst, aber es ist unnötig. Du bist krank, Bruno.«

»Ja, aber ich hätte eher erkennen müssen, wie sehr dich mein Verhalten belastet. Zumindest das ist mir im Sanatorium durch die vielen Gespräche mit dem Psychiater, aber auch mit anderen Betroffenen klar geworden. Ich hätte viel früher einen entsprechenden Arzt konsultieren müssen, das weiß ich jetzt.« Er holte geräuschvoll Atem. »Ich kann dir nichts versprechen, aber ich versichere dir, dass ich mir die größte Mühe geben werde, nicht wieder in die alten Muster zurückzufallen.«

»Das beruhigt mich außerordentlich und gibt mir Hoffnung.«

»Ich möchte, dass du weißt, dass ich … Nun ja, mir ist klar, dass unsere Ehe nicht unbedingt im Himmel geschlossen wurde, aber ich werde versuchen, dir zumindest wieder ein guter Freund zu sein. Vielleicht sogar auf die Art, wie es früher zwischen uns gewesen ist, damit wir beide zufriedener sind in unserem gemeinsamen Leben.«

Lina suchte nach Worten. Nach den schwierigen Monaten mit ihm hatte sie nicht erwartet, dass er nun eine so große Besonnenheit an den Tag legen würde.

»Das freut mich wirklich sehr, Bruno.«

»Selbstverständlich werde ich weiterhin in meinen Räumen schlafen, und falls du … also, falls du etwas an unserer Beziehung ändern möchtest, dann werde ich dazu bereit sein. Verstehst du, was ich meine?«

»Natürlich.«

»Außerdem kannst du mir gerne Aufgaben hier im Hotel übertragen. Ich wäre froh, wieder arbeiten zu können.« Zum ersten Mal seit Monaten sah sie ihn lächeln, wenn auch nur ganz leicht. »Bisher habe ich noch nichts gesagt, weil ich dich in dieser schlimmen Zeit nicht noch zusätzlich mit Entscheidungen belasten wollte, aber ich würde mich sehr gerne weiterhin um die Materiallieferungen und die Ausstattung des Weinkellers kümmern, so wie ich es zuvor getan habe. Du weißt, dass ich mich mit Weinen sehr gut auskenne.«

»Ich würde mich sogar freuen, wenn du deine früheren Aufgaben wieder übernehmen könntest«, antwortete sie. »Allerdings wird sich an Papas Gesetzen hier im Hause nichts ändern, das solltest du wissen. Ich bin jetzt die Direktorin des Hotels und muss das Haus durch diese schwierige Nachkriegszeit manövrieren. Zum Glück hat mein Vater dafür gesorgt, dass uns ausreichend Rücklagen im Ausland, also in Devisen, geblieben sind. Das macht unsere Situation etwas leichter. Er hat offenbar mit einer zunehmenden Inflation gerechnet. Es wird allerdings auch zukünftig keine einzige Mark ausgegeben werden, ohne dass ich darüber Bescheid weiß. Meine Unterschrift wird auf jeder Bestellung vonnöten sein, das gilt auch für deinen Bereich.«

»Genauso habe ich es erwartet, Lina, schließlich kenne ich dich gut genug. Für mich ist das vollkommen in Ordnung.«

»Dann lass uns guten Mutes an die Arbeit gehen.«

»Das klingt doch wundervoll«, sagte Alma, nachdem Lina ihr einige Stunden später von ihrem Gespräch mit Bruno berichtete.

Sie hatten zusammen in Linas Büro zu Mittag gegessen, um die Hochzeit eines jungen Senators zu besprechen, die in wenigen Wochen im großen Bankettsaal des Hotels gefeiert werden würde. Die einzelnen Punkte waren schnell abgehandelt gewesen, und so waren sie ins Plaudern geraten.

»Ja, das finde ich auch. Bruno macht einen guten Eindruck, und er ist offenbar entschlossen, seinen derzeitigen Zustand nicht wieder zu gefährden. Ich bin sehr erleichtert, aber auch zuversichtlich, dass sich weiterhin alles gut entwickelt.«

»Das kann ich mir vorstellen. Vielleicht findet ihr ja doch noch zu einem normalen und glücklichen Ehealltag zurück.«

Lina seufzte. »Es kann durchaus passieren, dass er und ich wieder Freunde werden, aber … ach, Alma, einen normalen und glücklichen Ehealltag, so wie du es ausdrückst, hatten wir im Grunde noch nie, wenn ich ehrlich bin.«

»Dann hoffe ich eben zusammen mit dir darauf, dass sich wieder ein gutes Miteinander zwischen euch entwickelt, doch wenn du mich fragst, wäre es für euch beide gesünder, ihr würdet euch um ein normales, also auch intimes Eheleben bemühen. Verzeih mir, dass ich so direkt bin.«

»Du weißt genau, dass du mir alles sagen kannst.«

»Nun, wenn ich du wäre, würde ich noch einmal darüber nachdenken. Du willst doch sicher bald Kinder bekommen, nicht wahr?«

Alma sprach damit einen Gedanken aus, der Lina schon viel zu oft durch den Kopf gegangen war. Das Hotel lag nun in ihrer Hand, das schloss natürlich auch mit ein, dass sie es irgendwann jemandem übergeben musste.

»Ich würde es zumindest auf einen Versuch ankommen lassen«, schob ihre Freundin hinterher.

Alma hatte kaum ausgesprochen, als es an der Tür klopfte. Sie erwarteten Martin Hoffmann, der seine Menüvorschläge für die Hochzeit des Senators vorstellen wollte. Vorhin war er in der Küche noch unabkömmlich gewesen, deshalb hatte Lina ihm ausrichten lassen, er solle ins Büro kommen, wenn es zeitlich für ihn passte.

»Immer herein«, rief sie.

Martin Hoffmann begrüßte sie beide höflich, reichte ihr

eine Mappe und setzte sich auf den zweiten Besucherstuhl neben Alma.

»Tut mir leid, dass ich es vorhin nicht geschafft habe, doch es war einfach zu viel los«, entschuldigte er sich.

»Ach, das ist doch kein Problem«, erwiderte Lina. »Die Arbeit geht vor.« Sie schlug die Mappe auf und überflog die Menüvorschläge des Kochs. »Das liest sich alles perfekt.«

Alma erhob sich. »Ihr Lieben, ich muss heute noch zwei neue Zimmermädchen einweisen. Die sitzen sicherlich schon im Personalraum und warten auf mich. Wenn wir beide hier fertig sind, Lina, würde ich jetzt gerne wieder an die Arbeit gehen.«

Linas Herz begann etwas schneller zu schlagen, denn eigentlich war sie davon ausgegangen, dass Alma während des Gesprächs mit dem Chefkoch anwesend sein würde. Doch es blieb ihr nichts anderes übrig, als sich so unbefangen wie möglich zu verhalten.

»O natürlich. Geh nur, Alma. Wir sehen uns sicher später noch mal.«

Kurz darauf war sie mit Martin Hoffmann allein. Seit Monaten versuchte sie nun schon, derartige Momente tunlichst zu vermeiden. Doch manchmal ging es einfach nicht anders, und sie musste mit dem Chefkoch etwas besprechen, so wie jetzt. Sie rief sich innerlich zur Ordnung und konzentrierte sich wieder auf die Liste mit den Menüabfolgen, um so lange es nur ging, den direkten Blickkontakt mit ihm zu vermeiden.

»Ich habe drei verschiedene Vorschläge ausgearbeitet«, sagte er.

»Ja, ich sehe es. Die Auswahl gefällt mir.« Ihre Befürchtungen bestätigten sich einmal mehr: Mit diesem Mann allein in einem Raum zu sein wühlte sie innerlich auf.

»Ich persönlich halte den zweiten, also den mit dem Rinderfilet zum Hauptgang, für den passendsten«, fuhr er fort.

»Ja … Hm …«

»Alle drei Vorschläge entsprechen den Vorgaben und Wünschen des Senators und seiner Braut.«

»Gut.« Sie musste sich räuspern. Es ließ sich einfach nicht länger verhindern, den Blick von den Papieren zu lösen und ihn anzusehen. Alles andere wäre unhöflich erschienen. »Das Paar und die Brauteltern überlassen uns die Entscheidung, das zeugt von großem Vertrauen. Ich denke, wir sollten dann das Rinderfilet-Menü nehmen. Das klingt ganz wunderbar.« Sie hoffte, dass er jetzt einfach aufstehen und sich verabschieden würde, doch er machte keinerlei Anstalten, sich von seinem Platz zu erheben.

»Mit unserem Konditor ist ebenfalls alles besprochen«, fuhr er stattdessen fort. »Die Braut hatte klare Vorstellungen von der Torte, das macht es leichter.«

»Fein.«

Nun erhob er sich doch. »Dann werden wir es so machen.«

Sie nickte, war fast im Begriff ebenfalls aufzustehen, doch dann entschied sie sich dagegen. »Ich habe vollstes Vertrauen zu Ihnen und Ihrer Mannschaft, Herr Hoffmann.«

Er nickte, und beim Anblick seines warmen Lächelns setzte ihr Herzschlag für einen Moment aus.

Hoffmann ging hinüber zur Tür, wo er sich noch einmal zu ihr umwandte. »Da wir gerade alleine sind, wollte ich Ihnen noch etwas sagen, das mir sehr wichtig ist, Frau Jacoby.«

Es war schwierig, normal weiter zu atmen, und ihr Büro kam ihr plötzlich viel beengter vor als sonst. »Ja, bitte.«

»Sie halten sich großartig und werden das Hotel hervorragend führen. Niemand im Hause hat daran den geringsten Zweifel.« Er legte eine Hand auf seine Brust. »Ich hoffe, es geht Ihnen auch hier drin einigermaßen gut. Doch falls …« Er zögerte, suchte offenbar nach den richtigen Worten und in ihrem Herzen breitete sich Wärme aus. »Wir alle stehen hinter Ihnen und werden Sie unterstützen, wo wir nur können. Das sollten Sie wissen«, sagte er. Sein Blick war eindringlich. »Und was mich persönlich angeht … Bitte scheuen Sie sich nicht, mich um Hilfe zu bitten, wann immer Sie diese benötigen. Ich bin für Sie da. Jederzeit.«

»Es ist sehr nett, dass Sie das sagen. Ich weiß das zu schätzen und danke Ihnen von Herzen, Herr Hoffmann. Übrigens möchte ich mich auch noch einmal dafür bedanken, dass Sie mir an dem Abend, als mein Vater starb, so sehr zur Seite gestanden haben. Das habe ich bisher noch gar nicht getan.«

»Aber das war doch selbstverständlich.«

»Nun, Sie haben mich sogar in meine Wohnung getragen, und das war sicherlich kein Pappenstiel.« Sie versuchte sich an einem Lächeln. »Mir ist das noch immer etwas unangenehm.«

»Das muss es nicht. Sie sind leicht wie eine Feder, Frau Direktor.« Er zog einen Mundwinkel nach oben, öffnete die Tür und war im nächsten Moment verschwunden.

Linas Herz klopfte wie wild in ihrer Brust.

Da Bruno einen Termin bei einem Winzer in der Pfalz hatte und zwei volle Tage fort sein würde, begleitete Lina ihren

Mann am späten Nachmittag vor die Tür des Hotels, um sich von ihm zu verabschieden. Einer der beiden Chauffeure des Hotels würde Bruno zum Bahnhof bringen. Bevor er in den Fond des Wagens stieg, hauchte er ihr einen Kuss auf die Wange und winkte ihr noch einmal zu.

Lina sah dem Automobil nach und schloss kurz die Augen. Bruno gab sich wirklich Mühe, zwischen ihnen eine harmonische Stimmung zu schaffen, daran bestand kein Zweifel, doch leider hatte sie das Gefühl, dass es ihn jede Menge Kraft kostete, eben diese Stimmung aufrechtzuerhalten. Almas Worte gingen ihr zum wiederholten Male durch den Kopf. Vielleicht wurde es wirklich Zeit für eine Entscheidung, sobald ihr Ehemann wieder zurück war. Seine kurze Geschäftsreise verschaffte ihr ein wenig Raum, um in Ruhe darüber nachzudenken, wie sie das Leben mit ihm zukünftig gestalten wollte. Eines war ihr jedoch schon klar geworden: Sie konnte ihm die Rettung ihrer Ehe nicht alleine aufbürden. Bruno hatte genug mit sich selbst zu tun, also musste sie ebenfalls ihren Teil beitragen.

Zurück im Büro räumte sie ein wenig ihren Schreibtisch auf und ließ sich anschließend ein leichtes Abendessen bringen. Sie würde heute ausnahmsweise nicht mehr nach unten gehen, beschloss sie. An diesem Abend war ihr eher nach der hoffentlich erholsamen Abgeschiedenheit ihrer Wohnung.

Gleich nach dem Essen machte sie sich fürs Bett zurecht und schlüpfte kurz darauf unter ihre Decke. Da es recht früh am Abend war, nahm sie einen der beiden Gedichtbände von ihrem Nachttisch und las noch eine gute Stunde darin, bevor sie schließlich das Licht löschte. An Schlaf war jedoch nicht zu denken. Im Gegenteil, ihr Geist schien von Minute zu

Minute wacher zu werden, und sie wälzte sich herum, während die Worte des Dichters Friedrich Rückert in ihrem Kopf herumwaberten, als wären sie besonders hartnäckige Nebelschwaden.

Hast du gestern Abend dich,
Liebster, nicht nach mir gesehnt,
wie ich gestern Abend mich,
Liebster, mich nach dir gesehnt?

Lina seufzte in die Dunkelheit hinein, schob schließlich ihre Bettdecke beiseite und stand auf. Inzwischen war es nach Mitternacht, und sie hatte noch immer kein Auge zugetan. Vielleicht würde ihr ein Gläschen Portwein helfen, endlich zur Ruhe zu kommen und in den Schlaf zu finden, dachte sie. Barfüßig tapste sie hinüber in ihren kleinen Salon, griff am Bartisch nach der Karaffe mit dem Portwein und schenkte etwas davon in ein kleines Süßweinglas. Mit dem Kelch in der Hand trat sie ans Fenster und schob die Gardine ein Stück beiseite.

Der Tag war für die Jahreszeit ungewöhnlich warm gewesen, doch im Mondschein konnte sie erkennen, dass sich die zarten Blätter der alten Trauerweide nun leicht im Nachtwind bewegten. Der Baum direkt am Alsterufer erschien ihr wie ein alter Freund. Er stand dort, solange sie denken konnte. Schon als Kind hatte sie oft auf dem Rasen unter seinen tief hängenden Ästen gesessen, um sich ungestört ihren Gedanken und Gefühlen hingeben zu können. Besonders wenn ihr Innerstes wieder einmal von dem seltsamen und doch so vertrauten Gefühl von Verlorenheit erfüllt gewesen war, war sie dorthin geflüchtet. Meist hatte sie sich dann sehr schnell besser gefühlt.

Lina nahm einen Schluck Portwein, doch auch während der Alkohol ein wenig Wärme durch ihre Adern schickte, schlugen ihre Gedanken Purzelbäume. Es waren einfach zu viele Dinge, die in ihrem Kopf herumspukten. Zunächst dachte sie über ihre Ehe nach, dann versuchte sie die merkwürdige Faszination zu ergründen, die Martin Hoffmann auf sie ausübte.

Schnell schob sie den Gedanken an ihn beiseite und dachte lieber an ihren Vater, auch wenn der Schmerz sofort überwältigend war. Wenn sie ihm nachgab, das wusste sie bereits, war er kaum auszuhalten.

»Ach, Papa …«, flüsterte sie in die Dunkelheit hinein. »Ach Papa, du fehlst mir so.«

Sie nahm einen weiteren, wenn auch winzigen Schluck aus ihrem Glas und ließ den Blick erneut über die ganz leicht im Wind wogende Krone der alten Weide gleiten. Das Mondlicht zauberte Schemen auf die Oberfläche der Alster, die in der Dunkelheit zu tanzen schienen. Die Szenerie wirkte gespenstisch und war dennoch wunderschön.

Lina atmete tief durch, dann stellte sie entschlossen ihr Glas ab. Plötzlich hatte sie das Gefühl, dass der alte Baum, vielleicht aber auch die frische Nachtluft, sie mit aller Macht zu sich zog. Fast schon hastig lief sie zurück ins Schlafzimmer, streifte ihr Nachthemd ab und zog noch einmal das Kleid an, das sie vorhin an eine der beiden Kleiderschranktüren gehängt hatte. Dann schlüpfte sie in ihre Schuhe und griff im Vorbeigehen nach dem Schlüsselbund, der neben der Tür auf der Kommode lag.

Natürlich würde sie nicht durch die Halle gehen. Auch wenn es um diese Uhrzeit dort sicherlich vollkommen ruhig war, und nur noch zwei Nachtportiers am Empfang ihren Dienst absolvierten, wollte sie niemandem begegnen, der sich darüber wundern würde, warum die Direktorin mitten in der Nacht mit offenem Haar, blassem Teint und müden Augen durchs Hotel geisterte. Das Hotel verfügte über mehrere Personaleingänge. Einer davon befand sich im rechten Seitenflügel des Gebäudes, sodass sie das Haus völlig unbemerkt verlassen konnte.

Lina schloss die Tür des Personaleingangs auf, lief über die Wiese an einer Reihe von Liegestühlen vorbei, bis sie direkt am Ufer der Alster ankam. Sanft ließ sie ihre Finger über die zarten Blätter der Weide streichen, während sie mehrmals tief durchatmete und auf das nachtschwarze Wasser schaute. Auch ihr Vater hatte diesen Ausblick geliebt, das hatte er ihr schon als kleines Kind erzählt. Sie konnte sich noch sehr gut daran erinnern, und sofort brannten Tränen in ihren Augen.

»Bitte erschrecken Sie nicht, Frau Jacoby«, hörte sie plötzlich eine dunkle und doch vertraute Stimme hinter sich sagen.

Natürlich erschrak sie trotzdem. Ruckartig drehte sie sich zu ihm um. Im bleichen Licht des Mondes erkannte sie, wie Martin Hoffmann sich aus einem der Liegestühle erhob und einen Schritt auf sie zutrat. Offenbar war sie eben direkt an ihm vorbeigegangen, ohne ihn zu bemerken.

»Was machen Sie denn hier?« Die Frage klang barscher, als es angebracht war.

Sie war einfach fassungslos. Wieso lief sie ihm gerade jetzt über den Weg? Selbst in der Dunkelheit schienen seine Augen viel zu intensiv zu leuchten, vielleicht reflektierten sie aber auch nur das Mondlicht. Sein Anblick warf sie wieder einmal völlig aus der Bahn.

»Ich komme recht oft hierher. Um genau zu sein, immer wenn ich nicht in den Schlaf finden kann. Das passiert mir dann und wann«, erwiderte er. Er kam noch etwas näher. »Himmel noch eins, Frau Jacoby, Sie haben geweint. Ist alles in Ordnung?«

Mit beiden Handballen wischte sie sich die Tränen von den Wangen. »Ja, natürlich ist alles in Ordnung. Mir geht es gut.«

Doch das war gelogen, und als er direkt vor ihr stand und sie mit besorgtem Blick betrachtete, nahm ihre Verzweiflung plötzlich Überhand. Es war, als würde er mit seiner Besorgnis, vielleicht auch nur mit seiner Gegenwart eine Schleuse öffnen, die sich nun nicht mehr schließen ließ. Plötzlich kam alles zusammen. Die Trauer um ihren Vater traf mit voller Wucht auf die verbotenen Gefühle, die sie für den Mann empfand, der nun in der Dunkelheit vor ihr stand und sie mit diesem glitzernden Blick betrachtete. Zu ihrer eigenen Überraschung löste sich in der nächsten Sekunde ein lautes Schluchzen aus ihrer Kehle, und es war kein klarer Gedanke mehr möglich. In diesem Augenblick erschien es ihr die natürlichste Sache der Welt zu sein, dass er seine Arme um sie legte und sie einfach festhielt. Vollkommen aufgelöst und bis in den kleinsten Winkel ihrer Seele erschüttert, weinte sie in die weiche Baumwolle seines Hemds und hielt sich an ihm fest. Er ließ sie gewähren, so lange, bis sie tatsächlich ruhiger wurde und die Stelle, an der ihre Wange lag, völlig durchnässt von ihren Tränen war.

»Sch, sch …«, flüsterte er. »Es ist gut, mein tapferes Mädchen. Es ist ja gut.«

Es war, als würde seine Nähe ihren Schmerz lindern. In seinen Armen fühlte sie sich behütet und aufgehoben – fast wie früher in ihrer Kindheit. Sie war stets sicher gewesen, dass ihre Eltern alles wieder in Ordnung bringen und sie vor der ganzen Welt beschützen würden. Damals, als ihre Mutter noch lebte und ihr bei einer Krankheit oder irgendeinem Kummer Trost gespendet hatte, so wie es Mütter nun mal taten, wenn es ihren Kindern schlecht ging. Ja, Martin Hoffmann spendete ihr auf eine ähnliche Weise Trost, und genau das brauchte sie in diesen Minuten dringend.

Sie schmiegte sich an ihn, wollte nur noch einen Moment länger seine Zuneigung genießen. Doch dann spürte sie ganz plötzlich, wie sich etwas zwischen ihnen veränderte. Sein Körper wirkte angespannter, und die Wärme seiner Hände auf ihrem Rücken war auf einmal nicht mehr beruhigend, sondern erregend und strahlte eine Energie aus, die fremd war, und doch sofort auf sie übersprang. Sein Griff wurde fester, und an ihrem Ohr hörte sie sein Herz schlagen – kräftig, laut, schnell. Als seine Lippen ganz sanft ihre Schläfe berührten, wurde sie von einem überwältigenden Gefühl überflutet, dem sie sich am liebsten sofort hingegeben hätte. Ein Sehnen, das so stark war, dass es ihr schier den Atem raubte. Ihre Vernunft hatte die größte Mühe damit, diese überbordenden Empfindungen in die Knie zu zwingen, doch letztlich schaffte sie es. Ebenso ruckartig, wie sie sich vorhin zu ihm umgedreht hatte, löste sie sich nun aus seiner Umarmung und trat einen großen Schritt zurück.

»Das geht nicht«, flüsterte sie.

Ihre Augen hatten sich inzwischen an die Dunkelheit gewöhnt. Sie standen da und sahen einander an. Lina war atemlos, als wäre sie gerade eilig eine lange Treppe hinaufgelaufen, doch auch sein Atem erschien ihr viel zu laut und ungewöhnlich schnell. Die Umarmung seiner starken Arme fehlte ihr schon jetzt.

»Ich wollte Sie nicht in Verlegenheit bringen«, hörte sie ihn leise sagen. »Verzeihen Sie, es tut mir leid, aber ich ... ich konnte einfach nicht anders.«

»Sie haben ...« Ihre Stimme war ganz zittrig, und sie musste sich räuspern. »Sie waren für mich da wie ein guter Freund, das war schön«, erwiderte sie ehrlich. Sie wollte das, was soeben tatsächlich zwischen ihnen passiert war, relativieren, so gut es eben ging.

»Fühlen Sie sich besser?«, fragte er vorsichtig.

»Ich habe mich furchtbar gehen lassen, das sollte nicht passieren.«

»Das ist nichts Schlimmes und muss manchmal sein. Sie durchleben gerade eine schwere Zeit, da ist das doch völlig normal. Vielleicht haben Sie bei all Ihrer Arbeit die Trauer um Ihren Vater bisher viel zu wenig zugelassen, Lina.«

Ihr wurde bewusst, dass er sie beim Vornamen genannt hatte, und sie konnte sich nicht daran erinnern, dass ihr jemals etwas so gut gefallen hatte, wie ihren Namen aus seinem Mund zu hören. »Ja, das könnte es gewesen sein.«

»Wie ich heute Mittag schon sagte, ich bin immer für Sie da, und das meine ich auch so.«

»Ich sollte jetzt wirklich gehen.« Doch sie blieb an Ort und Stelle stehen, weil es ihr schlicht unmöglich war, sich jetzt einfach von ihm abzuwenden. Alles in ihr setzte sich dagegen zur Wehr. »Gehen Sie zuerst«, bat sie, und selbst in ihren Ohren klang es fast schon verzweifelt.

Noch immer sah er sie an, dann schüttelte er kaum merklich den Kopf. Sie rührte sich nicht, als er eine Hand hob und eine der Haarsträhnen berührte, die ihr über die Schultern fielen.

»Ich weiß, ich sollte das nicht sagen, aber ich kann einfach nicht anders. Sie sind wunderschön, Lina«, flüsterte er. »So unglaublich bezaubernd. Sie machen mich ganz schwach, und ich kann nichts dagegen tun.«

»Das ... sollten Sie wirklich nicht sagen, Martin.«

»Das weiß ich. Ich breche gerade alle Regeln des Anstands, aber ich kann nicht anders. Ich wollte es Ihnen wenigstens einmal sagen.« Sie sah, dass er leicht zitterte, als er tief Luft holte. »Wenn Sie nicht ... Also, wenn die Dinge anders lägen, würde ich um Sie werben. Mit all meiner Kraft, vor allem aber von ganzem Herzen.«

Lina brauchte eine Weile, um das, was er da gesagt hatte, zu verarbeiten. »Aber ...« Ihre Stimme brach fast. »Nicht nur ich bin verheiratet, Sie sind es doch auch, Martin.«

Über seiner Nasenwurzel bildeten sich zwei steile Falten. »Ja, das bin ich, aber es ist keine Ehe im üblichen Sinne«, erwiderte er leise. »Meine Frau lebt seit einem schweren Unfall in einem Pflegeheim in der Nähe von Kiel.«

»Oh, das tut mir sehr leid.«

Er musterte sie eindringlich, dann drückte er sein Rückgrat durch und straffte die Schultern. »Sie haben natürlich recht, Lina, wir dürfen nicht über so etwas sprechen. Wir sollten noch nicht einmal darüber nachdenken, was sein könnte, wenn unsere Situation eine andere wäre.« Er seufzte tief, strich sich mit allen zehn Fingern durch das dunkelblonde dichte Haar, das ihr ebenso gefiel wie seine hellen Augen. »Vielleicht war es unsere unerwartete Begegnung, die mich so mutig gemacht hat«, fuhr er fort, dann schüttelte er vehement den Kopf. »Nein, das war nicht mutig, das war zutiefst unvernünftig. Man könnte wohl sagen, die Pferde sind mit mir durchgegangen.« Er räusperte sich. »Ich hoffe, Sie können mir meine gedankenlose Offenheit verzeihen. Bitte vergessen Sie einfach, was ich soeben gesagt habe. Es wäre tragisch, wenn mein dummer Leichtsinn unsere berufliche Beziehung gefährden würde. Ich möchte Ihnen auf keinen Fall zusätzlichen Kummer bereiten, Lina, das liegt mir fern. Sie machen im Augenblick weiß Gott genug durch.«

Seine Besorgnis rührte sie. Es war nicht zu übersehen, wie aufgewühlt er war und dass jedes seiner Worte von Herzen kam. Lina trat einen Schritt näher und sah zu ihm auf.

»Mach dir keine Sorgen«, flüsterte sie, und es war ihr egal, dass sie nun das vertrauliche Du benutzte. »Bevor ich dich bitte, einfach mein Freund zu sein, möchte ich, dass du weißt, dass ich ebenso empfinde wie du, und dass du mit deinen geheimen Wünschen nicht allein dastehst.« Als sie sah, dass seine Augen groß wurden, lächelte sie. »So, und nun spreche ich meine Bitte aus, und wir werden versuchen, nie wieder über diese andere Sache nachzudenken. Sei bitte mein Freund, Martin. Mein guter Freund.«

Sein Blick blieb ernst, und unter seinem linken Auge zuckte ein Muskel. »Wird das denn möglich sein, Lina? Können wir das schaffen?«

»Natürlich schaffen wir das. Wir sind beide stark genug dafür und müssen nur darauf achten, keine gefährlichen

Grenzen zu überschreiten.« Da sie die körperliche Anziehung erneut allzu deutlich spürte, machte sie vorsichtshalber wieder einen Schritt von ihm weg.

»Du hast recht, wir können das schaffen. Uns bleibt keine andere Wahl, denn sonst müsste ich von hier ... von dir fortgehen, und allein die Vorstellung ist schon unerträglich. Gar nicht mehr in deiner Nähe sein zu können wäre tausendmal schlimmer für mich, denn so kann ich dich wenigstens jeden Tag sehen und ab und zu mit dir sprechen.«

»Diese Nacht war ... besonders, nicht wahr?« Sie wartete sein Nicken ab, bevor sie weitersprach. Martin wirkte erschöpft, und sie konnte nachfühlen, warum das so war. »Wir sollten jetzt wirklich gehen. Ich hoffe, du kannst noch etwas schlafen.«

»Nun, ich werde es zumindest versuchen«, erwiderte er leise.

»Ich werde mich nun noch ein paar Stunden hinlegen müssen, sonst wird der morgige Tag zur Tortur.« Lina versuchte zu lächeln. »Gute Nacht, Martin.«

»Träum schön, Lina.«

Bevor sie es sich anders überlegen konnte, wandte sie sich schnell von ihm ab und lief die Wiese hinauf zum Hotel. Jeder einzelne Schritt von ihm fort, kostete sie Überwindung, doch sie würde lernen müssen, eine andere, eine unverfängliche Nähe zu ihm aufzubauen, wenn sie ihn nicht ganz verlieren wollte.

8. Kapitel

Hamburg, im Januar 2019

Natürlich wartete Emily Magnussen um neun Uhr bereits pünktlich in ihrem Büro auf ihn, aber er hatte auch nichts anderes erwartet. Lächelnd kam sie ihm entgegen.

»Haben Sie schon gefrühstückt?«, fragte sie, nachdem sie sich begrüßt hatten.

»Noch nicht. Ehrlich gesagt, habe ich geschlafen wie ein Stein, und ich bin so spät aus den Federn gekommen, dass ich es gerade noch geschafft habe, zu duschen und mich anzuziehen. Das neue Bett in meinem Leben ist also schon mal perfekt.«

Er lachte. »Selbstverständlich bin ich davon ausgegangen, dass Sie mir als erste Amtshandlung zumindest einen Kaffee anbieten werden.«

»Ach ja? Wie kommen Sie nur darauf, Herr Maclane?«, ging sie erwartungsgemäß auf seinen kleinen Scherz ein. »Der Kaffee wartet schon in Ihrem Büro auf uns, denn dort fangen wir heute an. Wir können uns gleich ein kleines Frühstück nach oben bringen lassen. Ich habe nämlich auch noch nichts gegessen. Geben Sie mir nur eine Minute. Ich wollte damit warten, bis Sie hier sind, damit ich weiß, was ich für Sie bestellen soll.«

»Nur keine Umstände. Was das angeht, bin ich absolut kein typischer Schotte. Ich bin nämlich der schlichte Marmeladenbrötchen-und-Kaffee-Typ«, erwiderte er.

»Willkommen im Klub.«

Nachdem sie mit dem Service telefoniert hatte, um das Frühstück zu bestellen, bat sie ihn, ihr zu folgen, und sie verließen zusammen Emilys Büro. Langsam ging sie voraus, einen schmalen Gang entlang auf eine andere Bürotür zu.

»Hier oben gibt es also nur unsere beiden Büros?«, fragte er.

»Ja. Hier oben sind nur wir zwei«, erwiderte sie. »Die anderen Verwaltungsbüros befinden sich im Erdgeschoss.«

Als sie den Raum betraten, blieb Ryan an der Tür stehen und schnappte nach Luft.

»Das ist mein Büro?«, fragte er. »Ernsthaft?«

»Das ist Ihr Büro, Herr Maclane.«

»Das ist ... nun ja ... groß und ... wie soll ich sagen ...?«

»Ja, es ist recht ... ähm ...«

»Himmel noch eins, Emily, das ist grauenvoll.«

»Ich habe mir schon gedacht, dass Ihnen die Einrichtung nicht unbedingt zusagen wird.«

Er sah sie an, und sie mussten beide lachen. »Na ja, das ist noch höflich ausgedrückt. Das ist eine Menge düstere und sehr rustikale Eiche, würde ich mal sagen. Und um ehrlich zu sein, müssten die Wände auch dringend frisch gestrichen werden.«

»Das ist wahr. Dieser Raum ist seit Ewigkeiten nicht mehr renoviert worden – von einer neuen Ausstattung mal ganz abgesehen. Schon der Großvater von Max hat hier residiert.«

»Ach ja, das merkt man kaum«, frotzelte er. »Jedenfalls weiß ich jetzt, was ich mir als Erstes vornehme, sobald die

Einarbeitungszeit vorüber ist«, sagte er. »Hier muss gründlich renoviert werden.«

»Bevor Sie dafür Pläne machen, würde ich vorschlagen, wir frühstücken erst mal.«

Nach dem Frühstück unternahmen sie gemeinsam einen Rundgang durch das Hotel. Als Erstes lernte er, dass der für Gäste verschlossene Flur im Erdgeschoss auch der Zugang zu den verschiedenen Büros war, die Emily vorhin erwähnt hatte. Die vielen Türen hatte Ryan bereits nach seiner Ankunft wahrgenommen, als er dem Empfangschef zum Direktionsfahrstuhl gefolgt war.

Emily Magnussen stellte ihn einigen Leuten vor. Sie besuchten die Buchhaltung, das Personalbüro und andere Verwaltungsbereiche. Anschließend warfen sie einen Blick in die beiden Küchen und schlenderten durchs Café, das mit einem hübschen Wintergarten und einer großen Terrasse punkten konnte und damit zu jeder Jahreszeit einen wundervollen Blick auf die Außenalster gewährte. Im rechten Flügel des Souterrains erwartete ihn wenig später eine Überraschung, denn der historisch anmutende, aber mit neuester Technik ausgestattete Pool war mit seinen wunderschönen Delfter Fliesen ein wahres Schmuckstück, fand er. Emily erklärte ihm, dass der angeschlossene Wellness- und Fitnessbereich erst vor zwei Jahren gründlich renoviert worden sei. Zum Abschluss seines ersten Arbeitstages zeigte Emily ihm noch eine der teuersten Suiten, und schließlich saßen sie am späten Nachmittag wieder zusammen in Ryans Büro. Bei Kaffee und Wasser erklärte sie ihm weitere Zusammenhänge. Ryan hörte zu, machte sich Notizen und nickte dann und wann.

»Sie sehen, Ryan, Ihre Hauptaufgabe liegt im Grunde darin, auf alles ein Auge zu haben, stets gut informiert zu sein, und diesen Laden irgendwie zusammenzuhalten«, fasste Emily ihre bisherigen Ausführungen zusammen. »Alles andere übernehmen unsere Leute. Wir haben eine hervorragende Belegschaft, um die uns so manches Konkurrenzunternehmen beneidet. Das Geheimnis ist, dass alle gerne hier arbeiten. Auch neue Mitarbeiter fühlen sich dem Hotel sehr schnell verbunden, das beobachten wir immer wieder.« Emily machte eine kleine Pause und nahm einen Schluck aus ihrer Kaffeetasse, bevor sie fortfuhr. »Die Gehälter stimmen, und die Arbeitsatmosphäre ist für jeden im Hause angenehm, selbst wenn es mal hektischer werden sollte. Wir achten auch besonders darauf, dass immer genug Zeit ist, um die Zimmer zu pflegen und eine behagliche Atmosphäre für den Gast zu schaffen, denn auf den kommt es letztlich an. Leiharbeit kommt für uns nicht infrage. Wir stellen jeden Mitarbeiter fest ein – natürlich nach einer angemessenen Probezeit. Viele arbeiten schon seit vielen Jahren hier, nicht selten sogar von der Lehre bis zur Rente. So etwas gibt es heutzutage kaum noch. Man könnte sagen, darin liegt das ganze Geheimnis.«

»Genau diesen Eindruck habe auch ich heute gewonnen«, bestätigte er. »Sogar die beiden Zimmermädchen, mit denen wir vorhin kurz auf dem Gang gesprochen haben, schienen ihre Arbeit sehr gerne zu tun.«

»So ist es. Am Beispiel unserer Zimmermädchen lässt sich übrigens sehr gut erkennen, worin der Unterschied zu den meisten anderen Häusern liegt. Bei uns arbeiten die Mädchen stets in Zweierteams, und so bleibt allen immer genug Zeit, um die Zimmer und Suiten in Ordnung zu halten, die

Ausstattung angemessen zu pflegen und, wie bereits erwähnt, dafür zu sorgen, dass die Gäste sich wohlfühlen. Zeitvorgaben gibt es dafür generell nicht. Außerdem gestaltet sich das Arbeiten mit Kollegen ohnehin deutlich angenehmer. Max Jacoby lag es stets am Herzen, dass es allen Mitarbeitern gut geht und sie Erfüllung in ihrer täglichen Arbeit finden. Jeder hier soll sich darüber im Klaren sein, wie wichtig er für das große Ganze ist. So war es seit jeher Tradition in diesem Hause. Der Mensch steht immer im Vordergrund, nicht seine Arbeitskraft. Die kommt dann nämlich in der Regel von ganz alleine, weil man auf diese Weise echtes Zugehörigkeitsgefühl schafft und das notwendige Verantwortungsbewusstsein bei jedem einzelnen Mitarbeiter weckt.«

»Ich nehme an, dass Sie es als Ihre wichtigste Aufgabe betrachten, dass auch ich diese Tradition verinnerliche und an ihr festhalte?«

»Sie haben mich erwischt.« Emily lachte. »Zusammengefasst würde ich sagen, dass Sie sich ansonsten keine Sorgen machen müssen, Herr Maclane. Sie werden in null Komma nichts in Ihre Aufgaben hineinwachsen.«

»Na, dafür werden Sie schon sorgen. Jedenfalls haben Sie mir heute einen äußerst lehrreichen Einstieg beschert.« Er zwinkerte ihr zu und schenkte Kaffee nach. »Noch etwas, Emily. Ich bin Schotte, wie Sie wissen. Neben einigen anderen mehr oder weniger angenehmen Eigenschaften bringt das vor allem eine gewisse und angeborene Abneigung gegen jede Art von Obrigkeitsdenken mit sich. Das läuft in beide Richtungen, falls Sie verstehen, was ich meine.«

»Nicht wirklich ... oder doch?« Sie nahm ihre Tasse auf und sah ihn schmunzelnd an.

»Das heißt, dass ich weder jetzt noch in Zukunft den Chef raushängen lassen werde, sondern vorhabe, mich ebenfalls als Teil des Systems zu betrachten.«

»Das würde Max gefallen«, erwiderte sie, bevor sie einen weiteren Schluck von ihrem Kaffee nahm und die Tasse wieder abstellte. »Und mir gefällt diese Einstellung übrigens auch.«

»Das beruhigt mich. Dann darf ich hoffen, dass Sie auch zukünftig an meiner Seite sind und bleiben?«

»Ich habe nicht vor, diese Anstellung aufzugeben, denn auch ich hänge an diesem Hotel.«

»Das freut mich. Ach ja, und noch etwas, Emily. Wir beide werden eng zusammenarbeiten. Meiner Meinung nach sollten wir unser Miteinander ein wenig vereinfachen und so angenehm wie nur möglich gestalten. Hätten Sie etwas dagegen, wenn wir die Förmlichkeiten ad acta legen? Es wäre mir nämlich nicht nur eine große Erleichterung, sondern auch eine Ehre, wenn wir das Sie weglassen könnten. Natürlich nur, wenn Sie damit einverstanden sind.«

Ihr Lächeln kam von Herzen, und ihre Augen strahlten. »Das ist sogar ganz und gar in meinem Sinne. Sehr gerne, Ryan.«

Mit seinem Wasserglas prostete er ihr zu. »Wunderbar. Dann wäre auch das geklärt. Es ist mir eine Freude, mit dir zusammenarbeiten zu dürfen, Emily.«

Seine Art gefiel ihr tatsächlich immer besser. Schon während ihres Rundgangs war ihr aufgefallen, wie freundlich und aufmerksam er mit den Menschen umging.

Eine Weile tauschten sie sich noch über das aus, was Emily

ihm heute gezeigt und erläutert hatte, dann deutete sie auf eine Mappe, die sie vorhin auf seinem Schreibtisch abgelegt hatte.

»Ich habe für dich noch einmal alle Bereiche, die wichtigen Namen und die dazugehörigen Positionen und Zuständigkeiten aufgelistet. So kannst du alles in Ruhe nachlesen und bei Bedarf auch später noch nachschlagen. Das macht es für dich einfacher, denke ich.«

»Ja, das war eine gute Idee. Ich danke dir.«

»Sehr gerne. Ansonsten tragen hier fast alle ein Namensschild, das ist dir ja sicher aufgefallen.«

»Natürlich. Ich empfinde das als große Erleichterung.«

»Wollen wir heute Abend noch einmal zusammen essen?«, fragte sie.

»Sehr gerne, aber hast du denn keinerlei andere Verpflichtungen?«

Emily schüttelte den Kopf. »Nein, zurzeit eher nicht.«

Sie sah, dass sein Blick auf den auffälligen Diamantring fiel, der an ihrer linken Hand im Licht der Deckenbeleuchtung feurig blitzte. Er sprach sie jedoch nicht darauf an, wie sie es in diesem Moment eigentlich erwartete hätte.

Es wäre auch ziemlich privat, wenn er mich danach fragen würde, dachte sie.

Das Klingeln ihres Handys unterbrach ihre Gedanken.

»Oh«, sagte sie, nachdem sie auf das Display geschaut hatte. »Das ist Andy Neumann, der Pilot, von dem ich dir erzählt habe.« Sie meldete sich.

»Emmi, du Schöne.« Sie musste lachen. Andreas flirtete schon seit ihrer gemeinsamen Schulzeit mit ihr. Er konnte es einfach nicht lassen.

»Andy, fein, dass du dich so schnell zurückmeldest.«

Sie nickte Ryan zu, erhob sich, ging hinüber zum Fenster und sah hinaus, so wie sie es gern tat, sobald sie telefonierte. Emily hörte sich kurz an, was Andreas Neumann ihr mitteilte, und nach kaum zwei oder drei Minuten war das Gespräch auch schon wieder beendet. Sie drehte sich zu Ryan um und kam zurück zu der kleinen Sitzgruppe, die aus vier dunkelblauen Cocktailsesseln und einem kleinen runden Kaffeetisch bestand. Erfreut, dass alles so klappte, wie sie es sich vorgestellt hatte, setzte sie sich zurück an ihren Platz und sah ihn an.

»Du hast es wahrscheinlich eben schon mitbekommen«, sagte sie. »Du kannst Freitagmorgen nach Schottland fliegen. Andreas ist davon ausgegangen, dass er den Termin festmachen kann, ohne mit uns Rücksprache zu halten, denn er selbst hat momentan nur ein kleines Zeitfenster zur Verfügung und muss dich deshalb vor vollendete Tatsachen stellen, wie er sagte. Jedenfalls ist mit dem Flugplatz in Inverness schon alles geklärt. Allerdings würde es am Samstagvormittag wieder zurück nach Hamburg gehen, denn Andreas hat bereits am Sonntag einen Flug nach Paris. Das heißt für dich, du solltest am besten schon vorher eine genaue Liste erstellen, weil dir nur der Nachmittag und der Abend bleiben werden, um alles zusammenzupacken. Andreas versprach aber hoch und heilig, dir dabei zu helfen, solange du ein kaltes Bier im Kühlschrank hast. Genug Frachtkisten und Material für die Absicherung wird er an Bord haben, das hat er mir versichert. Du brauchst dir also um deinen Computer keine Sorgen zu machen. Andreas ist es gewohnt, empfindliche Geräte zu befördern.«

»Wow, Emily, das ist einfach großartig. Dann werde ich

schon zum Wochenende meinen Computer und alle anderen wichtigen Dinge hierhaben.«

»So ist es. Ach ja, bevor ich es vergesse ... Er fragte, ob du eine Übernachtungsmöglichkeit für ihn hättest. Falls nicht, sollen wir uns noch mal bei ihm melden.«

»Das ist überhaupt kein Problem. In meinem Haus gibt es ein Gästezimmer. Selbstverständlich kann er bei mir übernachten.«

»Na, dann ist ja alles geklärt. Die Kosten für den Flug sind übrigens auch überschaubar. Wir können sie gut über das Hotel abrechnen, das ist kein Problem.« Sie sah auf ihre Armbanduhr. »So, ich denke, wir können für heute Feierabend machen. Was meinst du?«

»Gerne.«

Sie befanden sich schon auf dem Flur, als Emilys Handy erneut klingelte. Es war der Empfang. Die Rezeptionistin teilte ihr mit, dass Thomas Jacoby sie und den neuen Besitzer gerne sprechen würde. Eine ungute Vorahnung überkam Emily, dennoch konnte und wollte sie Thomas nicht einfach so abweisen.

»Schicken Sie ihn rauf, Julia, aber bringen Sie ihn bitte auf direktem Weg bis zum Fahrstuhl.« Sie schob ihr Handy zurück in die Außentasche ihres Blazers. »Das könnte jetzt eventuell unangenehm werden, Ryan. Thomas Jacoby ist auf dem Weg zu uns. Willst du lieber so lange in deinem Büro verschwinden? Ich kann das alleine regeln.«

Ryan schüttelte den Kopf. »Das kommt überhaupt nicht infrage«, erwiderte er. »Ich muss mich nicht verstecken. Außerdem werde ich dem Mann früher oder später sowieso begegnen.«

Er hatte kaum ausgesprochen, als sich die Fahrstuhltüren öffneten. Der ältere Mann, der auf sie zukam, trug einen sichtbar teuren Wintermantel. Er war hoch aufgeschossen und so dünn, dass er fast schon ausgezehrt wirkte. Ryan wartete geduldig ab, bis Emily sie einander vorstellte.

»Herr Jacoby«, sagte Ryan kurz.

Den Blick, mit dem der Mann ihn musterte, hätte man zumindest als kühl, wenn nicht sogar als feindselig bezeichnen können.

»Sie sind also dieser Schotte, dem mein Vater sein Lebenswerk in den Rachen geworfen hat«, ätzte Jacoby sofort los.

»Wenn Sie es so ausdrücken wollen.« Ryan atmete tief durch. Er wollte in jedem Fall ruhig und sachlich bleiben. »Doch um auf Ihre Frage zu antworten: Ja, ich bin der neue Besitzer dieses Hotels.«

»Pah, was für eine Farce.«

»Thomas, ich denke, über diesen Punkt dürften wir eigentlich schon seit Monaten hinweg sein«, griff Emily mit ruhiger Stimme ein. »Wir wissen beide, dass mit dem Testament deines Vaters alles in bester Ordnung war.«

»Das macht es wohl kaum besser. Und was dich angeht, Emily Magnussen, bin ich zutiefst enttäuscht. Deine illoyale Haltung ist für uns ein Schlag ins Gesicht. Dass du dich diesem dahergelaufenen Schotten so anbiederst, ist einfach widerlich. Ich hätte wirklich nie von dir gedacht, dass du so charakterlos sein kannst. Mein Vater hätte dich niemals einstellen dürfen, doch schon damals wollte er nicht auf mich hören.«

Ryan wunderte sich, dass Emily trotz der Anfeindungen vollkommen ruhig blieb, aber er fand ihre Haltung bemerkenswert. Sie verzog keine Miene, nur das Kinn hob sie kaum merklich an. Es kostete Ryan einige Mühe, sich nicht sofort einzumischen, doch er hielt sich bewusst zurück und entschied, dass es der falsche Zeitpunkt war, um sich schützend vor sie zu stellen. Er wollte ihr nicht die Möglichkeit nehmen, selbst zu entscheiden, wie sie mit der Situation umging.

»Das ist wirklich weit unter deiner Würde, Thomas«, sagte sie leise und mit einigem Abscheu in der Stimme. »Dein Vater würde sich für dich schämen.«

Jacoby winkte ab, als wollte er Emilys Bemerkung einfach vom Tisch wischen, doch sein rechtes Augenlid begann augenblicklich und gut sichtbar, vor Nervosität zu zucken.

»Wie auch immer, kommen wir zum Punkt«, sagte Jacoby und sah nun wieder Ryan an. »Ich gehe davon aus, dass Sie nicht das geringste Interesse für dieses Hotel aufbringen, Maclane, deshalb bin ich hier. Ich möchte Ihnen auch im Namen meiner Schwester ein passendes Angebot unterbreiten, damit wir alle letztlich das bekommen, was uns zusteht, und Sie schnell wieder zurück nach Hause fahren können.« Jacoby hob den dunkelroten Aktenkoffer, den er in der linken Hand hielt, leicht an. »Ich habe alles dabei, Sie brauchen nur noch zu unterschreiben, und die Sache ist für Sie erledigt.«

Ryan beschloss, dass nun die Zeit gekommen war, diesen aufgeblasenen Kerl in die Schranken zu weisen.

»Zunächst möchte ich Sie dringend darum bitten, Frau Magnussen nicht noch einmal zu beleidigen«, antwortete Ryan mit fester Stimme. »Im Übrigen ist das Hotel nicht zu verkaufen.«

»Nun, vielleicht warten Sie erst einmal ab, welche Summe wir Ihnen anbieten.«

»Ich verkaufe nicht«, bekräftigte Ryan noch einmal. Er konzentrierte sich darauf, Thomas Jacoby fest in die Augen zu blicken. »Auch wenn ich bisher nicht weiß, warum mir Ihr Vater die Ehre zuteilwerden ließ, mich als Erbe einzusetzen, so habe ich mich doch inzwischen entschieden, das Hotel selbst zu führen, so wie es sein ausdrücklicher Wunsch gewesen ist. Wie ich selbst lesen durfte, war ihr Herr Vater da sehr eindeutig.« Sein Blick huschte nur kurz zu Emily, dann sah er wieder Jacoby an. »Ein Verkauf, auch an Sie, würde diesem Wunsch widersprechen. Es geht hier um den letzten Willen Ihres Vaters, Herr Jacoby, und ich kann mir kaum vorstellen, dass Ihnen dieser so egal ist, dass Sie ihn praktisch mit Füßen treten wollen.«

»Das war nichts weiter als die spleenige Idee eines verwirrten Greises, mehr nicht.«

»Das stimmt nicht, Thomas, und das weißt du ganz genau«, mischte sich Emily ein. Sie klang jetzt doch empört. Offenbar ging ihr der Angriff von Jacoby gegen seinen eigenen Vater gehörig gegen den Strich. »Dein Vater war bis zum Schluss absolut fit im Kopf. Außerdem vergisst du, dass seine Entscheidung auch dem Wunsch deiner Großmutter entspricht.«

Jacoby schnaubte und bedachte Emily mit einem geringschätzigen Blick, ging aber ansonsten nicht weiter auf ihre Bemerkung ein und wandte sich sogleich wieder an Ryan.

»Sie sind also nicht bereit, mir und meiner Schwester das Hotel zu verkaufen?«, hakte er nach.

»Nein, absolut nicht und für keinen Preis der Welt.«

»Dann sind Sie wohl doch nicht mehr als ein elender Schmarotzer, Maclane.«

»Ich werde mir Ihre Beleidigungen nicht länger anhören«, erwiderte Ryan. »Wenn ich Sie bitten dürfte, *mein* Haus jetzt zu verlassen. Ansonsten müsste ich unseren Sicherheitsdienst bemühen, darauf wollen Sie es doch sicherlich nicht ankommen lassen, oder?« Ryan betätigte den Knopf des Fahrstuhls, und die Türen glitten lautlos auf. »Nach Ihnen, Herr Jacoby. Frau Magnussen und ich werden Sie persönlich nach unten bis vor die Tür begleiten. Und bitte sehen Sie zukünftig von weiteren Besuchen ab. An meiner Einstellung wird sich sicherlich nichts ändern.«

Jacoby stieß einen leisen Fluch aus, aber er ging voraus in die Fahrstuhlkabine. Bis sie unten im Foyer ankamen, verlor er kein einziges Wort mehr, sah weder ihn noch Emily an, sondern starrte stur geradeaus auf die Fahrstuhltür. Unten angekommen, begleiteten sie ihn bis zur großen Eingangstür des Hotels.

»Was für ein unangenehmer Zeitgenosse«, stellte Ryan fest, nachdem Jacoby verschwunden war, ohne sich zu verabschieden.

»Du warst fantastisch souverän«, lobte Emily.

Ihre Bemerkung tat ihm gut. »Danke, das kann ich nur zurückgeben.« Ryan atmete tief durch. »Sag mal, haben wir überhaupt einen Sicherheitsdienst?«

Emilys Mundwinkel hoben sich leicht. »Natürlich haben wir einen Sicherheitsdienst.«

»Na, dann bin ich ja beruhigt, dass ich keine leere Drohung abgesetzt habe.« Er fuhr sich mit einer Hand durchs Haar. »So, und nun wird es Zeit für eine erste Amtshandlung.« Ryan drehte sich um und marschierte auf die Rezeption zu.

»Oh«, sagte Emily nur, dann folgte sie ihm.

Kaum dass sie vor dem Tresen standen, kam auch schon der Empfangschef mit dienstbeflissener Miene auf sie zu.

»Herr Maclane, was kann ich für Sie tun?«

»Herr Willmer, schön, Sie zu sehen. Bitte sorgen Sie doch dafür, dass Thomas Jacoby keinen Zugang mehr zu diesem Hause hat. Und zwar mit allen Ihnen zur Verfügung stehenden Mitteln.«

»Ganz wie Sie wünschen, Herr Maclane.« Falls der Empfangschef irritiert war, ließ er es sich zumindest nicht anmerken.

»Nur zur Erklärung, und um von vornherein irgendwelchen Spekulationen den Wind aus den Segeln zu nehmen: Ich treffe diese Anordnung, weil Thomas Jacoby Frau Magnussen und mich aufs Schlimmste beleidigt hat. Es bleibt mir also leider nichts anderes übrig, als ihm striktes Hausverbot zu erteilen.«

»Verstehe.«

»Ich verlasse mich auf Sie, Herr Willmer.«

Kurz darauf saßen Emily und Ryan an ihrem Tisch im Restaurant.

»Ich brauche Nervennahrung«, teilte Emily ihm mit. »Pasta wäre gut.«

»Pasta wäre sogar perfekt«, bestätigte Ryan und lächelte ihr über den Tisch hinweg zu. »Pasta, Rotwein und ein ordentlich süßer Nachtisch. Was meinst du?«

»O ja, das klingt himmlisch.«

Sie bestellten Penne mit Steinpilzen in Sahnesoße, aßen einen frischen Blattsalat dazu und genossen einen fruchtig leichten Chianti.

»O Gott, das war fabelhaft«, seufzte Emily. »Um auf der italienischen Linie zu bleiben, was hältst du von Eiscreme zum Dessert? Oder möchtest du lieber Tiramisu?«

»Ich liebe Eiscreme«, sagte er. »Tiramisu ist nicht so mein Ding.«

»Dann sollten wir ein Tartufo bestellen. Es ist jede Sünde wert, vertrau mir.«

»Seit ich hier bin, fahre ich recht gut damit, dir zu vertrauen.«

»Danke, es freut mich, dass du das so empfindest.«

»Es ist schlicht die Wahrheit. Ohne deine Hilfe wäre ich völlig überfordert mit der gesamten Situation, und jetzt kommt es mir so vor, als wäre dies hier schon ewig mein Alltag, dabei bin ich doch im Grunde gerade erst angekommen. Ich bin dankbar dafür, dass du sozusagen auf meiner Seite stehst.«

Sie hob ihr Glas und prostete ihm zu. »Ehrlich gesagt, hätte ich gestern noch behauptet, dass es allein der letzte Wunsch von Max Jacoby ist, der mich in dieser Sache antreibt, aber inzwischen bin ich wirklich froh, dass du es bist, dem ich das Unternehmen übergeben darf. Es ist ... wie soll ich sagen ... eine große Erleichterung, dass Max' Entscheidung offenbar genau richtig war.«

»Er kannte mich noch nicht einmal, Emily, und für mich bleibt die drängende Frage, warum er gerade mir das Hotel vererbt hat.«

»Vielleicht wirst du das niemals herausfinden.«

»Unterschätze mich nicht. Ich bin Schriftsteller, und mit Recherche kenne ich mich bestens aus.« Er bemerkte, dass er noch immer sein Glas in der Hand hielt, nahm einen

Schluck und stellte es wieder ab. »Eines kann ich dir schon jetzt versprechen: Ich werde alles daransetzen, dieses Rätsel zu lösen.«

»Aber wie willst du das anstellen?«

Als in diesem Moment der Kellner an den Tisch kam, um ihre Teller abzuräumen, fasste er einen Entschluss. »Vergiss das Dessert, das können wir ein anderes Mal nachholen.« Er erhob sich.

»Oh, ganz wie du willst.« Emily stand ebenfalls auf.

»Bitte sorgen Sie dafür, dass für Frau Magnussen und mich eine große Kanne Kaffee in mein Büro gebracht wird«, wandte er sich an den Kellner. »Ach ja, und noch eine Flasche von dem hervorragenden Chianti wäre auch super.«

»Wird erledigt, Herr Maclane.«

»Komm, lass uns gehen«, forderte er sie auf.

»Was hast du vor?«, wollte Emily wissen, während sie neben ihm herging.

»Ich werde noch heute Abend mit meiner Recherche beginnen, aber dafür brauche ich dich, also stell dich drauf ein, dass du heute etwas später ins Bett kommst.«

Sie erreichten den Direktionsfahrstuhl und stiegen ein.

»Ist das jetzt eine erste richtige Anweisung, Chef?«

Er musste lachen. »Nein, natürlich ist das eigentlich eine Bitte. Entschuldige, mir geht manchmal die Höflichkeit flöten, sobald ich auf etwas fokussiert bin.«

»Soso, es ist *eigentlich* eine Bitte.« Ihr Gesichtsausdruck zeigte ihm eindeutig, dass sie amüsiert war.

»Vielleicht kennst du mich bald noch besser, dann ist der gute erste Eindruck dahin.«

»Das glaube ich nicht.«

»Nun, warte ab. Ich kann ziemlich hartnäckig und verdammt stur sein, das wirst du schon noch erleben.«

Emily beobachtete fasziniert, wie es in ihm arbeitete. Ryan stand mitten im Raum und sah sich um, als müsste er dieses Zimmer noch einmal in Ruhe auf sich wirken lassen. Seit einer Viertelstunde waren sie nun in seinem Büro, und soeben hatte ihnen ein Kellner den Kaffee und den Rotwein gebracht. Eine aufmerksame Seele hatte zusätzlich eine große Karaffe mit Wasser und eine hübsche Etagere mit ein paar Naschereien dazugestellt.

»Schau an, es gibt Pralinen«, sagte sie zu Ryan. »So kommen wir doch noch zu einem kleinen Dessert.«

Er nickte, kam zu ihr und setzte sich ihr gegenüber in den Sessel. Seine Miene wirkte noch immer nachdenklich.

»Kaffee?«, fragte sie.

»Unbedingt.« Er nahm eine Praline und schob sie sich in den Mund. »Hm, lecker«, lobte er.

»Ja, die macht unser Patissier selbst. Zurück zum Thema, Ryan. Ich bin gespannt. Wie und wo möchtest du mit deinen Nachforschungen anfangen?«

»Erzähl mir von der Familie Jacoby – am besten alles, was du weißt. Bisher sind mir nur die Namen von Max Jacoby und seiner Mutter Lina-Marie ein Begriff. Also, wenn man mal von der unschönen Begegnung heute absieht, aber die halte ich für nicht relevant.«

Sie dachte eine Weile nach, bevor sie antwortete. »Nun, ich kenne natürlich vor allem die Geschichte des Hotels, und die hängt ja direkt mit der Familie zusammen. Von Max habe ich so einiges erfahren.«

»Das ist doch großartig. Leg los. Erzähl mir gerne auch, was dir dazu sonst noch durch den Kopf geht. Die Erläuterungen auf der Homepage des Hotels sind ja eher vage und beschränken sich auf oberflächliche Informationen.«

»Gut, ich werde versuchen, alles zusammenzukramen, was mein Gedächtnis hergibt. Der Vater von Lina-Marie hieß Erich«, begann sie. »Soweit ich weiß, erbte er das Haus 1890 von seinem Vater, aber zu der Zeit war es noch ein Hotel wie jedes andere auch. Der prächtige Bau und die fantastische Lage direkt hier an der Außenalster mit ihrem malerischen Umfeld war jedoch ein wahres Geschenk, und das erkannte Erich Jacoby. Es ist überliefert, dass er das Haus unbedingt zu einem Luxushotel umgestalten wollte. Nicht allein durch sein Erbe, sondern auch durch seine Heirat mit der Tochter eines reichen Möbelfabrikanten verfügte er über genug Kapital und die nötigen Verbindungen, um es im Inneren vollständig neu zu gestalten. Vor allem reduzierte er die Zimmerzahl, indem er überwiegend Suiten einrichten ließ. Große, sehr luxuriöse Räume, so wie es sie trotz einiger Modernisierungen in späteren Zeiten auch heute noch gibt. Das war ein wichtiger Schritt, und sein Plan ging auf. Schon um die Jahrhundertwende war das *Hotel Jacoby* über die Grenzen hinaus berühmt. Die üblichen Gäste waren reich und kamen nicht selten von sehr weit her.«

Emily nahm die Wasserkaraffe und schenkte zwei Gläser voll, schob ihm eins davon zu, bevor sie selbst einen Schluck aus ihrem Glas nahm. Dann setzte sie ihren Bericht fort.

»Erich wurde recht früh Witwer. Vielleicht blieb Lina-Marie auch deshalb das einzige Kind, aber die genauen Zusammenhänge kenne ich natürlich nicht. Jedenfalls wurde Erichs

Tochter nicht nur die erste, sondern auch die jüngste weibliche Hoteldirektorin in Deutschland. Ich weiß, dass sie gerade um die zwanzig war, als sie die Leitung des Hotels übernahm.«

»Nun, das ist zumindest ungewöhnlich für die damalige Zeit. War sie da schon verheiratet? Damals ging man doch extrem früh die Ehe ein.«

»Ja, sie war verheiratet. Mit einem entfernten Cousin väterlicherseits, wenn ich richtig informiert bin, deshalb konnte sie auch ihren Nachnamen behalten. Normalerweise wäre das Hotel an ihren Ehemann gegangen, so war das damals durchaus üblich. Max erwähnte mal, dass sein Großvater das Erbe von Lina-Marie jedoch auf besondere Weise und mit juristischer Hilfe abgesichert hatte. Max sprach auch davon, dass die Ehe seiner Eltern alles andere als glücklich war, aber er wusste das nur aus den Erzählungen seiner Mutter. Jahrelang litt sie offenbar sehr darunter, dass ihr Ehemann psychisch stark angeschlagen aus dem Ersten Weltkrieg heimgekehrt war und ihr das Leben ziemlich schwer machte. Einmal meinte Max scherzhaft, dass es an ein Wunder grenzen würde, dass es ihn überhaupt gebe. Wenn man das alles weiß, wird einem schnell klar, warum Erich Jacoby unbedingt verhindern wollte, dass sein Schwiegersohn die Hand nach dem Hotel ausstrecken konnte.«

»Lina-Marie hatte es offenbar nicht leicht.«

»Das kann schon sein. Allerdings erwähnte Max auch, dass seine Mutter die meiste Zeit ihres Lebens einen recht glücklichen Eindruck machte, vor allem weil sie ihre Arbeit über alles liebte. Das Hotel war offenbar ihr Lebensinhalt. Wahrscheinlich hat ihr genau das geholfen, all die Schicksalsschläge zu überwinden, aber das ist nur meine Interpretation. Letztlich musste sie das Haus ja auch noch über den Zweiten Weltkrieg und die schwierige Nachkriegszeit retten. Es ist bekannt, dass dieses Hotel ab 1945 von den Briten besetzt wurde. Das war sicherlich ebenfalls keine leichte Zeit, trotzdem führte Lina-Marie das Haus nach der Besatzungszeit sehr schnell wieder zu einem normalen Hotelbetrieb zurück und machte es erfolgreicher, als es jemals gewesen war. Max blieb der Linie seiner Mutter in den Jahren danach vollkommen treu.« Emily seufzte. »Das war es. Viel mehr weiß ich über Lina-Marie leider nicht.«

»Und Max? Er hat zwei Kinder. Er war also verheiratet?«

»Ja, und er hat seine Frau Karin sehr geliebt. Ich habe dir ja schon erzählt, dass Max ein väterlicher Freund meines Vaters und deshalb auch mein Patenonkel gewesen ist. Karin Jacoby starb viel zu jung an Krebs. Zu der Zeit war ich noch nicht einmal in der Schule. Ich muss so vier oder fünf gewesen sein, als Karin starb. Trotzdem kann ich mich gut daran erinnern, wie traurig damals alle waren.«

»Max blieb also mit seinen Kindern allein zurück.«

»Na ja, Thomas und Bettina waren schon erwachsen, als ihre Mutter starb. Max war aber immer für seine Kinder da. Sie hatten ein enges und liebevolles Verhältnis, das weiß ich. Thomas hat noch lange hier im Haus bei seinem Vater gelebt.« Emily überlegte einen kurzen Moment, bevor sie weitersprach. »Die Familie Jacoby hat übrigens immer hier oben gewohnt, das ist vielleicht auch noch interessant zu wissen. Früher war der Trakt auf der gegenüberliegenden Seite des Treppenhauses eine einzige große Wohnung mit verschiedenen persönlichen Bereichen. Der Mittelpunkt des damaligen Wohnbereichs soll ein großes Esszimmer gewesen sei. Das muss ungefähr da gelegen haben, wo sich jetzt das Wohnzimmer deiner Suite befindet. Von dort gingen alle Zugänge zu den anderen Wohnbereichen ab. Ich weiß zum Beispiel, dass in meiner Wohnung früher Lina-Marie lebte.«

»Max ist über neunzig geworden. Wie alt war seine Mutter, als sie starb?«

»Sie wurde ebenfalls sehr alt. Soweit ich weiß, war sie auch um die neunzig, aber das genaue Alter müsste ich nachschlagen. Das habe ich gerade nicht im Kopf.«

»Kein Problem, ist nicht weiter wichtig.«

Eine Weile blieben sie still und tranken ihren Kaffee aus. Schließlich schenkte Ryan Wein ein. »Gibt es irgendeinen Zusammenhang, den du dir vorstellen kannst? Vielleicht zu Schottland? Selbst ein Ansatz würde helfen.«

Seufzend schüttelte sie den Kopf. Es tat ihr leid, dass sie so wenig zur Aufklärung beitragen konnte. »Leider nein.«

»Weder Max noch seine Mutter hatten also deines Wissens einen Bezug zu Schottland?«

»Mir ist zumindest nichts dergleichen bekannt.«

Ryan erhob sich, ging hinüber zum Schreibtisch und ließ den Blick über das mächtige Möbelstück auf der linken Seite des Raumes gleiten. Es war eine deckenhohe Schrankwand, die sowohl offene Regale als auch geschlossene Schrankelemente besaß. Einige der Regale waren leer, in anderen fanden sich vereinzelt Bücher und ein paar leere Aktenordner. Ryan öffnete nacheinander die Schranktüren und schaute in die Fächer hinein. Sie waren allesamt leer.

»Gibt es hier im Hause noch Lagerräume, die nichts mit dem Hotelbetrieb zu tun haben und vielleicht nur von der Familie genutzt wurden?«

»Leider nein.«

»Es gibt also keine Möglichkeit, irgendwo noch persönliche Aufzeichnungen, Fotoalben oder Ähnliches zu finden?«

»Nein, Ryan. Die Familie hat sämtliche persönlichen Dinge abholen lassen, nachdem sie erfahren hatte, dass sie das Hotel nicht erben würde. Der einzige private Abstellraum, den es im Haus gibt, befindet sich ebenfalls hier auf der Etage. Es ist die schmale Tür direkt gegenüber von meinem Büro. Der Raum ist inzwischen ebenfalls leer.« Emily stand auf und ging zu ihm, deutete dann auf eins der Regale in der Schrankwand, auf dem noch einige Bücher standen. »Die Bücher und ein paar Bilder an den Wänden haben sie hiergelassen, aber das ist auch alles. Daran hatten sie wohl kein Interesse. Der Schreibtisch wurde ebenfalls ausgeräumt. Früher gab es in diesem Raum jede Menge Fotos von der Familie. Vor allem dort, wo sich jetzt die leeren Fächer befinden.«

»Im Internet habe ich ein Foto von Max Jacoby gefunden. Gibt es hier noch irgendwo eins von Lina-Marie?«

»Du bist sogar schon einige Male daran vorbeigelaufen. Komm, ich zeige es dir.«

Sie griff nach seinem Unterarm und zog ihn mit sich, hinaus aus dem Büro, bis sie auf dem schmalen Flur standen, der zu ihrem Büro und dem Fahrstuhlvorraum führte.

»Hier und hier«, sagte sie und zeigte zuerst auf ein gerahmtes Schwarz-Weiß-Foto und danach auf ein kleines Ölgemälde, das direkt gegenüber hing. »Das ist Lina-Marie Jacoby. Unten in der Lobby, direkt neben dem Eingang zum Café, hängt übrigens noch ein großes Gemälde, das sie zusammen mit ihrem Vater zeigt. Da war sie noch ein junges Mädchen. Du kannst es dir morgen ansehen.«

»Sie war eine hübsche Frau. Auffallend attraktiv. Auf dem Foto ist sie sicher zwischen vierzig und fünfzig«, stellte er fest. »Der Stil des Kleides passt in die Nachkriegsjahre.«

»Ja, das ist ein typisches Kleid aus den späten Vierzigerjahren. Vielleicht sogar Anfang der Fünfziger, wer weiß.«

Ryan drehte sich um und betrachtete das Gemälde auf der anderen Seite. »Hier sieht sie noch sehr jung aus. Alles in allem würde ich sagen, das Bild ist in den Zwanzigern entstanden.«

»Nicht ganz. Linas Vater hat einst das Gemälde bei einem befreundeten Künstler in Auftrag gegeben, der es leider nie zu großem Ruhm gebracht hat. Erich Jacoby schenkte es seiner Tochter zum achtzehnten Geburtstag, auch das weiß ich von Max. Ich habe ihn mal explizit nach diesem Bild gefragt, einfach weil es mir gut gefällt und ich seine Mutter darauf so unglaublich hübsch finde.«

»Ich gebe dir recht. Lina-Marie hatte ein wirklich ausdrucksstarkes Gesicht«, sagte er. »Da ist etwas in ihren Augen, dass ihre äußere Zartheit Lügen straft, würde ich sagen. Man könnte daraus schließen, dass sie eine äußerst leidenschaftliche Frau war.« Er deutete auf das Foto an der Wand gegenüber. »Der Eindruck bestätigt sich übrigens auf dem Foto, obwohl es viel später entstanden ist.«

»Das ist eine interessante Beobachtung, Ryan.«

»Nein, das ist eher eine Interpretation, die sich kaum beweisen lässt. Meine Fantasie geht mal wieder mit mir durch. Das ist eine Berufskrankheit.« Er lachte kurz auf. »Komm, wir gehen zurück ins Büro. Ich brauche noch einen Schluck Wein.«

9. Kapitel

Hamburg, im September 1925

»Du bist also nur hier, weil du unbedingt ein Kind willst?«
Brunos Tonfall klang bitter.

»Du weißt, dass ich dir nichts vormachen will«, antwortete
Lina. Sie schlug die Bettdecke zurück, stand auf und zog sich
ihren Morgenmantel über. Mit einem Seufzer drehte sie sich
wieder zu ihm um. »Ich möchte Mutter werden, bevor es zu
spät ist. Und natürlich möchte ich auch einen Erben, Bruno.
Jemanden, der das Hotel nach uns weiterführen wird.«

»Das heißt, dass du nicht mehr zu mir kommen wirst, sobald du schwanger bist.« Er setzte sich auf und rieb sich mit
beiden Händen das Gesicht. »Lina, das ist ...«

»Ich weiß, dass ich viel von dir verlange, aber ich ... Ach,
Bruno, ich empfinde einfach nichts. Dieses ... Zusammensein gibt mir nichts, hat es noch nie getan, und das weißt du
auch.«

»Weil du mir nicht die kleinste Chance lässt, dich etwas
empfinden zu lassen, Lina.«

»So ist es nicht.«

»Doch, meine Liebe, genau so verhält es sich. Wenn ich ...
also, da ist noch nicht einmal der Anflug von Bereitschaft bei
dir zu bemerken.«

Sie spürte, wie Hitze in ihre Wangen stieg. »Ich möchte nicht mit dir darüber reden. Das ist mir unangenehm.«

»Aber du verlangst von mir, dass ich meine Schuldigkeit tue. Das ist ziemlich egoistisch, Lina.«

»Das ist mir durchaus bewusst. Ich sagte ja, dass ich genau weiß, was ich dir abverlange.« Sie musste schlucken. »Sei ehrlich, selbst wenn es dir als Mann weniger Probleme bereitet, musst du doch auch spüren, dass unsere Verbindung für diese ... Sache einfach nicht gemacht ist. Dennoch bist du mein Ehemann, und ich bitte dich von ganzem Herzen, mir das Kind zu schenken, das ich mir so sehr wünsche.«

Seine Miene wirkte undurchdringlich. »Als du vor ein paar Wochen plötzlich zu mir gekommen bist, habe ich wirklich geglaubt, all meine Hoffnungen hätten sich endlich erfüllt. Du irrst dich nämlich, Lina, wenn du glaubst, dass ich dir ausschließlich freundschaftliche Gefühle entgegenbringe. Bei mir war das schon früher anders, doch du wolltest es nie sehen. Heute frage ich mich allerdings immer häufiger, warum ich in den vergangenen Jahren überhaupt um dich, um unsere Ehe gekämpft habe.«

»Oh, Bruno, bitte fang nicht wieder so an.«

»Du bist kalt wie ein Fisch, Lina. Willst du die Wahrheit wissen, Frau? Wenn ich auf dir liege, ist es schlimmer als mit den Huren, zu denen ich üblicherweise gehe. Die tun wenigstens noch so, als würde es ihnen gefallen. Du hingegen lässt mich jedes Mal spüren, wie heilfroh du bist, wenn es endlich vorbei ist. Das ist verflucht entwürdigend.« Sein Atem ging keuchend.

»O Gott, Bruno, so was darfst du mir doch nicht sagen.«

Es fühlte sich an, als hätte er sie mitten ins Gesicht geschlagen. Die Tränen ließen sich nicht länger zurückhalten, sie spürte sie auf ihren Wangen und brauchte all ihre Kraft, um nicht laut aufzuschluchzen.

»Ja, meine Liebe, du wirst auch meine Wahrheit ertragen müssen, das gehört dazu«, setzte er nach. »Auf der einen Seite strotzt du nur so vor Klugheit und Selbstbewusstsein, doch im Grunde bist du ein naives, unwissendes Mädchen.«

So darf es nicht sein, dachte sie erschüttert. So kann es nicht weitergehen.

Ihr wurde klar, dass von nun alles anders sein würde zwischen ihnen. Bruno hatte nicht ganz unrecht. Voller Naivität war sie davon ausgegangen, dass sie ihm willkommen war, egal aus welchen Beweggründen sie zu ihm kam. Schließlich war er ein Mann mit Bedürfnissen. Doch ihre Einschätzung war falsch gewesen. Sie hatte sich geirrt, das musste sie nun einsehen und die Konsequenzen tragen. Betrübt sah sie zu, wie auch er das Bett verließ und sich seinen Hausmantel überzog.

Lina atmete tief durch und straffte den Rücken. »Es tut mir leid, Bruno, es wird nicht wieder vorkommen.«

»Was soll das denn jetzt, verflucht noch mal?«

»Ich habe soeben eine Entscheidung getroffen. Es ist zu viel zwischen uns passiert. Wir haben uns zu viele Dinge gesagt, die niemals hätten gesagt werden dürfen. Von nun an werde ich nicht mehr zu dir kommen, doch ich möchte dich bitten, mir jegliche Demütigung zu ersparen. Ich flehe dich an, dich bei deinen … Unternehmungen so diskret wie nur möglich zu verhalten, damit es kein Gerede gibt.«

Schweigend und mit unbewegter Miene sah er sie an. »Dann wirst du wohl oder übel damit leben müssen, kein Kind zu bekommen, Madame.«

»Dann wird es so sein. Das passiert auch anderen, und ich werde es überleben.«

»Und was wird aus deinem Plan, das Hotel an dein Kind weiterzuvererben?«

»Das wird sich zeigen, wenn es so weit ist. Noch bin ich jung.«

»Willst du die Scheidung?«

»Wir wissen beide, dass das nicht infrage kommt. Solange die Zeiten sind, wie sie nun einmal sind, würde das mir, vor allem aber dem Ruf des Hotels viel zu viel Schaden zufügen. Unsere Gerichte, aber auch die Gesellschaft, in der wir leben, geben noch immer den Frauen die Schuld, sobald eine Ehe vor den Scheidungsrichter kommt – Gott weiß warum. Außerdem liegt bei uns kein nachvollziehbarer Grund für eine Scheidung vor. Den müssten wir inszenieren, und das wäre wirklich unwürdig.«

»Du bist gut informiert, alle Achtung.« Er schnalzte mit der Zunge, und es klang fast anzüglich in ihren Ohren.

»Auch ich lese Zeitungen.«

»Nun, du könntest auf Geisteskrankheit deines Ehemannes plädieren. Ich habe eine Vorgeschichte und war in einem Sanatorium. Das ist kein Geheimnis. Wahrscheinlich würde man es dir sogar abnehmen, dass ich plemplem bin, dann wärst du aus dem Schneider. Die gute Hamburger Gesellschaft würde dich vermutlich sogar noch bedauern, weil du es so lange mit mir aushalten musstest.«

»Sei nicht albern, Bruno. So etwas würde ich dir niemals antun.«

»Nun gut, dann ist zwischen uns wohl alles gesagt.«

»Das ist es.« Lina schlang den Gürtel ihres Morgenmantels

ein wenig fester um ihre Taille. »Wir sollten an die Arbeit gehen.« Mit hocherhobenem Kopf und der Gewissheit, dass sie diesen Raum nie wieder betreten würde, verließ sie Brunos Schlafzimmer.

Ende Oktober stellte sie fest, dass sie schwanger war, und wenig später wurde ihre Vermutung durch ihren Arzt bestätigt. Sie empfand es als besonderes Geschenk des Schicksals, dass es bei ihrem letzten Zusammensein mit Bruno tatsächlich geklappt hatte. Einige Tage behielt sie die Nachricht für sich. Sie freute sich und genoss das berauschende Gefühl, das sie bei dem Gedanken durchströmte, in einigen Monaten ihr Baby im Arm halten zu dürfen. Dieses kleine Wesen in ihrem Bauch würde wahrlich ihre Familie sein. Es war ihr Fleisch und Blut. Ein Jacoby.

Wehmütig dachte Lina an ihren Vater. Er hätte sich so sehr über ein Enkelkind gefreut.

An einem regnerischen Novembermorgen teilte sie Bruno mit, dass er Vater werden würde.

»Na, dann ist dein Plan ja doch noch aufgegangen«, erwiderte er teilnahmslos. »Das Schicksal war dir offenbar wohlgesonnen.«

»Freust du dich denn nicht, Bruno? Wir werden Eltern, das ist doch wundervoll.«

»Vielleicht würde ich mich sogar wie verrückt darüber freuen, wenn es ein Kind der Liebe wäre. Doch so ist es nicht. Vielmehr ist es nur eine weitere Zielsetzung von dir, die erfüllt wurde, nicht wahr?«

»Dein Sarkasmus ist unangebracht, Bruno, und das weißt du auch.«

Er erhob sich. »Entschuldige mich, es wird Zeit. Ich habe einen Termin mit der Brauerei. Ich esse heute Abend auswärts. Du brauchst also nicht auf mich zu warten, falls du es überhaupt vorhattest.«

Lina atmete tief durch, nachdem er gegangen war, und schüttelte den Kopf. So wie jeden Morgen stand sie kurz darauf noch eine Weile am Fenster und sah hinaus auf die Alster, bevor sie hinüber in ihr Büro ging. Das Wetter war furchtbar. Es regnete in Strömen, und eine steife Brise zerrte an den Kronen der Bäume. Die Welt da draußen schien in einem einheitlichen Grau zu verschwinden. Nachdenklich strich sie sich mit den Händen über ihren noch flachen Bauch.

»Ich werde dir eine gute Mutter sein, mein größter Schatz. Egal, was uns noch passieren mag«, flüsterte sie. »Jede Sekunde werde ich von nun an auf dich aufpassen. Ich werde dafür Sorge tragen, dass du einen starken und guten Charakter ausbildest, das verspreche ich dir.«

Noch einmal atmete sie tief durch, dann bat sie über das Haustelefon Alma und Martin zu sich ins Büro. Wenn sie heute damit beginnen wollte, ihr Kind zu beschützen, mussten alsbald Entscheidungen getroffen werden.

»Ach, das ist wunderbar«, rief Alma erfreut aus, nachdem Lina die Neuigkeit verkündet hatte.

Linas Blick glitt zu Martin.

»Gratuliere«, sagte er. Seine Miene blieb nahezu unbewegt, doch sein Blick flackerte, und wie so oft erkannte sie in seinen Augen, wie tief er für sie fühlte.

»Ich habe euch beide zu mir gebeten, weil ich in den

nächsten Monaten eure Hilfe benötige.« Sie sah Alma an. »Schenk uns doch bitte einen Kaffee ein, meine Liebe.«

»Sehr gerne.« Alma erhob sich und ging hinüber zum Servierwagen, den sie selbst mitgebracht und neben der Tür platziert hatte.

Lina nutzte die Zeit, um mit Martin einen aussagekräftigen Blick zu tauschen. Er schloss kurz die Augen und nickte ihr kaum merklich zu. Es ist alles gut, teilte er ihr auf diese Weise mit. In den vergangenen Jahren hatten sie es zur Perfektion gebracht, sich nahezu ohne Worte zu verständigen.

Alma kam zur Sitzecke zurück und stellte die gefüllten Kaffeetassen vor sie hin. Martin griff sofort nach seiner und nahm einen Schluck. »Was können wir für dich tun?«, fragte er, nachdem er die Tasse zurückgestellt hatte.

»Ich möchte dieses Kind unbedingt gesund zur Welt bringen. Deshalb muss ich sicherstellen, dass meine Schwangerschaft gut verläuft und ich genug Ruhe und Erholung bekomme. Meine diesbezüglichen Erkundigungen haben meine Vermutung bestätigt, dass ich vor allem in den ersten drei bis vier Monaten sehr vorsichtig sein muss.«

»Das stimmt. Die meisten Fehlgeburten passieren offenbar zu Beginn einer Schwangerschaft«, bestätigte Alma.

»Nun ja, ich kann …« Lina wechselte erneut einen schnellen Blick mit Martin. »Wie soll ich es ausdrücken …? Ich kann im Augenblick kaum auf die Unterstützung meines Ehemannes bauen, deshalb komme ich auf euch beide zu. Ihr seid meine besten Freunde, und ich hoffe, dass ich euch damit nicht zu viel zumute.«

»Auf keinen Fall«, versicherte Martin. »Wir sind in jeder Weise für dich da, nicht wahr, Alma?«

»Natürlich. Du kannst dich ganz auf uns verlassen«, bestätigte Alma.

»Das freut mich sehr, ich danke euch.«

»Also, was ist zu tun?«, fragte ihre Freundin.

»Vorausschicken möchte ich, dass ihr beide mein uneingeschränktes Vertrauen genießt. Ich möchte euch daher noch mehr in die Personalführung einbeziehen, und zwar über die übliche Erstellung der Dienstpläne in euren Bereichen hinaus. Es wäre schön, wenn mir die Personalorganisation für eine Weile ganz erspart bliebe. Das heißt, ihr könnt ohne Rücksprache mit mir selbst Einstellungen und Entlassungen vornehmen. Falls eine derartige Maßnahme tatsächlich nötig sein sollte, möchte ich euch nur darum bitten, den jeweiligen Fall miteinander zu besprechen und gemeinsam zu entscheiden. Diese Vorgehensweise gibt euch insgesamt mehr Sicherheit. Wie gesagt, ich vertraue euch da voll und ganz. Auch in anderen Bereichen könnte ich eure Unterstützung sehr gut gebrauchen, aber das wird sich nach und nach ergeben. Selbstverständlich werdet ihr beide eine entsprechende Lohnerhöhung bekommen. Ich habe vor, das noch heute zu veranlassen.« Sie sah Martin an. »Ich weiß, dass deine Arbeit dich auch so schon enorm fordert, aber vielleicht kannst du einen weiteren Koch einstellen, um dir ein bisschen mehr Luft zu verschaffen?«

Er nickte. »Ich denke bereits länger über einen weiteren Postenchef nach. Ehrlich gesagt, wollte ich sogar schon mit dir darüber sprechen. Egon, mein Souschef, könnte ein paar meiner Aufgaben übernehmen. Zusammen mit ihm könnte ich einiges umorganisieren, das geht schon. Egon ist ein patenter und fleißiger Kerl, auf den man sich verlassen kann.«

»Das klingt wunderbar. Entscheide du das, Martin. Dem Hotel geht es sehr gut. Du kannst gerne auch zwei Köche oder einen weiteren Küchenjungen einstellen – wie es für dich am besten ist. Alle notwendigen Unterlagen zu den Einstellungen findet ihr dort.« Lina zeigte auf ein offenes Regal der riesigen Schrankwand, in dem sich mehrere Aktenordner befanden. »Mein Büro steht euch uneingeschränkt zur Verfügung. Ich weiß, dass ich euch mit meinem Anliegen noch mehr Arbeit aufbürde, aber mir fällt gerade keine andere Lösung ein. Ich brauche euch, ihr Lieben.«

»Wie Martin vorhin schon sagte, kannst du dich voll und ganz auf uns verlassen, Lina.« Alma lächelte. »Wir werden das schon organisieren. Um uns solltest du dir also keine Gedanken machen, sondern nur um dich und dein Baby. Vor allem danke ich dir für dein Vertrauen. Das bedeutet mir viel.«

»Mir geht es ebenso«, sagte Martin. Er stand auf. »Ich müsste jetzt erst mal wieder zurück in die Küche. Heute Abend findet eine Gesellschaft im großen Bankettsaal statt, und bis Egon die Spätschicht übernimmt, gibt es noch jede Menge vorzubereiten. Ich komme später noch mal rauf, Lina. Dann können wir alles Weitere besprechen.«

»Ja, geh nur. Wir sehen uns dann später.«

»Oder warte mal … Wollen wir drei heute Abend vielleicht zusammen essen?«, fragte er. »Egon kommt gegen sieben und übernimmt, dann kann ich Feierabend machen.«

»Das ist eine gute Idee«, stimmte Lina zu, und auch Alma nickte.

»Gut, dann sehen wir uns um sieben im Restaurant, in Ordnung?«

Eine Viertelstunde vor der verabredeten Zeit fuhr Lina mit dem Fahrstuhl nach unten. Sie durchquerte das Foyer, wechselte ein paar Worte mit dem Chefportier und hielt dann auf das Restaurant zu. Hinten in der Ecke war ihr üblicher Tisch bereits für drei Personen gedeckt. Sie hatte kaum Platz genommen, als Alma erschien.

»Martin ist gleich bei uns«, sagte sie. »Ich bin ihm vor einigen Minuten im Personalraum über den Weg gelaufen. Er wollte sich noch schnell ein bisschen frisch machen und umziehen, bevor er zu uns stößt.«

»Das ist fein.«

»Dir geht es doch gut, oder, Lina?«

»Ja, mach dir keine Sorgen. Mir geht es prima.«

»Und Bruno?«

»Vor ein paar Wochen haben wir uns darauf geeinigt, dass jeder von uns von nun an sein eigenes Leben lebt.«

Alma sah sie eindringlich an. »Nun, dann solltest du vielleicht darüber nachdenken, ebenfalls dein Leben zu leben. Ich finde, es wird Zeit, dass du auch mal an dich denkst.«

Mit einer leichten Kopfbewegung deutete sie zur Tür des Restaurants, durch die in dieser Sekunde Martin hereinkam. Es blieb Lina keine Zeit mehr, auf Almas Bemerkung zu antworten, denn Martin erreichte den Tisch und setzte sich zu ihnen.

»So, es kann losgehen.«

»Ich würde vorschlagen, wir essen erst mal in Ruhe.«

»Was hast du da?«, fragte Alma und deutete auf zwei Mappen, die Lina am Nachmittag zusammengestellt hatte.

»Später. Ich habe Hunger«, erwiderte Lina.

»Na, das fängt ja gut an«, kommentierte Martin und lachte.

Auf Martins Empfehlung hin genossen sie einen hervorragenden Rinderbraten. Alma und Martin tranken ein Glas Rotwein dazu, während Lina bei ihrem Apfelsaft blieb. Eine ganze Weile plauderten sie entspannt über alltägliche Dinge. Erst nach dem Essen kamen sie wieder auf die Arbeit im Hotel zu sprechen.

»Ich habe diese Mappen zusammengestellt, um für euch die wichtigsten Punkte eurer neuen Aufgaben zusammenzufassen. Die Notizen werden euch helfen, alles bestens zu erledigen und die Unterlagen zu finden, die ihr benötigt«, teilte Lina ihren beiden Freunden mit. »Ach ja, und hier sind noch eure Büroschlüssel. Zum Glück hatte ich noch zwei in der Schublade.«

Sie reichte Alma und Martin die Mappen und die Schlüssel und wartete geduldig ab, bis beide die Seiten durchgeblättert hatten.

»Falls es noch Fragen geben sollte, habt bitte keine Scheu.«

»Du hast das alles hervorragend aufgelistet und erläutert«, lobte Martin.

»Ja, das finde ich auch.« Alma lächelte ihr zu. »Zusammen schaffen wir das.«

»Der einzige Bereich, den ich mir vorbehalte, sind größere Ausgaben, die über die normalen Lieferantenrechnungen, die Wäscherei und so weiter hinausgehen.« Lina nahm einen Schluck von ihrem Apfelsaft, bevor sie weitersprach. »Ich habe mir also selbst für die ersten Monate der Schwangerschaft Ruhe verordnet, aber natürlich bin ich jederzeit für euch ansprechbar, falls etwas sein sollte.« Ihr Blick glitt zu Alma. »Ich habe euch beiden außerdem für die alltäglichen Aufgaben eine Unterschriftsberechtigung ausgestellt, aber ich denke, der normale Bürokram wird überwiegend an dir hängen bleiben, Alma. Machen wir uns nichts vor, dir wird es eher möglich sein, deine üblichen Aufgaben zu delegieren. Martin bleibt da weit weniger Spielraum, weil er beide Restaurants und das Café leiten muss.«

»Kein Sorge, ich werde Alma so gut es geht unterstützen«, warf Martin ein.

»Das wissen wir, Martin, aber auch du kannst dich nicht zerreißen.« Sie schenkte ihm ein Lächeln, bevor sie fortfuhr. »Die Bank und die wichtigsten Lieferanten sind bereits informiert. Alles andere könnt ihr unter euch aufteilen und so organisieren, wie es euch am liebsten ist. Die Hauptsache ist, dass sich die zusätzliche Arbeit mit euren üblichen Aufgaben verträgt, aber dafür werden wir Lösungen finden, denke ich.«

»Wie du ganz richtig erkannt hast, ist das bei mir kein Problem, Lina. Ich habe gleich heute Nachmittag Ursula ins Boot geholt. Sie übernimmt für die nächste Zeit einige meiner üblichen Aufgaben.«

»Das ist eine gute Wahl. Ursula ist schon sehr lange hier im Hotel und kennt die verschiedenen Bereiche.«

»Ja, sie kümmert sich jetzt zusätzlich um die Dienstpläne der Zimmermädchen und behält den Wäscheverbrauch im Auge. Damit nimmt sie mir einiges ab.«

»Bei mir wird es auch nicht so schwierig werden, wie du glaubst, Lina«, sagte Martin. »Heute Nachmittag habe ich eine Annonce vorbereitet, die ich gleich morgen früh in die Zeitung setzen lasse. Außerdem habe ich vorhin mit Egon gesprochen und ihm gesagt, dass ich vorübergehend zusätzliche Aufgaben innerhalb der Hotelleitung übernehmen muss.

Egon weiß, dass das einige Monate dauern kann, aber er ist ebenfalls der Meinung, dass ein weiterer Postenkoch ausreichen müsste, um alles am Laufen zu halten, selbst wenn ich mal nicht greifbar sein sollte.«

»Wie ich es mir gedacht habe, geht ihr die Sache großartig an. Ich bin so froh, dass ich euch habe.«

»Alles wird perfekt weiterlaufen, Lina.« Alma griff nach ihrer Mappe und dem Büroschlüssel. »Ich muss jetzt leider langsam los. Stefan hat gleich Feierabend, und wir wollen zumindest noch ein oder zwei Stunden zusammen verbringen, bevor das Bett ruft.«

»Seit deiner Verlobung mit diesem Kellner bist du ganz schön ungesellig geworden.« Martin zwinkerte Alma grinsend zu.

Alma zog dem Chefkoch eine Grimasse, lachte aber, weil sie wusste, dass Martin sie nur ein bisschen ärgern wollte.

»Dann habt einen schönen Feierabend«, sagte Lina.

Sie gönnte der Freundin ihr Glück von Herzen. Im vergangenen Jahr hatten sich Alma und einer der Kellner Hals über Kopf ineinander verliebt. Seit zwei Monaten waren die beiden verlobt und planten bereits ihre Hochzeit. Alle nahmen an, dass das große Ereignis im kommenden Frühjahr stattfinden würde.

»Wir sehen uns dann morgen um acht Uhr im Büro. Ist dir das recht, Martin?«

»Ich werde da sein, Alma.«

Martin und Lina winkten Alma zu, als diese sich an der Restauranttür noch einmal zu ihnen umdrehte, dann waren sie miteinander allein. Wenn man mal davon absah, dass das Restaurant um diese Zeit ansonsten sehr gut besucht war.

»Ich freue mich wirklich sehr für dich.« Martins dunkle Stimme klang sanft, so wie immer, sobald er mit ihr sprach.

»Danke dir. Ich bin so glücklich.«

»Ich weiß.«

»Wir beide haben in den vergangenen Wochen kaum Gelegenheit gehabt, mal ein persönliches Wort zu wechseln. Ich hoffe, dir geht es gut?«

»Wie immer, alles bestens«, erwiderte er. Er winkte den Kellner heran und bestellte sich einen Kaffee und einen Weinbrand. Als er sie fragend ansah, schüttelte sie den Kopf.

»Wie geht es deiner Frau?«, fragte sie.

»Unverändert. Ich war vor zwei Wochen zuletzt dort. Sie erkennt mich eigentlich nur noch, wenn eine Schwester oder ich ihr auf die Sprünge helfen. Es ist deprimierend, sie so zu sehen. Sie war früher so ein lebenslustiges Geschöpf.«

»Du hast mir nie erzählt, was das eigentlich für ein Unfall gewesen ist, der sie so schwer versehrt hat. Bisher hast du überhaupt kaum mit mir über sie gesprochen.«

Er sah ihr in die Augen. »Interessiert es dich denn wirklich?«

Sie antwortete nicht sofort, weil der Kellner zurück an ihren Tisch kam und Martin seinen Kaffee und den Weinbrand servierte.

»Ja, es interessiert mich schon deshalb, weil es dich betrifft, Martin. Bitte erzähle es mir«, bat sie ihn, nachdem der Kellner wieder verschwunden war.

»Nun, es war ein simpler Holzstapel, der das Unglück ausgelöst hat.« Er prostete ihr zu und nippte am Weinbrand. »Ich habe Bärbel auf dem Landsitz von Friedrich von Kranbach kennengelernt«, fuhr er schließlich fort. »Sie arbeitete dort im Haushalt. Wir mochten uns sehr und haben recht schnell geheiratet. Zu den Zeiten damals war es schön, wenn jemand zu dir gehörte.«

»Ja, das kann ich gut nachvollziehen.«

»Wenige Wochen nach unserer Hochzeit wurde sie unter einem Holzstapel begraben. In den Tagen zuvor war ein Stück Land gerodet worden. Die Waldarbeiter hatten deutlich mehr Holz geschlagen als üblich. So war ein besonders hoher Stapel mit dicken Stämmen entstanden. Wahrscheinlich war er viel zu hoch, vor allem aber zu nachlässig aufgetürmt worden. Der Stapel kam genau in dem Augenblick ins Rutschen, als Bärbel daran vorbeiging, um im Hof Wäsche aufzuhängen. Sie wurde vollkommen darunter begraben.«

»O Gott, wie furchtbar.«

»Wir dachten tatsächlich, dass Bärbel das nicht überlebt haben konnte, doch es kam anders, und heute frage ich mich manchmal, ob es für sie nicht besser gewesen wäre ... Aber ich weiß, so darf man niemals denken.«

»Das stimmt, so sollte man zumindest nicht denken. Welcher Art sind ihre Verletzungen?«

»Sie ist querschnittsgelähmt und sitzt seitdem im Rollstuhl. Hinzu kommt noch, dass ihr Gehirn Schaden genommen hat, und das ist das eigentliche Problem. Die Ärzte meinten später, eine Hirnblutung sei sehr wahrscheinlich die Ursache. Bis auf ein paar Schrammen und oberflächliche Wunden hatte sie kaum äußere Verletzungen, und doch war nichts mehr so wie vorher.«

»Das klingt wirklich sehr grausam. Wird sie in dem Pflegeheim denn gut versorgt?«

»Sehr gut sogar. Es ist ein großartiges Haus. Alle dort

geben sich die größte Mühe. Dennoch ist es noch immer eine Qual, sie so zu sehen. Wie gesagt, war Bärbel ein äußerst lebensfrohes Mädel, bevor der Unfall geschah. Tatsächlich erkennt sie mich inzwischen kaum noch. Ihre Erinnerung scheint nach und nach immer mehr Lücken zu bekommen.«

»Wie alt ist sie jetzt?«

»Sie ist in deinem Alter, Lina.«

»Gibt es denn keinerlei Hoffnung auf Besserung?«

»Leider nicht, eher im Gegenteil.«

»Das ist furchtbar traurig. So ein Pflegeheim ist sicher teuer. Falls du also irgendwann mal Hilfe brauchst, sag mir bitte Bescheid.«

»Ich danke dir für dein Angebot, aber die Kosten für das Heim übernimmt in voller Höhe Friedrich von Kranbach. Er hat auch dafür gesorgt, dass das so bleibt, falls ihm selbst mal etwas passieren sollte. Bärbels Pflege ist ihr Leben lang durch ein spezielles Konto abgesichert.«

»Das ist sehr großzügig.«

»Ja, das finde ich auch. Nachdem klar war, dass Bärbel am besten in einem Pflegeheim aufgehoben wäre, bestand er darauf, sich darum zu kümmern. Damit es ihr gut geht, habe ich meinen anfänglichen Stolz heruntergeschluckt.«

»Das war die richtige Entscheidung – auch für deine Frau.«

»Ja, und seine Argumente leuchteten mir ein. Sie war bei ihm beschäftigt, und es waren seine Leute, die den Holzstapel nicht richtig gesichert hatten. Er fühlte sich von Anfang an verpflichtet, die Kosten für Bärbels Pflege zu übernehmen. Das Heim an der Ostsee ist wirklich gut. Von ihrem Fenster aus kann sie direkt aufs Meer schauen. Ich hätte mir ein derart gutes Heim niemals leisten können.« Er trank seinen Weinbrand aus. Sein Blick veränderte sich, und sie erkannte eine Sorge darin, die allein ihr galt. »Wie sieht es zwischen dir und Bruno aus?«, fragte er ohne Umschweife.

Lina seufzte und senkte unwillkürlich die Stimme. »Schlimmer als je zuvor, wenn ich ehrlich bin. Seit unserem letzten Streit gehen wir uns aus dem Weg. Im Grunde haben wir uns nichts mehr zu sagen.«

»Und das Baby?«

»Das war schlicht Glück, Martin. Bitte frag nicht weiter.«

»Ganz wie du willst. Es ist ja auch deine Sache.«

»Bist du mir jetzt böse?«

»Warum sollte ich? Auch wenn wir niemals wieder über unsere Gefühle gesprochen haben, so weißt du doch genau, wie ich zu dir stehe. Es hat sich nichts daran geändert, und das wird es auch nicht.«

»Mir geht es genauso, aber wir tragen beide eine Last auf unseren Schultern, Martin, und unser Gewissen hält uns davon ab, diese Last abzuwerfen. Was uns bleibt, ist unsere Freundschaft. Selbst wenn es nicht immer leicht ist, sich damit zufriedenzugeben, so bin ich doch froh, in deiner Nähe sein zu dürfen.«

»Das hast du schön ausgedrückt. Weder für dich noch für mich kommt eine Scheidung infrage, aber ich muss zugeben, dass es mich oft quält, dich nur als gute Freundin und meine Chefin betrachten zu dürfen.«

»Nun, es wird uns nichts anderes übrig bleiben, als uns weiterhin mit der Situation abzufinden.«

»Ich möchte es dennoch einmal aussprechen. Das Bedürfnis ist so stark.«

»Tu das nicht …«

»Ich liebe dich, Lina«, unterbrach er sie. Der Blick aus seinen hellen Opalaugen wirkte tief und eindringlich. »Ich liebe dich von ganzem Herzen und jeden Tag ein wenig mehr. Sogar jetzt, wo du das Baby eines anderen unter deinem Herzen trägst, zerreißt es mich fast, dich nicht in die Arme nehmen zu dürfen. Manchmal träume ich sogar davon, einfach nur neben dir einzuschlafen.«

Ihr Herzschlag setzte kurz aus, und sie brauchte eine Weile, um sich zu fangen.

»Du weißt, dass es mir genauso geht«, flüsterte sie. »Aber bitte, hör auf, darüber zu sprechen. Du machst es uns nur noch schwerer.«

»Sag es mir, Lina. Sag es mir nur ein einziges Mal. Ich werde dich niemals wieder darum bitten, das verspreche ich dir.«

In ihrer Brust wurde es warm, und ehe sie noch einen weiteren Gedanken fassen konnte, sprach sie es aus – leise, damit niemand sie belauschen konnte. »Ich liebe dich, Martin Hoffmann. Und du hast recht, das wird niemals anders sein.«

Mehrere Sekunden lang sahen sie einander nur an.

»Es tut unendlich gut, das zu hören«, sagte er schließlich. »Am liebsten würde ich dich jetzt küssen. Immer wieder.« Er lachte, aber es klang eine Spur bitter. »Du hast Glück, dass wir uns unter ständiger Beobachtung befinden.«

»Oh, Martin, bitte hör auf«, bat sie ihn erneut.

»Vielleicht sollte ich dir einfach jeden Tag sagen, wie sehr ich mich nach dir sehne, wie sehr ich dich liebe und wie brennend ich dich begehre, Lina. Manchmal kann ich kaum atmen, so stark ist die Sehnsucht nach deiner Nähe. Unser

Leben geht dahin, und ich spiele schon länger mit dem Gedanken, alle Bedenken über Bord zu werfen. Du etwa nicht?«

»Martin, nein, so dürfen wir nicht denken.« Lina erhob sich abrupt. »Ich halte das nicht aus«, sagte sie. »Tut mir leid.« Fast fluchtartig verließ sie das Restaurant und ließ ihn dort allein zurück.

10. Kapitel

In den folgenden Wochen schaffte Lina es tatsächlich, sich nahezu vollständig aus der Geschäftsleitung zurückzuziehen. Sie achtete darauf, regelmäßig und gut zu essen, und verbrachte ihre Zeit entweder lesend in ihrer Wohnung oder machte, sobald das Wetter es zuließ, gemächliche Spaziergänge am Alsterufer, damit sie genug frische Luft bekam. Wenn es etwas zu klären oder zu besprechen gab, erschien meist Alma bei ihr. Martin hielt sich seit dem Abend im Restaurant im Hintergrund, aber Lina erfuhr natürlich von Alma, wie hart der Chefkoch arbeitete, damit alles seinen gewohnten Gang ging.

Auch Bruno bekam sie kaum noch zu Gesicht. Er hatte ihr mitgeteilt, dass er das Stadthaus, das er von ihrem Vater geerbt hatte, inzwischen für sich selbst hergerichtet und neu ausgestattet hatte. Offenbar hatte er beschlossen, überwiegend dort zu wohnen, und es blieb ihr nichts anderes übrig, als seine Entscheidung zu akzeptieren. Wenn sie überhaupt mit ihm sprach, dann ging es allein um die Arbeit und das Hotel. Sie hoffte, dass sich seine Einstellung wieder ändern würde, sobald das Kind auf der Welt war, damit es nicht gänzlich ohne Vater aufwachsen musste, doch das lag allein in Brunos Hand. Seine Arbeit im Hotel verrichtete ihr Ehemann nach wie vor verlässlich. Sie hatte Alma und Martin gebeten, diskret ein Auge darauf zu haben, ob alles seinen Gang ging. Schließlich war er noch immer für den Weinkeller und die Lieferungen der Brauerei zuständig, da durfte es keine Nachlässigkeiten geben. Bisher blieben Beanstandungen jedoch aus, und darüber war Lina sehr erleichtert.

Ihre Schwangerschaft verlief so weit gut. In den ersten Wochen litt Lina dann und wann unter Morgenübelkeit, doch diese Beeinträchtigung verging schnell, und schon bald fühlte sie sich prächtig. Ihr Bauch wurde runder, ihre Brüste schwerer, und ihr Arzt war äußerst zufrieden mit dem Verlauf der Schwangerschaft. Kurz nach dem Jahreswechsel war Lina sich sicher, dass sie im Sommer ein gesundes und kräftiges Kind zur Welt bringen würde. Dennoch gönnte sie sich weiterhin ausreichend Ruhe. Sie achtete auf ihr Wohlbefinden und arbeitete nur wenige Stunden täglich im Büro, um Alma und Martin etwas von dem üblichen Tagesgeschäft abzunehmen. Meist tat sie das direkt nach dem Frühstück.

Ihr ging es blendend, als sie an diesem Wintermorgen zu früher Stunde ihre Wohnräume verließ. Das Licht des Tages hatte die Dunkelheit der Nacht noch nicht vollständig vertrieben. Aus ihrem Büro fiel ein Lichtkegel hinaus auf den Flur, und wie so oft in dieser Zeit erwartete sie dort Alma am Schreibtisch sitzen zu sehen, doch es war Martin.

Als sie eintrat, sah er auf, und ihr Herzschlag beschleunigte sich – so wie jedes Mal, wenn sie ihm unvorbereitet über den Weg lief.

»Ah, guten Morgen, Lina«, begrüßte er sie lächelnd.

Sie brauchte einen kurzen Augenblick, um sich angesichts der unerwarteten Begegnung zu sammeln.

»Guten Morgen, Martin.«

»Brauchst du deinen Schreibtisch?«, fragte er.

»Nein, nein, bleib nur sitzen.« Sie zog sich einen der Besucherstühle heran und nahm Platz.

Vor ihm lagen mehrere Papiere und daneben sein großes Notizbuch. Das mächtige Buch mit dem abgegriffenen schwarzen Ledereinband kannte sie inzwischen recht gut. Er sammelte darin seine Rezepte und machte sich Notizen.

»Woran arbeitest du gerade?«

Er klappte das Buch zu und schob es ein Stück beiseite.

»Gestern Mittag ist eine englische Prinzessin angereist«, erwiderte er. »Angeblich inkognito. Doch obwohl offenbar niemand etwas von ihrem Aufenthalt hier erfahren soll, wird sie von einem recht umfangreichen Gefolge begleitet. Sehr eigenartig. Meine Güte, was für ein Schauspiel. Also, falls sie unbemerkt bleiben wollte, hat das nicht so ganz geklappt.« Er lachte. »Jedenfalls steht heute Abend ein Dinner für nahezu vierzig Personen an. Ich gehe gerade den Ablauf noch einmal durch, damit nichts schiefgeht.«

»Eine englische Prinzessin?« Auch Lina musste lachen. »Ich glaube, dann weiß ich, wer das ist. Sie spricht perfektes Deutsch, nicht wahr?«

»Ja, woher ...?«

»Nun ja, die liebe Prinzessin Mary ist eine geborene Sachsen-Coburg und Gotha.«

»Du erstaunst mich immer wieder.« Schmunzelnd schüttelte Martin seinen Kopf.

»Das ist in diesem Fall keine große Kunst. Sie kommt ungefähr einmal im Jahr zu uns. Angeblich immer inkognito, aber stets mit großem Brimborium.«

»Ach, Himmel, ja, jetzt erinnere ich mich wieder an die

alljährlichen großen Dinner für die englischen Gesellschaften. In der Küche kriegt man einfach zu wenig mit.«

»Die Prinzessin trifft hier ... mh, man könnte wohl sagen, sie trifft hier einen sehr guten Freund.«

»Schau an.«

»Ja, schon seit Jahren. Einmal im Jahr verbringen sie hier gemeinsam einige Tage.«

»Warte mal ...« Martin zog die Stirn kraus. »Ist es dieser bayrische Theaterschauspieler? Der ist nämlich vor zwei Tagen angereist.«

»Nein, der ist es nicht. Sie trifft hier in Hamburg einen französischen Grafen. Einen Comte aus der Nähe von Paris. Viel mehr weiß ich aber nicht über den Mann.«

»Ich fasse es nicht. Da treffen sich eine Engländerin und ein Franzose zum Stelldichein in Deutschland.«

»Die Prinzessin tarnt diesen Ausflug stets als kleines Geschenk an ihre engen Freunde. Der Franzose gesellt sich dazu, und alle tun brav so, als würden sie es nicht bemerken. Im Grunde sorgt also die umfangreiche Entourage dafür, dass niemand auf die Prinzessin und ihren Comte achtet. Man könnte sagen, dass ihre Auffälligkeit sie zugleich schützt. Jeder weiß, dass sie hier ist, doch alle – selbst unsere Politiker, ja, sogar der Bürgermeister – akzeptieren, dass sie nicht offiziell anreist. So bleiben ihr öffentliche Auftritte erspart, und sie kann sich ganz und gar ihrem privaten Vergnügen hingeben.«

Martin genoss es sehr, Lina zuzuhören und sie in Ruhe ansehen zu dürfen. Es war offensichtlich, dass es ihr großen Spaß bereitete, ihm von der heimlichen Liaison der Prinzessin mit dem Comte zu berichten.

»Oh«, sagte sie schließlich. »Ich rede und rede und halte dich von deiner Arbeit ab.«

Er winkte ab. »Keine Sorge, ich war so gut wie fertig.«

»Dann bin ich beruhigt.« Sie erhob sich und ging hinüber zum Fenster. »Schau, die Sonne ist aufgegangen. Das wird ein herrlicher Wintertag.«

»Dir geht es offenbar prächtig. Du siehst sehr gut aus.«

»Ja, danke. Ich fühle mich tatsächlich wundervoll. Deshalb bin ich auch hier, ich wollte euch eigentlich ein bisschen Arbeit abnehmen.«

»Also, soweit ich das sehe, ist hier kaum etwas zu tun. Alma war gestern Abend noch lange im Büro und hat sich um die Ablage der Korrespondenz und die Lieferscheine gekümmert. Sogar die Bestellungen hatte sie vorbereitet. Ich habe sie heute Morgen als Erstes in Auftrag gegeben. Alles ist erledigt, Lina. Du kannst dich also beruhigt wieder zurückziehen.«

»Alma hat gestern Abend noch gearbeitet?«

»Ja, Stefan hatte Spätdienst, und sie wollte auf ihn warten, damit sie zusammen nach Hause gehen können. Da hat sie die Zeit einfach genutzt.«

»Na, wenn das so ist, dann werde ich mich aber vorher noch mal unten sehen lassen, bevor ich wieder in meiner Wohnung verschwinde. Seit drei Tagen war ich schon nicht mehr in der Halle. Die Leute sollen ja nicht denken, dass irgendetwas nicht stimmt. Du weißt ja, normalerweise mache ich jeden Tag einen kleinen Rundgang.«

»Alle im Haus wissen, dass du Ruhe brauchst, Lina. Du solltest dich einfach entspannen.«

»Da es mir gerade so gut geht, könnte ich ein paar Besorgungen für das Baby machen.«

»Dafür ist noch genug Zeit. Mach bei dem schönen Wetter doch lieber einen kleinen Spaziergang.«

Sie ist wirklich zauberhaft, dachte er. Die Wintersonne schien nun durch das Fenster herein, und in den Lichtstrahlen versprühte ihr haselnussbraunes Haar nahezu rötliche Funken. Linas braune Augen glänzten wie schmelzende Schokolade. Wärme sammelte sich in seiner Brust und breitete sich in seinem Körper aus. Seine Selbstbeherrschung, die er sich über die Jahre hart erarbeitet hatte, bekam immer mehr Risse. Die Wärme wurde zur Hitze, die ihn innerlich in Brand setzte. Er kannte das schon, doch daran gewöhnen würde er sich wohl niemals.

Er würde alles dafür geben, sie noch einmal in den Armen halten zu dürfen, dachte er. So wie damals, mitten in der Nacht am Alsterufer. Voller Sehnsucht dachte er nun daran zurück. Hätte er sie wenigstens ein einziges Mal geküsst, dann würde er wissen, ob ihre Lippen tatsächlich so weich und …

»Du solltest mich nicht so ansehen«, sagte sie leise und riss ihn aus seinem Tagtraum.

»Verzeih, manchmal kann ich nicht anders.«

Sie nickte, so als würde sie sofort verstehen, was er meinte. »Ich gehe dann mal. Hab noch einen schönen Tag.«

»Ja, du auch, Lina.«

Eine ganze Weile starrte er noch die geschlossene Tür an, nachdem sie fort war. In der letzten Zeit wurde ihm immer klarer, dass es so nicht weitergehen konnte, doch eine Lösung wollte ihm auch nicht einfallen. Natürlich hatte er schon häufig darüber nachgedacht, das *Hotel Jacoby* zu verlassen, doch jedes Mal war ihm schnell klar geworden, dass er es keinen einzigen Tag aushalten würde, ohne sie wenigstens in seiner Nähe zu wissen oder sie sogar sehen zu dürfen. Er musste einfach bei ihr bleiben, sein Herz ließ ihm keine Wahl.

Zudem war es für ihn zutiefst beglückend, dass er nun für sie da sein konnte. Lina-Marie Jacoby brauchte ihn, und dieses Bewusstsein rief ein umfassendes Glücksgefühl in ihm hervor. Dennoch, seine Liebe für sie brachte ihn immer häufiger an seine Grenzen. Manchmal wunderte er sich über sich selbst und fragte sich, wie er diese Quälerei, die schon an Selbstaufgabe grenzte, überhaupt noch aushielt. Doch dann wurde ihm wieder bewusst, dass ihn ein Leben ohne sie noch viel mehr quälen würde, also ertrug er die Situation weiter. Tag für Tag, Jahr um Jahr. Inzwischen wusste er, dass er sie niemals verlassen würde, denn es gab noch etwas, das ihn antrieb. Tief in seinem Herzen wollte die Hoffnung nicht weichen, dass Lina eines Tages zu ihm gehören würde, zu ihm ganz allein. Diese Hoffnung blieb und trieb ihn an. Die Gewissheit, dass es dann für immer sein würde, brachte ihn durch jeden einzelnen Tag.

Früher hatte er andere Gefühle für Liebe gehalten, doch seit er sich in Lina verliebt hatte, kannte er den Unterschied. Er hatte keine Ahnung, wie sein Leben mit Bärbel heute aussehen würde, wenn der schreckliche Unfall nicht passiert wäre, doch inzwischen hatte er erkannt, dass es keine echte Liebe gewesen war, die er für sie empfunden hatte. Die umfassenden Gefühle für Lina hingegen erfüllten ihn ganz und gar. Er würde einfach alles für diese Frau geben, sogar sein eigenes Leben.

Nach einem langen Atemzug wandte er sich wieder seinen Papieren zu, warf einen abschließenden Blick darauf und schob die Blätter zusammen, um den Stapel unter den Deckel seines Notizbuchs zu legen. Gerade wollte er das Büro verlassen, als Alma hereinkam. Er sah sofort, dass irgendetwas passiert sein musste.

»Du musst sofort mitkommen. Lass alles stehen und liegen, Martin.« Sie flüsterte fast, aber ihre Stimme zitterte vor Aufregung.

»Was ist los?«

»Es geht um Bruno Jacoby. Er liegt sturzbetrunken unten im Weinkeller. Bitte, Martin, komm mit. Wir müssen ihn da wegbringen, bevor jemand anderes ihn dort findet und es das schlimmste Gerede gibt.«

Zusammen mit einem Portier und einem kräftigen Pagen trugen sie Bruno in einen anderen Lagerraum im Keller, der in der Hauptsache für Gartenmöbel genutzt wurde, die im Winter nicht im Einsatz waren. Bruno Jacoby hier unten zu lassen war die einzige Möglichkeit, um den Hotelgästen aus dem Weg zu gehen und ihn gleichzeitig vor dem Personal zu verstecken. Die Männer legten den bewusstlosen Mann auf eine Gartenliege.

»Damit das klar ist«, wandte sich Martin an den Portier und den Pagen. »Dieser Vorfall bleibt unter uns. Sollte sich das im Haus herumsprechen, weiß ich, woher es kommt, und ihr sitzt beide auf der Straße. Verstanden?«

»Dem ist nichts hinzuzufügen«, unterstützte ihn Alma mit strenger Stimme.

»Natürlich, Herr Hoffmann. Keine Sorge.« Der Portier wechselte einen schnellen Blick mit dem Pagen, und auch der nickte zustimmend. »Frau Gerlach, Sie können sich ganz und gar auf uns verlassen«, schob der Portier nach.

»Damit ist alles gesagt.« Martin nickte. »Geht wieder an die Arbeit. Frau Gerlach und ich kümmern uns um den Rest.«

»Was tun wir jetzt?«, fragte Alma. »Soll ich Lina informieren, oder machst du das?«

»Ich bin mir noch nicht sicher, ob wir es ihr überhaupt sagen sollten. Der Kerl hat jede Menge in sich hineingeschüttet, Herrgott noch mal.«

»Ja, die leeren Flaschen waren nicht zu übersehen.« Almas Blick wirkte besorgt. »Waren wir zu nachlässig, Martin? Ich meine, Lina hat uns extra gebeten, auf Bruno zu achten.«

»Nein, wir haben uns nichts vorzuwerfen. Schließlich sind wir nicht seine Kindermädchen. Lina hat uns nur gebeten, ein Auge auf die Bestände zu haben, und das lief bis jetzt ohne Probleme.«

»Trotzdem können wir das nicht einfach für uns behalten, Martin. Sie muss das erfahren.«

Er seufzte. »Du hast recht.«

Die Vorstellung, dass Lina sich wegen dieses Kerls aufregen würde, war ihm zwar zuwider, aber wenn sie es schon erfahren musste, wollte er für sie da sein.

»Ich gehe rauf und rede mit ihr. Mach dir keine Sorgen, ich kriege das schon hin.«

Sein Blick glitt hinunter zu Bruno Jacoby, der inzwischen laut schnarchte. Er fühlte kalte Wut in sich aufsteigen.

»Manche Menschen verstehe ich einfach nicht. Wie kann er sein Glück nur so mit Füßen treten?«

Alma legte ihm eine Hand auf den Unterarm. »Mir ist schon klar, dass es für dich schwer nachvollziehbar ist, Martin, aber deine Vorstellung von Glück hat wahrscheinlich rein gar nichts mit seiner zu tun.«

Er ging nicht weiter auf ihre Bemerkung ein, sondern warf ihr nur einen skeptischen Blick zu. »Wir sollten ihn irgendwie im Auge behalten, oder?«

Alma nickte. »Ich werde jede halbe Stunde nach ihm sehen.«

»Stell ihm vorsichtshalber noch einen Eimer neben die Liege.« Seine Wut auf den Mann wollte nicht weichen.

»Ja, mach ich. Bis später.«

Wenige Minuten später stand Martin vor der Tür zu Linas Wohnung und klopfte. Ihre Augen weiteten sich, als sie ihm die Tür öffnete.

»Martin.«

»Lina, es tut mir leid, aber es ist etwas ziemlich Unangenehmes passiert, und du solltest Bescheid wissen.«

»Komm doch rein«, bat sie ihn.

Er folgte ihr in ihren kleinen Salon. »Vielleicht setzt du dich besser.«

»Was ist denn los, um Gottes willen?« Ihre Stimme klang alarmiert.

»Ich komme einfach auf den Punkt«, begann er. »Vor einer halben Stunde haben wir deinen Mann völlig betrunken im Weinkeller gefunden.«

»O nein, bitte nicht«, flüsterte sie fassungslos.

»Wenn man von den leeren Flaschen ausgeht, die neben ihm lagen, hat er eine Menge intus.«

»Wo ist er jetzt?«

»Er liegt auf einer ausrangierten Gartenliege in einem der abgelegenen Kellerräume. Alma und ich wollten vermeiden, dass irgendwer etwas mitbekommt.«

»Das habt ihr gut gemacht.«

»Alma schaut ab und an nach ihm.«

Lina war recht blass geworden, und sofort machte er sich Sorgen. »Atme bitte tief durch und reg dich nicht auf. Er ist es nicht wert«, sagte er.

»Das heißt, er ist rückfällig geworden, Martin. Weißt du, ich hatte immer Angst davor, dass dieser Tag einmal kommen würde.«

»Du hattest also kein Vertrauen zu deinem Mann?«

»Ist das ein Vorwurf?«

»Sicherlich nicht. Es ist allein eine Folge seines Verhaltens, wenn du ihm nicht vertrauen kannst. Dich trifft überhaupt keine Schuld. Ich bin einfach stinksauer auf ihn und finde, er hat es in keiner Weise verdient, dein Ehemann zu sein.« Schnaufend stieß er die Luft durch die Nase aus. »Verzeih, ich weiß, das klingt aus meinem Mund ein bisschen merkwürdig, wenn nicht sogar eigennützig.«

Ihr sanftes Lächeln beruhigte ihn. »Keine Sorge, ich verstehe schon, wie du das meinst. Allerdings trage auch ich sicherlich eine gewisse Schuld daran, dass meine Ehe mit Bruno nicht funktioniert.«

»Vielleicht stimmt das sogar. Dennoch ... er hat einfach nicht das Recht dazu, dir das gerade jetzt aufzubürden. Immerhin trägst du sein Kind. Wenn du mich fragst, ist sein Verhalten nicht zu entschuldigen.«

Sie erhob sich und ging zu ihm, bis sie direkt vor ihm stand, dann hob sie eine Hand und strich ihm sanft über die Wange, so, wie sie es schon einmal getan hatte. Die unerwartete Berührung war fast zu viel für seine ohnehin schon angespannten Nerven.

»Ich danke dir, dass du mich so siehst, wie du mich siehst«, flüsterte sie.

»Ich sehe dich so, wie du bist«, erwiderte er ebenso leise. Und dann, ohne eine Sekunde darüber nachzudenken, legte er seine Arme um sie und zog sie an sich. Er spürte den Druck ihrer Brüste, aber auch ihren schwangeren Leib an seinem Körper, und es fühlte sich einfach wundervoll an. Selbst wenn er all seine Willenskraft brauchte, um seine Hände still zu halten, empfand er diese Sekunden als Geschenk.

»Denk immer daran, dass ich für dich da bin, Lina. Immer.«

»Ich weiß das.« Ihre Stimme brach, dann löste sie sich von ihm.

Sie zögerte, und ihre Blicke verschmolzen miteinander. Er erkannte in ihren Augen, dass sie in diesen wenigen Augenblicken eine Entscheidung traf, die alles zwischen ihnen verändern würde.

»Bitte küss mich nur ein einziges Mal, damit ich weiß, wie es ist, von ...«

Er ließ sie nicht aussprechen, sondern zog sie zurück in seine Arme. Nur einen Augenaufschlag später lag sein Mund auf ihrem, und ein wahrer Regen puren Glücks überschwemmte sein Innerstes. Er genoss die Weichheit ihrer Lippen, dann spürte er voller Befriedigung, wie sie sich ihm öffnete, und als ihre Zunge endlich auf seine traf, schossen Pfeile heißen Begehrens durch seinen ganzen Körper. Überwältigende Emotionen peitschten seine Sinne auf, brachten alles in ihm durcheinander, und doch fügten sich Teile seines Seins auf wundersame Weise zusammen, als wären diese bisher rastlos im luftleeren Raum umhergeflogen.

Er hörte sein Stöhnen und bemerkte, dass sie ihm in gleicher Weise antwortete. Dieses wunderbare Geräusch aus ihrer

Kehle machte ihn schwach und stark zugleich. Niemals zuvor in seinem Leben hatte er auf diese Weise empfunden. Sanfter, als es der Glut in seinem Inneren entsprach, ließ er die Hände an ihrem Rücken hinabgleiten und presste Lina an sich. In seinen Lenden pochte es heiß, und in diesen Sekunden konnte er sich nicht vorstellen, die wundervolle Verbindung ihrer Lippen je zu beenden. Mehr noch, er fühlte sich außerstande, diese Frau überhaupt jemals wieder loszulassen.

Mehr, mehr…

Doch dann, völlig unvermittelt, wurde ihm klar, wie fest er sie an sich drückte, und er erschrak, denn schließlich war sie schwanger. Sofort lockerte er den Griff. Zunächst zögerlich, dann voller Wehmut löste er seinen Mund von ihren herrlich nachgiebigen Lippen. Sie schien erschöpft zu sein und sank gegen ihn. Zärtlich umfasste er ihr Gesicht und hob es an, damit sie ihn ansah.

»Ich liebe dich so sehr, Lina. Du bist mein Leben, vergiss das niemals.«

Ein weiteres Mal küsste er sie kurz auf ihre noch bebenden Lippen, dann legte er die Hände auf ihre Schultern und trat einen Schritt zurück. Schließlich ließ er sie los, atmete einige Mal tief durch und wartete ab, dass sich sein innerer Aufruhr legte.

Mit einem leisen Seufzen sank Lina in einen Sessel, dann sah sie zu ihm auf. Ihre Augen schimmerten feucht.

»So etwas wie eben habe ich noch niemals zuvor gefühlt«, gab sie leise zu. »Noch niemals zuvor«, wiederholte sie.

»Ich auch nicht.«

»Gib mir Zeit, mein Kind auf die Welt zu bringen.«

Er verstand sofort, was sie meinte. »Natürlich. Alles, was

du willst.« Seine Stimme klang noch immer belegt. »Ich werde jetzt hinuntergehen und nach deinem Mann schauen.«

»Ja, ich … sollte ich nicht besser mitkommen?«

»Auf keinen Fall«, widersprach er. »Ich kümmere mich um alles. Mach dir keine Sorgen. Falls etwas passiert, dass du wissen solltest, gebe ich dir sofort Bescheid. Sobald ich Bruno wach bekomme, werde ich ihn von einem unserer Fahrer zu seinem Stadthaus bringen lassen, dann kann er dort seinen Rausch ausschlafen.«

»Ich danke dir, Martin.«

Es vergingen zwei ganze Tage und Nächte, bevor Bruno sich wieder im Hotel blicken ließ. Lina war gerade vom Frühstückstisch aufgestanden, als Alma sie über das Haustelefon anrief und ihr mitteilte, dass er zur Arbeit erschienen war.

»Dein Mann sitzt in seinem Büro im Souterrain und arbeitet Bestellungen ab«, sagte ihre Freundin.

»Hat er irgendwas gesagt oder sich für sein Benehmen entschuldigt?«

»Nein, das hat er nicht getan. Soweit ich es mitbekommen habe, hat er bisher mit niemandem gesprochen.«

»Danke, dass du mir Bescheid gesagt hast, Alma.«

Lina überlegte, ob sie zu ihm gehen sollte, doch dann entschied sie sich dagegen. Wenn sie ehrlich war, hatte sie nicht die geringste Lust darauf, sich mit Bruno zu streiten, doch genau darauf würde es hinauslaufen, wenn sie ihm jetzt begegnete, das wusste sie. Viel besser würde es sein, ihren Tag so zu gestalten, dass es ihr und dem Kind gut gehen würde.

Sie machte einen kurzen Abstecher ins Büro, unterschrieb ein paar Bankanweisungen und startete noch vor dem Mittagessen zu einem Spaziergang an der Alster. Es war bitterkalt, aber die Sonne schien, und die Luft war herrlich klar. Lina genoss ihren kleinen Ausflug in vollen Zügen.

Erst nach einer guten Stunde kam sie zurück zum Hotel. Sie verharrte noch eine Weile neben der alten Trauerweide und blickte über das glitzernde Wasser, auf dem ein paar Eisschollen schwammen. Die Möwen schrien, und hier und da knackte ein Ast in der eisigen Kälte.

Lina schloss die Augen und legte den Kopf in den Nacken, um ihr Gesicht der Wintersonne entgegenzuhalten. Es war ein herrlicher und friedlicher Tag, und sie fühlte sich einfach wundervoll. Wenn sie ehrlich zu sich war, fühlte sie sich in nahezu jeder Sekunde wundervoll, seit Martin sie geküsst hatte. War das wirklich erst zwei Tage her? Seitdem fragte sie sich immer wieder, wie sie nur so lange ohne dieses besondere Gefühl in ihrem Herzen, ohne das brennende Sehnen ihres Körpers überlebt hatte. Schon vor dem Kuss war sie in ihn verliebt gewesen, das stand außer Frage, doch dieser Kuss hatte alles verändert. Es war, als ob ein dichter Vorhang gefallen war, den sie selbst stets geschlossen gehalten hatte. Nun hatte Martin ihn mit einem einzigen Kuss geöffnet, und sie wusste, sie würde ihn niemals wieder schließen können. Seitdem brannte ihr Körper voller Sehnsucht, sobald sie auch nur an ihn dachte. Besonders schlimm war es in den Nächten, wenn sie mit sich alleine war. Dann tobten Empfindungen in ihr, die sie zunächst erschreckt und nicht selten an Schmerz erinnert hatten, dennoch wollte sie niemals wieder darauf verzichten. Es war, als würde jede Faser ihres Körpers und jeder Gedanke in ihrem Kopf nur noch ein Ziel kennen: Martin.

Noch einmal atmete sie tief durch. Die eisige Kälte kroch nun doch durch ihren pelzbesetzten Mantel. Es wurde Zeit, dass sie wieder ins Warme kam, um ihre neuerdings so geliebte heiße Schokolade zu genießen. Als sie sich umdrehte, um die Uferböschung hinaufzugehen, sah sie gerade noch, wie Bruno in sein schwarzes Automobil stieg und davonfuhr. Sie schaute dem Wagen nach und fragte sich, ob er überhaupt versucht hatte, sie zu sprechen.

Lina überquerte die schmale Zufahrtstraße und nahm die wenigen Stufen, die zur großen Eingangstür führten. In der Halle angekommen, fragte sie an der Rezeption, ob Bruno vielleicht nach ihr gefragt habe, aber der Portier und die Rezeptionistin hatten ihren Ehemann überhaupt nicht zu Gesicht bekommen, wie sie ihr mitteilten.

»Wissen Sie zufällig, wo Frau Gerlach sich gerade aufhält?«

Der Portier nickte. »Ja, Frau Gerlach wollte zu Mittag essen. Sie müsste noch unten im Personalraum sein.«

»Das ist gut, dann werde ich mal hinuntergehen.« Sie zögerte kurz. »Könnte ich so lange meinen Mantel bei Ihnen lassen, Herr Kramer?«

»Selbstverständlich, Frau Direktor.«

Jedes Mal, wenn jemand vom Personal sie so nannte, musste Lina innerlich schmunzeln. Niemand sagte »Frau Direktorin«, was natürlich auch ein bisschen komisch und umständlich klingen würde. Nur die wenigsten sprachen sie einfach mit ihrem Nachnamen an, obwohl sie anfangs häufig darauf hingewiesen hatte, das dies absolut ausreichend wäre. Ihren Vater hatten immer alle »Herr Direktor« genannt, und nun war sie an seine Stelle gerückt. Für das Personal war es offenbar selbstverständlich, sie so zu nennen, doch in ihren

Ohren klang es immer noch merkwürdig. Dennoch nahm sie es inzwischen kommentarlos hin.

Lina zog ihren Mantel aus, reichte ihn dem Portier und bedankte sich.

»Soll ich Ihren Mantel nach oben bringen lassen?«, fragte der Portier.

»Nein, lassen Sie nur, Herr Kramer. Ich hole ihn anschließend wieder hier ab.«

Der Personaltrakt des Hotels lag im linken Flügel des Gebäudes und war – ähnlich wie der Weg zu den Direktionsbüros – nur über einen eigenen Zugang zu erreichen, der im hinteren Bereich des Souterrains und etwas versteckt hinter einem Mauervorsprung lag. Hier unten gab es nicht nur den Aufenthaltsraum für die Belegschaft, sondern auch eine ganze Reihe von Personalzimmern und zwei große Waschräume, die gemeinschaftlich genutzt wurden. Es kam immer mal wieder vor, dass ein Angestellter keine eigene Wohnung in Hamburg hatte. Derjenige konnte dann hier ein Zimmer beziehen und musste nur einen winzigen Abschlag von seinem Lohn in Kauf nehmen. Die Zimmer waren einfach eingerichtet, doch sie wurden gut gepflegt, und es gab eine Heizung und fließendes Wasser. Zudem sorgte die Lage im Souterrain dafür, dass Tageslicht hineinfiel, da es zumindest halbhohe Fenster gab.

Als Chefkoch bewohnte Martin noch immer eine der zwei Wohnungen. In der anderen Wohnung lebte Alma, doch ihre Freundin würde im Frühjahr ausziehen, sobald sie geheiratet hatte. Ihr Verlobter besaß eine hübsche kleine Wohnung in Wandsbek.

Lina kam immer mal wieder hierher, um nach dem Rechten zu schauen. Es war ihr wichtig, dass es dem Personal gut ging. Von ihrem Vater hatte sie gelernt, dass zufriedenes Personal für einen reibungslosen Ablauf im Hotel sorgte. Auf dem Weg zum Personalraum kam ihr einer der Postenköche entgegen und nickte ihr freundlich zu.

»Frau Direktor.«

»Ah, guten Tag, Herr Flemming. Geht für Sie die Nachmittagsschicht los?«

»So ist es. Ich bin geradewegs auf dem Weg in die Küche«, erwiderte er. »Wir haben das Haus voll, da ist die Arbeit anstrengend, macht aber auch tüchtig Spaß.«

»Fein, das freut mich.«

Sie wechselten noch ein paar Worte, dann verabschiedete sich der Koch höflich und setzte seinen Weg fort. Lina öffnete die Tür zum Personalraum. Alma saß allein an dem großen Tisch. Vor ihr stand ein leerer Teller.

»Lina, was verschlägt dich denn hierher in die unteren Gefilde?« Alma zwinkerte ihr zu, aber Lina wusste auch so, dass ihre Freundin nur einen Scherz machte.

»Herr Kramer hat mir verraten, dass ich dich hier finde.«

»Setz dich. Willst du einen Kaffee?«

»Nein, bloß nicht. Zu meinem Kummer vertrage ich höchstens noch eine Tasse am Tag. Alles, was darüber hinausgeht, schlägt mir auf den Magen. Ich lass mir gleich eine heiße Schokolade nach oben bringen. Ich habe einen Spaziergang hinter mir, und es ist klirrend kalt da draußen.« Lina setzte sich auf den Stuhl neben Alma. »Eigentlich wollte ich dich nur fragen, wie es vorhin mit Bruno weitergegangen ist. Hat er sich noch mal sehen lassen oder mit jemandem gesprochen?«

»Nein, nicht, dass ich es wüsste. Mit mir jedenfalls nicht. Kurz bevor ich vorhin runtergekommen bin, habe ich eher zufällig mitbekommen, dass er nicht mehr in seinem Büro sitzt.«

Lina stieß ein leises Schnauben aus, um ihr Unverständnis zu unterstreichen. »Er ist vor wenigen Minuten weggefahren. Wie gesagt, ich war spazieren und habe gerade noch gesehen, wie er in seinen Wagen einstieg.«

»Das heißt, du hast seit dem Vorfall im Weinkeller auch noch nicht mit ihm gesprochen?«

»Nein, und er hatte offensichtlich nicht das Bedürfnis, mich zu sehen.«

»Ich finde wirklich, dass er sich merkwürdig benimmt. Er sollte doch zumindest darauf achten, dass es kein unnötiges Gerede gibt.« Alma atmete geräuschvoll aus. »Ich meine, du kriegst sein Kind, das sollte ihn doch eigentlich nicht kaltlassen, oder?«

»Das sehe ich genauso. Auch wenn ich zugeben muss, dass ich nicht traurig darüber bin, mich nicht mit ihm auseinandersetzen zu müssen.«

»Du meinst, wegen der Sache im Weinkeller?«

»Ja, das meine ich.« Mit Daumen und Zeigefinger rieb sich Lina über die Lider. »Ich bin ganz schön müde nach dem Spaziergang.«

»Das macht die frische Winterluft. Du solltest nach oben gehen und dich ein bisschen ausruhen.«

»Wahrscheinlich hast du recht.«

»Geh nur, ich kümmere mich darum, dass du eine schöne heiße Schokolade mit viel Schlagsahne bekommst.«

Lina erhob sich. »Das wäre lieb von dir. Ach, bevor ich

gehe ... Ich war heute Morgen noch im Büro. Das Geschäft läuft wirklich fantastisch, nicht wahr?«

»Ja, das tut es. Wir sind seit Monaten ausgebucht, und schon jetzt liegen jede Menge Reservierungen für das kommende Jahr vor. Erst vorhin habe ich mir die Buchungen angesehen. Die Restaurants sind ebenfalls jeden Abend voll besetzt. Du kannst dich also in aller Ruhe auf dein Kind vorbereiten. Martin und ich schaffen es recht ordentlich, alles am Laufen zu halten.«

»Das stimmt. Ihr seid einfach wunderbar. Ich bin jeden Tag froh, dass ich euch beide habe.«

Alma winkte ab. »Lina, seit dem Tod deines Vaters hast du alles perfekt im Griff, und wir befolgen nur deine Anweisungen und führen fort, was du in die Wege geleitet hast. Mir macht es jedenfalls tüchtig Spaß, mich auch mal um andere Dinge zu kümmern. So, nun aber ab nach oben. Mach es dir gemütlich. Deine Schokolade kommt gleich. Ich muss wieder loslegen, meine Pause ist schon seit fünf Minuten zu Ende.«

Am späten Nachmittag des nächsten Tages meldete sich Alma über das Haustelefon und teilte Lina mit, dass zwei Polizisten sie gerne sprechen würden. Augenblicklich kroch in Lina eine dunkle Vorahnung hoch, und sie bat Alma, die beiden Beamten zu ihr nach oben zu geleiten und ebenfalls dazubleiben.

Alma traf kurz darauf mit den beiden Männern ein. Mit ernster Miene stellten sich die Beamten kurz vor, und einer der beiden bat Lina, sich zu setzen, während sein Kollege wortlos Stellung neben der Tür bezog. Das ungute Gefühl in ihrem Inneren verstärkte sich. Lina befolgte den Rat und ließ sich auf ihrem Lieblingssessel nieder.

»Es tut mir leid, Ihnen das mitteilen zu müssen, gnädige Frau, aber Ihr Ehemann Bruno Jacoby wurde vor wenigen Stunden in seinem Haus tot aufgefunden. Offenbar hat er sich das Leben genommen.« Der Polizist räusperte sich, als Lina einen kurzen Laut des Erschreckens ausstieß. »Die Haushälterin Ihres Mannes fand ihn heute Morgen leblos in seinem Salon, kurz nachdem sie zur Arbeit erschienen war.«

Völlig fassungslos saß Lina da. Sie wechselte einen langen Blick mit Alma, die inzwischen neben ihrem Sessel auf dem Boden kniete und ihre Hand hielt. Dann sah sie wieder den Polizeibeamten an, der sich nun einen Stuhl heranzog und sich ebenfalls setzte. Auch er blickte besorgt drein. Sein Kollege hielt sich weiterhin wortlos im Hintergrund.

»Wie …?« Lina räusperte sich. »Es war Selbstmord, sagen Sie?«

»Ja, gnädige Frau. Die … Situation vor Ort lässt kaum einen anderen Schluss zu.«

»Was meinen Sie damit?«

»Nun, Ihr Gatte lag auf dem Sofa. Neben ihm auf dem Boden befanden sich eine leere Schnapsflasche und zwei ebenfalls leere braune Medikamentengläser. Der Beschriftung nach handelte es sich bei einem der Medikamente um ein äußerst starkes Schlafmittel. Das andere Gläschen enthielt ebenfalls sedierende Psychopharmaka. Seinem behandelnden Arzt zufolge hat Ihr Gatte diese Medikamente seit Jahren eingenommen, richtig?«

»Ja, das stimmt. Er bekam sie regelmäßig verschrieben. Er hatte … ähm, entsprechende Probleme nach dem Krieg.«

Der Polizist nickte. »Ich verstehe.«

»Frau Reuter, also die Haushälterin Ihres Mannes, hat

natürlich sofort einen Arzt gerufen, doch der konnte leider nur noch den Tod feststellen. Um sicherzugehen, dass es sich nicht um ein Verbrechen handelt, hat der Doktor uns dazugerufen.« Der Beamte zog die Stirn kraus. »Es deutet aber tatsächlich alles auf einen Selbstmord hin. Eine versehentliche Einnahme so vieler Medikamente auf einmal ist eher unwahrscheinlich, und Fremdverschulden lässt sich ausschließen.«

»Ja, da haben Sie wohl recht.« Sie schluckte. »Gibt es einen Abschiedsbrief?«

»Leider nein, Frau Jacoby. Ich weiß, das ist für die Angehörigen immer besonders schwer.«

»Nun, mein Mann war, wie gesagt, psychisch labil ...« Ihre Augen füllten sich mit Tränen.

Der Blick des Polizisten blieb kurz an ihrem Bauch hängen. Linas Schwangerschaft war inzwischen kaum noch zu übersehen. Der Beamte, dessen Namen sie vor lauter Aufregung gleich wieder vergessen hatte, schüttelte kaum merklich den Kopf, dann erhob er sich und stellte den Stuhl, auf dem er gesessen hatte, zurück an seinen Platz.

»Können wir noch irgendetwas für Sie tun, Frau Jacoby?«

Lina sah auf. »Nein ... nein, danke, Herr ...? Entschuldigen Sie, ich weiß, Sie haben sich vorhin vorgestellt, aber ich ...«

»Tiemann«, sagte er und deutete ein Lächeln an. »Hans Tiemann.«

»Ich danke Ihnen, Herr Tiemann.« Sie sah hinüber zu seinem Kollegen. »Vielen Dank auch Ihnen.« Der Mann nickte nur.

Alma erhob sich. »Ich begleite Sie wieder nach unten,

meine Herren.« An der Tür drehte sie sich zu Lina um. »Ich bin gleich wieder bei dir.«

»Ja, das ist gut.« Als sie allein war, atmete sie einige Mal tief durch, um die Verkrampfung in ihrem Inneren zu lösen. Gedankenvoll streichelte sie über ihren Bauch. »Nun wirst du deinen Vater niemals kennenlernen, mein kleiner Schatz. Er hat es so entschieden, damit müssen wir wohl beide leben.«

Nachdem die Fassungslosigkeit langsam von ihr abfiel, breitete sich eine seltsame Leere in ihrem Kopf aus. Kurz fragte sie sich, ob das eine andere Art von Trauer war, als sie sie nach dem Tod ihres Vaters verspürt hatte, doch dann gestand sie sich ein, dass das Gefühl in ihr nur bedingt mit Trauer zu tun hatte. Der Schmerz angesichts von Brunos Tod glich eher einem Bedauern darüber, dass ihr Mann sein Leben einfach so weggeworfen hatte. Für sie selbst war das Leben ein Geschenk – auch wenn es einmal schwere Zeiten gab, daran würde sich niemals etwas ändern. Den guten Freund, der Bruno früher einmal für sie gewesen war, hatte es schon lange nicht mehr gegeben. Schon vor Jahren hatte sie sich von ihrem Freund verabschieden müssen, und diesen Verlust hatte sie tatsächlich betrauert und schließlich überwunden. Trotzdem war sie auch in den Jahren danach stets um ihn besorgt gewesen, und sie hatte so sehr für ihn gehofft, dass er zu einem normalen und zufriedenen Leben zurückfinden würde. Offenbar war ihm das nicht gelungen.

Ja, Bruno war fort und würde nicht wiederkommen. Die Erinnerungen an ihren besten Freund aus Jugend- und Kindertagen waren wunderbar, und sie würde sie in Ehren halten, doch ihren Ehemann würde sie kaum vermissen, da brauchte sie sich nichts vorzumachen. Wenn sie ganz tief in sich hineinhorchte, empfand sie einen leisen Anflug von Erleichterung.

Als Alma wenig später zu ihr zurückkehrte, waren die Tränen bereits versiegt, und sie wusste, sie würden nicht wiederkehren.

Im Anschluss an Brunos Beerdigung lud Lina zu einer Trauerfeier im kleinen Bankettsaal des Hotels ein. Die meisten der Gäste waren Menschen, die mit Bruno zusammengearbeitet hatten. Auch einigen engen Freunden ihres Mannes gab Lina so die Gelegenheit, angemessen Abschied zu nehmen. Verwandtschaft gab es kaum noch, doch immerhin reiste ein entfernter Cousin ihres Vaters in Begleitung seiner Ehefrau an. Manfred Jacoby war einmal ein hochrangiger Offizier der kaiserlichen Marine gewesen. Insgesamt war er ein unfreundlicher Mann, der überheblich wirkte, äußerst rechthaberisch war und herablassend mit dem Personal umging, was Lina am meisten abstieß. Seine Ehefrau Berta stand ihrem Mann in nichts nach. Ihre zänkische Art hatte schon Linas Vater zur Weißglut getrieben, daran konnte Lina sich noch sehr gut erinnern. Es war kein Geheimnis gewesen, dass Erich Jacoby beide nicht gemocht hatte, dennoch waren es die einzigen Verwandten, die Lina noch besaß. Es war für sie also eine Selbstverständlichkeit gewesen, Manfred und Berta Jacoby von Brunos Tod zu unterrichten. Dass die beiden dann aber tatsächlich bei der Beerdigung auftauchen würden, damit hatte sie nicht gerechnet, denn sie waren noch nicht einmal zur Beisetzung ihres Vaters angereist. Stattdessen hatten sie damals nur eine Karte geschrieben, um zu kondolieren. Das Ehepaar war kinderlos geblieben und lebte inzwischen in der

Nähe von Potsdam. Seit vielen Jahren waren sie nicht mehr in Hamburg gewesen.

»Jetzt, wo dein Mann tot ist, solltest du so schnell wie nur möglich einen Geschäftsführer einstellen, meine Liebe. Ehrlich gesagt, bin ich vor allem deshalb hergekommen, um dir dabei zur Seite zu stehen«, sagte Manfred gerade zu ihr. »Schließlich sind wir eine Familie.«

Lina glaubte kurz, sich verhört zu haben, und schnappte unweigerlich nach Luft, doch die strenge Miene des Mannes, der ihr an einem der Banketttische gegenübersaß, ließ kaum einen Zweifel daran aufkommen, dass er tatsächlich ernst meinte, was er da sagte.

»Du brauchst dringend jemanden, der das Hotel angemessen führen kann«, fügte er hinzu. »Ich werde dafür sorgen, dass ...«

»Ähm ... Onkel Manfred«, unterbrach sie ihn. Um ihm Einhalt zu gebieten, hob sie beide Hände. »Vielleicht mag es dir ja entgangen sein, aber ich führe das Hotel bereits seit Vaters Tod alleine. Bruno war nur für den Weinkeller und die Verhandlungen mit den Brauereien zuständig und hat wie alle anderen Angestellten auch einen monatlichen Lohn bekommen. Er hat sich noch nicht einmal im Ansatz um die Geschäftsleitung gekümmert, und das entsprach auch voll und ganz den Wünschen meines Vaters. Er hat mir allein das Hotel vererbt, und sein ausdrücklicher Wunsch war es, dass ich das Haus vollkommen unabhängig leite, so wie auch er es getan hat.«

»Rede keinen Unsinn, Kind. Ich kann mir kaum vorstellen, dass Erich sein Lebenswerk allein in die Hände einer *Frau* gelegt hat.« Manfred Jacoby stieß ein verächtliches Geräusch aus.

Unweigerlich spürte Lina Wut in sich aufsteigen, trotzdem bemühte sie sich darum, möglichst ruhig zu reagieren.

»Mein Vater hat mich sehr früh an die Leitung des Hotels herangeführt. Für ihn gab es nicht den geringsten Zweifel daran, dass sich das Haus bei mir in den besten Händen befindet.«

»Dann war Erich wahrlich ein Dummkopf. Du wirst dieses schöne Hotel in den Ruin treiben. Frauen verfügen über keinerlei Geschäftssinn, das weiß doch jeder.«

»So ist es«, pflichtete Berta ihm bei. Lina konnte es kaum fassen. »Die wirklich wichtigen Dinge des Lebens sollten wir besser den Männern überlassen, Kind«, erklärte Berta und setzte damit ihrer eigenen Herabwürdigung noch die Krone auf.

Lina war entsetzt. »Die meisten Gäste sind bereits gegangen«, sagte sie, ohne weiter auf die unerträglichen Bemerkungen ihrer Verwandtschaft einzugehen. Sie erhob sich. »Ich nehme an, ihr habt vor, noch heute abzureisen.« Sie blickte kurz zu Berta, dann sah sie wieder Manfred an und drückte ihr Rückgrat durch, als beide ihren Blick sichtbar bestürzt erwiderten. »Falls nicht, bitte ich euch hiermit, es trotzdem zu tun. Ich habe gerade herausgefunden, warum mein Vater euch beide auf Teufel komm raus nicht ausstehen konnte. Ihr seid hier nicht mehr willkommen, also bitte verlasst noch heute mein Hotel.«

Ohne ein weiteres Wort wandte sich Lina ab und ging hocherhobenen Hauptes hinüber zu einigen Gästen, die sich ohnehin gerade von ihr verabschieden wollten.

Manfred und Berta Jacoby sah sie niemals wieder.

11. Kapitel

Hamburg, Universitätsklinik Eppendorf,
Ende Juli 1926

»Es tut mir leid, aber Sie müssen mindestens sechs Wochen im Bett liegen bleiben, Frau Jacoby.«

Die mahnenden Worte des Oberarztes, der sich ihr als Doktor Kressen vorgestellt hatte, erreichten ihren Verstand wie durch einen Nebel, und sie brauchte eine ganze Weile, um sich darauf zu konzentrieren. Die Schmerzmittel, die sie seit der Geburt ihres Sohnes bekam, machten sie furchtbar müde, waren aber eine große Erleichterung, wenn nicht sogar ein Segen.

»Wird denn danach alles wieder in Ordnung sein?«, fragte sie mit bangem Herzen.

»Soweit wir das jetzt sagen können, ja. Machen Sie sich keine Sorgen. Die Schmerzen werden sicher schon in den nächsten Tagen nachlassen, soviel kann ich Ihnen versprechen. Und solange Sie die Bettruhe einhalten, wird alles wieder heilen. Hier in der Klinik sind Sie gut aufgehoben. Die Schwestern werden sich um Sie und Ihr Kind kümmern.«

»Wie konnte das nur passieren, Herr Doktor? Ich habe wirklich noch nie von einer derartigen Verletzung während der Geburt gehört.«

»Eine Sprengung des Beckens kommt auch nur äußerst selten vor. Auf dem Röntgenbild sieht man bei Ihnen zudem noch einen Riss in der rechten Beckenpfanne. Der ist zwar schmal, aber nicht ganz ungefährlich, deshalb dürfen Sie den Bereich nicht belasten. Das Kind war recht groß für Sie, aber glücklicherweise hat Ihre Hebamme schnell gemerkt, dass etwas nicht stimmt.«

Lina seufzte. »Und eine weitere Schwangerschaft schließen Sie aus?«

»Absolut. Es tut mir leid, Frau Jacoby. Direkt nach der Entbindung kam es zu einer starken Blutung, das haben Sie ja noch mitbekommen.«

Der Arzt zog sich einen Stuhl heran und setzte sich. Lina nahm an, dass das nicht oft geschah, und sie war dankbar, dass er sich die Zeit für sie nahm, um ihr alles genau zu erklären.

»Ehrlich gesagt, war die Situation recht heikel. Sie können von Glück sagen, dass Sie bereits hier in der Klinik waren, als die Blutung einsetzte. Es blieb uns keine Wahl, und wir mussten sofort operieren, sonst hätten Sie die Geburt Ihres Kindes nicht überlebt. Allerdings ist Ihnen eine Totaloperation erspart geblieben, und weitere Komplikationen sind kaum zu erwarten. Ich sollte wohl noch hinzufügen, dass ich Ihnen nach der Beckenverletzung ohnehin von einer weiteren Schwangerschaft abgeraten hätte. In Ihren Ohren mag es hart klingen, aber für mich als Ihren behandelnden Arzt ist es fast eine Beruhigung, dass Sie kein weiteres Kind empfangen können.«

Lina nickte. »Wie auch immer, dann bin ich dankbar dafür, dass mein Sohn gesund und munter ist«, sagte sie.

»Ihr Kind war zu keiner Zeit in Gefahr. Seine Lungen sind kräftig, und Sie wissen ja selbst, wie gut er trinkt. Das Stillen klappt zum Glück hervorragend. Das können Sie gut weiterhin im Liegen oder auch halb aufgerichtet erledigen, so wie Sie es gestern und heute schon getan haben. Es ist kein Problem, dass Ihr Kind ebenfalls hierbleibt, bis Sie wieder auf den Beinen sind. Wie gesagt, die Kinderschwestern werden sich gut um Ihren Sohn kümmern.«

»Das ist eine große Beruhigung für mich.«

»Ich schaue heute Abend wieder nach Ihnen, Frau Jacoby. Und bitte halten Sie sich streng an meine Anweisungen. Das ist wirklich wichtig, damit Sie wieder ganz gesund werden.«

»Natürlich. Vielen Dank, Herr Doktor.«

Zur Besuchszeit am Nachmittag schaute Alma bei ihr vorbei. Ihre Freundin brachte ihr ein paar Bücher und noch einige andere Dinge vorbei, die ihren Aufenthalt in der Klinik etwas angenehmer gestalten würden. Alma war zunächst tief besorgt um sie, entspannte sich aber etwas, als Lina ihr berichtete, was der Oberarzt gesagt hatte.

»Bevor ich zu dir kam, durfte ich mir deinen Stammhalter durch eine Scheibe ansehen, Lina. Er ist so unfassbar bezaubernd. Und er sieht dir wirklich ähnlich. Er hat den ganzen Kopf voller brauner Haare. Man sollte es nicht glauben …«

»Zum Glück ist er gesund und munter.«

»Nach dem, was du mir gerade erzählt hast, wirst auch du bald wieder ganz gesund sein.«

»Ich muss jetzt furchtbar lange im Bett liegen bleiben. Du kennst mich doch. Allein die Vorstellung macht mich verrückt, Alma.«

»Du schaffst das. Denk mal darüber nach, was du in deinem Leben schon alles geleistet hast, und um das Hotel musst du dir wirklich keine Sorgen machen. Martin und ich kriegen das auch noch ein paar Wochen länger hin, das weißt du doch.«

»Es ist eine große Erleichterung, das Haus bei euch beiden in guten Händen zu wissen.« Lina musste schlucken. Der Gedanke an Martin ließ ihr Herz schwer werden. Er fehlte ihr furchtbar. »Wie geht es Martin?«

»Wenn man mal davon absieht, dass die Sorge um dich ihn fast um den Verstand bringt, geht es ihm gut. Erwartungsgemäß hat er sich schrecklich darüber aufgeregt, dass in dieser Abteilung nur den Ehemännern und den engsten männlichen Verwandten Besuche gestattet werden. Das musste er erst mal verdauen. Im Hotel hat er aber alles im Griff. Du weißt ja, wie er ist.«

»Wir lieben uns wirklich, Alma.«

»Das ist für mich schon lange kein Geheimnis mehr, meine Liebe. Jeder, der Augen im Kopf hat, kann das sehen. Wie wollt ihr denn in der Zukunft damit umgehen? Wird Martin sich scheiden lassen?«

»Nein, das kann er nicht mit seinem Gewissen vereinbaren, und ich finde es auch richtig, dass er es so sieht. Seine Frau kann zwar keine Ehe mit ihm führen, aber sie ist sehr krank, und er fühlt sich für sie verantwortlich. Martin ist eben der geborene Kümmerer, das haben wir doch auch schon häufig festgestellt, Alma. Es gehört einfach zu seinem Charakter, dass er sich um die Menschen sorgt, die zu ihm gehören. Ich finde das sehr liebenswert.«

»Das stimmt, er ist wirklich ein Kümmerer. Was für eine

passende Bezeichnung für ihn.« Alma lachte kurz auf, wurde aber sogleich wieder ernst. »Allerdings könnte es wegen euch Gerede geben, meinst du nicht? Auch unser geliebtes Hotel ist keine einsame Insel.«

Lina schloss kurz die Augen. »Ich kann nur hoffen, dass sich unsere Liebe nicht auf den guten Ruf des Hotels auswirken wird. Im Grunde ist das meine einzige Sorge, und deshalb habe ich mir vorgenommen, möglichst diskret vorzugehen.« Sie schnaufte leise. »Und falls es doch Gerede geben wird, werden wir schon eine Lösung finden. Du hast mich doch selbst erst vor ein paar Minuten daran erinnert, was ich schon alles geschafft habe, und mit Martins Hilfe werde ich auch das hinbekommen. In den vergangenen Jahren habe ich mich immer wieder beweisen und durchsetzen müssen. Direkt nach Vaters Tod gab es das Unverständnis der Gesellschaft darüber, dass er nicht Bruno die Leitung des Hotels übertragen hat, sondern allein mir. Als dann auch noch Bruno im letzten Jahr starb, wollte mir sogar meine eigene Verwandtschaft die Fähigkeit absprechen, das Hotel zu führen, weil ich *nur* eine Frau bin.«

»Tatsächlich? Das hast du mir gar nicht erzählt.«

»Ja, es war auf der Trauerfeier. Glaub mir, ich kann wirklich von Glück reden, dass mein Vater von Anfang an dafür gesorgt hat, dass das Recht auf meiner Seite ist, Alma. Die hätten nichts lieber getan, als mir das Hotel wegzunehmen, das war nur allzu deutlich. Mein Vater hatte immer großes Vertrauen in mich, und er war es auch, der mich zu einem starken und selbstbewussten Menschen erzogen hat. Ich glaube, wenn ich ein Sohn gewesen wäre, hätte das keinerlei Unterschied gemacht, dafür bin ich ihm noch heute sehr dankbar. Wenn ich also einen Mann liebe, der nicht mit mir verheiratet ist, dann werde ich auch das irgendwie bewältigen. Ich glaube, dass ich mir unterdessen einen recht guten Stand in der Hamburger Gesellschaft erarbeitet habe.«

»Du hast recht. Jeder in Hamburg weiß inzwischen, dass du eine äußerst tüchtige und unabhängige Geschäftsfrau bist. Man respektiert dich, und dein guter Ruf wird dir sicherlich bei der Sache mit Martin helfen. Außerdem bist du jetzt eine Witwe. Meine Mutter sagt immer, wenn du erst mal Witwe bist, kannst du dir so einiges erlauben. Das hat sie am eigenen Leib erfahren.« Alma hob einen Mundwinkel zu einem schiefen Lächeln. »Ich will gar nicht wissen, was sie damit in ihrem Fall genau gemeint hat.«

Auch Lina musste schmunzeln. »Du weißt, ich habe deine Mutter immer schon gemocht. Wenn ich hier raus bin, sollten wir sie dringend mal wieder besuchen.«

»Ja, das machen wir. Mama freut sich auch immer, wenn sie dich wiedersieht. Und wenn wir dann noch den Kleinen mitbringen, wird sie auf ihre alten Tage glatt ein Freudentänzchen aufführen. Jede Wette.«

»Ich kann es kaum erwarten.« Lina stieß ein leises Schnaufen aus, um ihrem Unmut Nachdruck zu verleihen. Sie hatte noch nie verstanden, warum große Teile der Gesellschaft berufstätigen Frauen mit so wenig Akzeptanz begegneten. »Aber um noch mal auf das eigentliche Thema zurückzukommen … Ich stehe schon lange nicht mehr alleine da, Alma. Es gibt unterdessen immer mehr Frauen, die sich in der Geschäftswelt oder auch in der Wissenschaft beweisen. Frauen wie Marie Curie sind zwar immer noch selten, aber keine Einzelfälle mehr. Wir stehen noch am Anfang, aber seit dem Krieg hat sich schon viel getan, das sollten wir nicht vergessen. Schau dich nur selbst an, du bist doch ebenfalls eine berufstätige und erfolgreiche Frau.«

Das Gespräch mit ihrer Freundin lenkte sie von ihren Schmerzen ab und tat ihrer Seele gut. Sie unterhielten sich noch lange miteinander, bis schließlich eine Schwester hereinkam und freundlich daran erinnerte, dass die Besuchszeit inzwischen beendet sei.

»Richte Martin ganz liebe Grüße aus und sag ihm, dass er aufhören soll, sich Sorgen um mich zu machen. Alles wird wieder gut.«

»Sagen wir mal so, ich werde es ihm ausrichten. Ob er darauf hört, ist eine ganz andere Sache.« Alma neigte sich zu ihr und drückte ihr einen Kuss auf die Wange. »Erhole dich gut, Liebes. Ich komme wieder vorbei, sobald es mir möglich ist.«

»Mir ist wichtiger, dass du dich gut um das Hotel kümmerst, Alma. Ich komme schon wieder auf die Beine.«

»Na, davon gehe ich ganz fest aus.«

Zwei Wochen später waren die Schmerzen vollständig verschwunden, und sie durfte endlich aufrecht im Bett sitzen. Das war eine große Erleichterung für Lina, auch wenn es ihr noch immer verboten war aufzustehen. Doktor Kressen setzte noch eine weitere Röntgenkontrolle an und war sehr zufrieden mit dem Heilungsprozess. Der Haarriss in der Beckenpfanne war auf dem Röntgenbild nicht mehr zu erkennen, wie er ihr erfreut mitteilte. Alles verheile sehr gut und sogar schneller, als er es erwartet habe.

Weitere zwei Wochen später durfte sie aufstehen und

einige Schritte gehen. Zwei Krankenschwestern stützten sie, aber es war trotzdem nicht leicht, die nötige Kraft dafür aufzubringen, nachdem sie so lange im Bett gelegen hatte. Es war eine erschreckende Erfahrung für Lina, wie schwach sie war. Erst nach und nach kehrte ihre Kraft wieder zurück, und fünf Wochen nach der Geburt durfte sie endlich wieder alleine zur Toilette gehen und ein Bad nehmen, das sie außerordentlich genoss und ausdehnte, solange es ging. Trotz allem wurde sehr darauf geachtet, dass sie sich körperlich nicht überforderte. Die meiste Zeit des Tages lag sie noch immer im Bett.

Ihr Sohn Max entwickelte sich währenddessen prächtig, worüber sie sich besonders freute. Er trank gut, schlief viel und schrie selten. Die meiste Zeit war er einfach ein zufriedenes Baby. Die Kinderschwestern ließen ihn nun länger bei ihr im Zimmer, und Lina fand es wunderschön, wenn sie ihn einfach nur ansehen durfte. Sobald sie mit ihm allein war, erzählte sie ihm leise von dem Hotel, das er eines Tages erben würde. Es war im Grunde albern, mit einem Baby darüber zu sprechen, das war ihr natürlich bewusst, doch sie tat es trotzdem. Einerseits war es ihr wichtig, dass Max ihre Stimme hörte und endlich spürte, wer wirklich zu ihm gehörte, nachdem er so viel Zeit mit den Kinderschwestern verbracht hatte. Andererseits tat es ihr selbst unheimlich gut, über das Hotel zu sprechen. Sie hoffte, dass es ihrem Sohn eines Tages genauso viel bedeuten würde wie ihr selbst.

Nachdem sie auf diese Weise eine weitere Woche hinter sich gebracht hatte, teilte ihr der Oberarzt eines Nachmittags mit, dass sie am nächsten Tag das Krankenhaus verlassen dürfe.

»Oh, das sind aber gute Neuigkeiten«, rief Lina freudig aus und klatschte in die Hände. »Sie können sich kaum vorstellen, wie sehr ich mein Zuhause vermisse.«

»Ich kann es mir sogar sehr gut vorstellen, glauben Sie mir. Sie sind nicht die einzige Patientin, die ich hier eine Weile festhalten muss. Bei allen ist die Freude groß, wenn ich endlich mit dieser Nachricht zu ihnen komme.«

Lina wurde ernst. »Sie sind wirklich ein wunderbarer Arzt, Doktor Kressen. Ich möchte mich noch einmal herzlich bei Ihnen bedanken.«

»Es war mir eine Freude und in Ihrem Fall sogar eine sehr große. Sie waren eine sehr angenehme und folgsame Patientin«, erwiderte er. »Ich möchte Ihnen allerdings noch etwas mit auf den Weg geben, Frau Jacoby. Sie sollten sich in den nächsten zwei bis drei Monaten noch schonen – und das meine ich absolut ernst. Auf keinen Fall dürfen Sie schwer tragen. Vermeiden Sie einfach jegliche körperliche Anstrengung, damit Ihr Körper sich weiter so gut erholen kann wie bisher. Essen Sie vernünftig und trinken Sie vor allem jeden Tag ausreichend Milch, damit die Knochen gut versorgt werden. Ich nehme an, mit dem Jungen werden Sie Hilfe haben, nicht wahr?«

»Selbstverständlich. Ich habe schon vor Wochen ein Kindermädchen eingestellt. Sie ist sofort einsatzbereit.«

»Das ist gut.« Er zögerte und räusperte sich. »Da gibt es noch etwas, worüber ich mit Ihnen sprechen möchte. Ich weiß natürlich, dass Sie erst vor einigen Monaten Ihren Mann verloren haben, aber ich kenne Ihre Lebensumstände nicht, deshalb möchte ich Sie trotzdem darauf hinweisen, dass die Zeit des Wochenbetts bei Ihnen noch nicht vorbei sein sollte.

Ich meine damit, dass Sie noch einige Zeit auf Geschlechtsverkehr verzichten sollten, auch wenn wir uns in Ihrem Fall keine Sorgen mehr über eine weitere Schwangerschaft machen müssen, Frau Jacoby.«

»Oh, das ist ... Darüber habe ich noch gar nicht ...« Lina fühlte, wie ihre Wangen heiß wurden.

»Ich bin Ihr behandelnder Arzt. Mir gegenüber muss Ihnen überhaupt nichts unangenehm sein«, unterbrach er sie lächelnd. »Ich erkläre Ihnen gerne, warum ich darauf zu sprechen komme. Wenn Knochen heilen, sind die neuen Verbindungen anfangs noch recht fragil. Eine Überbelastung des Beckens sollten Sie meiner Meinung nach zurzeit nicht riskieren.«

Lina nickte. »Ja, ich verstehe. Wie lange sollte ich darauf verzichten?«

»Weitere drei Monate müssten ausreichend sein, denke ich. Seien Sie dennoch vorsichtig und gehen Sie es nicht zu hastig an. Ein behutsamer Partner wäre nicht verkehrt. Sie wissen schon, wie ich das meine.«

Sie fühlte ein heftiges Kribbeln im Bauch, weil sie sofort an Martin dachte. »Ja, ich verstehe.«

»Dann wünsche ich Ihnen alles Gute. Ihre Entlassungspapiere sind morgen früh fertig, und sobald die Stationsschwester Sie Ihnen ausgehändigt hat, können Sie nach Hause.«

In dieser Nacht konnte sie vor lauter Aufregung kaum schlafen. Endlich, endlich durfte sie wieder nach Hause.

Am nächsten Morgen half ihr eine der Krankenschwestern beim Anziehen und beim Packen ihrer wenigen persönlichen Sachen.

»Würden Sie für mich bitte im *Hotel Jacoby* anrufen und der Hausdame ausrichten lassen, sie möge mir einen Wagen schicken, Schwester Ursula?«

»Sehr gerne, Frau Jacoby. Ich bringe Ihnen gleich noch einen Tee, dann können Sie hier auf Ihrem Zimmer in aller Ruhe warten, bis jemand eintrifft, um sie abzuholen.«

»Das ist lieb, herzlichen Dank.«

Keine halbe Stunde später betrat Alma das Krankenzimmer. Sie lächelte breit, als eine Kinderschwester kurz darauf den gut eingepackten Max brachte und ihn Lina in die Arme legte.

»Ah, da kommt unser Kronprinz«, sagte ihre Freundin scherzhaft, und Lina musste lachen.

Sie freute sich so sehr auf zu Hause, dass es fast wehtat. Alma nahm ihre Tasche, und Lina verabschiedete sich von den Schwestern. Als Doktor Kressen ihnen auf dem langen Flur entgegenkam, sah sie ihn schon von Weitem lächeln.

»Frau Jacoby, ich wünsche Ihnen weiterhin eine gute Genesung.«

»Ich danke Ihnen, Herr Doktor. Für alles.«

Eine Limousine des Hotels wartete direkt vor dem Eingang auf sie, und zu Linas großer Überraschung lehnte Martin an der Fahrertür. Sofort begann ihr Herz schneller zu schlagen. Es war aufregend, ihn nach so vielen Wochen endlich wiederzusehen.

Als er sie kommen sah, ging er strahlend auf sie zu. »Lina, endlich.«

»Martin, wie schön, dich zu sehen.« Zur Begrüßung küsste er sie auf beide Wangen, und am liebsten hätte sie sich sofort an ihn geschmiegt, doch das Baby in ihrem Arm und die Anwesenheit von Alma hielten sie davon ab. »Du hast mir gefehlt«, flüsterte sie ihm zu.

Eine Weile sahen sie sich tief in die Augen, und Lina fühlte sich, als würde die Welt um sie herum versinken.

»Du mir auch. Und wie.«

Schließlich holte sie ein leises Hüsteln von Alma in die Wirklichkeit zurück, und Martins Blick fiel auf das Baby.

»Ah, da ist ja der junge Mann und mit ihm die Zukunft unseres Hotels.« Sein Blick hob sich. »Er hat deine Augen.«

12. Kapitel

Die ersten Tage zu Hause empfand Lina überraschenderweise als äußerst anstrengend. Sie hatte nicht damit gerechnet, dass es so kräftezehrend sein würde, den Alltag als Mutter zu bewältigen. Natürlich hielt sie sich an die Ratschläge des Doktors, ruhte sich viel aus und ging nicht das geringste Risiko ein, doch allein die Organisation mit dem Baby kostete Kraft, die sie eigentlich noch gar nicht hatte, wie sie bald feststellen musste. Alma und Martin standen ihr verlässlich zur Seite und hielten nebenbei gemeinsam das Hotel am Laufen. Hanna Gruber, das neue Kindermädchen, war ebenfalls ein Glücksfall, und Lina konnte sich kaum vorstellen, was sie ohne diese patente junge Frau tun würde. Lina war unendlich froh darüber, dass sie schon Wochen vor der Geburt die ehemaligen Räume von Bruno hatte umgestalten lassen, so konnte Hanna Gruber direkt neben dem Kinderzimmer wohnen.

An ihrem dritten Tag zu Hause schaffte sie es endlich, einen Abend mit Martin zu verbringen. Sie hatte das Kindermädchen zuvor gebeten, sie nur zu stören, wenn ihr Sohn Hunger bekam und sie ihn stillen musste.

Bei einem wundervollen Rinderbraten, den Martin für sie zubereitet hatte, saßen sie nun zusammen im Esszimmer und genossen es, endlich Zeit miteinander verbringen zu dürfen.

»Das schmeckt so wundervoll«, lobte Lina ihren Chefkoch.

»Nach der Zeit im Krankenhaus genieße ich jeden einzelnen Bissen, der aus deiner Küche kommt, noch viel mehr.«

»Danke, es freut mich, wenn ich dich damit ein bisschen glücklich machen kann.«

»Das ist dir auf jeden Fall gelungen.«

Während des Essens berichtete ihr Martin aus seiner Sicht, was in der Zeit ihrer Abwesenheit im Hotel passiert war, und sie hörte ihm gerne zu.

»Wie geht es dir?«, fragte er schließlich, als sie bei Kaffee und einem köstlichen Dessert aus Sahne, geschmolzener Schokolade und eingelegten Kirschen angekommen waren. »Du bist so zart, Lina, und du wirkst, ehrlich gesagt, noch recht angeschlagen.«

»Nun ja, ich bin auch noch ziemlich schwach, das muss ich zugeben. In dem Ausmaß hätte ich es nicht erwartet. Die Kraft kommt zurück, das spüre ich bereits, aber es geht nur langsam voran.«

»Das ist doch völlig normal, Lina. Du hast nicht nur ein Kind bekommen und wochenlang im Bett gelegen, du bist ja auch operiert worden, wie Alma sagte.«

»Ja, ich … Also, ich kann keine Kinder mehr bekommen, Martin. Das solltest du vielleicht wissen.«

Er sah ihr in die Augen, und sie erkannte die Liebe darin, dann nickte er. »Du hast einen gesunden Jungen zur Welt gebracht. Wir werden gut auf ihn aufpassen.«

Die Antwort war so typisch für ihn. Martin war wirklich ein guter Mensch. Er war stets darauf bedacht, dass es ihr gut ging. Sie wusste, er würde ihr niemals absichtlich wehtun. Seine Reaktion machte es ihr leichter, auch das andere Thema anzusprechen, das ihr noch auf der Seele lag. Lina neigte sich leicht vor und schob ihre Hand auf seine. »Ich muss dir noch etwas sagen«, begann sie.

»Ja?« Sein Daumen strich zärtlich über ihren Handrücken.

»Ich soll ... also, ich darf noch nicht ...« Es auszusprechen fiel ihr schwer.

Er kam ihr zu Hilfe. »Du meinst, wir dürfen körperlich noch nicht zusammen sein?«

Erleichtert nickte sie. »Genau das wollte ich sagen. Der Arzt meinte, ich solle besser noch drei Monate damit warten.«

Martin schaute übertrieben gequält drein und brachte sie damit zum Lachen. »Drei Monate, uff.« Dann nickte er. »Das macht den Kohl auch nicht mehr fett. Wir haben unser ganzes Leben vor uns, Lina. Ich habe dich so lange nur in meinen Gedanken geliebt, was sind da schon drei weitere Monate? Sie werden viel schneller herumgehen, als du glaubst.«

Martin sollte recht behalten. Die ersten zwei Monate nach Max' Geburt vergingen wie im Flug, und Lina erholte sich zusehends. Ihre Kraft kam zurück, und als dann leider schon sehr früh ihre Milch versiegte, wurde Max an die Flasche gewöhnt und Lina hatte etwas mehr Freiraum. So konnte sie sich nach und nach zurück an ihre Arbeit begeben, und Hanna Gruber sorgte die meiste Zeit des Tages dafür, dass das Baby gut versorgt war. Lina war beruhigt, genoss aber trotzdem jede Minute, die sie mit ihrem Sohn verbringen konnte. Max war zum Glück ein außerordentlich zufriedenes und ruhiges Baby. Er schrie selten und schlief bereits sechs Wochen nach seiner Geburt den größten Teil der Nächte durch. Während dieser Zeit ging es Lina von Tag zu Tag immer besser. Irgendwann wurde ihr klar, dass sie die Zeit der

Erholung tatsächlich nötig gehabt hatte. Andererseits war sie froh darüber, dass sie nun endlich wieder ein normales Leben führen konnte. Ehe sie sich's versah, war auch der dritte Monat vorbei.

Seit sie aus dem Krankenhaus entlassen worden war, verbrachten Martin und Lina oft die Abende zusammen, wenn er keinen Spätdienst hatte und in der Küche nicht gebraucht wurde. An diesem Tag verließ Lina ihr Büro bereits eine Stunde früher als üblich, weil es auch heute wieder so sein würde. Sie schaute kurz im Kinderzimmer vorbei und besprach die wichtigsten Neuigkeiten mit Hanna Gruber.

»Ich habe heute Abend noch eine Verabredung. Können Sie Max hierbehalten, Hanna? Ich würde nur ungern gestört werden.«

»Natürlich, das ist überhaupt kein Problem. Genießen Sie Ihren Abend, Frau Jacoby.«

»Sie sind ein Schatz, Hanna.«

Lina gab ihrem Sohn einen schnellen Kuss, bevor sie sich bei dem Kindermädchen bedankte und hinüber in ihren Wohnbereich ging. Im Badezimmer ließ sie sich Wasser in die Wanne, gab ein wenig duftendes Badesalz hinzu, das Alma ihr zu Weihnachten geschenkt hatte, und genoss ein ausgiebiges Bad. Ein Blick auf die Uhr sagte ihr, dass sie noch über eine Stunde Zeit hatte, bis Martin mit dem Abendessen kommen würde. So konnte sie sich in aller Ruhe für seinen Besuch zurechtzumachen.

Es würde ein besonderer Abend werden, das wusste sie schon jetzt. Martin hatte es ihr überlassen, den richtigen Zeitpunkt zu bestimmen, und gleich heute Morgen, kurz nach dem Aufwachen, hatte sie entschieden, dass es nun endlich an der Zeit war, ihrer Beziehung sozusagen die Krone aufzusetzen. Seit der Entlassung aus dem Krankenhaus waren etwas mehr als drei Monate vergangen, und ihr ging es blendend. Es bestand kein Grund mehr, noch länger zu warten. Die vergangenen Monate hatten an ihrer Selbstbeherrschung gezehrt, und sie wusste, dass es ihm genauso erging.

Lina wählte ein eher schlichtes Kleid aus elfenbeinfarbener Seide, von dem sie wusste, dass es ihr ausnehmend gut stand. Die zarte Farbe schmeichelte ihrem Teint und unterstrich das satte Haselnussbraun ihrer Haare. Nur kurz dachte sie darüber nach, eine lange Perlenkette umzulegen, die sie normalerweise zu diesem Kleid trug, doch dann überlegte sie es sich anders.

Viel zu viel Tand für einen Abend zu Hause, entschied sie.

Wie immer war Martin pünktlich.

»Du siehst wunderschön aus«, flüsterte er, als er sie zur Begrüßung auf die Wange küsste. »Unser Essen kommt gleich. Ich wollte es eigentlich mitbringen, aber sie waren noch nicht so weit. Es gibt Wiener Schnitzel mit Bratkartoffeln und Gurkensalat. Das magst du doch so gerne.«

»O ja, das klingt wundervoll. Ich habe heute wieder mal nur gefrühstückt.«

»Habe ich mir schon gedacht. Du isst ja selten etwas zum Mittag.«

Lina war dankbar dafür, dass sie inzwischen so vertraut miteinander umgehen konnten. Ihre Gespräche während des Essens waren stets lebhaft und kurzweilig. So hörte sie Martin zum Beispiel sehr gerne zu, wenn er kleine Anekdoten aus der Küche zum Besten gab. Das war oft sehr unterhaltsam, manchmal sogar richtig lustig.

Wie immer flog die Zeit mit ihm nur so dahin. Schließlich räumten sie gemeinsam das Geschirr auf den Servierwagen, und Martin schenkte das letzte Glas Wein ein. Sie tranken stets nur zwei kleine Gläser, wenn sie den Abend zusammen verbrachten. Eins zum Essen und das zweite gab es danach, wenn sie vom Esszimmer in Linas kleinen Salon wechselten, um dort den Abend langsam ausklingen zu lassen. Auch das war ihnen in den vergangenen Monaten zu einer lieben Gewohnheit geworden. Meist saßen sie noch eine Stunde zusammen, bis sie sich schließlich eine gute Nacht wünschten und Martin sie verließ.

Heute Abend hatte Lina andere Pläne. In der gesamten Zeit nach der Geburt ihres Sohnes hatte Martin sich mit Zärtlichkeiten sehr zurückgehalten. Zwar gab er ihr immer einen Begrüßungskuss auf die Wange und streichelte dann und wann ihre Hand, wenn sie gemeinsam am Tisch saßen, doch richtig geküsst hatte er sie nicht. Wahrscheinlich hatte er es ihnen nicht noch schwerer machen wollen. Für Lina waren jedoch allein schon diese zurückhaltenden Zärtlichkeiten erschütternd genug, machten sie ihr doch jedes Mal aufs Neue deutlich, wie stark sie nach ihm verlangte. Die Gefühle, die dieser eine, so überwältigende Kuss in ihr ausgelöst hatte, waren fest in ihrer Erinnerung verankert. Viele Monate waren seitdem vergangen, doch es hatte keinen einzigen Tag gegeben, an dem sie nicht an diesen besonderen Kuss gedacht hatte. Inzwischen sehnte sich jede einzelne Faser ihres Herzens, aber auch ihres Körpers danach, diese Empfindungen noch einmal erleben zu dürfen.

»Du wirkst so nachdenklich«, drang seine Stimme plötzlich in ihr Bewusstsein vor.

»Oh, verzeih, ich habe das gar nicht gemerkt.« Sie schenkte ihm ein strahlendes Lächeln. »Ja, ich war tatsächlich in Gedanken.«

»Möchtest du mit mir darüber reden?«, hakte er besorgt nach. »Treibt dich etwas um?«

»Du«, antwortete sie schlicht.

Einen Moment lang sah er sie verständnislos an, doch dann erkannte sie, wie ein Funke in seinen schönen Augen aufleuchtete.

»Ich?« Die Hoffnung in seiner Stimme war nicht zu überhören.

Lina schob ihr halb volles Glas beiseite und erhob sich. Sie hatte schon erwartet, dass auch er sofort aufstehen würde, und das tat er.

»Lina?«

Noch etwas zögerlich machte sie einen Schritt auf ihn zu und legte sanft ihre rechte Hand auf seine Brust. Es fiel ihr schwerer, als sie es sich vorgestellt hatte, den ersten Schritt zu tun. Ihre Aufregung machte es fast unmöglich, einen klaren Gedanken zu fassen.

»Bleib bei mir heute Nacht, Martin.«

Kurz legte er seinen Kopf in den Nacken und atmete hörbar aus, dann sah er sie wieder an, und in seinen Augen erkannte sie erneut die tiefe Liebe, die er für sie empfand.

»O Gott, Lina.«

Sie ergriff seine Hand und zog ihn hinter sich her ins Schlafzimmer.

»Wir müssen trotzdem noch behutsam sein, Martin.«

»Vertraue mir, mein süßer Liebling.«

Als sie vor ihrem Bett standen, nahm er sie in die Arme,

umfasste ihr Gesicht mit beiden Händen und blickte ihr tief in die Augen.

»Du kannst dir kaum vorstellen, wie oft ich von diesem Augenblick geträumt habe; wie oft ich es mir vorgestellt habe und wie sehr es mich fast zerrissen hat, dass ich nicht bei dir, dass ich nicht in dir sein durfte«, flüsterte er dicht an ihren Lippen, dann endlich küsste er sie.

Dieses Mal wurden die überwältigenden Gefühle jedoch nicht abrupt unterdrückt, nicht im Zaum gehalten, und als eine Weile später auch ihre Körper miteinander verschmolzen, veränderte sich ihre Welt für immer.

Sie war eine verheiratete Frau gewesen, doch mit Martin war jeder Kuss und jede Berührung, jede noch so kleine Zärtlichkeit, vor allem aber die Leidenschaft und Hemmungslosigkeit ihrer gemeinsamen Empfindungen so neu für sie, als geschähe all das zum allerersten Mal in ihrem Leben. Selbst sein erregtes Stöhnen schien ihre Nerven zu kitzeln und den Schlag ihres Herzens zu befeuern. Er gehörte ganz ihr, das spürte sie bis in den kleinsten Winkel ihres Seins, als er sich voller Inbrunst und doch so unendlich sanft in ihr bewegte. Lina hörte sich selbst seinen Namen keuchen, als sie zusammen einen himmlischen Gipfel erreichten, der niemals zuvor von ihr erklommen worden war. Die Wonneschauer ebbten nur langsam ab, und während sie beide schwer atmend nebeneinanderlagen und er sie fest in seinen Armen hielt, schien ihr ganzer Körper von Liebe überflutet zu werden. Ja, ihre Welt hatte sich tatsächlich für alle Zeiten verändert.

»Ich liebe dich«, wisperte sie an seiner Brust.

»Nichts und niemand wird uns jemals wieder trennen«, antwortete er leise, als er sie noch ein bisschen mehr an sich zog. »Wir werden das schaffen, Lina, egal, was auch passieren mag. Du bist mein Leben, vergiss das nie.«

Sie setzte sich auf, zog die Bettdecke über ihre Brust und sah lächelnd auf ihn hinab. »Seit du wieder hier bist, warst du immer stark für mich, dafür danke ich dir von ganzem Herzen. Das wollte ich schon lange tun.«

»Manchmal glaube ich, ich liebe dich schon mein ganzes Leben lang, weißt du.« Seine Augen glitzerten im Licht ihrer Nachttischlampe.

»So wie ich dich. Eigentlich liebe ich dich seit unserer ersten Begegnung.«

»Ach, ja?« Er lachte leise in sich hinein. »Dann hast du deine Gefühle aber gut versteckt.«

»Das musste ich doch auch.« Sie seufzte leise. »Weißt du, ich war sogar schon in dich verliebt, als du noch ein Lehrling warst. Bevor du von hier fortgegangen bist.«

»Das rührt mich jetzt. Für mich warst du damals noch fast ein Kind.«

»Ach, das weiß ich doch.« Sie neigte sich vor und küsste ihn kurz auf die Lippen. »Und jetzt liegen wir hier in einem Bett und müssen uns überlegen, wie wir unser zukünftiges Leben gestalten können, ohne dass es zu viel Gerede geben wird.«

Martin setzte sich ebenfalls auf und schob sich ihr Kopfkissen im Rücken zurecht. »Ich sagte doch schon, dass wir das hinbekommen werden. Mach dir nicht so viele Sorgen, mein Liebling.«

»Weder mein Sohn noch das Hotel dürfen jemals darunter leiden, Martin. Vor allem Max muss ich schützen. Du weißt, wie furchtbar sich so etwas entwickeln kann.«

»Du bist Witwe, und von meiner Ehe weiß im Grunde kaum jemand etwas. Wir sind frei in unseren Entscheidungen. Vielleicht sollten wir es einfach drauf ankommen lassen, bis die Sache zu einer Selbstverständlichkeit wird. Manchmal passiert so was schleichend.«

»Das stimmt wohl, aber dann würde man sich nach einer Weile wundern, warum wir nicht heiraten.«

Er blieb eine Weile still. »Ich würde alles dafür geben, dich heiraten zu können, aber ich kann dir nicht sagen, wie lange Bärbel noch leben wird.« Seine Stimme klang belegt.

»Himmel, Martin, sag doch so etwas nicht. Daran habe ich im Traum nicht gedacht.«

»Ich weiß, tut mir leid. Doch ehrlich gesagt, liegt der Gedanke auf der Hand, dafür muss man sich nicht schämen.« Er seufzte leise. »Was auch noch kommen mag, wir gehören zusammen. Vorerst wird es wohl am besten sein, nicht allzu sehr darüber nachzudenken. Wir können unser Leben so gestalten, wie wir es auch bisher getan haben, Lina. Überleg doch mal, bis jetzt hat sich doch auch niemand darüber gewundert, dass wir nun häufiger zusammen zu Abend essen. Zumindest in der Küche hat das jeder mitbekommen, und es sind mir keinerlei Bemerkungen oder Gerüchte zu Ohren gekommen. Jeder weiß, dass wir ebenso gute Freunde sind wie Alma und du.« Er nahm ihre Hand. »Verstehst du, es liegt doch an uns, wie viel wir den Leuten offenbaren. Für mich ist es genug, wenn ich weiß, dass du mich liebst und von nun an zu mir gehörst. Mehr brauche ich nicht. Ich muss mich nicht damit brüsten, dass ich nachts neben dir liegen und dich lieben darf, verstehst du?«

»Du bist ein wunderbarer Mann, Martin Hoffmann.«

»Vergiss das nicht.« Er lachte dunkel auf. »Jedenfalls kannst du dich schon heute daran gewöhnen, dass du niemals wieder einen anderen Chefkoch einstellen musst. Zumindest nicht, solange dein jetziger noch in der Lage ist, seine Arbeit zu tun. Das ist doch auch ein Vorteil.« Er hob ihre Hand an und drückte seine Lippen auf ihre Fingerknöchel. »Du wirst mich nie wieder loswerden, selbst wenn die Welt da draußen sich weiterhin so mies entwickelt wie jetzt gerade, werde ich bei dir sein. Zusammen werden wir alles überstehen.«

»Du machst dir also auch Sorgen?«

»Ja, und nicht wenig. Meiner Meinung nach trügt die derzeitige Ruhe im Land. Die viel gelobte Stabilität sehe ich nicht, zumindest halte ich sie für trügerisch. Es entwickelt sich noch lange nicht alles zum Besten, und auch nicht so, wie es die Gründer unserer Republik einst geplant hatten. Daran ändert auch die steigende Anerkennung des Auslands nichts.« Martin schüttelte leicht den Kopf. »Wenn ich die Zeitung lese, habe ich viel zu oft das Gefühl, unsere Wirtschaft macht sich zu abhängig von amerikanischem Kapital. Damit steht all das auf tönernen Füßen, was uns in eine gute Zukunft führen könnte, weil wir es nicht in der eigenen Hand haben, was mit unserem Land passiert. Außerdem gibt es seit einiger Zeit politische Kräfte, die mir Sorgen bereiten. Die Armut ist noch weit verbreitet und spielt denen in die Hände. Zu vielen Menschen da draußen geht es schlecht, während andere im Geld schwimmen, das war noch nie ein gutes Zeichen.«

»Das sehe ich ganz genauso.« Lina sah ihn an, neigte sich zu ihm und küsste seine nackte Brust. »Dennoch sind das viel zu ernste Gedanken für so einen wundervollen Abend.«

»Das stimmt allerdings.« Martin zog sie kurz an sich, dann sah er ihr lächelnd in die Augen. »Was meinst du, sollen wir uns heute mal ein zusätzliches Gläschen Wein gönnen?«

»Ich würde sagen, zur Feier des Tages geht das mal«, antwortete sie lachend.

13. Kapitel

Hamburg, im Februar 2019

»Im Augenblick kommt es mir so vor, als würde ich nie herausfinden, warum ich das Hotel geerbt habe.« Ryans Stimme klang hörbar entmutigt. »Ich denke, ich habe inzwischen alle Möglichkeiten ausgeschöpft. Das Internet gibt auch nichts Brauchbares her. Ich finde noch nicht einmal einen Ansatz, auf dem man aufbauen könnte. Es ist wie verhext.«

Emily zuckte mit den Schultern. Ebenso ratlos wie er saß sie auf einem der beiden Besucherstühle vor Ryans Schreibtisch. Vorhin hatte sie ihm noch die Abläufe erklärt, die im Fall einer größeren Veranstaltung zu beachten waren, doch dann waren sie einmal mehr ins Plaudern geraten. Wie so oft landeten sie schnell wieder bei ihrem derzeitigen Lieblingsthema: der Frage nach dem Grund für Ryans Erbe. Seit Tagen beschäftigten sie sich nun schon damit, und Emily musste zugeben, dass Ryan sie mit seinem Enthusiasmus regelrecht angesteckt hatte. Auch ihre Neugierde war geweckt worden und wollte befriedigt werden. Emily konnte sich also lebhaft vorstellen, wie es erst in Ryan aussehen musste. Doch nahezu jede weitere Frage, die er ihr zu diesem Thema stellte, blieb inzwischen unbeantwortet. Das machte auch ihr zu schaffen.

»Mir fällt leider auch nichts mehr ein, das dir weiterhelfen könnte. Das ist leider so, ich kann es nicht ändern«, gab sie zu. »Ich denke, ich habe dir jetzt wirklich alles erzählt, was ich weiß. Es tut mir leid, Ryan.«

»Du kannst doch nichts dafür. Es ist nur so, dass es mich belastet. Die Frage, warum es gerade mich getroffen hat, verfolgt mich, und das nervt einfach.«

Sie nickte. »Das kann ich gut nachvollziehen. Mich macht das inzwischen auch ganz verrückt.«

»Gibt es vielleicht sonst noch jemanden, den man fragen könnte?«

Emily schüttelte den Kopf. »Nicht dass ich wüsste. Thomas und Bettina wissen jedenfalls nichts, das wurde nach der Eröffnung des Testaments nur allzu deutlich. Ich war ja dabei. Ansonsten kenne ich niemanden. Die Familie Jacoby hatte kaum noch Verwandtschaft.«

»Gab es enge Freunde?«

»Hm, Max war mit meinem Vater befreundet, sonst weiß ich von niemandem. Solange ich ihn kenne, hat die Arbeit ihn vollkommen ausgefüllt und sein Leben bestimmt – vermutlich seit dem Tod seiner Frau. Das Hotel war sein Ein und Alles.«

Ryan erhob sich, wandte ihr den Rücken zu und ging hinüber zum Fenster. Emily beobachtete, wie er seine Hände tief in die Hosentaschen steckte und leicht vor- und zurückwippte, während er hinausschaute. »Könnte dein Vater vielleicht etwas wissen?«

»Das kann ich mir kaum vorstellen, Ryan. Die beiden haben ab und an zusammen Golf gespielt und sind in unregelmäßigen Abständen mit Thomas zum Segeln rausgefahren, viel mehr war da nicht. Außerdem habe ich meinen Eltern von dem Testament erzählt, bevor sie nach Brasilien gereist sind. Mein Vater hätte sich sicherlich dazu geäußert, wenn er eine Erklärung für Max' Entscheidung gehabt hätte, das weiß ich.«

»Könntest du ihn trotzdem noch mal anrufen?«, bat er, ohne sich zu ihr umzudrehen.

»Ja, wenn es dich beruhigt, hake ich bei ihm noch mal nach.« Sie sah auf die Uhr. »Das muss allerdings noch ein bisschen warten. In Brasilien ist es noch zu früh. Ich mache das später, versprochen.«

»Ich danke dir.« Ryan zog die Hände aus den Taschen und drehte sich wieder zu ihr um. Er ließ sich gegen die Kante der Fensterbank sinken, setzte sich halb darauf und schlug seine langen Beine an den Knöcheln übereinander. »Die Homepage des Hotels müssen wir übrigens dringend überarbeiten«, wechselte er plötzlich das Thema. »Ich habe mich mal durchgeklickt. Wenn du mich fragst, muss die Seite viel umfangreicher und interessanter werden, und das möglichst schnell.«

»Wem sagst du das? Seit ich hier bin, habe ich Max immer wieder darauf hingewiesen, aber leider fand er unseren Auftritt im Internet vollkommen unwichtig. Ich nehme an, das lag daran, dass er selbst nicht das geringste Interesse dafür aufbringen konnte. Als ich eine Agentur mit der Überarbeitung der Webseite beauftragen wollte, hat er das schlicht abgelehnt. Ich erinnere mich noch genau … An dem Tag war ich richtig sauer auf ihn. Max hat nie verstanden, wie wichtig ein guter Internetauftritt heutzutage ist.« Emily seufzte. »Vielleicht war das tatsächlich seinem hohen Alter geschuldet.«

»Ja, kann sein. Dann lass uns das jetzt angehen und eine gute Agentur damit beauftragen, die Seite auf Vordermann zu bringen. Es müssen unbedingt vernünftige Fotos gemacht werden, und der Abschnitt über die Geschichte des Hauses ist zum Beispiel lächerlich nichtssagend. Das ist mir bei meinen Recherchen natürlich sofort aufgefallen. Ich habe mir daraufhin die Seiten der anderen großen Alsterhotels angeschaut, und da sieht das ganz anders aus.«

»Stimmt.«

»Übernimmst du das?«

»Klar. Über meinen Bruder kenne ich eine gute und verlässliche Webagentur. Ich rede mit denen und werde dir dann die entsprechenden Vorschläge vorlegen.«

»Sehr gut.« Ryan stieß ein leises Schnaufen aus. »Sag mal, hat Max wenigstens mal darüber gesprochen, wie es das Hotel durch die Kriegszeiten geschafft hat?«

Emily dachte einen Moment nach. Es widerstrebte ihr, sofort abzuwinken oder den Kopf zu schütteln, denn irgendwo in ihrem Hinterkopf klingelte etwas. Angestrengt begann sie, in ihren Erinnerungen zu kramen. Sie hatte so viel Zeit mit Max Jacoby verbracht, da war es nicht leicht, sich sofort an jedes Gespräch zu erinnern.

»Emily?«

»Gib mir noch einen Moment«, bat sie ihn.

Schließlich tauchte vor ihrem inneren Auge ein trüber Nachmittag auf. Sie und Max hatten Kaffee getrunken und Apfelkuchen mit Sahne gegessen. Sie hatte sogar an der gleichen Stelle wie jetzt gesessen und er ihr direkt gegenüber an seinem Schreibtisch. An diesem Tag hatte ihr Max tatsächlich von den ersten Jahren nach dem Krieg erzählt.

»Ja, einmal haben wir darüber gesprochen«, begann sie. »Ich weiß noch, dass er meinte, wie froh sie alle waren, dass das Haus den Krieg heil überstanden hatte und … Wir sprachen damals auch über …«

Plötzlich fiel ihr alles wieder ein, und der letzte Gedanke ließ sie stocken.

»Emily? Sag schon!«, forderte Ryan sie auf.

»Max erwähnte einmal einen Offizier, mit dem sie ziemliches Glück gehabt hatten.«

»Ein Offizier, soso.«

»Ja, aber einen Namen hat er nicht genannt.« Sie hob den Blick und sah ihn an. »Ich muss gerade an die vielen Geschichten denken, die man über die Besatzungszeit nach dem Ende des Zweiten Weltkriegs gehört oder in Filmen gesehen hat. Es ist ja kein Geheimnis, dass damals sogar Ehen, aber auch uneheliche Kinder entstanden sind. Vielleicht ist das etwas, worauf wir unser Augenmerk legen sollten, Ryan. Vielleicht hatte Lina-Marie ja ein Verhältnis mit diesem britischen Offizier gehabt, könnte doch sein. Ich weiß von Max, dass das Hotel von 1945 bis 1949 besetzt war. Fast jedes größere Hotel in der Innenstadt hat in der Nachkriegszeit dieses Schicksal ereilt. Die Besatzungsmächte haben Hotels gerne als Wohnmöglichkeiten für ihre Leute beschlagnahmt, weil sie auf diese Weise möglichst viele Soldaten an einer Stelle unterbringen konnten.«

»Ja, darüber habe ich auch schon gelesen«, erwiderte Ryan nickend. »Ich vermute, dass die meisten Hotels, die den Krieg unbeschadet überstanden haben, noch recht komfortabel eingerichtet waren.«

»Genau. Hamburg gehörte jedenfalls zur britischen Zone,

Ryan. Es waren also *Briten* hier im Haus, verstehst du, was ich damit sagen will?«

Er blies die Wangen auf. »Das ist tatsächlich ein interessanter Punkt. Auch wenn die meisten Soldaten sicherlich Engländer und keine Schotten waren, ist das auf jeden Fall ein Anhaltspunkt, dem wir nachgehen sollten. Da hast du recht.«

»Das finde ich auch.« Emilys Herzschlag beschleunigte sich. »Zumindest ist das deutlich mehr, als wir bis jetzt hatten, Chef.«

Er legte den Kopf zurück und stöhnte gespielt verzweifelt. »Wie zum Teufel bekommen wir raus, wer genau hier im Hotel stationiert war?«

»Gute Frage.«

Einige Minuten lang saßen sie einfach da und dachten nach, dann stieß Ryan sich von der Fensterbank ab und setzte sich zurück an seinen Schreibtisch.

»Du übernimmst Deutschland, ich Großbritannien«, sagte er. »Na los, lass uns so viele Institutionen wie nur möglich abtelefonieren, Emily. Universitäten, Bibliotheken, Museen und auch Militärstützpunkte, die es schon damals gab. Das sind die Stellen, die mir als Erstes einfallen. Eventuell könntest du auch versuchen, jemanden im Rathaus zu erreichen, der dir weiterhelfen kann. Wir kriegen was raus, jede Wette.«

Ein Kribbeln lief durch ihren Körper. »Ich kann es kaum erwarten anzufangen«, erwiderte sie voller Enthusiasmus.

»Ich habe noch einen Tipp für dich. Sag einfach, du arbeitest im Auftrag des Schriftstellers Ryan Maclane. Eine Lüge ist das ja nicht, und bei den Recherchen für meine Arbeit habe ich eigentlich immer Entgegenkommen erfahren, sobald ich gesagt habe, worum es ging. Schriftstellern wird in der

Regel gerne geholfen, besonders denen, die einen gewissen Bekanntheitsgrad haben.« Er grinste.

»Das ist wirklich ein guter Tipp. Danke.«

»Dann lass uns loslegen, Emily.«

Eine volle Woche lang verbrachten sie beide so viel Zeit am Telefon, wie ihre tägliche Arbeit es zuließ. Jeden Abend saßen sie zusammen beim Essen im Restaurant und tauschten sich über ihre Nachforschungen aus. Kaum hatte der Kellner ihre Teller abgeräumt, landeten ihre Notizen auf dem Tisch. Sie hatten Listen erstellt, auf denen all die Namen der Institutionen und Personen aufgeführt waren, mit denen sie bereits gesprochen hatten. Hinter einigen Namen fanden sich kurze Notizen, doch einen echten Erfolg gab es noch immer nicht zu verzeichnen. Weder in Großbritannien noch in Deutschland schien ihnen jemand weiterhelfen zu können.

»Deine Idee, dass uns die Besatzungszeit einen Hinweis liefern könnte, war ein echter Hoffnungsschimmer und ungemein motivierend, Emily, aber nach dieser langen und zähen Woche müssen wir uns wohl eingestehen, dass sich schlichtweg nichts herausfinden lässt«, resümierte Ryan. »Ich habe mir das schon fast gedacht, wenn ich ehrlich bin. Natürlich existieren in alten Militärarchiven noch immer die Listen der Männer, die damals in Hamburg eingesetzt waren, doch die sind eher allgemein gehalten und sagen wenig über deren spezifischen Einsatzorte aus.« Er griff nach der Flasche, die zwischen ihnen im Weinkühler stand, und schenkte ihnen nach. »Heute sprach ich mit einem Offizier der *Royal Navy*. Er erklärte mir, dass den Männern die einzelnen Bereiche damals von der Einsatzleitung recht häufig spontan und erst hier vor Ort zugewiesen worden sind. Übrigens, ein kleiner Hinweis am Rande: Von der besagten Einsatzleitung weiß man, dass sie im Hotel *Vier Jahreszeiten* Stellung bezogen hatte. Andere Orte in Hamburg wurden allerdings nur dann in den Akten erwähnt, wenn sie von größerer Wichtigkeit waren. Unser Hotel war es offenbar nicht. Es wird in den einschlägigen Archiven mit keinem Wort erwähnt. Deshalb können wir auch davon ausgehen, dass hier kein besonders wichtiger Posten untergebracht war.«

»Das ist echt spannend. Schade, dass wir nicht wenigstens den Namen des leitenden Offiziers kennen.«

»Ja, finde ich auch.«

»Ich habe leider auch keinerlei Neuigkeiten«, erwiderte Emily. »Allerdings warte ich noch auf den Rückruf einer Mitarbeiterin der Staatsbibliothek. Es gibt dort jede Menge Aufzeichnungen aus der betreffenden Zeit, aber sie sagte mir gleich, dass es einige Tage dauern könnte, bis sie sich wieder bei mir meldet. Es ist zwar möglich, mit Stichworten zu arbeiten, aber es ähnelt trotzdem einer Suche nach der Nadel im Heuhaufen, wie sie sich ausdrückte.«

»Immerhin will sie helfen und lädt sich sogar zusätzliche Arbeit auf. Das ist mehr, als man erwarten kann.«

»Ja, immerhin. Aber du hattest recht mit deinem Tipp, Ryan. Die Dame ist nämlich ein Fan von dir. Sie war sehr aufgeregt und schwer begeistert, als ich erwähnte, für wen ich recherchiere. Das hat wirklich geholfen.«

»Na bravo, dann werde ich demnächst wohl einen Krimi schreiben müssen, der in der Hamburger Nachkriegszeit spielt.«

»Na ja, das wäre doch nicht die schlechteste Szenerie,

oder?« Sie nahm ihr Glas auf und prostete ihm zu. »Hast du irgendeine Idee, wo wir es noch versuchen könnten?«

Ryan schüttelte den Kopf. »Nein, ich bin ebenfalls mit meinem Latein am Ende. Den ganzen Nachmittag habe ich mir schon den Kopf darüber zerbrochen, aber meiner Meinung nach haben wir jetzt alle Stellen abgeklappert, die infrage kämen. Die einzige Möglichkeit wäre noch das Hotel selbst gewesen, aber hier scheint es ja nirgendwo Aufzeichnungen zu geben.«

»Nein, die gibt es wirklich nicht, das kann ich dir versichern. Aber wenn du willst, könnte ich Thomas noch mal anrufen und ihn fragen, ob über die Besatzungszeit etwas in den Akten zu finden ist, die er von hier mitgenommen hat. Ich weiß, dass er bei der Auflösung des Büros und der Wohnung seines Vaters einige Ordner und diverse Kisten in sein Auto geladen hat.«

»Lieber nicht«, winkte Ryan sofort ab. »Ich will mit dem Typen nichts mehr zu tun haben.«

»Auch wieder wahr. Stell dir vor, du müsstest ihm noch dankbar sein. Wie gruselig.«

»Hör auf, mir schlechte Laune zu machen«, erwiderte er feixend und trank seinen Wein aus. »So, es tut mir leid, Emily, aber ich muss jetzt dringend ins Bett. Die letzte Nacht war kurz, weil ich kaum schlafen konnte.«

»Nanu, ist das Bett doch nicht so gut, wie du dachtest?«

»Doch, das Bett ist fantastisch. Ich komme einfach nicht zur Ruhe, weil mich diese Sache nicht loslässt.« Er erhob sich, und sie tat es ihm nach.

Kurz darauf wünschten sie sich vor Emilys Tür eine gute Nacht.

Seit einiger Zeit verfolgte Ryan Maclane sie in ihre Träume, und das war überhaupt nicht gut, da machte Emily sich nichts vor. Inzwischen verging kaum eine Nacht, in der sie nicht von ihm träumte oder wenigstens kurz vor dem Einschlafen an ihn denken musste. Dabei waren die Träume nicht unbedingt erotischer Natur. Das kam zum Glück nur selten vor, aber er schlich sich immer vehementer in ihre Gedanken hinein. Manchmal erschienen ihr ganz alltägliche Szenen in ihren Träumen, oft sogar nur Bildfetzen, die dann wie ein zerrupfter Filmstreifen vor ihr abliefen: Ryan beim Frühstück, Ryan am Schreibtisch, Ryan, wie er sie verschmitzt ansah, wenn sie ihm gerade etwas erklärte, oder Ryan, der ihr seinen breiten Rücken zuwandte, während er nachdenklich aus dem Fenster sah. Es wurde Zeit, dass sie die Faszination, die er auf sie ausübte, in den Griff bekam. Schließlich war er ihr Chef, ihr Arbeitgeber, nicht mehr und auch nicht weniger. Selbst wenn sie sich außerordentlich gut verstanden, durfte sie sich nicht noch weiter in diesen verwirrenden Träumen verstricken, weil sie jeden Morgen aufs Neue nervös und aufgewühlt erwachte.

»So kann es nicht weitergehen«, sagte sie laut zu ihrem eigenen Spiegelbild, während sie sich für den Tag zurechtmachte. »Ich habe auch so schon genug an der Backe, worüber ich dringend nachdenken muss.«

Ryan war noch nicht da, als sie ins Büro kam, also setzte sie sich an ihren Schreibtisch und überschlug zunächst die anfallende Arbeit des Tages. Als sie kurz darauf seine Schritte hörte, bestellte sie das Frühstück, so wie sie es jeden Morgen tat, sobald er auftauchte. Sie hatte gerade aufgelegt, als er den Kopf durch ihre Tür streckte.

»Morgen, Emily.«

»Guten Morgen, Ryan. Frühstück kommt gleich.«

»Danke, dass du dich jeden Morgen darum kümmerst.«

»Kein Ding.« Er war kaum wieder verschwunden, da klingelte ihr Handy.

»Guten Morgen, Frau Magnussen. Hilde Fischer hier.« Zu ihrer Überraschung war es die Mitarbeiterin der Staatsbibliothek.

»Oh, Frau Fischer, wie schön, dass Sie sich jetzt schon melden. Ich hoffe, Sie haben etwas für mich.«

»Ja, ich konnte eine Kollegin ins Boot holen, und wir haben tatsächlich einen Namen für Sie, Frau Magnussen.«

»Das ist ja großartig. Ich bin gespannt.«

»Der einzige Name, der in den Archiven auftaucht, ist der des führenden Offiziers der Einheit, die im *Hotel Jacoby* untergebracht war. Es handelte sich um einen gewissen Colonel Benjamin Simmons. Wir wissen des Weiteren, dass die kleine Einheit, über die er die Befehlsgewalt hatte, nur fünfzehn Mann stark war. Simmons Männer waren für besondere Aufgaben eingeteilt worden. Sie setzten zum Beispiel Schulen instand und halfen in den Verwaltungsgebäuden dabei, die Strom-, Wasser- und Gasversorgung wiederherzustellen. Das Hotel blieb bis zum Herbst 1949 beschlagnahmt, dann ging es zurück an die damalige Besitzerin und wurde anschließend nicht mehr von den Briten genutzt. Mit mehr Informationen kann ich leider nicht dienen, es tut mir leid.«

»Immerhin haben wir jetzt einen Namen. Ich danke Ihnen von Herzen, Frau Fischer.«

»Sehr gerne geschehen, und bitte, richten Sie Herrn Maclane liebe Grüße von einer begeisterten Leserin aus. Falls wir ihm noch bei anderen Recherchen helfen können, immer wieder gerne.«

»Ich richte es ihm aus. Er wird sich freuen. Auf Wiederhören, Frau Fischer.«

»Auf Wiederhören, Frau Magnussen.«

Kaum hatte Emily aufgelegt, schnappte sie sich ihre Notizen und stand kurz darauf vor Ryans Schreibtisch, um ihm mitzuteilen, was Frau Fischer herausgefunden hatte.

»Colonel Benjamin Simmons«, wiederholte Ryan den Namen. »Simmons ist nicht unbedingt ein typischer schottischer Name, aber das muss nichts heißen.«

»Das habe ich auch sofort gedacht.«

»Erinnere mich daran, dass ich Frau Fischer ein signiertes Exemplar meines aktuellen Romans zukommen lasse.«

»Das ist eine gute Idee. Darüber wird sie sich sicher freuen.«

Ryan deutete auf den kleinen Tisch in seinem Büro, an dem sie seit einiger Zeit fast jeden Morgen zusammen frühstückten. Der Servierwagen mit dem Frühstück stand bereits daneben.

»Ich brauche jetzt erst einmal einen Kaffee, dann sehen wir weiter«, sagte er.

Emily setzte sich an den Tisch. »O ja, Kaffee.«

Gleich nach dem Frühstück gab Ryan den Namen des Offiziers in die Maske einer Suchmaschine ein. Er beschränkte die Suche auf den Zeitraum um den Zweiten Weltkrieg. Schon nach wenigen Minuten kristallisierten sich zwei Männer mit dem Namen Benjamin Simmons heraus, die infrage kamen, aber es wurde schnell klar, dass nur einer von ihnen Colonel und Besatzungsoffizier gewesen war.

»Wir haben ihn, Emily«, rief Ryan begeistert aus. »Colonel Benjamin Simmons aus Brentwood, in der Nähe von London.« Ryan klickte sich durch die Suchergebnisse und überflog die Seiten. »Schau an, in späteren Jahren war Simmons ein angesehener Professor für Deutsch und Geschichte in Oxford. Er hatte sogar mehrere Publikationen verfasst, die noch heute von Studenten genutzt werden.«

»Wow.«

Ryan tippte die neuen Informationen stichwortartig in die Suchleiste ein. »Ach, guck mal! Hier ist sogar ein Foto von ihm.«

»Auf dem Foto sieht er nett aus.«

»Ich denke, das wurde in den Sechzigern aufgenommen, damals war er schon Professor. Das Foto stammt aus einer alten Unizeitschrift. In einer späteren Ausgabe habe ich auch noch einen Nachruf auf ihn gefunden. Simmons starb 1983.«

Ryan lehnte sich zurück und seufzte. »Allerdings war Simmons kein Schotte, Emily. Nach ihm zu suchen und ihn tatsächlich zu finden ist also nicht viel mehr als eine recht interessante Detektivarbeit gewesen, die uns bis jetzt jedoch nicht viel weitergebracht hat. Natürlich werde ich trotzdem versuchen, seine Familie zu kontaktieren, um ganz sicherzugehen, dass Simmons nichts mit meinem Erbe zu tun hat, aber irgendetwas sagt mir, dass Benjamin Simmons die falsche Spur gewesen ist.«

»Mir geht es ähnlich, aber interessant war es allemal, das herauszufinden. Und wer weiß, vielleicht bringt dir der Kontakt zur Familie Simmons ja doch noch neue Erkenntnisse.« Emily neigte sich leicht vor, um das Foto des Mannes noch einmal genauer anzuschauen. »Wie es wohl für Lina-Marie gewesen ist, als diese britische Einheit hier einfiel und das Hotel beschlagnahmte? Ich stelle mir das ziemlich schlimm vor.«

»Sicher war das keine schöne Zeit, doch in den anderen Hotels blieben die Soldaten oft noch bis weit in die Fünfzigerjahre hinein. Das war hier nicht der Fall, und so betrachtet, hatte sie noch Glück.«

»Richtig. Laut Frau Fischer wurden Simmons und seine Männer im Herbst 1949 abgezogen und das Hotel zurück an die Eigentümerin übergeben. Das kam nicht oft vor, denn das hieß, dass es den Briten von da ab nicht mehr zur Verfügung stand.«

Ryan betrachtete ebenfalls noch einmal das Foto von Benjamin Simmons auf seinem Bildschirm.

»Wenn ich ihn mir so ansehe, möchte ich mir vorstellen, dass dieser Simmons ein recht angenehmer und sympathischer Mann war, der Lina-Marie das Leben und die Zeit der Besatzung nicht allzu schwer gemacht hat. Was meinst du, Emily?«

»Ja, das glaube ich auch. Da ist etwas in seinen Augen … Er wirkt menschenfreundlich und sympathisch. Sicherlich war er auch ein guter Lehrer.«

14. Kapitel

Hamburg, Ende September 1945

»Colonel Benjamin Simmons«, stellte sich der britische Offizier vor. Er deutete auf einen der beiden anderen Soldaten, die einen Schritt hinter ihm standen. »Das ist mein Stellvertreter, Captain William Border.«

Colonel Simmons war ein hochgewachsener Mann und ungefähr in ihrem Alter, schätzte Lina. So wie die meisten Männer in diesen Tagen blickte er müde und sichtlich erschöpft drein, dennoch versuchte er ganz offensichtlich, eine gewisse Strenge und Autorität auszustrahlen, wie es seine Stellung von ihm verlangte.

Er nahm seine Mütze ab und trat noch einen Schritt näher an den Rezeptionstresen heran. Sie hatte eher zufällig hier gestanden, weil sie etwas gesucht hatte, als die Männer plötzlich durch die Tür gekommen waren. Kurz war ihr der Schrecken durch die Glieder gefahren, doch dann fing sie sich wieder.

»Ihr Hotel wird hiermit zum Quartier einiger britischer Offiziere und Soldaten erklärt«, fuhr er auf Deutsch, aber mit hörbar britischem Akzent und der zu erwartenden Härte in der Stimme fort. Es war ein offenes Geheimnis, dass den britischen Offizieren eine unmissverständliche Ansprache aufgetragen worden war, sobald sie es mit Deutschen zu tun hatten. »Ich würde jetzt gerne mit dem Besitzer dieses Hauses sprechen, mein Fräulein.«

Lina hatte bereits erwartet, dass irgendwann Einheiten der britischen Besatzung über ihr Haus hereinbrechen würden, so wie es bereits vor Wochen bei anderen Hotels im Stadtkern geschehen war. Seit einiger Zeit bereiteten sich alle im Haus darauf vor, so gut es eben ging. Richtige Gäste gab es bisher ohnehin nicht.

»Die Besitzerin steht vor Ihnen, Colonel Simmons. Mein Name ist Lina-Marie Jacoby. Wie viele Zimmer benötigen Sie?«, fragte sie.

Der Mann wirkte irritiert und drehte sich kurz zu den beiden Soldaten um, die ein paar Schritte hinter ihm standen, doch dann wandte er sich ihr wieder zu. Lina kam es so vor, als wäre sein Gesichtsausdruck jetzt nicht mehr ganz so angespannt und streng.

»Vorerst fünfzehn.« Sein Blick musterte sie für einen Moment von oben bis unten. Das fand sie zwar unangebracht, doch sie bemühte sich, es ihn nicht spüren zu lassen. Auch auf diese Situation hatte sie sich innerlich vorbereitet, und ihren Stolz und ihre Haltung würde sie sich nicht nehmen lassen, das hatte sie sich schon vor langer Zeit geschworen.

Vielleicht war dieser Blick auch nur eine Art Reflex, dachte sie.

»Es könnte sein, dass noch ein paar dazukommen, aber das steht noch nicht fest. Im Augenblick sieht es nicht danach aus.« Er räusperte sich. »Haben Sie das Hotel schon vor dem Krieg geleitet, Frau Jacoby?«

»Ich leite dieses Haus seit dem Tod meines Vaters. Das ist jetzt über zwanzig Jahre her«, erwiderte sie.

»Oh, das … ähm, da müssen Sie ja noch ein halbes Kind gewesen sein.« Der Colonel räusperte sich erneut. Er schien ein wenig verlegen zu sein.

»Ich weiß, ich sehe jünger aus, als ich bin. Das ist nicht immer von Vorteil.« Lina spürte einen Anflug von Unwillen in sich aufsteigen und zwang sich zur Ruhe. »Wie Ihnen sicherlich aufgefallen ist, wurde unser Haus verschont und ist noch vollständig intakt. Darf ich selbst entscheiden, in welchen Zimmern ich Ihre Männer unterbringe?«

»Selbstverständlich, gnädige Frau.«

»Dann kann ich also auch davon ausgehen, dass Sie und Ihre Männer meine Privatwohnung im Obergeschoss respektieren werden?«

»Auch das. In Ihrem Fall ist es nicht nötig, Privaträume zu beschlagnahmen.« Sein Blick glitt durch die Halle. »Ihrem Hotel eilt ein hervorragender Ruf voraus. Also …« Er zögerte. »Natürlich aus der Zeit vor dem Krieg.«

»Natürlich.«

»Ich gehe davon aus, dass alle Zimmer in einem guten Zustand sind.«

»Nun, seit einer Woche haben wir wieder Wasser und Strom, das macht vieles leichter. Unsere Zimmer sind allesamt hervorragend ausgestattet und werden sehr gut gepflegt, das kann ich Ihnen versichern. Ich hoffe, dass Ihre Männer sich entsprechend benehmen werden, Colonel Simmons.«

Sie hatte das einfach sagen müssen, denn aus den anderen besetzten Hotels waren ihr schon schlimme Geschichten zu Ohren gekommen. Offenbar gab es britische Soldaten, die sich furchtbar aufführten und sogar erhebliche Schäden anrichteten. Darüber mochte sie gar nicht nachdenken, jetzt wo das Haus den Krieg zum Glück unbeschadet überstanden hatte.

»Ich habe nämlich vor, das Hotel möglichst bald wieder so zu betreiben, wie es seiner Bestimmung entspricht, nachdem es den Krieg heil überstanden hat.«

Noch während sie sprach, drückte Colonel Simmons sein Rückgrat durch, und um ein Haar hätte sie gelächelt. Natürlich tat sie es nicht, aber es war nicht zu übersehen, dass sie Eindruck auf ihn machte.

»Sie können sich darauf verlassen, gnädige Frau. Ich werde meinen Männern diesbezüglich klare Befehle erteilen. Niemand wird sich in Ihrem Haus danebenbenehmen, dafür werde ich sorgen.«

»Das beruhigt mich. Vielen Dank, Colonel.«

Lina wandte sich dem Schlüsselbrett zu, und noch während sie das tat, fasste sie einen Entschluss. Mit den Jahren hatte sie sich eine recht gute Menschenkenntnis angeeignet, das brachte ihr Beruf so mit sich. Nach den wenigen Worten, die sie mit dem britischen Offizier gewechselt hatte, war sie sich sicher, dass Colonel Simmons ihre Lage nicht unnötig ausnutzen würde. Sie nahm vierzehn Schlüssel von den Haken in der unteren Reihe und legte sie vor sich auf den Rezeptionstresen.

»Das sind die Schlüssel für Ihre Männer. Die Zimmer befinden sich alle im ersten Stockwerk.«

»Sehr schön.« Er drehte sich zu einem Soldaten um und erteilte ihm Anweisungen auf Englisch, dann wandte er sich wieder Lina zu. Der angesprochene Soldat nahm die Schlüssel und verschwand nach draußen.

»Und dieser hier ist für Sie, Colonel Simmons.« Lina legte

den Schlüssel der Senatorensuite, einer der besten Suiten des Hauses, daneben. »Ich hoffe, die Suite wird Ihnen zusagen. Sie bietet viel Komfort.«

Er sah kurz auf den goldenen Schlüssel in seiner Hand, dann hob er wieder den Blick. »Ich weiß das zu schätzen, Frau Jacoby.«

»Solange Sie hier sind, sollten Sie niemals vergessen, dass es sehr, sehr viele Menschen in diesem Land gibt, die Ihnen dankbar sind.«

»Ich bin kein Dummkopf, Frau Jacoby. Ich habe unterdessen schon mit einigen Ihrer Landsleute zu tun gehabt und weiß sehr genau, dass Ihr Volk das erste Opfer dieses furchtbaren Krieges gewesen ist.«

»Es freut mich, dass Sie zu den Menschen gehören, die ihre Augen nicht vor der Wahrheit verschließen.« Sie musste schlucken, bevor sie weitersprechen konnte. »Noch etwas, Colonel … Unsere Keller sind nahezu leer. Damit wir Sie und ihre Männer angemessen verpflegen können, sollten Sie uns, so gut es eben geht und möglichst schnell, mit Lebensmitteln versorgen, damit unsere Küche ihre Arbeit machen kann.«

»Darum wurde sich bereits gekümmert. Es wird noch heute eine größere Lieferung mit den notwendigsten Dingen eintreffen. Soweit es in diesen Zeiten möglich ist, werde ich mich für dieses Haus und seine Menschen einsetzen.«

»Unser Koch wird sich freuen und das Beste aus allem machen, was geliefert wird, das kann ich Ihnen versichern.« Sie atmete tief durch. »Wird es möglich sein, den Hotelbetrieb wieder anlaufen zu lassen, während Sie hier sind?«

»Ich denke nicht, Frau Jacoby. Tut mir leid.«

Sie schloss kurz die Augen und nickte dann. »Es wäre schön, wenn Sie über diesen Aspekt noch einmal nachdenken könnten, Colonel.«

»Nun, im Augenblick gibt es doch sowieso keine Gäste. Die Stadt liegt in Trümmern und …«

»Glauben Sie mir, Colonel Simmons, es werden bald wieder andere Zeiten anbrechen. Jetzt, da Sie und die anderen Siegermächte uns von dem Tyrannen befreit haben, werden wir unser Land schneller wieder aufbauen, als Sie es sich heute vorstellen können. Wir sind ein starkes und fleißiges Volk und werden uns erholen, da bin ich mir sicher.«

Am Abend schrieb Lina einen langen Brief an Prinzessin Mary. Es war der erste Brief seit Jahren. Sie hatte keine Ahnung, ob Mary ihre Lage verbessern konnte, doch ein Versuch war es allemal wert. Noch bis kurz vor Beginn des Krieges und trotz der bereits schwierigen politischen Lage im Land hatte die Prinzessin an ihren alljährlichen Besuchen im *Hotel Jacoby* festgehalten. Bei diesen Gelegenheiten hatte sich Lina häufiger mit ihr unterhalten, und neben gegenseitigem Verständnis hatte sich auch eine Art Freundschaft auf Distanz zwischen ihnen entwickelt, sodass sie sich jahrelang regelmäßig geschrieben hatten. Solange die Post noch verschickt werden konnte, war ihre Korrespondenz bis zum Beginn des Krieges weitergegangen, dann aber wurde eine Beförderung ins *feindliche Ausland*, wie es genannt wurde, nicht mehr zugelassen.

Doch nun durfte man wieder schreiben. Lina wusste zwar nicht, wie schnell und ob der Brief überhaupt die Prinzessin erreichen würde, doch das würde sich schon bald zeigen.

In den vergangenen Jahren hatte Lina gelernt, mit gewissen Unsicherheiten zu leben. Prinzessin Mary war bekannt für ihre Wohltätigkeit und deshalb in ihrer Heimat hoch angesehen und beliebt. Zudem besaß sie einen guten Draht zum König. Vielleicht würde das ausreichen, um zumindest sicherzustellen, dass die Besatzung des Hotels nicht länger andauerte als unbedingt nötig. Mary hatte Lina einst davon berichtet, dass der Monarch sich regelmäßig mit Churchill zum Tee traf, um über die politischen Entwicklungen in seinem Land auf dem Laufenden gehalten zu werden. Die Prinzessin kannte Linas politische Einstellung und wusste, dass sie mit den Nazis niemals etwas am Hut gehabt hatte. Der Brief war nicht viel mehr als ein Versuch, die derzeitige Lage des Hotels zu verbessern. Doch sie musste einfach jede Möglichkeit ausschöpfen, die ihr zur Verfügung stand, und die Verbindung zu Prinzessin Mary war zumindest ein Hoffnungsschimmer.

So wie viele Menschen in Deutschland hatte auch Lina die schreckliche Zeit überwunden, indem sie sich allein auf sich und ihre Lieben konzentriert hatte. Es waren harte Jahre voller Angst, Verlust, Hunger und Kummer gewesen, doch sie selbst und die Menschen, die sie liebte, hatten letztlich das Grauen überlebt. Sie, ihr Sohn Max, Martin und Alma, die verzweifelt darauf wartete, dass endlich auch ihr Ehemann Stefan nach Hause zurückkehrte, waren noch immer gesund und am Leben. Martin war dank seiner guten Kontakte auch dieses Mal von direkten Kampfhandlungen verschont geblieben. Er hatte in einer Offizierskaserne am Stadtrand von Hamburg seinen Dienst getan, sodass sie nie für längere Zeit voneinander getrennt gewesen waren. Bereits Ende April war er gesund an Körper und Geist nach Hause zurückgekehrt. Auch Max hatte seine kurze Zeit bei der Marine überlebt, ohne Schaden davonzutragen. Lina war unendlich dankbar dafür, dass ihre beiden Männer diesen furchtbaren Krieg gesund hinter sich gebracht hatten. Ihr Sohn war unterdessen zu einem Mann herangewachsen, auf den man sich voller Vertrauen verlassen konnte. Den schwierigen Zeiten zum Trotz hatte sein Ziehvater ein großartiges Vorbild für den Jungen abgegeben.

All das schrieb Lina der Prinzessin, bevor sie ihr von ihrer Besorgnis berichtete, weil britische Soldaten nun Teile ihres Hotels besetzt hielten.

»Du hast der Prinzessin geschrieben?«, fragte Martin verwundert, als sie ihm später davon erzählte.

Nachdem die britischen Soldaten ihre Zimmer bezogen hatten, war der Tag recht aufregend gewesen, doch nun lagen sie endlich in ihrem Bett.

Kurz bevor der Krieg begonnen hatte, war Martin zu ihr in die Wohnung gezogen. Offiziell hatte er noch eine ganze Weile seine alte Wohnung behalten, doch irgendwann hatte er seine restlichen Sachen zu ihr nach oben gebracht. Inzwischen lebte eine junge Kriegswitwe mit zwei kleinen Kindern in seinen ehemaligen Räumen im Souterrain. Niemand kümmerte sich darum, dass Martin und sie unverheiratet zusammenlebten, denn die Zeiten waren für alle herausfordernd genug, und jeder hatte seine eigenen Sorgen. Im Hotel war es ohnehin schon lange kein Geheimnis mehr gewesen, dass sie seit vielen Jahren ein Paar waren.

»Meinst du denn, dass die Post überhaupt schon wieder nach England durchkommt?«

»Ich muss den Brief ja sowieso über die Poststelle der Engländer abschicken, also habe ich mir gedacht, ich frage lieber gleich den Colonel, ob er sich darum kümmern könnte.«

Mehrere Sekunden lang sah Martin sie nachdenklich an. »Du bist nicht nur die schönste, sondern auch die klügste Frau, die mir jemals begegnet ist«, sagte er, als er ihren Schachzug verstand. Natürlich würde der englische Offizier auf diese Weise sehen, an wen ihr Brief adressiert war. »Der Colonel scheint übrigens ganz in Ordnung zu sein. Ich habe mich vorhin längere Zeit mit ihm unterhalten. Ich glaube, wir hätten es deutlich schlechter treffen können.«

»Was noch viel wichtiger ist: Wir hatten heute Abend ein echtes Kotelett und Kartoffeln auf dem Teller«, warf Lina munter ein. »Das war so herrlich.«

»O ja, das war es. Die Lieferung war recht umfangreich. Simmons meinte, dass von heute an alle paar Tage neue Lebensmittel eintreffen werden.«

»Es müssen fünfzehn Männer verpflegt werden, sodass die Vorräte schnell zur Neige gehen. Ohne Nachschub können wir die Versorgung nicht leisten. Jedenfalls wird niemand mehr hungern, solange die Tommys hier sind.«

Martin ließ sein dunkles Lachen hören. In Linas Ohren klang das herrlich, und sie kuschelte sich in seinen Arm. In den vergangenen Jahren war ihnen das Lachen oft genug im Halse stecken geblieben.

»Wenn alles gut geht, wirst du das Hotel in ein oder zwei Jahren wieder öffnen können«, sagte er.

Lina setzte sich auf. »Du irrst dich, Martin. Ich habe vor, schon viel früher wieder zu öffnen. Das habe ich heute auch Colonel Simmons mitgeteilt, wenn auch durch die Blume.

Zugegebenermaßen war er noch nicht so richtig meiner Meinung, aber das kriege ich sicher noch hin.«

»Du bist unvergleichlich, Liebling.« Wieder lachte er. »Du glaubst doch nicht ernsthaft, dass es schon wieder Menschen gibt, die ein Hotelzimmer beziehen wollen, geschweige denn bezahlen können.«

»Ach, Martin, du weißt doch, auf welche Weise mein Vater vorgesorgt hatte, und ich habe das von ihm übernommen. Genauso wie wir werden es auch andere Leute gemacht haben, die zumindest ein bisschen Gold, Schmuck oder Kunstgegenstände irgendwo verstecken konnten.« Ihre Hand glitt an ihren Hals, und ihre Finger spielten kurz mit dem kleinen goldenen Anhänger ihrer Kette. »Meine größte Sorge war immer nur, dass uns eine Fliegerbombe treffen könnte, denn dann wäre wahrscheinlich alles verloren gewesen. Doch jetzt, wo alles überstanden ist und das Haus unversehrt geblieben ist ...« Sie atmete tief ein. Allein schon der Gedanke an bessere Zeiten befeuerte ihren Tatendrang. »Sobald die Engländer wieder nach Hause gehen – und das werden sie irgendwann tun –, haben wir einen guten Grundstock zur Verfügung, um das Hotel in neuem Glanz erstrahlen zu lassen, und das beruhigt mich wirklich.« Sie lachte ihn an. »So, und nun lass uns endlich schlafen. Morgen gibt es sicherlich viel zu tun.«

Am nächsten Morgen ging sie gleich nach dem Frühstück hinunter ins Erdgeschoss. Dort begrüßte sie kurz den letzten Portier, der ihr noch geblieben war. Ludger Bräuer wohnte und arbeitete seit über fünfzig Jahren im *Hotel Jacoby*, und seit beinahe ebenso langer Zeit bewohnte er eines der Personalzimmer im Souterrain. Als junger Mann hatte er, noch unter ihrem Vater, als Page hier angefangen, später war er dann Portier geworden. All die Jahre war er der Familie Jacoby treu geblieben, und inzwischen war er fast siebzig Jahre alt. Das Hotel war seine Heimat, das wusste Lina. Der Erste Weltkrieg hatte ihm ein steifes Bein beschert. Auch deshalb – und nicht nur wegen seines fortgeschrittenen Alters – war ihm eine weitere militärische Beteiligung am Krieg erspart geblieben. Unermüdlich bezog er jeden Abend zur gleichen Zeit seine Stellung hinter dem Empfangstresen. Er bestand darauf, den Nachtdienst und danach noch große Teile des Frühdienstes zu übernehmen. Irgendjemand fand sich immer, der Ludger schließlich im Laufe des Vormittags ablöste. Oft stand auch Lina selbst hinter dem Tresen der Rezeption, doch sobald der Abend anbrach, erschien Ludger und nahm wie selbstverständlich seinen Platz ein. Er tat das mit Freude und Stolz, und Lina mochte es sehr, den alten Mann dort sitzen zu sehen. Sein Anblick nährte ihre Hoffnung darauf, dass schon bald wieder richtige Gäste im *Hotel Jacoby* wohnen würden. Auch wenn Ludger die alte Portiersuniform schon lange nicht mehr trug, weil er sie für bessere Zeiten schonen wollte, wie er ihr einmal mitgeteilt hatte, so setzte er doch stets die Mütze auf seinen kahlen Schädel. Die schöne, leicht verstaubte dunkelrote Portiersmütze mit dem goldenen J und der verschlungenen Ankerkette über dem schmalen Schirm.

»Guten Morgen, Ludger.«

»Guten Morgen, Frau Direktor.«

»Ist der Colonel noch im Haus?«

Ludger deutete mit dem Kopf in Richtung Restaurant. »Beim Frühstück. Seine Männer sind schon weg, aber er sitzt da noch.«

»Danke.« Bevor sie weiterging, hielt sie noch einmal kurz inne. »Habe ich Ihnen schon mal gesagt, wie froh ich bin, Sie jeden Morgen hier zu sehen, Ludger?«

»Schon hundert Mal, Frau Direktor, aber ich höre es immer wieder gerne.« Sein Lächeln brachte seine blassblauen Augen zum Strahlen.

»Bleiben Sie mir gesund, Ludger. Wir sind auf einem guten Weg. Bald werde ich Sie zum Empfangschef machen. Ich brauche Sie noch ein paar Jahre. Jemand muss doch den jungen Hüpfern beibringen, wie der Hase hier läuft.«

Mit dem Zeigefinger tippte der alte Mann an den Schirm seiner Mütze. »Es wird mir eine Ehre sein, Frau Direktor. Keine Sorge, ich halte die Stellung.«

Sie lächelte Ludger zu und setzte dann ihren Weg fort.

Der Colonel war vollkommen allein im Restaurant. Er saß an einem Tisch vor einem Fenster in der hintersten Ecke. Vor ihm lagen allerlei Papiere. Als er sie kommen hörte, sah er auf.

»Guten Morgen, Frau Jacoby. Kommen Sie her und bringen Sie sich eine Tasse mit. Es gibt Bohnenkaffee«, rief er ihr zu.

»Bohnenkaffee? Wirklich?« Lina lief das Wasser im Mund zusammen. Sie ging kurz hinter den Restauranttresen und nahm sich eine Kaffeetasse aus dem Schrank. »Wie haben Sie denn das geschafft, Colonel Simmons?«, fragte sie ihn, als sie sich zu ihm setzte und er ihr aus einer der weiß-goldenen Porzellankannen einschenkte, die zum Hotelservice gehörten.

»Fragen Sie besser nicht, genießen Sie es einfach.«

Der Kaffee war nicht mehr ganz heiß und vielleicht eine Spur zu bitter, doch für sie schmeckte er trotzdem herrlich, und er schien sofort ihre Lebensgeister zu wecken.

»Ich bin im Himmel«, scherzte sie nach dem ersten Schluck.

»Sie sind also auch Kaffeetrinkerin?«

»Unbedingt. Diesen Ersatzkaffee überhaupt als Ersatz zu bezeichnen ist eine Frechheit.«

»Ja, das finde ich auch.« Colonel Simmons wirkte heute Morgen außerordentlich freundlich, stellte sie fest.

»Sie sind doch Engländer, Colonel, trinken Sie nicht viel lieber Tee?«

»Ich trinke Tee, wenn ich mich krank fühle.« Er lachte leise. »Sie können sich denken, dass es für meine Mutter geradezu eine Zumutung war, als ich immer mehr zum Kaffeetrinker mutierte, je älter ich wurde.«

»Hier in Hamburg sind sehr viele Menschen Kaffeetrinker. Das liegt wohl am Hafen. Vor dem Krieg saßen wir sozusagen an der Quelle. Der Kaffee ging uns jedenfalls nie aus.«

»Ich habe mich inzwischen mit einigen Ihrer Leute unterhalten. Wie ich erfahren durfte, haben Sie während des Krieges vielen Menschen Obdach gewährt, vor allem Frauen und ihren Kindern, wenn ich das richtig verstanden habe.«

»Das stimmt. Mein Vater hat das schon im Ersten Weltkrieg so gehandhabt. Ich habe nur eine Tradition fortgeführt. Wir haben dieses große Haus mit jeder Menge Betten darin, und viele Menschen hatten noch nicht einmal ein Dach über dem Kopf.«

Der Colonel nickte. Wenn sie sich nicht täuschte, blickte er nachdenklich drein. »Wie haben Sie die vielen Menschen im Haus versorgt?«

»Ich muss zugeben, das war nicht immer leicht, aber wir haben alle mit angepackt. Anfangs gab es noch Vorräte, die wir, so gut es eben ging, einteilen konnten. Außerdem bekam ich Unterstützung von einigen Höfen aus dem Umland, die uns früher beliefert hatten, doch diese Quellen versiegten natürlich irgendwann. Wenn Sie es genau wissen wollen, wurde in den letzten drei Jahren vor allem getauscht und gehandelt. Zudem haben wir einen Gemüsegarten auf dem Dach angelegt, und einen Hühnerschlag gibt es dort auch. Da oben konnte uns niemand so einfach bestehlen.«

»Ein kluger Schachzug.«

»Es ging immer irgendwie weiter, auch wenn wir oft gehungert haben. Wir haben fest zusammengehalten, aber wer die Regeln missachtet hat, musste wieder gehen. Doch das ist nur selten vorgekommen. Für uns alle stand im Vordergrund, den Krieg zu überstehen und am Leben zu bleiben.«

»Ich verstehe. Sie haben auch ein jüdisches Ehepaar beherbergt?«

»Ja, so ein Hotel hat nicht nur viele Zimmer, sondern auch genug Möglichkeiten, jemanden vor der Öffentlichkeit zu verbergen. Sie können gerne mit der Familie sprechen. Levin hilft Martin Hoffmann in der Küche, und seine Frau Mava kümmert sich zusammen mit anderen um die Wäsche und die Sauberkeit in den Zimmern. Wir sind alle Menschen, Colonel Simmons. Wir alle hier haben jeden Tag dafür gebetet, dass dieser Krieg enden möge. Ich denke, in Ihrem Land war das nicht anders.«

»Das stimmt wohl.«

»Ich hoffe sehr, dass die grausame Zeit, die hinter uns liegt, allen eine Lehre war. Ein Teufel in Menschengestalt, so wie Hitler es war, darf niemals wieder an die Macht kommen.«

»Darin sind wir uns einig. Ich muss zugeben, dass Sie mir gerade einen ganz neuen Blickwinkel auf das deutsche Volk eröffnen, Frau Jacoby.« Er schenkte ihr Kaffee nach, und sie bedankte sich höflich. »Übrigens, wie versprochen habe ich meinen Männern eingeschärft, die Zimmer und das gesamte Mobiliar ihres Hauses pfleglich zu behandeln.«

»Das ist sehr nett von Ihnen, Colonel Simmons.«

»Gestern habe ich mich ausführlich mit Ihrem … Chefkoch unterhalten.«

»Sie brauchen sich nicht so schwerzutun. Martin ist sozusagen mein Mann.«

»Das habe ich mir schon gedacht.« Der Colonel zog einen Mundwinkel in die Höhe. »Als ich eine Bemerkung darüber machte, wie bemerkenswert selbstsicher Sie sich mir gegenüber verhalten haben, ließ er daran keinen Zweifel aufkommen. Er wollte wohl rechtzeitig die Grenzen abstecken, wie man bei Ihnen so treffend sagt.«

»Ach ja?« Lina musste schmunzeln.

»Sie sind nicht miteinander verheiratet?«

Lina zögerte kurz, bevor sie antwortete. »Nein, die Zeiten und die Umstände haben das bisher nicht zugelassen.«

»Im Grunde geht es mich ja auch nichts an.«

»Sind Sie denn verheiratet, Colonel?«

Sie hatte den Eindruck, als würde seine Miene sofort weicher werden. »Ja, seit fast zehn Jahren schon. Meine Frau Jane und meine Tochter Kathryn leben in Brentwood, knapp fünfundzwanzig Kilometer von London entfernt. Wir haben dort ein kleines Cottage. Es ist …« Der Colonel schluckte kurz. »Sehr grün und wunderbar friedlich dort. Für Hamburg bin ich nur als führender Offizier eingeteilt worden, weil ich so gut Deutsch spreche.«

»Sie haben Heimweh, nicht wahr? Das kann ich gut verstehen.«

»Ich muss zugeben, dass ich während des Krieges überwiegend Glück hatte, weil ich die meiste Zeit in der Heimat stationiert war. Meine Tätigkeit als Berater des Nachrichtendienstes sorgte auch dafür, dass ich recht zügig befördert wurde, das war sicherlich ein Vorteil. Mir war aber vor allem wichtig, dass ich in der Nähe meiner Familie bleiben konnte, um sie regelmäßig zu sehen.«

»So ähnlich erging es mir und … meinem Mann auch«, sagte sie. »Zum Glück musste Martin nicht an die Front oder ins Ausland. Es wäre ihm auch schwergefallen, für eine Sache in den Kampf ziehen zu müssen, hinter der er niemals stand. Er versah seinen Dienst, um zu überleben. Das war alles.«

»Ja, das wurde bei meinem Gespräch mit ihm deutlich.«

Sie trank ihren Kaffee aus und schob die Tasse ein Stück beiseite. »Warum sprechen Sie eigentlich so gut Deutsch, Colonel?«

»Ich habe Literaturwissenschaften und Geschichte studiert. Da ich die wunderbaren deutschen Dichter nicht nur in der Übersetzung lesen wollte, habe ich einige Kurse belegt und danach viele deutsche Bücher gelesen. In meinem zivilen Leben war ich Lehrer, wissen Sie. Zuletzt habe ich auch Deutsch unterrichtet. Ihre Sprache ist manchmal etwas … sperrig, aber ich mag sie trotzdem sehr.« Plötzlich stockte er und schüttelte leicht den Kopf, als wunderte er sich über sich selbst. »Wissen Sie eigentlich, dass ich gerade gegen meine Vorschriften verstoße, Frau Jacoby?«

»Tatsächlich?«

»Ja, eigentlich dürfen wir keinerlei private Gespräche mit Deutschen führen.«

Lina winkte ab. »Das ist doch lächerlich. Wenn ich die

Gründe für die Besatzung richtig verstanden habe, sind Sie doch hier, um unser Land wieder zu stabilisieren und auf die Zukunft vorzubereiten, oder? Da wäre es doch von Vorteil, die Deutschen besser kennenzulernen und im besten Fall ein gewisses Vertrauen aufzubauen.«

»So sehe ich das auch. Zudem sind die vorgeschriebenen Maßnahmen im täglichen Miteinander kaum umsetzbar. Wir führenden Offiziere müssen regelmäßig Berichte für die zuständigen Stellen schreiben, und ich habe in meinem bereits angedeutet, dass die strengen Bestimmungen dem Fortschritt unserer Bemühungen absolut im Wege stehen. Ich weiß, dass auch andere in meiner Position das ähnlich sehen. Ich denke also, dass sich bald etwas verändern wird, damit auch wir auf der sicheren Seite sind.« Der Colonel schob seine Papiere zusammen und legte den geordneten Stapel neben sich. »Ich möchte Ihnen übrigens noch sagen, wie großartig die Unterbringung ist. Das Bett war eine Wohltat, und ich habe seit Monaten das erste Mal wieder hervorragend geschlafen.«

»Das freut mich.«

»Von meinen Männern habe ich heute Morgen Ähnliches gehört. Ihr Haus ist wirklich etwas ganz Besonders, Frau Jacoby.«

»Das ist es.« Sie schenkte ihm ein Lächeln. »Darf ich Sie um einen persönlichen Gefallen bitten, Colonel Simmons?«

»Versuchen Sie es«, erwiderte er.

Lina zog den Brief an die Prinzessin aus ihrer Rocktasche, behielt ihn aber noch in ihren Händen. »Seit vielen Jahren habe ich eine liebe Freundin in Ihrer Heimat, und jetzt ist es endlich wieder möglich, ihr zu schreiben. Vielleicht könnten Sie dafür Sorge tragen, dass der Brief zuverlässig versendet wird und damit wohlbehalten bei ihr ankommt?« Sie schob dem Colonel den Brief über den Tisch hinweg zu.

Wie sie es erwartet hatte, stutzte er sofort, als er die Adresse las. Sein Blick traf auf den ihren, wirkte zunächst zweifelnd, doch auch diese Reaktion überraschte sie nicht.

»Sie sind mit Prinzessin Mary befreundet?«

»Ja, vor dem Krieg war sie oft Gast hier im Haus. Mit den Jahren kamen wir immer häufiger ins Gespräch und haben uns angefreundet.«

»Soso.« Er räusperte sich und wirkte für einen kurzen Moment sogar verunsichert, fing sich aber rasch wieder. Offenbar war es ein Charakterzug des Colonels, sich schnell auf neue Situationen einstellen zu können. Sein Kinn hob sich leicht. »Sie können sich voll und ganz darauf verlassen, dass Ihre Königliche Hoheit den Brief erhält, Frau Jacoby.«

»Ich danke Ihnen, Colonel Simmons. Sie haben heute bewiesen, dass Sie ein echter Gentleman sind. Ich weiß, dass das in unserer Situation nicht selbstverständlich ist.« Sie erhob sich, und Simmons tat es ihr sofort nach. »Ich danke Ihnen auch für den Kaffee und das nette Gespräch«, fügte sie noch hinzu.

»Es war mir ein Vergnügen, meinen Kaffee mit Ihnen zu teilen«, beteuerte er, während er ihren Brief in die Innentasche seiner Uniformjacke schob und dann von außen drauftippte. »Der wird noch heute auf die Reise gehen, versprochen.«

»Noch etwas, Colonel … Falls Sie eine Möglichkeit sehen, Ihre Frau und Ihre Tochter nach Hamburg zu holen, wäre es mir eine Freude, die beiden ebenfalls im Hotel begrüßen zu dürfen. Meinetwegen auch, solange Sie hier stationiert sind.«

Sie lächelte. »Schließlich sorgen Sie für ausreichend Lebensmittel. Es käme auf zwei weitere Esser wirklich nicht an. Sicherlich ist es Ihnen nicht entgangen, dass Ihre Suite groß genug für eine Familie ist. Es gibt sogar ein zweites Schlafzimmer, in dem Ihre Tochter sehr gut untergebracht wäre. Im Haus leben auch noch andere Kinder, und Ihre Tochter würde hier schnell Freunde finden, das weiß ich. Der Krieg ist vorbei, und Ihre Familie wäre hier willkommen und sicher. Das kann ich Ihnen versprechen. Überlegen Sie es sich.«

Er atmete tief durch. »Das werde ich.«

»Ich wünsche Ihnen einen guten Tag, Colonel Simmons.«

»Den wünsche ich Ihnen ebenfalls, Frau Jacoby.«

Als Lina das Restaurant verließ, wusste sie, dass ihr Grandhotel die Zeit der Besatzung gut und sicher überstehen würde. Ihr Plan war aufgegangen. Der Colonel und seine Leute würden nichts tun, was dem *Hotel Jacoby*, ihr selbst oder ihren Lieben Schaden zufügte.

15. Kapitel

Hamburg, Ende März 2019

Es war nicht so, dass Emily dazu neigte, sich selbst etwas vorzumachen, doch wenn es um ihre Gefühle für Ryan Maclane ging, versuchte sie genau das jeden Tag aufs Neue. Sie war ein vernunftbegabter Mensch und konnte sich normalerweise auf ihren Verstand und einen klaren Kopf verlassen. Ihre steigende Faszination für Ryan bekam sie jedoch einfach nicht in den Griff. Natürlich hatte sie versucht, jedes Gefühl für ihren neuen Chef sogleich im Keim zu ersticken, doch das war nicht so leicht gewesen. Ständig rief sie sich selbst zur Ordnung oder zwang sich dazu, sich schnell auf etwas anderes zu konzentrieren, sobald ihr Inneres wegen ihm mal wieder aus dem Takt geriet. Inzwischen gestaltete es sich von Tag zu Tag schwieriger, ihre Gefühle zu verdrängen. Das musste sie sich ehrlich eingestehen. Dabei schlug sie sich ja noch mit einem anderen Problem herum, und das verlangte nach einer Entscheidung, die sich einfach nicht länger aufschieben ließ. Sie musste endlich handeln, um ihren inneren Frieden wiederzufinden.

Am Ende des vergangenen Jahres hatte sie damit begonnen, ihre Hochzeit zu planen, doch dann war ihr Verlobter in die Staaten gegangen, um dort in einem berühmten New Yorker Krankenhaus sein Wissen zu erweitern. Das Angebot, das er bekommen hatte, war so verlockend gewesen, dass sie ihre Hochzeitspläne erst einmal auf Eis gelegt hatten. Ronald war kaum weg gewesen, da hatte Emily auch schon begonnen, über ihre Beziehung nachzudenken. Von Ryan Maclane war da noch nicht die Rede gewesen. Nach und nach waren die Zweifel immer stärker geworden, und in den vergangenen Monaten hatten sich ihre Bedenken verfestigt. Der Prozess war schleichend gewesen, doch irgendwann waren Emily die Argumente für eine Beziehung mit Ronald schlicht ausgegangen. Heute konnte sie sich kaum noch erklären, warum sie überhaupt jemals in Betracht gezogen hatte, Ronald Boyens zu heiraten. Ihr Verlobter war Chirurg aus Leidenschaft. Sein Spezialgebiet war die Herzchirurgie, und er liebte seinen Beruf über alles. Ronald hatte damals lange um sie geworben, und sie zweifelte nicht daran, dass er sie liebte. Seit mehr als zwei Jahren war er nun der Mann an ihrer Seite, und seit gut einem Jahr waren sie miteinander verlobt. Irgendwann hatte sie angefangen, besser hinzusehen, hatte Vergleiche zu anderen Paaren gezogen und sich immer häufiger gefragt, ob ihre eigenen Gefühle für einen so gewaltigen Schritt wie eine Heirat wirklich ausreichten. Plötzlich waren ihr ständig glückliche Paare über den Weg gelaufen, nicht zuletzt innerhalb ihrer eigenen Familie, aber auch hier im Hotel. Menschen, die ihr deutlich vor Augen geführt hatten, was Leidenschaft und echte Begeisterung füreinander in einer Beziehung bedeuten konnten. Letzten Endes war sie zu dem Schluss gekommen, dass Ronald nicht der Mann war, mit dem sie den Rest ihres Lebens verbringen wollte. Sie liebte ihn nicht so, wie es sein sollte. Er war nicht der Richtige, so einfach war das, und sie war froh darüber, dass ihr das noch vor der Hochzeit klar geworden war.

Das Problem an der Sache war nur, dass sich ihr Verlobter noch immer in New York aufhielt. Sie hatte gewusst, dass er mindestens sechs Monate fort sein würde, doch eine Trennung am Telefon kam ihr unfair vor, also hatte sie sich vor einigen Wochen dazu entschieden abzuwarten, bis Ronald wieder nach Hause kam, um dann persönlich mit ihm darüber zu sprechen und ihre Beziehung zu beenden. Diese Entscheidung zerrte unterdessen immer mehr an ihren Nerven, auch weil Ronald langsam hellhörig wurde. Ihre Telefonate und Videochats gestalteten sich eher sachlich, das blieb ihm natürlich nicht verborgen. Beim letzten Mal war ihm sogar aufgefallen, dass sie seinen Ring nicht mehr trug, und sie hatte sich irgendeine alberne Ausrede einfallen lassen müssen. Ronald war ein kluger Mann, und sie war sich sicher, dass er inzwischen bereits ahnte, worauf es hinauslaufen würde. Bisher war sie seinen eher zaghaften Nachfragen jedoch ausgewichen. Stattdessen hatte sie ihm erklärt, dass sie in Ruhe über alles reden könnten, sobald er zurück in Hamburg war.

Emily schloss kurz die Augen und ließ sich gegen die Lehne ihres Schreibtischstuhls sinken. Unvermittelt dachte sie an Ryan. Nein, es war tatsächlich nicht so, dass ihre Gefühle für Ryan Maclane den Ausschlag für ihre Erkenntnis gegeben hatten, jedoch trugen sie durchaus ihren Teil dazu bei. Zunächst hatte Emily angenommen, dass die Anziehungskraft, die ihr neuer Chef auf sie ausübte, von vorübergehender Natur sein würde, aber auch diesbezüglich hatte sie sich geirrt. Eher war das Gegenteil der Fall. Je besser sie ihn kennenlernte, umso mehr wurde ihr bewusst, wie stark diese Anziehungskraft tatsächlich war.

Dabei war er nicht unbedingt der einfache Typ. Mittlerweile hatte sie ihn recht gut kennengelernt und wusste auch um seine Schwächen. Zum Beispiel war er manchmal sehr ungeduldig – allerdings meistens mit sich selbst. Auch wenn Ryan die meiste Zeit ein ausgesprochen angenehmer, aufmerksamer und eloquenter Mann war, so gab es Tage, an denen er auffallend in sich gekehrt war. Dann zog er sich zurück, war merkwürdig distanziert und sehr einsilbig. Obwohl sie sich normalerweise blendend verstanden, kam sie nicht an ihn heran, sobald er in dieser Stimmung war.

Es hatte auch schon Tage gegeben, an denen sie geglaubt hatte, er würde die Anziehung zwischen ihnen ebenfalls spüren, doch in der nächsten Minute hatte er sich wieder in seine eigene Gedankenwelt zurückgezogen, als wäre sie eine Fremde. Manchmal fragte sie sich, ob er dann in seine Fantasiewelten abtauchte, schließlich war er Schriftsteller.

Jedenfalls war Ryan Maclane nicht ganz so unkompliziert, wie sie anfangs gedacht hatte. Doch diese Tatsache befeuerte ihre Faszination für ihn nur noch mehr.

Abgesehen von all dem Gefühlschaos in ihrem Inneren, war Emily noch immer überzeugt davon, dass Ryan Maclane genau der richtige Mann für das *Hotel Jacoby* war. Das Haus und seine Menschen waren ihm schnell ans Herz gewachsen, daraus machte er kein Geheimnis. Den Angestellten gegenüber zeigte er sich als fairer und souveräner Chef, bei dem man stets ein offenes Ohr fand. Dennoch fragte Emily sich nun immer häufiger, ob es klug war, wenn sie hierblieb. Es war sinnlos, sich selbst zu belügen, denn es war nur noch eine

Frage der Zeit, bis sie sich ernsthaft in Ryan verlieben würde. Vielleicht war es sogar schon zu spät, doch im Augenblick vermied sie es, ihre eigenen Gefühle tiefer zu ergründen. Wenn sich ihre Befürchtung allerdings bestätigen sollte, wäre es wohl besser, sie würde ihn und das *Hotel Jacoby* tatsächlich verlassen. Wenn sie nicht mehr in seiner Nähe war, würde ihre Schwärmerei für Ryan Maclane sicherlich schnell zu einer Erinnerung werden, an die sie irgendwann mit einem Lächeln auf den Lippen zurückdenken konnte. Doch allein die Vorstellung, von hier fortzugehen, ließ ihr das Herz schwer werden, also schob sie den Gedanken jedes Mal wieder beiseite.

»Also, ich würde nun wirklich gerne mein Büro renovieren lassen.« Ryans Stimme riss sie aus ihren Gedanken. Sie zuckte zusammen und sah auf. Offenbar war sie so versunken gewesen, dass sie seine Schritte nicht gehört hatte. Er stand in der offenen Tür zu ihrem Büro und grinste. »Oh, sorry, habe ich dich erschreckt?«

»Ach, ich war nur kurz in Gedanken.«

»Das war offensichtlich. Du hast ausgesehen, als wärst du meilenweit weg. Wie auch immer, Emily, all dies dunkle Eichenholz macht mich auf die Dauer depressiv. So kann es nicht weitergehen.«

Sie nickte. »Soll ich mich um Angebote kümmern? Du musst mir nur sagen, was dir gefällt.«

»Hm ...« Sein Blick schweifte durch ihr Büro. »So was wie hier bei dir gefällt mir. Schlicht und elegant. Nicht ganz so viel Weiß vielleicht. Grau finde ich edel. Ich möchte einzelne Schränke, sicherlich auch ein paar Regale und ein Sideboard. Am schlimmsten ist wirklich die riesige Schrankwand. Mal abgesehen davon, dass sie den Raum optisch enorm verkleinert, habe ich ständig das Gefühl, sie begräbt mich irgendwann unter sich.« Er lachte dunkel auf.

Immer, wenn er das tat, kribbelte es heftig in ihrer Magengegend.

»Keine Sorge, die fällt nicht um. Wie ich schon mal sagte, steht das Ding da schon seit Ewigkeiten.«

»Das macht es kaum besser. Ich habe ja auch gar nichts gegen Bücherregale, im Gegenteil. Schließlich bin ich Schriftsteller und besitze selbst jede Menge davon, aber diese Wand ist einfach schrecklich.«

»Du hast recht. Mir würde die Einrichtung auch nicht zusagen.«

»Nicht zusagen? Das ist noch milde ausgedrückt.« Er kam näher und ließ sich auf einen der beiden Besucherstühle vor ihrem Schreibtisch fallen. »Ich würde vorschlagen, wir lassen das Büro zunächst vollständig ausräumen, dann können erst mal die Maler anrücken und frische Farbe auf die Wände bringen. Die schiefergrauen Steinfliesen auf dem Boden sind okay, aber die schrecklichen Teppiche müssen verschwinden, da gibt es keine Diskussionen. Ich mag einfach keine orientalischen Muster. Da muss etwas Moderneres her.«

»Keine Sorge, ich diskutiere nicht mit dir darüber, schon gar nicht über die Teppiche. Du bist der Chef«, scherzte sie, sah aber sofort, dass ihre Bemerkung ihn nicht wirklich erreichte, weil er angestrengt nachdachte.

»Während der Renovierung könnte ich am Schreibtisch in der Wohnung arbeiten. Das bringt ein bisschen mehr Lauferei mit sich, wäre aber auch nur eine vorübergehende Sache. Das bekommen wir schon hin, denke ich«, teilte er ihr seine Überlegungen mit. »Wann kann es also losgehen?«

»Nun ja …«

»Emily, bitte! Ich arbeite jetzt seit Wochen in dem düsteren Bunker da drüben.«

Da musste sie lachen. »Wir gehen das gleich morgen an, okay?«

»Heute Abend wäre mir lieber. Übrigens haben wir eine kleine Ewigkeit nicht mehr zusammen zu Abend gegessen. Gehst du mir eigentlich aus dem Weg?«

Ihr Herz begann sofort schneller zu schlagen, denn damit lag er gar nicht so verkehrt. »Natürlich nicht.«

»Das will ich auch hoffen. Ich genieße es nämlich sehr, wenn ich Zeit mit dir verbringen kann.«

»Es ist nett, dass du das sagst.« Sie fühlte, dass ihre Wangen heiß wurden. Es war ihr unangenehm, und sie hoffte, dass er es nicht bemerkte. Eilig senkte sie den Kopf und blätterte in dem Ordner, der vor ihr auf dem Schreibtisch lag.

»Um sieben?«

»Wie bitte? Ach ja, das passt.«

»Super. Dann bis später. Wir treffen uns dann nachher am Fahrstuhl. Ich bin jetzt erst mal in der Suite, falls du mich brauchst. Mein anderer Beruf will schließlich auch noch bespielt werden.«

»Na, dann viel Spaß.«

»*Aye*, bis später.«

Das gemeinsame Abendessen mit Emily gestaltete sich wie immer sehr unterhaltsam. Ryan war gerne mit ihr zusammen, vor allem unterhielt er sich gerne mit ihr. Er hatte sehr schnell festgestellt, dass ihnen die Themen nie ausgingen.

»Manchmal kommt es mir so vor, als wäre ich schon viel

länger hier, als ich es in Wahrheit bin«, sagte er zu ihr, nachdem die Teller abgeräumt waren und sie vor ihrem obligatorischen Kaffee saßen, den sie beide stets nach dem Essen brauchten.

»Du machst das alles großartig«, lobte sie. »Es ist wirklich erstaunlich, wie schnell du dich mit allem zurechtgefunden hast.«

»Na, *mit allem* wäre nach der kurzen Zeit wirklich übertrieben, Emily, aber ich denke, die grundlegenden Dinge habe ich inzwischen drauf.«

Er bemühte sich um einen lockeren Tonfall, denn in den letzten Tagen hatte er häufiger das Gefühl gehabt, dass sie die Begegnungen mit ihm kurz und knapp gestaltete oder sie sogar ganz vermied, wenn es ihr möglich war. Seit ihm das aufgefallen war, dachte er darüber nach, ob er sie darauf ansprechen sollte. Doch als er es vorhin in ihrem Büro versucht hatte, war sie nicht ganz ehrlich gewesen, das hatte er genau gespürt. Manchmal verhielt sie sich in seinen Augen äußerst widersprüchlich, denn gerade jetzt überkam ihn wieder das Gefühl, dass auch sie gerne Zeit mit ihm verbrachte.

»Jedenfalls haben schon sehr viele im Haus ihre anfänglichen Vorbehalte gegen dich abgelegt. Die allermeisten Angestellten schätzen dich. Das ist nicht ganz unwichtig, finde ich.«

»Ja, damit hast du wohl recht. Ich denke, die Leute haben sicher gemerkt, dass ich hier keine großartigen Veränderungen einführen werde. Ich könnte mir vorstellen, dass diese Sorge recht verbreitet war.« Er trank seinen Kaffee aus und wartete, bis auch sie so weit war. »Übrigens, falls du noch ein bisschen Zeit erübrigen kannst, würde ich dich gerne noch auf ein

Glas Wein in die Direktionssuite einladen«, sagte er. »Mir liegt da etwas auf der Seele, dass ich gerne in Ruhe mit dir besprechen würde.«

Ihr Blick veränderte sich, doch er konnte den Ausdruck in ihren Augen nicht deuten. Es schien eine kleine Ewigkeit zu dauern, bis sie reagierte.

»Gerne«, antwortete sie endlich, und er spürte, wie die Anspannung von ihm abfiel. Dabei war ihm überhaupt nicht bewusst gewesen, wie ungeduldig er auf ihre Antwort gewartet hatte.

Nachdem Ryan mit Andreas Neumann in Schottland gewesen war, um einige persönliche Sachen nach Hamburg zu holen, hatte sich in der Direktionssuite viel verändert, stellte Emily erstaunt fest. Zwar hatte sie mitbekommen, dass er sich einige Bücherregale nachgeordert hatte, doch seit sie ihm die Wohnung gezeigt hatte, war sie nicht mehr hier gewesen. Nun gab es im Wohnzimmer ein hohes zweiteiliges Bücherregal, das eine Zimmerecke ausfüllte. Insgesamt gestaltete es den Raum wohnlicher und verlieh ihm eine persönliche Note, die zuvor gefehlt hatte. Auf dem Sofa lagen einige hübsch gemusterte Kissen und eine passende Kuscheldecke. Ein riesiger Bildschirm auf dem Schreibtisch vor dem Fenster fiel ihr sofort ins Auge. Daneben und auf dem Fußboden lagen jede Menge Bücher, einige gestapelt, andere aufgeschlagen. Außerdem gab es noch diverse Notizbücher.

»So sieht also der Arbeitsplatz eines Schriftstellers aus«, sagte sie.

»Keine Ahnung, ob ich ein typischer Vertreter dieser Gattung bin, aber ja, meiner sieht eigentlich immer so aus. Etwas unordentlich, ich weiß, aber daran lässt sich nichts ändern. Das passiert einfach von allein, wenn ich arbeite.«

»Ich war schon immer der Meinung, dass Unordnung auf einem Schreibtisch relativ ist und vom Einzelfall abhängt«, erwiderte sie lächelnd. »Im Ernst, Ryan, die Wohnung war schon vorher sehr schön, aber jetzt wirkt sie behaglich, und du hast deine eigene Note reingebracht. Das gefällt mir sehr«, stellte Emily fest.

»Danke. Das liegt wahrscheinlich an den Sachen, die ich von zu Hause mitgebracht habe.«

»Das Bücherregal gefällt mir.«

»Im Schlafzimmer steht noch eins von der Sorte, allerdings nur halb hoch.«

»Fein.«

»Setz dich doch. Ich habe vorgesorgt. Moment, ich hole den Wein.«

Sie wählte den einzigen Sessel und sah ihm nach. Er verschwand kurz in der kleinen Küche der Suite und kam gleich darauf mit einer Flasche Rotwein und zwei Gläsern zurück.

»Oh, du hast den leckeren Chianti hier. Den liebe ich.«

»Dann habe ich ja alles richtig gemacht.« Er lachte, während er die Flasche öffnete und ihnen einschenkte. »Möchtest du ein Glas Wasser dazu?«

Emily schüttelte den Kopf. »Zum Essen hatte ich ja nur Apfelschorle. Solange es also bei einem Glas bleibt, geht es auch so.« Als er ihr zuprostete, tat sie es ihm nach und nahm einen kleinen Schluck. »Was wolltest du denn mit mir besprechen?«, fragte sie, als ihre Gläser wieder auf dem Tisch standen.

Ryan setzte sich auf die Couch, und sie hörte, dass er tief

einatmete. »Den ganzen Nachmittag frage ich mich schon, wie ich am besten beginnen soll ... Egal, ich leg einfach los.«

Über seiner Nasenwurzel zeigte sich eine steile Falte, die ihr inzwischen schon sehr vertraut war. Die feine Linie erschien stets, wenn er angestrengt über etwas nachdachte.

»Ich bin jetzt seit fast drei Monaten hier«, begann er. »Und vom ersten Tag an weiß ich es wirklich sehr zu schätzen, dass du mich so unterstützt hast. Du hast mir den Weg geebnet, Emily. Ohne dich wäre ich heillos untergegangen. Vielleicht hätte ich sofort an die Jacobys verkauft, wenn du nicht hier gewesen wärest, wer weiß ...« Ein weiteres Mal holte er geräuschvoll Luft, dann machte er eine ausladende Handbewegung. »Im Wesentlichen bist du es gewesen, die mir aufgezeigt hat, wohin mein Weg wirklich gehen sollte.«

Natürlich gefiel ihr, dass er sie lobte, aber es machte sie auch verlegen. »Ich habe das alles sehr gerne getan.«

»Ja, ich weiß. Du fühltest dich Max Jacoby verpflichtet, das ist mir klar.«

»Das war es nicht allein, Ryan. Ich mochte dich von Anfang an, und ich war mir sicher, dass du keinerlei Probleme damit haben würdest, die Sache zu meistern.«

»Danke, es ist lieb, dass du das sagst, aber genau das bringt mich zum eigentlichen Punkt.«

Ihr Herz begann schneller zu schlagen, und sie fragte sich, worauf er hinauswollte. Gebannt sah sie ihn an.

»Heute Abend wollte ich aus zwei Gründen mit dir sprechen, und zwar in Ruhe und ohne vom Tagesgeschäft gestört zu werden.« Er nahm einen Schluck von seinem Wein, bevor er fortfuhr. »Kommen wir zum ersten Punkt. Wir zwei haben uns sofort gut verstanden. Siehst du das auch so?«

»Ja, das ist richtig.«

Bitte, Ryan, sag jetzt nichts, was mich aus der Fassung bringen könnte, bat sie ihn inständig in Gedanken.

»Weißt du, wir Schotten sind ein ziemlich gefühlsduseliges Volk. Unsere Familie und unsere Freunde stehen für uns stets an erster Stelle. Beide lieben wir über alles. Echte Freundschaften sind von großer Bedeutung für uns Schotten. Wir nehmen sie sehr ernst und pflegen sie voller Inbrunst.« Er machte eine kleine Pause.

»Was willst du mir damit sagen?«, hakte sie nach.

»Nun, ich habe das Gefühl, dass wir noch vor wenigen Wochen auf dem besten Wege waren, wirklich gute Freunde zu werden, doch in der letzten Zeit vermittelst du mir immer häufiger den Eindruck, als würdest du dich aus dieser beginnenden Freundschaft wieder zurückziehen wollen, und ich frage mich seither, warum das so ist.« Sein Blick intensivierte sich auf eine für sie beunruhigende Weise. »Erinnerst du dich? Vorhin im Büro habe ich dich auch schon danach gefragt, und ehrlich gesagt, hat mich deine kurze Antwort nicht überzeugt. Also frage ich dich jetzt noch einmal. Steht irgendetwas zwischen uns, Emily? Habe ich vielleicht, ohne es zu merken, etwas getan, das dich verletzt hat?« Er seufzte. »Wenn das so sein sollte, dann sag es mir bitte, denn mir ist es wichtig, wie wir beide zueinander stehen, und ich hätte gerne die Chance, mich bei dir zu entschuldigen.«

In ihrem Kopf war es plötzlich ganz still, so als wäre ihr jeder Gedanke verloren gegangen, und sie wusste nicht, was sie antworten sollte.

»Ryan, du hast mir überhaupt nichts getan«, brachte sie schließlich hervor. »Wenn ich ... Also, wenn ich in der letzten Zeit etwas in mich gekehrt war, dann liegt es nicht an dir.«

»Nicht?«

»Nein.«

Sie musste schlucken, denn so ganz entsprach das ja nicht der Wahrheit. Aber sie konnte ihm wohl kaum sagen, dass allein seine Gegenwart heftiges Begehren in ihr hervorrief. Das ging auf gar keinen Fall. Deshalb hoffte sie, dass sie gerade überzeugend genug gewesen war.

Sein Blick wirkte jedoch zweifelnd. Sie kannte ihn inzwischen gut genug, um zu erkennen, dass er ihr nicht glaubte.

»Deine Antwort muss ich natürlich akzeptieren, aber du solltest wissen, dass ich für dich da bin, falls du den Rat eines Freundes benötigst.«

Er sah sie noch immer forschend an.

»Das weiß ich zu schätzen, Ryan.«

»Nun, das bringt mich auch schon zum zweiten Punkt.« Er beugte sich vor, griff nach der Flasche und schenkte ihnen nach, obwohl ihre Gläser noch nicht einmal halb leer waren. »Ich finde, wir sollten uns gegenseitig noch besser kennenlernen, damit derartige Missverständnisse gar nicht erst entstehen können«, sagte er, bevor er sein Glas an die Lippen setzte und einen großen Schluck nahm. Mit dem Weinglas in den Händen suchte sein Blick erneut den ihren.

»Aber wir wissen doch schon viel über einander«, erwiderte sie.

»Ja, wir wissen einiges voneinander, aber das betrifft überwiegend Dinge, die auch in jedem Lebenslauf stehen könnten.« Er zog einen Mundwinkel in die Höhe. »Weißt du zum

Beispiel, warum ich mit meinen vierunddreißig Jahren alleine lebe?«

»Ähm ... Nein, aber heutzutage gibt es doch jede Menge Singles in unserer Altersklasse.«

»Es gibt vor allem Dinge im Leben, die einen Menschen zu demjenigen machen, der man dann für den Rest seines Lebens ist, Emily. Ich war verheiratet, sehr glücklich sogar. Meine Familie – meine Eltern und meine Ehefrau – starben bei einem Hausbrand, während ich auf einer Lesereise war. Das ist jetzt zwei Jahre her. Wahrscheinlich wurde der Brand durch ein Gasleck verursacht, aber genau ließ sich das nicht mehr nachvollziehen. Fest steht nur, dass das Feuer sie im Schlaf überrascht hat.«

Für einen Moment fiel ihr das Atmen schwer. »O Gott, Ryan, das tut mir furchtbar leid.«

»Wir waren etwas mehr als ein Jahr verheiratet, als das Unglück geschah. Jenna, meine Frau, reiste nicht so gerne, deshalb begleitete sie mich eher selten auf Lesetouren. Allerdings blieb sie auch ungern allein in unserem Haus. Während meiner beruflichen Reisen übernachtete sie deshalb gerne bei meinen Eltern. Jenna arbeitete sowieso in der Pension, die sie betrieben, und sie war gerne mit den beiden zusammen. Man könnte sagen, dass meine Mutter trotz des Altersunterschieds ihre beste Freundin gewesen ist.«

Gebannt hörte sie ihm zu. Als er eine kleine Pause machte, trank sie einen Schluck Wein.

»Hast du noch Geschwister?«, fragte sie.

»Nein, ich bin ein Einzelkind, und meine Großeltern leben ebenfalls nicht mehr. Als sie kurz nacheinander starben, war ich noch ein Kind.«

»Du hast also mit einem Schlag alle Menschen verloren, die zu dir gehörten.«

»Ja. Es gibt zwar noch eine entfernte Cousine in Aberdeen, aber zu der hatte ich eigentlich nie nennenswerten Kontakt. Alle anderen Maclanes haben mit meiner direkten Familie eigentlich nichts zu tun.«

»Ach, Ryan, das ist wirklich grausam.«

»Ich denke noch immer jeden Tag an alle drei. Ich hatte ein besonders gutes Verhältnis zu meinen Eltern, und meine Frau ... ich habe sie wirklich geliebt. Für Jenna habe ich damals den Plan aufgegeben, hier in Hamburg zu bleiben, denn sie wollte auf keinen Fall woanders als in ihren geliebten Highlands leben.« Langsam schüttelte er den Kopf. »Diese Erbschaft, Emily ... Es war fast so, als würde mir das Schicksal zurufen: ›Es ist an der Zeit, Ryan Maclane. Ändere dein Leben und geh endlich neue Wege.‹«

Emily hatte einen Kloß im Hals. Ryan tat ihr unendlich leid. Plötzlich erkannte sie, warum er an manchen Tagen so wortkarg war, und gleichzeitig verstand sie, warum er ihr all das erzählt hatte.

»Mir ist gerade klar geworden, was du meinst, wenn du sagst, wir sollten mehr übereinander erfahren.«

»Siehst du. Alles, was dem gegenseitigen Verständnis hilft, sollte auf den Tisch kommen. Durch unsere enge Zusammenarbeit wissen wir doch auch, dass wir einander vertrauen können, oder bist du da anderer Meinung?«

»Natürlich nicht«, beeilte sie sich zu sagen.

»Es gibt Tage, an denen es mir nicht besonders gut geht. Ich habe schon häufiger darüber nachgedacht, dir einfach zu erzählen, warum das so ist.« Er lächelte leicht. »Eventuell ziehe ich mich an diesen Tagen etwas zurück und bin insgesamt stiller, doch ich hoffe, ich habe dir nie das Gefühl vermittelt, dass du die Ursache dafür sein könntest.«

Sie dachte einen Moment nach. »Nein, das hast du tatsächlich nicht, aber andersherum hast du dieses Gefühl, ja?«

»Leider ja. Ich denke, es könnte auch daran liegen, dass es vermehrt in der letzten Zeit aufgetreten ist. Anfangs bist du mir gegenüber sehr aufgeschlossen gewesen, und das hat sich verändert. Jedenfalls habe ich seitdem ziemlich erfolglos nach Gründen gesucht, und mir wollte wirklich nicht einfallen, womit ich dich verärgert haben könnte.«

»Ich hätte jetzt doch gerne ein Glas Wasser«, sagte sie.

»Natürlich.« Ryan erhob sich und kam kurz darauf mit einer Wasserkaraffe und zwei Gläsern zurück.

»Also gut, dann erzähle ich dir etwas von mir. Mein familiäres Umfeld ist dir ja so weit bekannt. Mein Vater hat sein ganzes Leben der Firma gewidmet. Er hat uns alle geliebt, war aber selten zu Hause. *Magnussen Kaffee* war das Erbe meiner Mutter, aber er hat die Firma geleitet und ist darin aufgegangen. Sie war sein Lebenswerk. Der größte Wunsch meines Vaters war es stets, dass mein älterer Bruder Leonard, mein jüngerer Bruder Dominik und ich in die Firma einsteigen, um sie irgendwann gemeinsam zu leiten. Doch Dominik entdeckte seine Liebe für die Schauspielerei, und ich studierte zwar brav BWL, konnte aber einfach kein Interesse mehr für unser Unternehmen aufbringen, nachdem ich während des Studiums ein Praktikum in einem großen Hotel in München absolviert hatte. Leonard ist der geborene Nachfolger meines Vaters, und zum Glück haben das beide inzwischen auch eingesehen.«

»Ich habe einiges über deine Familie gelesen«, warf Ryan ein.

»Ja, eine Zeit lang konnten die Zeitungen nicht genug über uns schreiben. Inzwischen ist das etwas entspannter geworden.« Emily lehnte sich in ihrem Sessel zurück. »Wenn du ein paar Klatschgeschichten über meine Familie gelesen hast, weißt du wahrscheinlich auch, dass ich mit Ronald Boyens verlobt bin.«

»Natürlich weiß ich das. Ich habe euch zusammen auf einigen Fotos gesehen.« Er grinste. »Bei unserer ersten Begegnung habe ich ja schon zugegeben, dass ich ein bisschen über dich im Internet recherchiert habe.« Sein Blick senkte sich auf ihre linke Hand. »Mir ist allerdings auch aufgefallen, dass du seit einiger Zeit deinen Ring nicht mehr trägst.«

Sie konnte ein tiefes Seufzen nicht unterdrücken. »Das stimmt, ich habe den Ring vor ein paar Tagen abgenommen. Ronald ist Chirurg, weißt du. Er hält sich seit Monaten beruflich in den USA auf und ich ... Also ...« Sie suchte nach den richtigen Worten.

»Du hast gemerkt, dass du ihn nicht so vermisst, wie es sein sollte?«, half er ihr aus.

»Das trifft es ungefähr, ja. Um genau zu sein, werde ich mich von ihm trennen, sobald er wieder in Hamburg ist. Ich möchte es nicht am Telefon oder während eines Videocalls machen, das finde ich irgendwie schäbig. Ronald ist wirklich nicht der Richtige für mich. Das weiß ich jetzt, aber ich möchte ihm nicht unnötig wehtun, also habe ich beschlossen, bis zu seiner Rückkehr in gut zwei Monaten damit zu warten.«

Ryan beugte sich vor und nahm sein Glas, dann blickte er

ihr direkt in die Augen. »Gibt es einen anderen Mann in deinem Leben?«

Emilys Herzschlag setzte für einen Moment aus. Seine Frage hing wie zäher Nebel zwischen ihnen in der Luft. Verzweifelt suchte sie in ihrem Kopf nach einer Antwort, die der Wahrheit entsprach, ohne sie jedoch zu verraten. »Das ... ist nicht so eindeutig zu beantworten.«

»Hm.« Sein Blick intensivierte sich. »Derjenige weiß es also noch nicht?«

Ihre Anspannung löste sich etwas. »Sag mal, wieso kannst du mir in den Kopf gucken, Ryan Maclane?«

»Das liegt wohl in der Familie«, sagte er lachend. »Meine Mutter konnte das auch.«

Er wurde wieder ernst und schien nun selbst über etwas nachzudenken. Eine Weile schwiegen sie beide, tranken ihren Wein und hingen ihren Gedanken nach. Die Stille zwischen ihnen war jedoch nicht unangenehm. Emily fand es sogar schön, hier mit ihm zu sitzen und zu schweigen.

»Ich habe mich gerade entschieden, noch über etwas anderes mit dir zu sprechen.« Ryan erhob sich, ging hinüber zum Fenster, sah hinaus und wandte sich ihr dann wieder zu.

»Ja?«, hakte sie nach.

»Unser Gespräch eben hat den Ausschlag für meine Entscheidung gegeben. Mir fällt das nicht leicht, weil ich nicht sicher bin, ob es gut ist, wenn ich es überhaupt ausspreche. Andererseits würde es immer stärker zur Belastung werden, wenn ich es für mich behielte, das spüre ich schon länger. Sehr wahrscheinlich könnte es sich nach einiger Zeit auch negativ auf unsere Zusammenarbeit auswirken. Keine Ahnung, vielleicht wird es das ohnehin tun, aber dann müssen wir uns etwas einfallen lassen. Ich muss einfach mit dir darüber sprechen. So oder so.«

»Das klingt ernst.« Emily fühlte, wie es in ihrem Magen zu kribbeln begann. Ihre Hände zitterten leicht, daher verschränkte sie die Finger ineinander. Eine vage Hoffnung keimte in ihr, doch sie versuchte sofort, sie zu vertreiben, was nicht so recht klappte.

»Das ist es auch.«

»Ich verstehe kein Wort. Könntest du dich wenigstens wieder hinsetzen?«

Ryan schüttelte den Kopf. »Das geht grade nicht, *sorry*.«

Er stand drei oder vier Schritte von ihr entfernt, und sein Blick wirkte eindringlich. »Okay, ich werde es einfach aussprechen, und du kannst dann entscheiden, wie du damit umgehst, in Ordnung?«

»Ja.« Ihre Stimme klang atemlos.

»Es ist wichtig, dass ich etwas vorausschicke«, begann er. »Ich trauere noch immer um meine Frau und bin überhaupt nicht bereit für eine neue Liebe.«

»Oh.« Mehr brachte sie nicht hervor. Die eben noch so leise Hoffnung in ihr wurde stärker – ein Gefühl, das ihr den Atem nahm.

»Wenn ich dir jetzt sage, ich finde dich umwerfend schön, dann hast du das wahrscheinlich schon tausendmal gehört, oder?«

Sie holte tief Luft. »Ryan …« Sie stand auf und machte einen Schritt auf ihn zu, wartete darauf, dass er weitersprach.

»Schon vor ein paar Wochen habe ich bemerkt, dass du … Wie soll ich es nur sagen, ohne lächerlich zu wirken oder gar Peinlichkeit zwischen uns aufkommen zu lassen?« Er hob die

Hände, ließ sie wieder fallen und schnaufte leise. »Also, ich versuche es noch mal … Seit einiger Zeit bemerke ich, dass du mich manchmal auf eine ganz bestimmte Weise ansiehst, anders eben, du weißt schon. Nun erzählst du mir auch noch, dass es da einen Mann in deinem Leben gibt, der nicht weiß, dass du etwas für ihn empfindest. Bis vor wenigen Minuten habe ich noch an meiner Wahrnehmung gezweifelt, doch unser Gespräch hat Gedanken angestoßen, die ich nun nicht mehr ignorieren kann. Nur deshalb bin ich jetzt so mutig, das Thema zur Sprache zu bringen.«

Er schien wirklich sehr angespannt zu sein. Sie holte Luft, wollte etwas sagen, doch er hob eine Hand, also schwieg sie und beobachtete fasziniert jede kleine Regung in seinem Gesicht.

»Warte, lass mich das erst zu Ende ausführen, bevor mich der Mut wieder verlässt«, bat er sie. »Ich redete mir also erfolgreich ein, ich würde mir dein Interesse an mir nur einbilden oder deine Blicke falsch interpretieren, einfach, weil es meinen eigenen Wünschen entgegenkam«, fuhr er fort. »Verdammt, und wenn es doch so sein sollte, schieße ich gerade furchtbar übers Ziel hinaus. Das wäre unfassbar peinlich.« An seiner Wange zuckte ein Muskel. »Egal, ich möchte trotzdem, dass du erfährst, wie ungemein anziehend du auf mich wirkst, Emily Magnussen. Ich begehre dich wirklich sehr, aber ich kann momentan nicht einschätzen, welcher Art die Gefühle für dich sind, die da sonst noch in mir schlummern. Ohne Frage bin ich fasziniert von dir, ich sehe dich unglaublich gerne an, und noch viel lieber höre ich dir zu. Alles was du machst, beeindruckt mich, Emily … Ach, ich weiß, das klingt kompliziert, aber genauso empfinde ich es.«

Das Herz schlug ihr inzwischen bis zum Hals. Langsam schüttelte sie den Kopf.

»Du hast es dir nicht eingebildet«, gab sie leise zu. »Ich begehre dich ebenfalls ... und alles, was du soeben gesagt hast, verstehe ich sehr gut. Mir ... ergeht es doch ebenso, Ryan.«

Seine Miene entspannte sich sichtbar, und er stieß einen geräuschvollen Atemzug aus.

»Du bringst mich völlig durcheinander, Emily. Ich will dich wie verrückt, und die Sache wird von Tag zu Tag nervenaufreibender«, bekannte er leise. »So, jetzt ist es raus.«

Sein kurzes dunkles Lachen erklang – ein Geräusch, das ihr immer wieder aufs Neue unter die Haut ging. Ihr Kopf war völlig leer. Verzweifelt suchte sie nach den richtigen Worten, doch da sprach er auch schon weiter und sagte ihr noch mehr wundervolle Dinge.

»Du verfolgst mich in meine Träume, doch meistens bringt mich der Gedanke an dich schlicht um den Schlaf. Ich ...« Er brach ab und rieb sich mit beiden Händen übers Gesicht. »Himmel noch eins, ist das schwer. Ein überforderter Schriftsteller, der nach Worten sucht. Man soll es nicht glauben. Alles, was ich dir gerade sage, klingt irgendwie schal und trifft nicht den Kern.«

Schließlich ließ er die Hände fallen, stand da und sah sie nur an.

Emily fühlte sich noch immer wie gelähmt. Nicht einmal in ihren kühnsten Träumen hätte sie zu hoffen gewagt, dass er ebenso empfand wie sie.

»Das darf doch nicht wahr sein«, brachte sie schließlich hervor.

»Uff, das ist eine harte Reaktion.« Er blies die Wangen auf

und stemmte die Hände in die Hüften. »Aber vielleicht bringst du es damit sogar auf den Punkt.«

»Du hast mich falsch verstanden«, beeilte sie sich zu sagen.

»Ich wusste, dass sich zwischen uns alles ändern kann, wenn ich es erst einmal zur Sprache gebracht habe, aber ich versichere dir, dass ich ...«

»Ryan«, unterbrach sie ihn und hob die Hände. Emily nahm allen Mut zusammen und trat direkt vor ihn. »Auch mir fehlen gerade die richtigen Worte, aber ich antworte dir jetzt mal so.«

Ohne zu zögern, legte sie die Hände an seinen Kopf, zog ihn zu sich herunter und küsste ihn. Sofort schlang er die Arme um sie und erwiderte den Kuss, zunächst sanft, doch dann wurde er leidenschaftlicher, bis sie sich beide in der Verbindung ihrer Lippen und dem erregenden Spiel ihrer Zungen verloren. Es war wundervoll, ihn zu küssen und von ihm geküsst zu werden. Genau so hatte sie es sich immer vorgestellt. Sie fühlte, wie seine Hände ihren Rücken hinabglitten, dann lag eine Hand auf ihrem Po. Die Wärme, die von seinen Liebkosungen ausging, durchdrang ihre Kleidung und versetzte ihre Nerven in sanfte Schwingungen. Sanft presste er ihren Körper an seinen und entlockte ihr damit ein leises Stöhnen, das sich wie von selbst aus ihrer Kehle löste. Ihr Unterleib zog sich voller Sehnsucht zusammen, und bevor sie wirklich erfasste, was sie tat, glitt ihre rechte Hand zu seinem Gürtel, um ihn zu öffnen. Sie konnte sich nicht daran erinnern, jemals zuvor so ungeniert und kühn vorgegangen zu sein. Ihre Gefühle spielten völlig verrückt.

Ryan stöhnte auf, als ihre Hand kurz über den Reißverschluss seiner Hose fuhr. Seine Lippen lösten sich von ihren.

»Warte«, flüsterte er an ihrem Mund. »Wir sollten das besser nicht überstürzen.« Er entließ sie aus seiner Umarmung und umfasste ihre Hände.

Angestrengt versuchte Emily, ihr Begehren in den Griff zu bekommen. Nur langsam öffnete sie die Augen, sah ihn an und atmete tief durch.

»Vielleicht hast du recht.«

»Und glaub ja nicht, dass mir das jetzt leichtfällt.« Seine Stimme klang mindestens so heiser wie ihre. »Ehrlich gesagt, kann ich mir gerade nichts Besseres vorstellen, als deine Hand wieder genau dort zu spüren, wo sie zuletzt gewesen ist.« Er legte seine rechte Hand an ihre Wange. »Aber ich denke wirklich, wir sollten uns erst mit dieser neuen Situation vertraut machen und darüber reden, bevor wir den nächsten Schritt tun.« Sein Mund streifte noch einmal ihre Lippen, dieses Mal sehr sanft und voller Zärtlichkeit.

Am liebsten hätte sie ihn gleich wieder an sich gezogen. Ihr Körper stand noch immer unter Strom. Doch noch während sie versuchte, sich zu fangen, verstand sie immer besser, was er meinte.

»Du hast recht«, wiederholte sie schließlich. »Außerdem stecke ich noch immer in einer Beziehung, und ich möchte erst einmal für klare Verhältnisse sorgen.

»Fein, dann muss ich also doch nichts mit einer Frau anfangen, die offiziell mit einem anderen Mann verlobt ist.« Lächelnd zwinkerte er ihr zu, aber sie verstand auch so, dass er einen Scherz machte.

»Das hast du, glaube ich, gerade schon getan, mein Lieber«, ging sie auf seine Neckerei ein.

Er grinste. »Diskutiere nicht mit mir über Details.«

»Wenn ich mich an deine Vorrede erinnere, bringst du auch nicht gerade die besten Voraussetzungen mit.«

Ryan hob eine Augenbraue. »Wie meinst du das?«

»Na ja, du hast gesagt, dass du noch um deine Frau trauerst und nicht bereit bist für eine neue Liebe und so weiter.«

»Hey, ich wollte nur keine falschen Hoffnungen wecken, weil ich noch nicht abschätzen kann, wohin das mit uns beiden führen wird.«

Emily stemmte die Hände in die Hüften und hob ihr Kinn etwas an. »Na danke, das ist dir perfekt gelungen.«

»Du hast übrigens mich geküsst, schon vergessen?«

»Komm mir jetzt nicht so. Das ist unfair.« Sie standen noch immer direkt voreinander und sahen sich in die Augen. Schließlich mussten sie beide lachen.

»Wein?«, fragte er.

»Vielleicht ist das erst einmal die beste Lösung«, antwortete sie.

Sie wandte sich von ihm ab, ging zurück zum Sessel und ließ sich laut seufzend darauf nieder. Ryan folgte ihr, schenkte nach und setzte sich ebenfalls zurück auf seinen Platz.

»Wie geht es jetzt weiter?«, wollte er wissen, nachdem sie beide einen großen Schluck getrunken hatten.

»Ich werde meine Bedenken beiseiteschieben und gleich morgen mit Ronald sprechen. Ein Videocall muss nun doch dafür reichen, denke ich. Nach dem, was gerade zwischen uns passiert ist, kann ich nicht noch zwei oder drei Monate warten, das geht einfach nicht.«

»Das klingt nach einem guten Anfang.«

»Bei unseren letzten Telefonaten hatte ich das Gefühl, dass er sowieso schon etwas ahnt. Vielleicht macht es das leichter.«

Sie schnaufte. »Mein großer Bruder wird übrigens begeistert sein, wenn er hört, dass ich mich von Ronald getrennt habe. Er konnte ihn nie leiden.«

»Na dann.« Ryan nahm erneut einen Schluck aus seinem Glas. »Allerdings sollten wir beide uns auch darüber unterhalten, wie wir mit der Veränderung unserer Beziehung umgehen werden, Emily. Ich würde sehr gerne vermeiden, dass unsere Zusammenarbeit darunter leidet, wenn es möglich ist.«

»Das sehe ich auch so, aber ich glaube, dass wir das gut hinbekommen werden.«

Er nickte. »Ja, komischerweise gehe ich auch davon aus.«

»Halte mich nicht für verrückt, aber mir ist plötzlich nach frischer Luft.«

»Wollen wir draußen ein paar Schritte gehen?« Er sah auf die Uhr. »Es ist noch nicht einmal zehn, also für mich sowieso noch viel zu früh, um schlafen zu gehen.«

»Da sind wir uns einig. Vor Mitternacht gehe ich selten zu Bett.«

»Dito.« Er stand auf und hielt ihr die Hand hin. »Na dann, lass uns unsere Mäntel anziehen und vor die Tür gehen.«

Sie benutzten einen der seitlichen Personalausgänge und steuerten den Weg an, der direkt am Alsterufer entlangführte. Obwohl es auf den Frühling zuging, war es noch immer recht kalt. Doch wenigstens regnete es nicht.

»Welche Richtung ist dir lieber?«, fragte Ryan.

»Lass uns Richtung Binnenalster gehen«, antwortete sie.

»Gerne.«

Er fühlte sich noch immer aufgewühlt. Sie hatten sich geküsst. Das allein war schon etwas, mit dem er niemals gerechnet hätte. Emilys Verlobung war kein Geheimnis gewesen, und unter normalen Umständen wäre er niemals auf die Idee gekommen, auch nur anzudeuten, was er für sie empfand. Doch dann hatte sie ihm erzählt, wie es wirklich um ihre Beziehung mit Ronald Boyens stand, und das hatte alles verändert. Bereits seit Wochen trieben ihn seine Gefühle für sie um. Sie brachten ihn tatsächlich oft genug um den Schlaf, damit hatte er vorhin nicht übertrieben. Nun wusste er zumindest, dass es ihr ebenso erging. Das war ein guter Anfang, und das Wissen hinterließ eine gewisse Erleichterung. Dennoch bereiteten ihm diese Empfindungen Sorgen, denn er steckte noch immer zu tief in seiner Trauer fest, um eine neue Beziehung eingehen zu können. Das konnte er einfach niemandem zumuten, auch einer so starken und selbstbewussten Frau wie Emily nicht.

»Du siehst so ernst und nachdenklich aus«, bemerkte sie, während sie nebeneinander hergingen.

Er wandte sich ihr zu und versuchte sich an einem Lächeln, dann griff er spontan nach ihrer Hand und hielt sie fest. Zu seiner Freude ließ sie es geschehen.

»Kannst du das überhaupt erkennen in der Dunkelheit?«, erwiderte er.

»So dunkel ist es nun auch nicht. Das Licht der Straßenlaternen reicht völlig aus.«

»Nun, es war ein aufregender Abend. Das kann einen schon zum Nachdenken bewegen.«

»Geht mir ähnlich. Der Kuss war … besonders.«

»Ja, das war er zweifellos.« Er ließ seinen Blick kurz über das dunkle Wasser schweifen, dann blieb er stehen und sah sie an. »Emily, was ich vorhin über eine neue Liebe gesagt habe, meinte ich auch so. Ich bin noch nicht bereit dafür.«

»Das habe ich verstanden, Ryan.«

»Was ich eigentlich sagen will ... Wenn du auch nur den geringsten Zweifel hast, ob du deine Verlobung lösen solltest, dann tu es nicht wegen mir. Versprich mir das.«

»Das hat mit dir wirklich nichts zu tun. Du kannst ganz beruhigt sein. Ich hätte mich ohnehin von Ronald getrennt. Auch ich habe vorhin die Wahrheit gesagt, Ryan.«

Er spürte ihren eindringlichen Blick fast körperlich. »Wir werden also schauen, wohin das mit uns führt, nicht wahr?«, hakte er nach. »Ich kann dir nichts versprechen, Emily, aber ich denke, ich habe vorhin schon klargemacht, wie wichtig du mir bist und wie anziehend ich dich finde. Wird dir das vorerst reichen?«

Sie nickte und lächelte zu ihm auf, dann zog sie ihn weiter. »Ja, du ernsthafter Mann, das ist für mich absolut in Ordnung. Ich würde mich gar nicht erst darauf einlassen, wenn es mir nicht reichen würde. Ich bin auch nicht der Typ, der sich sofort nach einer Trennung Hals über Kopf in eine neue Beziehung stürzt. Lass uns einfach gemeinsam abwarten, was mit uns passiert.«

»Was ist, wenn es schiefgeht?«

»Dann werden wir damit klarkommen müssen.«

»Unsere Arbeit ...«

»Ryan, du hast doch nichts zu befürchten. Du bist der Chef. Dir gehört das Hotel. Ich glaube nicht, dass wir nicht mehr miteinander arbeiten könnten, falls die Sache in die Hose geht. Wir werden eine Lösung finden, da bin ich mir sicher. Wenn es aber doch zu belastend werden sollte, wäre wohl ich diejenige, die das Nachsehen hätte, nicht wahr? Dann müsste ich gehen, so einfach ist das.«

Allein schon die Vorstellung, sie könnte das Hotel verlassen, gefiel ihm nicht, aber sie hatte recht. »*Aye.*«

»Siehst du.« Sie lachte leise. »Nebenbei, ich mag dein *Aye.*«

»Hm, das steckt so drin. Wahrscheinlich gibt es keinen einzigen Schotten auf der Welt, der sich das jemals abgewöhnen kann.«

»Ich sagte ja, ich mag es.«

Langsam spazierten sie weiter. Die ganze Zeit über hielt er ihre Hand in seiner. Es fühlte sich richtig an, das hatte er sofort gespürt. Als sie schließlich wieder vor dem Hotel standen, blieben sie noch einmal am Ufer stehen und blickten eine Weile übers Wasser. Die Lichter der umliegenden Häuser spiegelten sich darin, auch die des Hotels.

»Dies hier ist sicher einer der allerbesten Orte auf der Welt«, sagte Emily leise. »Ich liebe diese Stadt.«

»Warst du schon einmal in den Highlands?«

»Nein, leider noch nicht.«

»Vielleicht zeige ich dir irgendwann einmal meine Heimat«, erwiderte er. »Schottland ist auch wunderschön.«

»Jeder weiß, dass Schottland einer der schönsten Flecken der Erde ist«, erwiderte sie, und er hörte das Schmunzeln in ihrer Stimme.

»Das ist mir klar, aber jeder sollte es irgendwann einmal mit eigenen Augen gesehen haben. Es gibt viele magische Orte in den Highlands, die dich sicher begeistern würden.«

»Ich werde es mir merken.« Er hörte sie tief einatmen. »Aber schau nur, dieser Ort ist ebenfalls magisch, findest du nicht?«

»Absolut.« Er wandte sich dem Baum zu, neben dem sie standen. »Diese Weide ist beeindruckend. Sie ist mir schon an meinem ersten Tag hier aufgefallen. Ein richtiger Märchenbaum.«

»Ein Märchenbaum? Das gefällt mir.« Sie lächelte zu ihm auf. »Sieh an, du bist ja ein Romantiker, Ryan Maclane.«

Er fühlte sich ertappt. »Ich bin Schriftsteller. Das gehört zur Grundausstattung.« Langsam neigte er sich ihr zu und hauchte ihr einen Kuss auf die Lippen, zog sich jedoch sofort zurück, als sie leise aufseufzte. »Mehr gibt es nicht. Einen Gefühlssturm wie vorhin halte ich nicht noch einmal aus, ohne dich auf direktem Wege in mein Schlafzimmer zu zerren.«

»Du machst mich verlegen.«

»Und du machst mich schwach, Emily.« Um sie beide abzulenken, deutete er noch einmal auf den Baum. »Bei meinen Recherchen habe ich ein altes Foto vom Hotel entdeckt. Es muss kurz nach dem Ersten Weltkrieg entstanden sein, und darauf erkennt man den Baum ganz deutlich. Natürlich ist er noch viel kleiner, und der Stamm ist auch noch nicht so mächtig, aber er stand schon damals hier.«

»Dann ist der Baum ja um die hundert Jahre alt. Das ist ungewöhnlich für eine Trauerweide, denke ich.«

»Das mag sein. Vielleicht ist sie aber auch ein Nachkomme der alten Weide, wer weiß das schon genau.« Er berührte einen der zarten Äste. »Jedenfalls mag ich diesen Baum.«

»Ich mag ihn auch.«

»So«, sagte er schließlich. »Wir hatten genug Aufregung für einen Tag. Ich glaube, wir sollten noch ein paar Stunden schlafen. Lass uns reingehen.«

16. Kapitel

Am nächsten Morgen hatte Ryan einen Termin bei der Bank, doch danach setzten sie sich in seinem Büro zusammen und sahen sich einen Katalog des Ausstatters an, bei dem Emily die Möbel für ihr eigenes Büro bestellt hatte. Ryan war offensichtlich begeistert und wurde schnell fündig. Anschließend teilten sie die Aufgaben untereinander auf, kümmerten sich um die nötigen Handwerker und führten diverse Telefonate, um entsprechende Kostenvoranschläge anzufordern.

»Du musst übrigens nicht in deiner Wohnung arbeiten«, schlug Emily vor, nachdem sie mit der ersten Planung für die Renovierung fertig waren. Sie sprach damit eine Idee an, die ihr bereits gestern Nachmittag gekommen war. »Wir könnten doch so lange einen zweiten Schreibtisch in mein Büro stellen. Der Raum ist groß genug, und mich würde es nicht stören. Es muss ja nicht das Monstrum dort sein.« Sie deutete auf den mächtigen Schreibtisch aus Eiche, der einst Max Jacoby gehört hatte. »In der Buchhaltung lässt sich bestimmt noch ein passendes Modell finden, das wir uns ausleihen könnten. Soweit ich mich erinnere, wird da zurzeit nicht jeder Schreibtisch genutzt.«

»Das wäre tatsächlich eine gute Idee. Einen Versuch wäre es allemal wert, und falls wir uns auf die Nerven gehen, kann ich immer noch in die Wohnung wechseln. Ich schätze, das ganze Theater ist in zwei, vielleicht drei Wochen erledigt, wenn es überhaupt so lange dauert.«

»Stimmt. Und falls mal einer von uns in Ruhe telefonieren muss oder so, wird sich auch eine Lösung finden.«

Ryan legte seine Notizen auf den Möbelkatalog und schob alles zusammen. »Es ist schon Mittagszeit. Gehen wir eine Kleinigkeit essen? Mir knurrt der Magen.«

»Gute Idee. Wegen deines Banktermins ist ja unser Frühstück ausgefallen, und ich hatte bis jetzt nur eine Banane und einen Kaffee.«

Als ihr Handy klingelte, warf sie einen Blick drauf. Sofort spürte sie einen Anflug von Unwohlsein. »Das ist Ronald. Ich sollte wohl rangehen.«

»Tu das. Ich warte hier, bis du so weit bist.«

Sie nickte. Während sie das Gespräch entgegennahm, verließ sie Ryans Büro, ging hinüber in ihr eigenes und schloss die Tür hinter sich. »Ronald.«

»Hey Schönheit.«

»Hättest du vielleicht kurz Zeit für einen Videocall?«

»Tut mir leid, aber das geht jetzt wirklich nicht. Es ist noch nicht einmal sieben Uhr, und ich beginne gerade meinen Dienst. In einer Viertelstunde muss ich zum Chefarzt, um eine ziemlich komplizierte OP zu besprechen. Ich bin schon auf dem Weg dorthin. Das Klinikum ist riesig, weißt du. Ständig rennt man durch irgendwelche Flure, die kein Ende nehmen wollen. Eigentlich wollte ich nur schnell den Moment nutzen und mal kurz deine Stimme hören.«

Es war albern, aber sie bildete sich ein, schon jetzt einen amerikanischen Akzent herauszuhören, wenn er sprach. »Dann lass uns heute Abend reden.«

»Schätzchen, wenn du Feierabend machst, gehe ich gerade zum Lunch und werde anschließend den Rest des Tages im Operationssaal verbringen.«

»Ja, ich weiß. Die Zeitverschiebung nervt.« Im Hintergrund hörte sie, wie jemand nach ihm rief: »*Ron! Ron, come on, hurry up!*«

»Ich muss jetzt los, Emily. Ich melde mich bei dir, sobald ich ein paar Minuten erübrigen kann, in Ordnung? Kann sein, dass es bei dir dann schon recht spät ist.«

»Das macht nichts, Ronald. Ich bleibe wach, bis du von dir hören lässt.«

»*Bye, babe*«, hörte sie ihn noch sagen, bevor er das Gespräch beendete.

Seufzend ließ sie ihr Telefon sinken. Seit Ronald in New York war, hatten sie nur äußerst selten die Zeit für ein vernünftiges Gespräch gefunden. Schon viel zu oft hatte sie sich nach Telefonaten mit ihm frustriert, ja, fast schon abgeschoben gefühlt. Wenn man es genau betrachtete, hatte Ronald seine Arbeit stets an die erste Stelle gestellt. Das war auch schon so gewesen, als er noch hier in Hamburg gearbeitet hatte. Er setzte einfach andere Prioritäten als sie. Wie hatte sie nur glauben können, mit dieser Art von Beziehung glücklich zu werden? Ja, es wurde wirklich Zeit, das Gespräch mit ihm endlich hinter sich zu bringen.

Kurze Zeit später saß sie Ryan an ihrem gewohnten Platz im Restaurant gegenüber.

»Es tut mir leid, aber ich konnte noch nicht mit ihm reden. Er war total im Stress und will sich heute Abend noch mal melden.«

»Es ist allein deine Sache, ob und wann du mit ihm redest.«

Sein Blick wirkte eindringlich. »Sag mir einfach Bescheid, wenn du bereit für uns bist, in Ordnung?«

»Ja, in Ordnung.«

Den Nachmittag arbeiteten sie getrennt in ihren jeweiligen Büros. Vor Emily auf dem Schreibtisch lag die Planungsmappe für eine große Hochzeitsfeier, die in zwei Wochen im Hotel stattfinden sollte. Nahezu zweihundert, teils sehr prominente Gäste würden daran teilnehmen. Nicht zum ersten Mal war sie froh darüber, dass man die beiden Bankettsäle des Hotels gut miteinander verbinden konnte, um so einen großen Ballsaal entstehen zu lassen. Der Vater der Braut, ein bekannter Hamburger Juwelier, hatte außerdem für Hochzeitsgäste, die von außerhalb anreisten, mehrere Suiten gebucht. Feierlichkeiten wie diese Hochzeit waren enorm einträglich für das Hotel, und wenn alles gut lief, festigten sie zudem den guten Ruf des Hauses. Auch Max Jacoby war niemals müde geworden, seine Angestellten darauf hinzuweisen, wie wichtig derlei Veranstaltungen für ein Grandhotel waren. Bei ihrer Planung und Ausführung wurde nichts dem Zufall überlassen. Im *Hotel Jacoby* gab es für jede Veranstaltung einen festen Ablaufplan. Eine eigens dafür zuständige Mitarbeiterin überwachte alle Posten und fasste den fertigen Plan in einer Mappe zusammen, um sie der Geschäftsleitung für eine abschließende Kontrolle vorzulegen.

Emily ging dabei immer nach einer bestimmten Reihenfolge vor. Sie überprüfte zunächst die Pläne der Küche, des Sommeliers und danach die Einteilung des Servicepersonals. Anschließend ging sie sämtliche Bestellungen durch, die für die Dekoration der Bankettsäle eingereicht worden waren, und verglich sie mit der Wunschliste des Brautpaares und dem Muster der Tischverteilung. Zum Schluss kontrollierte sie noch einmal den gesamten Ablauf, um Flüchtigkeitsfehler auszuschließen, die eventuell während der Planungsphase durchgerutscht waren. Alles musste stimmen. Die Musik, die veranschlagte Größe der Tanzfläche und die Beleuchtung waren dabei ebenso entscheidend wie besonders zuvorkommendes Personal und ein perfektes Menü. Das Ziel war stets, eine Hochzeitsfeier zu organisieren, an die sich das Paar und die Gäste mit Freuden zurückerinnern würden.

Plötzlich fragte sie sich, ob sie selbst jemals heiraten würde. Im Augenblick sah es eher nicht danach aus, aber sie wusste auch, dass Veränderungen im Leben oft unerwartet auf einen zukamen. Das Schicksal verfolgte meist eigene Pläne, und zu hohe Erwartungen waren generell schlecht für das Lebensglück. Das hatte sie mit den Jahren gelernt.

Emily musste über ihre eigenen höchst philosophischen Gedanken schmunzeln. Doch sie spürte auch, dass sie sich an einem Scheideweg in ihrem Leben befand. Wohin dieser sie führen würde, lag allerdings noch im Dunkeln.

Seufzend zeichnete sie die Planungsmappe für die Hochzeit ab und klappte sie zu. Nach einem Blick auf die Uhr beschloss sie, die Mappe selbst nach unten zu bringen. Ein kleiner Rundgang und damit ein bisschen Ablenkung konnte sicherlich nicht schaden, denn das Gespräch mit Ronald stand noch bevor. Mit der Mappe in der Hand fuhr sie in die untere Etage und gab sie an die zuständige Mitarbeiterin in der Verwaltung weiter. Danach hielt sie sich eine Weile am Empfang auf und wechselte ein paar Worte mit Ulf Willmer und Sabine Krohn, der ersten Rezeptionistin, die schon seit Jahren im

Hotel Jacoby arbeitete. Offenbar lief alles wie am Schnürchen, doch das war meistens so.

»Dann wünsche ich noch einen angenehmen Arbeitstag«, sagte Emily schließlich und verabschiedete sich von den beiden, denn in diesem Moment schwang die Eingangstür auf, und eine junge, auffallend elegant gekleidete Frau betrat die Halle. Sie trug einen erdbeerroten Mantel und dazu einen breiten, schwarz-roten Schal mit grafischem Muster. Ihr weizenblondes Haar war schulterlang und sehr glatt. Auf geradezu mörderisch hohen Absätzen steuerte die Frau die Rezeption an. Währenddessen telefonierte sie recht laut mit einem übergroßen Smartphone und zog mit der anderen Hand einen Rollkoffer hinter sich her, auf dem ein passendes Beautycase befestigt war. Ein Page eilte pflichtbewusst auf die elegante Blonde zu, um ihr das Gepäck abzunehmen und dann etwas abseits neben der Rezeption auf sie zu warten.

Emily nahm den Auftritt amüsiert zur Kenntnis. Sie war auf dem Weg zum Restaurant und wollte schon weitergehen, doch da hörte sie, wie die Frau während ihres Telefonats Ryans Namen erwähnte. Unwillkürlich hielt Emily mitten in der Bewegung inne.

»Ja, ich stehe schon an der Rezeption, Ryan. Ja ... Okay, dann warte ich hier auf dich«, beendete die Fremde schließlich das Gespräch.

Emilys Neugierde entbrannte sofort, und natürlich musste der Abstecher ins Restaurant nun warten. Da ihr auf die Schnelle nichts Besseres einfiel, bezog sie Stellung hinter einer Marmorskulptur, die neben der Treppe stand. Es war ein guter Platz, um die Rezeption und damit die Frau im Auge zu behalten, ohne selbst sofort gesehen zu werden. Ein bisschen albern fühlte sich Emily schon dabei, und sie hoffte inständig, dass niemand sie bei ihrer Spionageaktion ertappte. Zur Sicherheit zog sie ihr Smartphone aus der Seitentasche ihres Blazers und tat so, als würde sie konzentriert darauf herumtippen. Die Gefahr, entdeckt zu werden, hielt sich jedoch in Grenzen. Im Foyer war es um diese Zeit eher ruhig, sodass Emily jedes Wort verstehen konnte, das an der Rezeption gesprochen wurde.

»Natalie Steinke«, sagte die Blonde zu Sabine Krohn. »Ich habe eine Suite mit Alsterblick reserviert.«

Nach dem üblichen Prozedere bekam die Frau ihren Schlüssel und bedankte sich. Genau in diesem Moment ging die Tür zum Verwaltungstrakt auf, und Ryan betrat die Halle.

»Natalie, wie schön, dich endlich wiederzusehen!«, rief er sichtlich erfreut aus, während er mit langen Schritten auf sie zuging.

Emily beobachtete, wie die Frau Ryan sofort die Arme um den Hals warf und sich an ihn schmiegte. Ryan drückte seiner Besucherin einen Kuss auf die Wange, und Emilys Magen zog sich plötzlich schmerzhaft zusammen.

»Hast du schon deinen Schlüssel?«, fragte er.

Mit einem strahlenden Lächeln im Gesicht hielt Natalie Steinke den Schlüssel in die Höhe und ließ ihn vor seiner Nase baumeln. »Bringst du mich rauf, du starker Mann?«

Ryan ließ sein dunkles vibrierendes Lachen hören, das Emily so sehr … Es war eben diese Sekunde, in der sie sich eingestehen musste, dass sie längst rettungslos in diesen Mann verliebt war. Schlimmer noch, plötzlich gab es nicht mehr den geringsten Zweifel daran, dass allein Ryan Maclane die Liebe ihres Lebens war. Die verwirrende Erkenntnis ließ

Emily kurz schwanken, und sie musste sich am Geländer der Treppe abstützen. Wie gelähmt sah sie zu, wie Ryan mit der Fremden in den Fahrstuhl stieg und verschwand.

Nach einigen tiefen Atemzügen fühlte sie sich in der Lage, durch den hinteren Teil der Halle und den Verwaltungstrakt zurück zum Direktionsfahrstuhl zu gelangen. Sie fuhr nach oben, warf überflüssigerweise einen kurzen Blick in Ryans verwaistes Büro und setzte sich dann an ihren Schreibtisch, um anschließend minutenlang nicht viel mehr zu tun, als an die gegenüberliegende Wand zu starren. Irgendwann wurde ihr bewusst, was sie da tat beziehungsweise *nicht* tat, und sie schüttelte den Kopf.

»Ich muss mich sofort und auf der Stelle wieder in den Griff kriegen«, sagte sie leise zu sich selbst. »Das geht so nicht, Emily.«

Aus einem Impuls heraus griff sie nach dem Telefon und wählte die Nummer ihres Bruders Leonard.

»Emmy, hast du etwa Langeweile in deinem Luxusschuppen?«, fragte er, ohne sich zu melden. »Es ist noch nicht einmal fünf Uhr nachmittags.«

Natürlich hatte er recht. Während der Arbeitszeit meldete sie sich eigentlich nie bei ihm, und normalerweise saß auch er bis mindestens achtzehn Uhr an seinem Schreibtisch.

»Ich weiß, aber ich wollte mal kurz deine Stimme hören, Bruderherz.«

Einen Augenblick lang blieb es still in der Leitung. »Alles okay mit dir, Emily?«

»Ja, alles gut so weit. Es ist nur grade etwas ... stressig.«

»Oookay. Hilft es dir, wenn ich dir sage, dass ich dich sehr lieb habe?«

»Ja, ich danke dir. Das hilft immer.«

Sofort musste sie lächeln. Solange sie denken konnte, war Leonard ihr engster Vertrauter. Sogar am Telefon spürte er, wenn sie ein wenig Zuspruch und Zuneigung gut gebrauchen konnte. So war es schon immer gewesen. Leonard war ihr Fels.

»Brauchst du mich?«, fragte er sanft. »Ich könnte später zu dir kommen.«

Sie überlegte kurz, doch dann verwarf sie den verlockenden Gedanken, sich heute Abend einfach in die tröstenden Arme ihres großen Bruders zu flüchten. Ronald würde sich schließlich noch melden, und sie wollte das Gespräch mit ihm endlich hinter sich bringen. »Nein, wie gesagt, alles ist so weit gut. Ich hatte nur ein bisschen Bruderliebe nötig. Du kennst mich.«

»Emmy, falls ich etwas für dich tun kann ...«

»Dann melde ich mich bei dir, versprochen.«

»Gut. Was hältst du davon, wenn wir uns nächste Woche mal im *Café Amalia* treffen, Schwesterherz? Für eine gute Tasse Kaffee ist doch immer Zeit, und du würdest mal aus deinem Hotel rauskommen.«

»Das ist eine gute Idee. Ich bin jetzt schon mehrere Male am Café vorbeigegangen, war aber noch nicht drin. Ist bei dir alles fein?«, fragte sie.

»Natürlich. Wie soll es einem Mann schon gehen, der ständig auf Wolke sieben schwebt, weil er morgens neben der Frau seines Lebens aufwachen darf. Uns geht es großartig.«

»Das höre ich gern. Grüß Melly ganz herzlich von mir, ja?«

»Mach ich.«

»Also dann ...«

»Bis bald.«

»Ach, Leo?«

»Ja?«

»Ich hab dich auch lieb.«

Eine knappe Stunde später kam Ryan zurück ins Büro. Da ihre Bürotür aufstand, sah er kurz bei ihr herein.

»Ich bin wieder da«, teilte er ihr mit. »Sorry, dass ich einfach verschwunden bin, aber ich musste jemanden in Empfang nehmen.«

Natürlich tat sie so, als wüsste sie von nichts. »Du hast Besuch?«

»Ja, deshalb können wir heute auch leider nicht zusammen zu Abend essen, Emily.«

»Kein Problem. Ich habe später ohnehin einen Termin und wollte gerade gehen, als du gekommen bist.«

»Ach … Na dann.«

Sie erhob sich und griff nach ihrer Tasche. »So, ich muss dann los.« Als sie auf die Tür zukam, machte er einen Schritt rückwärts, damit sie an ihm vorbeigehen konnte. »Ich wünsche dir einen schönen Abend, Ryan.«

»Ja, den wünsche ich dir auch, Emily.«

Für einen kurzen Moment hatte sie das unbestimmte Gefühl, dass er noch etwas sagen wollte, doch er blieb stumm, also musste sie sich wohl geirrt haben.

»Wir sehen uns morgen.« Damit wandte sie sich von ihm ab.

Emily fühlte seinen Blick in ihrem Rücken, bis sie endlich in ihrer Wohnung angekommen war. Einen Augenblick lang lehnte sie sich von innen gegen ihre Wohnungstür, doch dann streifte sie ihre Pumps ab, ging hinüber ins Schlafzimmer und zog sich aus. Kurz darauf stand sie unter der Dusche. Anschließend schlüpfte sie in einen bequemen Hausanzug und bereitete sich in ihrer kleinen Küche einen Käsetoast zu. Sie legte ein paar Cocktailtomaten daneben und kochte sich einen Kräutertee. Auf dem Schreibtisch vor dem Fenster stand ihr Notebook. Vorsorglich klappte sie es auf und öffnete den Messenger, damit alles bereit sein würde, sobald Ronald sich meldete.

Irgendwann gegen elf hörte sie, dass nebenan in der Direktionssuite die Dusche lief. Es war eher dem Zufall geschuldet, dass sie es überhaupt bemerkte, denn sie war gerade in die Küche gegangen, um sich ein Glas Wasser zu holen. Die beiden Wohnungen waren bei der letzten Renovierung zwar mit einer sehr guten Dämmung versehen worden, aber ihre Küche und das Bad der Direktionssuite lagen direkt nebeneinander, sodass zumindest das leise Rauschen des Wassers zu hören war, sobald dort jemand duschte.

Seufzend ging sie zurück ins Wohnzimmer, und genau in diesem Augenblick erklang das Klingelgeräusch des Messengers. Emily atmete noch einmal tief durch und schloss kurz die Augen, bevor sie den Videocall annahm.

»Ronald, schön, dass du es geschafft hast«, begrüßte sie ihren Nochverlobten.

»Hi Emmy. Ja, ich bin zwar noch in der Klinik, habe jetzt aber eine Stunde Ruhe. Allerdings stehe ich auf Abruf bereit. Also, falls ich …«

»Kein Problem, Ronald.«

»Wie geht es dir, Emmy?«

»Ronald, ich muss etwas mit dir besprechen. Ich wollte

eigentlich damit warten, bis du wieder hier bist, aber es lässt sich einfach nicht mehr aufschieben.«

Er runzelte die Stirn. »Geht es um die Hochzeit? Du weißt, dass ich dir da völlig freie Hand lasse.«

Für einen Moment fragte sie sich, wie sie ihm ihre Entscheidung möglichst schonend beibringen konnte. Natürlich hatte sie dieses Gespräch schon hundertmal in Gedanken durchgespielt, doch sie war trotzdem noch zu keinem Ergebnis gekommen.

»Emmy? Du wirkst ziemlich nachdenklich. Ist alles in Ordnung? Bist du etwa krank?«

»Nein, keine Sorge, mir geht es gut. Es geht um uns, Ronald.« Im Grunde war es einerlei, wie sie es ihm sagen würde. Es musste endlich raus, so oder so, sonst würde sie daran ersticken. »Ich glaube, es ist am besten, wenn ich ohne große Vorrede zum Punkt komme«, fuhr sie fort. »Es tut mir leid, Ronald, aber ich werde dich nicht heiraten.«

»Du willst noch warten?« Trotz seiner Frage erkannte sie in seinem Blick, dass er bereits verstanden hatte.

»Nein, Ronald, ich möchte die Trennung.« Da er sie sekundenlang nur stumm ansah, sprach sie einfach weiter. »Ich liebe dich einfach nicht so, wie es sein sollte.«

»Du liebst mich nicht mehr?«

»Um ehrlich zu sein, weiß ich gar nicht, ob ich es jemals getan habe. Es tut mir unendlich leid, dir wehtun zu müssen, bitte glaube mir das. Inzwischen bin ich davon überzeugt, dass ich nur in die Vorstellung von uns beiden verliebt war.«

»Nun, diese Analyse trifft für mich nicht zu. Du weißt, wie sehr ich dich liebe, Emmy. Sag mir einfach, was ich ändern soll. Wir könnten ...«

»Da gibt es gar nichts, dass du ändern könntest«, unterbrach sie ihn. »Und das wäre auch nicht richtig. Du bist ein toller Mann. Du bist eben nur für mich leider nicht der Richtige.«

Er schüttelte den Kopf. »Ich hätte niemals nach New York gehen dürfen.«

»Entschuldige, aber das ist Blödsinn, Ronald. Das Angebot kam für dich gerade zur richtigen Zeit, und diese Erfahrung ist enorm wichtig für deine Karriere. Meine Entscheidung hat damit rein gar nichts zu tun. Glaub mir, es wäre früher oder später ohnehin so gekommen. Es liegt weder an dir noch an deiner Abwesenheit, dass ich die Trennung möchte. Die Situation hat mir höchstens die Zeit gegeben zu erkennen, was ich wirklich will.«

»Und ein Leben mit mir ist es offenbar nicht.«

»Leider nein. Ich hoffe, du kannst mir verzeihen, Ronald. Jedenfalls werde ich morgen zu deiner Wohnung fahren und meine restlichen Sachen mitnehmen. Den Verlobungsring lege ich auf den Küchentresen, und den Schlüssel werfe ich hinterher in den Briefkasten. Ist das okay für dich?«

»Der Ring war ein Geschenk, Emmy.«

Mit Erleichterung registrierte sie, dass er es gefasster aufnahm, als sie es erwartet hatte.

»Ich möchte ihn nicht, Ronald. Das wäre nicht richtig.«

»Ganz, wie du willst.« Wieder blieb es eine Weile still. Bevor er weitersprach, hustete er leise. »Vor ein paar Tagen hat mir der Chefarzt der Klinik ein Angebot gemacht, und natürlich hatte ich mir Bedenkzeit erbeten, weil ich zuerst mit dir darüber reden wollte«, sagte er. »Eigentlich hatte ich vor, dich heute zu fragen, ob du dir vorstellen könntest, mit mir hier in

New York zu leben, aber das hat sich jetzt wohl erübrigt.« Erneut schüttelte er leicht den Kopf, so als könnte er noch immer nicht recht fassen, was gerade geschah. »Natürlich werde ich jetzt das Angebot annehmen, Emily. Ich könnte einen Teil der Chirurgie leiten und sogar angehende Chirurgen ausbilden. Das ist ein Riesensprungbrett. Wie auch immer, ich werde dann wohl nur kurz nach Deutschland zurückkommen, um alles Notwendige in die Wege zu leiten. Wenn deine Entscheidung endgültig sein sollte, bleibe ich für die nächsten Jahre hier.«

»Meine Entscheidung ist endgültig. Und ich wäre auch nie nach New York gezogen, das solltest du wissen. Ich liebe Hamburg viel zu sehr und woanders zu wohnen kommt für mich nicht infrage. Das Angebot ist wundervoll, und ich wünsche dir alles Glück dieser Erde, Ronald, nicht nur auf der beruflichen Ebene.«

»Ich dir auch. Pass auf dich auf, Emmy.«

Sie wechselten noch ein paar Sätze, doch es waren lediglich Floskeln. Als Emily ihr Notebook zuklappte, fühlte sie eine grenzenlose Erleichterung in sich aufsteigen. Was auch immer zwischen ihr und Ryan Maclane passieren mochte, es war richtig, diesen Schritt zu gehen, daran hatte sie nicht den geringsten Zweifel.

17. Kapitel

»Das ist wirklich kein Tag für Sightseeing«, kommentierte Natalie den anhaltenden Regen. Sie stand vor dem Fenster seines Büros und sah hinaus, während er ihnen eine zweite Tasse Kaffee einschenkte. »Schade, ich hätte mir Hamburg gerne noch genauer angesehen, wenn ich schon einmal hier bin.« Sie seufzte, als sie sich umdrehte und wieder zu ihm kam, um sich zurück in ihren Sessel zu setzen. »Wenn man der Vorhersage glauben darf, soll sich das Wetter auch morgen nicht großartig ändern, und da wir beide alles geklärt haben, könnte ich auch schon heute zurückfahren.«

»Das musst du entscheiden«, sagte er. Als es an der Tür klopfte, sah er auf. »Ja, herein!«, rief er.

Es war Emily, und ihm fiel sofort auf, dass sie etwas blass war. Vielleicht hat sie nicht gut geschlafen, dachte er.

»Ah, Emily, komm doch rein.«

»Oh«, sagte sie mit einem Blick auf Natalie. »Du hast Besuch. Entschuldige, ich wollte nicht stören.«

»Du störst nie.« Erst jetzt bemerkte er, dass sie eine blaue Mappe in der Hand hielt. »Darf ich dir meine liebe Freundin Natalie Steinke vorstellen?« Er wandte sich an Natalie. »Natalie, das ist Emily Magnussen, meine rechte Hand und die Frau, die mir mit wahrer Engelsgeduld beibringt, wie man dieses Hotel leitet.«

Natalie erhob sich lächelnd, ging einen Schritt auf Emily zu und reichte ihr die Hand. »Es freut mich sehr, Sie kennenzulernen, Frau Magnussen. Ich habe schon viel von Ihnen gehört.«

Natalie zwinkerte ihm verschwörerisch zu, was er ein wenig unangebracht fand, auch wenn ihm ihre unkonventionelle Art inzwischen vertraut war.

»Natalie ist die Tochter meines deutschen Verlegers und gleichzeitig meine Lektorin«, erklärte er.

»Ah ja.« Er kannte Emily inzwischen gut genug, um zu erkennen, dass ihr Lächeln aufgesetzt war. Es fehlte das funkelnde Strahlen in ihren Augen. »Mich freut es ebenfalls«, gab sie zurück.

Das Gefühl, dass es ihr nicht besonders gut ging, verstärkte sich. Vielleicht hatte sie inzwischen mit ihrem Verlobten gesprochen, ging es ihm durch den Kopf. Eine Trennung war nie leicht und ging wohl an keinem Menschen spurlos vorüber, egal wie richtig oder gar unausweichlich sie auch sein mochte.

»Ryan und ich mussten über sein nächstes Buch sprechen«, fügte Natalie hinzu. »Aber wir konnten inzwischen alles klären.«

Emily nickte nur. Offenbar wusste sie nicht, was sie dazu sagen sollte.

Ryan deutete auf die Mappe in Emilys Händen. »Was kann ich für dich tun?«, fragte er, um das Thema zu wechseln.

»Ähm ... Ich habe den Kostenvoranschlag für die Renovierung deines Büros erhalten und wollte ihn dir geben. Das war auch schon alles.« Emily räusperte sich leise und reichte ihm die Mappe.

»Na, das ging flott.« Er nahm ihr die Mappe ab und nickte. »Ich werfe später einen Blick hinein.«

»Gut. Dann werde ich mal wieder an meine Arbeit gehen.« Es fiel ihm auf, dass sie ihm nur kurz in die Augen sah, dann wich sie seinem Blick aus. »Ich wünsche Ihnen noch einen angenehmen Aufenthalt, Frau Steinke«, wandte sie sich sogleich an Natalie.

»Vielen Dank, aber im Laufe des Tages werde ich schon wieder abreisen. Es war allerdings wirklich schön hier. Ich habe schon zu Ryan gesagt, dass ich das *Hotel Jacoby* in jedem Fall weiterempfehlen werde.«

»Das freut uns.« Emily war bereits im Begriff zu gehen.

»Ich komme dann später zu dir«, beeilte sich Ryan noch zu sagen, bevor sie wieder aus seinem Büro verschwand.

Erst am frühen Abend schaffte er es endlich, bei Emily vorbeizuschauen. Soeben hatte er Natalie vor dem Hotel verabschiedet, die nun im Taxi auf dem Weg zum Flughafen war, um zurück nach München zu fliegen. Er warf einen schnellen Blick auf seine Armbanduhr. Um diese Zeit saß Emily häufig noch am Schreibtisch, doch ihm war schon vor ungefähr zwei Stunden aufgefallen, dass sie heute viel früher gegangen war als sonst. Um sicherzugehen, warf er einen Blick in ihr Büro und stellte fest, dass sie tatsächlich nicht mehr da war. Nach kurzer Überlegung ging er hinüber zu ihrer Wohnung und klopfte. Es dauerte eine Weile, bis sie die Tür öffnete.

»Ryan.«

Sie sah noch immer etwas blass aus.

»Lässt du mich rein?«

»Natürlich.« Sie trat beiseite und ging voraus in ihr Wohnzimmer.

Er folgte ihr und ließ den Blick schweifen. Bisher war er noch nie hier gewesen. Es hatte sich einfach nicht ergeben.

»Oh, jetzt weiß ich auch, wer meine Suite eingerichtet hat.«

Jetzt, da er ihr gegenüberstand, fühlte er Nervosität in sich aufsteigen. Deshalb war er dankbar dafür, dass sich durch diesen ersten Besuch in ihrer Wohnung zunächst die Möglichkeit zum Small Talk ergab.

»Das liegt wohl eher an unserem Ausstatter«, erwiderte sie schmunzelnd. »Allerdings hast du recht. Die Einrichtung ist schon sehr ähnlich.«

»Nun ja, deine Schränke sind heller. Sieht auch gut aus.«

Er betrachtete Emily genauer. Das dunkle Haar fiel ihr offen und locker über die Schultern. Sie trug Jeans und einen schlichten blassblauen Pullover mit tiefem V-Ausschnitt, der den Ansatz ihrer Brüste erahnen ließ. Ihre Füße steckten in dicken ebenfalls blauen Socken. Auch in einem aufwendigen Abendkleid hätte sie nicht umwerfender aussehen können.

»Stimmt. Aber das Sofa ist praktisch eine Kopie, nur etwas kleiner.« Sie sah zu ihm auf. »Setz dich doch, Ryan. Kann ich dir etwas anbieten?«

»Ein Glas Wasser wäre okay.« Endlich fiel die anfängliche Anspannung nach und nach von ihm ab. Er setzte sich auf das Sofa und sah ihr nach, wie sie nach nebenan in die Küche ging. »Ich habe dich noch nie in Jeans gesehen«, stellte er fest, als sie ein Glas sowie eine kleine Karaffe mit Wasser vor ihm auf dem Tisch platzierte. »Es steht dir«, sagte er, während er sich einschenkte.

Emily setzte sich in einen Sessel. »Danke.«

Nun war sie ihm näher, und er konnte ihr Gesicht besser betrachten. Wenn er sich nicht täuschte, waren ihre Lider leicht geschwollen. Vielleicht hatte sie geweint. Die Vorstellung gefiel ihm nicht. Angestrengt suchte er nach den richtigen Worten, um ihr zu zeigen, dass er sich um sie sorgte.

»Du hast heute früher als sonst Feierabend gemacht«, begann er, ärgerte sich aber sofort darüber, weil ihm dieser Einstieg viel zu lahm erschien.

»Ist das etwa eine Rüge, Chef?«

»Sei nicht albern. Es ist nur eine Feststellung.« Wenigstens klang sie wie immer.

»Es war nicht mehr viel zu tun, und mir war nach Ruhe. Ich habe letzte Nacht nicht besonders gut geschlafen.«

Ihre Bemerkung ließ ihn aufhorchen. »*Aye*, das habe ich mir schon gedacht. Dein Verlobter?«

»Exverlobter«, korrigierte sie.

In seinem Inneren passierte irgendetwas, aber er konnte das seltsame Gefühl nicht sofort einordnen, also schob er es vorerst beiseite. Im Augenblick war es wichtiger, wie es ihr ging.

»Geht es dir gut?«

»Mir geht es sogar sehr gut, Ryan. Ich fühle mich erleichtert.«

»So sollte es wohl auch sein.« Er nahm sein Glas und trank einen Schluck. »Trotzdem wirkst du etwas angespannt. Also wenn ich etwas …«

»Wie gesagt, ich habe letzte Nacht einfach zu wenig geschlafen.« Ein Lächeln huschte über ihr Gesicht. »Außerdem darf ich mir jetzt überlegen, wie ich meiner Familie beibringe, dass es keine Hochzeit geben wird.«

»Sagtest du nicht, dein Bruder konnte Ronald sowieso nie leiden?«

»Das stimmt, aber meine Eltern fanden die Vorstellung ziemlich cool, dass ich einen berühmten Chirurgen heiraten werde.«

»Sie werden es verkraften, solange es für dich die richtige Entscheidung ist.«

»Ja, das denke ich auch. Und wenn ich mich nicht furchtbar täusche, wird mein Bruder Leonard dafür sorgen, dass es demnächst trotzdem eine Hochzeit geben wird.« Sie neigte sich etwas vor, und ihr wunderbar vertrauter Duft stieg ihm in die Nase. »Wollen wir uns etwas zu essen raufkommen lassen?«, wechselte sie das Thema.

»Gerne.«

»Die Abendbrotplatte in der Fingerfood-Version?«

»Perfekt.«

»Ich kümmere mich darum«, sagte sie, ging hinüber zum Schreibtisch, auf dem das Telefon stand, und bestellte das Essen. Es dauerte kaum zwanzig Minuten, bis sie vor ihren Tellern saßen und das köstliche Abendbrot genossen.

Während sie aßen, führten sie eine nahezu alltägliche Unterhaltung über Themen, die in der Hauptsache das Hotel betrafen, doch auch als sie mit dem Essen fertig waren, wurde Ryan das unbestimmte Gefühl nicht los, dass Emily sich noch immer nicht richtig entspannen konnte.

»Dein Besuch ist also wieder abgereist?«, fragte sie in seine Gedanken hinein. Er war gerade aufgestanden, um das Geschirr zusammenzuräumen und es zurück auf den Servierwagen zu stellen.

»Ja, ist sie«, antwortete er, nachdem er sich wieder hingesetzt hatte. »Ich kann nicht behaupten, dass ich darüber besonders traurig bin. Natalie kann äußerst anstrengend sein.«

»Du sagtest, sie sei eine Freundin.«

»Wir kennen uns schon eine Ewigkeit. Im Grunde ist sie ein verwöhntes und eigensinniges Aas, aber als Lektorin ist sie großartig. Das muss ich zugeben. Fachlich kann ihr kaum jemand das Wasser reichen. Zum Glück hat auch ihr Vater das recht früh festgestellt. Natalie und ich kommen jedenfalls gut miteinander klar.«

»Und sie ist sehr attraktiv.«

Er stutzte, weil er ihren Tonfall nicht so richtig deuten konnte. »Sie ist meine Lektorin, Emily. Ich habe nichts mit ihr – auch niemals gehabt –, falls es das ist, was du wissen willst.«

»So habe ich das nicht gemeint. Mir ist nur aufgefallen, dass ihr sehr vertraut miteinander umgeht.«

»Ja, weil wir eben vertraut miteinander sind, so einfach ist das. Wie gesagt, ich kenne sie schon eine Ewigkeit. Als ihr Vater uns einander vorstellte, war sie noch Studentin. Dass sie Jahre später meine Lektorin wurde, ist allerdings eher Zufall. Meine damalige Lektorin ging in den Mutterschutz, und Natalie sollte nur einspringen, doch dann blieb sie mir irgendwie erhalten.«

Emily ging nicht weiter auf das Thema ein, und es kam zu einer kleinen Gesprächspause. Schließlich erhob sie sich und brachte den Servierwagen mit dem Geschirr hinaus auf den Flur, dann rief sie unten an, damit jemand den Wagen abholte. Ryan überlegte, ob es nun an der Zeit war, sich zu verabschieden. Offenbar war sie heute Abend in keiner besonders guten Stimmung, soviel war klar. Ob sie es nun zugeben wollte oder nicht, die Trennung ging nicht spurlos an ihr vorüber.

»Du sagst mir doch, wenn du lieber allein sein möchtest?«, hakte er nach. »Ich könnte es verstehen, wirklich.«

Vehement schüttelte sie den Kopf. »O nein, bitte bleib, Ryan. Wir könnten noch ein Glas Wein zusammen trinken. Es tut mir gut, mit dir zu reden. Deine Nähe tut mir überhaupt gut.«

Er erwiderte ihren Blick und genoss die wärmende Freude, die ihre Antwort in ihm hervorrief. Er kannte sie bereits gut genug, um zu wissen, dass sie die Wahrheit sagte.

»Entschuldige meine Offenheit, aber ich kann nur noch daran denken, dass du jetzt frei bist. Ich weiß, das ist albern.«

Ein leichtes Lächeln trat auf ihre schönen Lippen, und sie legte den Kopf schief. »Mir liegt noch etwas auf der Seele, Ryan, und darüber würde ich gerne mit dir sprechen.«

Es klang ernst. Zu ernst, wie er fand. Die Freude in ihm wurde von neuer Besorgnis verdrängt.

»Hast du deine Meinung geändert?«, fragte er, während er inständig hoffte – vielleicht sogar darum betete –, dass es nicht so war.

»Nein, das habe ich nicht, aber ich möchte etwas zwischen uns klären.«

Erleichtert nickte er. »Raus damit.«

»Zuerst möchte ich noch einmal betonen, dass meine Trennung von Ronald nichts mit dir ... mit uns zu tun hat.«

»Das hatte ich auch schon vorher verstanden.«

»Werde nicht zynisch.«

»Das war gar nicht zynisch gemeint, eher aufmunternd.«

Sie stieß ein tiefes Seufzen aus. »Wie auch immer ...

Jedenfalls habe ich nachgedacht, und ich finde, es grenzt an Ignoranz, vielleicht sogar an Dummheit, wenn wir uns allein von unserer gegenseitigen körperlichen Anziehungskraft beherrschen und führen lassen.«

»Wie meinst du das? Ich denke, wir waren uns darüber einig, dass wir erst einmal schauen wollen, wohin uns die Reise führt. Es ist ja nicht so, dass sich meine Gefühle für dich allein auf das Körperliche reduzieren lassen. Ich dachte eigentlich, dir würde es ähnlich gehen. Hatte ich dich da falsch verstanden?«

»Nein, das hast du natürlich nicht. Ach, ist auch egal ... Was ich eigentlich sagen will, ist, dass wir uns über die Folgen im Klaren sein sollten.«

»Darüber haben wir doch schon gesprochen, Emily. Und wir waren uns einig, dass wir beide vernünftig genug sind, um es hinzubekommen, falls es irgendwann vorbei sein sollte.«

»Das stimmt, aber wir haben noch nicht die Möglichkeit in Betracht gezogen, dass es vielleicht nur einen von uns beiden betreffen wird.«

»Du meinst, falls nur einer von uns beiden die Sache irgendwann beenden möchte? Das würde für mich keinen Unterschied machen, denke ich.«

»Es könnte auch sein, dass ...« Er registrierte ihr Zögern, denn es war untypisch. Sonst war sie immer so geradeheraus. »Es könnte auch sein, dass sich einer von uns beiden ernsthaft verliebt. Sehr ernsthaft, meine ich. Was dann?«

Damit sprach sie etwas an, dass ihm auch schon durch den Kopf gegangen war, denn ihm war längst klar, dass er bereits jetzt ziemlich verknallt in sie war. Allerdings hatte er den Gedanken immer sofort beiseitegeschoben. Gegenseitiges Begehren und eine gewisse Faszination für den anderen waren eine Sache, aber wenn es um tiefergehende Gefühle ging, wusste er auch nicht weiter. Ein Anflug von Übelkeit stieg in ihm auf, und sein Magen zog sich unangenehm zusammen. Um Zeit für eine Antwort zu gewinnen, griff er nach seinem Glas und nahm einen großen Schluck Wasser.

»Meinen Standpunkt in dieser Sache habe ich klargemacht, denke ich«, brachte er schließlich hervor. Er fühlte sich mies bei dieser Antwort.

»Ich weiß. Du bist nicht bereit für eine neue Liebe.«

»Nein, das bin ich nicht. Ich würde ... wie soll ich es nur ausdrücken?« Er musste schlucken. »So merkwürdig das auch klingt, ich fühle mich noch immer an Jenna gebunden.«

Das entsprach der Wahrheit, und es war ihm nicht möglich, sein Dilemma in andere, für sie vielleicht weniger belastende Worte zu kleiden. Irgendwie wollte ihm das nicht gelingen, so sehr er sich auch bemühte.

»Wenn du das so empfindest, Ryan, wäre allerdings eine rein körperliche Beziehung mit mir ebenfalls ein Betrug an eurer Liebe.«

Es hielt ihn nicht mehr auf seinem Platz. Er stand auf und machte ein paar Schritte durch den Raum. »Das ist doch Blödsinn.«

»Das sehe ich anders. Oder hast du während eurer Ehe auch mit anderen Frauen geschlafen?«

»Natürlich nicht. Ich war meiner Frau auch körperlich immer treu, aber ...«

»Aber nun ist sie tot, und das ändert alles? Wolltest du das sagen?« Auch Emily erhob sich, und als sie hinüber in die Küche ging, folgte er ihr.

»Ja«, gab er zu. »Ihr Tod hat alles verändert.«

»Hörst du dir selber zu?«, fragte sie wie nebenbei. »Du empfindest etwas für mich, willst sogar mit mir schlafen, sagst aber gleichzeitig, du fühlst dich noch immer an deine Frau gebunden. In meinen Ohren klingt das nicht besonders einleuchtend, Ryan.«

»Wenn du nicht damit klarkommst, dann sag es mir lieber gleich«, stieß er hervor. Sie brachte ihn aus dem Konzept, und das ärgerte ihn.

Emily nahm in aller Ruhe zwei Weingläser aus einem offenen Regal und stellte sie auf dem Küchentresen ab.

»Weiß oder rot?«, fragte sie.

Er brauchte einen Moment, um sich wieder in den Griff zu bekommen. »Rot. Schließlich werde ich gerade gegrillt, also ist mir heute Abend nach einer gewissen Schwere.«

Leise lachend zog sie eine Flasche Rotwein aus einem schmalen Fach ihrer Küchenschränke.

»Habe ich dich etwa zum Nachdenken gebracht?«

»Wenn du es genau wissen willst, habe auch ich mir schon über all das den Kopf zerbrochen.« Er machte einen Schritt auf sie zu. »Zurzeit besteht mein Dilemma jedoch vor allem darin, dass mein Begehren mich fast um den Verstand bringt, Emily. Ich denke, das weißt du seit unserem letzten Gespräch ganz genau. Alles, was da sonst noch in meinem Kopf herumschwirrt und mit uns zu tun hat, wird davon nämlich erfolgreich verdrängt. Es fällt mir im Augenblick also verdammt schwer, überhaupt einen klaren Gedanken zu fassen, weil ich mir ständig irgendwelche Sachen vorstelle, die ich mit dir anstellen könnte.« Er atmete tief durch. »Ehrlich gesagt, allein mit dir in einem Raum zu sein rüttelt bereits hart an meiner

Selbstbeherrschung. Solltest du mich jetzt doch noch abweisen, werde ich wahrscheinlich langsam aber sicher dem Wahnsinn verfallen. Darauf solltest du vorbereitet sein.«

Ihre tiefblauen Augen weiteten sich. »Oh, das war verdammt überzeugend.«

»*Aye*, ich bin Schriftsteller, das hilft«, erwiderte er trocken und lachte kurz auf.

Sie hielt ihm die Flasche hin. »Machst du die auf? Der Korkenzieher liegt dort in der Schublade direkt neben dir.«

»Okay.« Bedächtig stellte er die Flasche auf dem Küchentresen ab. »Der Wein kann warten.«

Er sah sie an, und sie erwiderte seinen Blick in einer Intensität, dass es ihm den Atem raubte. Er wollte sie an sich ziehen, aber da kam sie ihm auch schon entgegen. Wie von selbst legten sich ihre Arme um seinen Nacken. Ohne ihren Blick loszulassen, umfasste er mit einer Hand ihren Hinterkopf, die andere lag an ihrem Rücken. Dann senkten sich langsam ihre langen dunklen Wimpern, und sie bot ihm ihre Lippen dar. Für einen winzigen Moment genoss er dieses bezaubernde Bild, doch dann konnte er nicht mehr widerstehen und küsste sie. Sein Verstand schien sich im selben Augenblick einfach abzuschalten, und sein gesamtes Sein wurde nur noch von der Leidenschaft und dem unermesslichen Verlangen nach mehr beherrscht. Selbst das zarte Kitzeln ihrer seidigen Haare auf seinem Handrücken erregte ihn maßlos. Er hörte sich leise stöhnen, als sie sich stärker an ihn presste. Unweigerlich ließ er seine Hände über ihren Rücken hinabwandern, bis sie den Bund ihres Pullovers erreichten, ihn hochschoben und dann endlich, *endlich* auf nackte Haut trafen. Sein Mund löste sich von ihren weichen Lippen, glitt über ihr Kinn und erreichte ihren Hals. Emily warf ihren Kopf in den Nacken und stöhnte auf.

»Schlafzimmer«, sagte sie schwer atmend.

»Ja.« Er hielt inne, sah sie an. »Bist du sicher?«

»O ja, das bin ich.« Sie stieß ein leises Geräusch der Wonne aus, das ihm unter die Haut ging, nahm seine Hand und zog ihn mit sich.

»Ich kann es kaum erwarten, dich anzusehen.«

Seine Stimme klang heiser. Mit einer hastigen Bewegung zog er ihr den Pullover über den Kopf und warf ihn beiseite. Sein bewundernder Blick sagte ihr alles. Und plötzlich schien er alle Zeit der Welt zu haben, das machte sie völlig verrückt. Während sie bereits ungeduldig an seiner Kleidung zerrte, fuhr er mit dem Zeigefinger sehr langsam den Spitzenrand ihres schwarzen BHs entlang.

Emily erschauerte und fragte sich, wann sie zum letzten Mal so intensiv gefühlt hatte. Sie konnte sich an kein einziges Mal erinnern.

»Ryan, bitte.«

»Lass mich das nur einen Moment genießen«, flüsterte er. »Ich stelle mir gerade vor, wie ich jeden einzelnen Zentimeter deiner zarten Haut küssen werde.«

Behutsam fuhr er fort, sie Stück für Stück auszuziehen, bis sie nackt vor ihm stand. Sie hingegen hatte es unterdessen gerade einmal geschafft, seine Hemdknöpfe und den Gürtel zu öffnen, weil jede Berührung von ihm ihren Körper vor Lust erbeben ließ und sie jedes Mal von ihrem Vorhaben abgelenkt wurde, ihn ebenfalls auszuziehen.

Doch dann war auch er plötzlich nackt. Noch nie in ihrem

Leben hatte sie einen so schönen männlichen Körper gesehen. Da war sie sich sicher. Alles an ihm erschien ihr perfekt. Seine Hände und Lippen auf ihrer Haut ließen sie dahinschmelzen, und ihre Lust war überwältigend, als er schon wenige Minuten später in sie eindrang, einfach weil sie es beide nicht mehr aushielten, noch länger auf diesen besonderen Moment zu warten. Kaum war er in ihr, verharrte er und sah ihr tief in die Augen. Er füllte sie vollkommen aus, und in dieser einen Sekunde erkannte sie, dass auch er sie eines Tages lieben würde.

Vielleicht ist es ihm selbst noch nicht klar, dachte sie hoffnungsvoll, aber irgendwann wird dieser Mann mich so zurücklieben, wie ich es mir ersehne. Er wird gar nicht anders können.

»Emily«, flüsterte er in ihre Gedanken hinein. Und dann noch einmal. »Emily.«

In ihren Ohren klang das schon jetzt nach einer Liebeserklärung. Dann begann er, sich in ihr zu bewegen, und die Welt um sie herum löste sich endgültig in Lust und grenzenlose Wonne auf.

Sie passte sich seinem Rhythmus an, und nach nur wenigen Stößen kamen sie beide mit einer Wucht, die Emily fast erschreckte. Kaum dass sie ihren Höhepunkt erreichte, bäumte auch er sich auf. Ein lang gezogenes Stöhnen entwich seiner Kehle und riss sie mit in einen Strudel aus purer Leidenschaft. Emily stieß laut seinen Namen hervor, und als die Wellen ihres Orgasmus langsam abebbten, fühlte sie sich so tief erschüttert von ihren überfließenden Gefühlen, dass sie ganz still liegen blieb, weil sie verhindern wollte, dass dieser wundervolle Augenblick endete. Ihm schien es ähnlich zu gehen, denn auch er bewegte sich nicht. Ganz sanft, fast wie zu ihrer eigenen Beruhigung, streichelte sie seinen Nacken, bis sich ihr gemeinsamer Atemrhythmus wieder normalisierte.

Schließlich fühlte sie, wie er sich langsam aus ihr zurückzog und neben sie glitt. Noch immer schweigend zog er sie an seine Seite, und sie kuschelte sich an ihn, lauschte seinem Atem und drückte ihre Lippen auf seine warme Haut. Mit ihrem Zeigefinger malte sie eine Linie von seiner Brust hinab, umkreiste seinen Bauchnabel. Irgendwann griff er nach ihrer Hand und hielt sie fest.

»Vorsicht, sonst weckst du erneut das Tier in mir.«

Leise kichernd löste sie sich von ihm, setzte sich auf und sah ihm ins Gesicht. Sie fühlte sich seltsam befreit und unfassbar wohl in ihrer Haut. Eine Empfindung, die neu für sie war, wie sie erstaunt feststellte. Ryans kräftiges dunkelblondes Haar war verwuschelt, und das gefiel ihr sehr.

»Hast du erwartet, dass es so zwischen uns sein wird?«, fragte sie ohne Umschweife.

»Nach unserem ersten Kuss hatte ich eine Ahnung, aber ...« Er suchte offenbar nach Worten. Das fand sie süß.

»Was mich angeht, wurden alle Erwartungen übertroffen. Es war ... bombastisch, Ryan.«

»Bombastisch?« Er schmunzelte. »Das trifft es ziemlich gut, ja. Am Ende kam es durchaus einer Explosion sehr nahe.« Auch er setzte sich jetzt auf, sah ihr in die Augen und strich ihr zärtlich eine Haarsträhne aus der Stirn. »Wir werden es also wiederholen.« Es klang wie eine Feststellung, nicht wie eine Frage.

»Darauf kannst du wetten.«

»Ich will ja nicht die gute Stimmung trüben, aber wir

haben im Rausch der Gefühle kein Kondom benutzt«, sagte er und schüttelte leicht den Kopf. »Das ist mir noch nie passiert. Ich finde das unverzeihlich, und es tut mir leid, dass ich nicht daran gedacht habe.«

»Ich nehme die Pille. Aber du hast recht, das hätte uns nicht passieren dürfen.« Sie rutschte vom Bett. »Du brauchst dich nicht zu entschuldigen. Ich habe schließlich auch keinen Gedanken daran verschwendet. Mein Gehirn war ...«

»Wie Brei?«, half er aus.

»So ungefähr, ja.«

»Willkommen im Klub, Emily.« Er hob eine Augenbraue, doch seine Miene wirkte alles andere als ernst. »Dabei trage ich seit Tagen eins in der Hosentasche mit mir herum.«

»Wie vorbildlich.«

»Nun ja, nicht ganz. Schließlich ist es noch immer da drin.«

»Wir können zur Blutabnahme gehen, wenn du willst, dann sind wir beide beruhigt«, schlug sie vor. »Aber mein letzter Test liegt zufällig kaum einen Monat zurück, weil mein Gynäkologe den bei der normalen Vorsorgeuntersuchung gerne mitmacht. Mein letzter Sex liegt mindestens drei Monate zurück.«

»Ich bin zwar noch um einiges länger abstinent gewesen als du, aber ich erledige das gleich morgen früh. Sobald wir das Ergebnis haben, können wir die Kondome vergessen, okay?«

»Okay.« Sie seufzte. »Echte Sorgen mache ich mir ohnehin nicht.«

»Nein, ich auch nicht. Du warst in einer festen Beziehung, und ich bin kein Typ für schnelle Abenteuer.«

»Das höre ich gern.« Sie neigte sich ihm zu und drückte ihm einen Kuss auf die Brust. »Der Wein wartet.«

18. Kapitel

Die nächsten Tage verbrachten sie vor allem damit, die Renovierung von Ryans Büro vorzubereiten. Emily ließ einen zweiten Schreibtisch heraufbringen, während Ryan das alte Büro von Max Jacoby ausräumte, bis es nahezu leer war. Nur die Schrankwand wartete noch darauf, dass der zuständige Handwerker kam, um sie abzubauen. Da die massive Rückwand des mächtigen Möbelstücks an mehreren Stellen fest in der Wand verankert war, hatte man sie nicht wie die anderen Möbel einfach heraustragen können. Ryan verlegte seinen Arbeitsplatz schließlich ganz an den zusätzlichen Schreibtisch in Emilys Büro.

»Morgen kommt das Monstrum endlich raus«, teilte Ryan ihr im Laufe des Nachmittags mit. Seine Augen strahlten. »Der Raum wirkt jetzt schon viel größer als vorher. Wie riesig muss er erst sein, wenn das hässliche Ding verschwunden ist.«

»Der Unterschied wird sicher enorm sein«, stimmte sie ihm zu. Sie fand es fast schon rührend zu sehen, wie sehr er sich auf sein neues Büro freute.

Ryan erhob sich und ging an ihrem Schreibtisch vorbei ans Fenster.

»Leider wurde meine Hoffnung enttäuscht, dass ich beim Ausräumen der Möbel noch auf irgendwelche Hinweise wegen der Erbschaft stoße«, sagte er. »Ich habe mir die alten

Möbel ganz genau angesehen, aber nichts gefunden. Es wäre auch zu schön gewesen.«

»Vielleicht solltest du dich endlich damit abfinden, dass du nie herausfinden wirst, warum du das Hotel geerbt hast.«

»Das Dumme ist nur, dass mich die Frage nach dem Warum einfach nicht in Ruhe lässt.« Seufzend atmete er aus, dann wechselte er das Thema. »Das Wetter ist herrlich. Ein richtiger Frühlingstag.« Er drehte sich zu ihr um. »Hast du noch sehr viel zu tun? Ich finde, wir sollten ein bisschen rausgehen, meinst du nicht? Wäre doch schön, ein bisschen die Sonne zu genießen.«

Sie warf einen Blick auf ihren Schreibtisch. »Hier liegt eigentlich nichts mehr, was nicht auch noch bis morgen warten könnte.« Lächelnd sah sie zu ihm auf. »Ja, ich finde auch, wir sollten an die Luft gehen. Das tut uns sicher gut.« Plötzlich hatte sie eine Idee. »Warte mal, mir kommt da gerade ein Gedanke, wohin wir fahren könnten. Wenn wir schon mal früher Feierabend machen, dann sollten wir ein Ziel haben, damit es sich lohnt.«

»Was hast du vor?«

»Lass dich überraschen, Ryan.« Sie stand auf. »Ich würde mich aber gerne umziehen. Jeans und Sneaker wären angenehmer.«

»Stimmt.« Er erwiderte ihr Lächeln. »Dann schlüpfen wir mal schnell in Freizeitklamotten, und ich begebe mich vertrauensvoll in deine Hände.«

»Ach, Ryan?«

»Ja?«

»Nimm bitte einen leichten Sommerschal oder so was in der Art mit. Besitzt du einen?«

»Ja, habe ich. Aber warum sollte ich ihn mitnehmen? Die Sonne scheint, und es sind zwanzig Grad.«

»Tu es einfach.«

Wenig später fuhren sie mit dem Lift hinunter in die Tiefgarage und stiegen in Emilys silbergraues Mercedes-Cabriolet.

»Ein schönes Auto«, sagte er. »Mir fällt gerade auf, dass ich bis jetzt nicht einmal wusste, dass du überhaupt ein Auto besitzt.«

»Also wirklich, Ryan«, erwiderte sie schmunzelnd. »Ich bin ein Großstadtmädchen. Außerdem fahre ich leidenschaftlich gerne Auto. Natürlich habe ich meinen Führerschein sofort gemacht, kaum dass ich achtzehn geworden war. Mein erstes Auto bekam ich von meinen Eltern zum Abitur. Es war zwar nur der abgelegte Golf meiner Mutter, aber ich habe das Ding geliebt wie verrückt und ihn noch einige Jahre gefahren.«

Als sie im Wagen saßen, ließ Emily das Dach zurückfahren und band sich ein Seidentuch um den Kopf und den Hals.

»Jetzt verstehe ich auch, warum ich einen Schal mitnehmen sollte.«

»Das ist wichtig, Ryan. Wenn man sich beim Cabriofahren nicht an die Regeln hält, kann das schnell mit einer bösen Halsentzündung enden.«

»Wohin fahren wir eigentlich?«, wollte er wissen, als sie die Tiefgarage verließen.

»Ich werde dir den Ort zeigen, wo ich aufgewachsen bin«, antwortete sie und sah kurz zu ihm hinüber, um seine Reaktion mitzubekommen. Sie wurde nicht enttäuscht. Offenbar gefiel ihm ihr Vorhaben.

»Ach? Sagtest du nicht, du kommst aus Nienstedten?«

»Genau. Meine Familie besitzt dort ein Anwesen. Lindenhain war früher mal ein richtiger Gutshof, aber das ist lange her.«

»Na, da bin ich gespannt. Wir müssen dann doch Richtung Westen, oder? Könntest du vielleicht am Hafen entlangfahren? Ich war immer noch nicht dort, seit ich wieder in Hamburg bin.«

»Das wollte ich ohnehin tun. Danach geht es über die Elbchaussee, und dann sind wir auch schon fast dort.«

»Wunderbar. Ich freue mich, zumindest ein paar schnelle Blicke auf das Wasser der Elbe werfen zu können.«

Sie lachte. »Das müsste sich einrichten lassen.«

Zu ihrer großen Freude schien er die Autofahrt tatsächlich zu genießen. Hier und da kommentierte er, was er sah – Plätze oder Gebäude, die sich verändert hatten, seit er zuletzt hier gewesen war, oder mit denen er Erinnerungen verband. Als Emily schließlich die Auffahrt von Lindenhain entlangfuhr, war er ziemlich beeindruckt.

»Wow, Emily, das ist ja ein Schloss!«

»Na, nun übertreib mal nicht.«

»Doch, ich finde es sehr imposant. Wenn es um Herrenhäuser geht, findest du strahlend gelbe Fassaden und weiße Mauersäulen in Schottland nämlich äußerst selten. Da ist nahezu jedes *Castle* grau. Steingrau eben.« Er lachte. »Das hat natürlich auch seinen Reiz, nicht dass du mich falsch verstehst.«

»Tue ich nicht, keine Sorge. Du weißt ja, ich habe eine Schwäche für Traditionen.« Emily parkte den Wagen, und sie stiegen aus. »Du brauchst dich übrigens gar nicht erst darauf einzustellen, jemandem zu begegnen. Meine Eltern halten sich zurzeit in Brasilien bei Verwandten auf, und während sie fort sind, schaut hier nur zweimal die Woche jemand nach dem Rechten. Heute ist Dienstag, und da kommt niemand her.«

»Okay. Deine Brüder wohnen also auch nicht hier?«

Emily schüttelte den Kopf. »Nein. Leonard hat schon seit Jahren eine Wohnung in Eppendorf. Er war der Erste von uns, der die Segel hier gestrichen hat. Dominik lebt seit zwei Jahren in Berlin. Er ist Schauspieler, und die Serie, in der er mitspielt, wird in Babelsberg gedreht.«

»Aber du hast in diesem Haus noch eigene Räume?«

»Ja, aber im Grunde haben meine Brüder das auch. Wenn es nach meinem Vater ginge, wären wir alle noch hübsch beisammen unter einem Dach.« Sie winkte ihn zu sich. »Komm, Ryan, ich zeige dir zuerst das Grundstück.«

»Sehr gerne.«

Sie folgten der Verlängerung der Zufahrt, die sich zwischen dem großen Haus und zwei kleineren Gebäuden entlangschlängelte. Emily deutete auf die beiden Häuser auf der linken Seite.

»Übrigens war dort in dem vorderen Haus für einige Jahre sogar mal die Rösterei und der Firmensitz von *Magnussen Kaffee* ansässig. Das war direkt nach dem Krieg. Ursprünglich lag der erste Sitz der Rösterei nämlich am heutigen Ballindamm. Das Gebäude wurde aber während des Krieges zum Teil zerstört und das dazugehörige Ladengeschäft verwüstet. Mein Urgroßvater starb in den Trümmern. Zum Glück hatte er eine der Rösttrommeln zuvor hierherschaffen lassen, und so war nicht alles verloren. Die Röstmaschine war ein Segen für

seine Frau und die Nachkommen und hat sehr wahrscheinlich das Unternehmen gerettet. Meine Urgroßmutter war
eine echte Matriarchin. Sie brachte *Magnussen Kaffee* durch
diese schwierigen Zeiten und führte die Firma über mehrere
Jahrzehnte praktisch allein.«

»Das ist ja interessant«, kommentierte Ryan ihre Ausführungen.

»Nicht wahr? Ich fand das auch immer spannend.« Sie gingen ein Stück weiter. »Das hintere Gebäude war früher ein
Gesindehaus, später wurden dann Gäste dort untergebracht.
Meine Vorfahren waren bekannt für ihre großen Gesellschaften und Bälle«, erklärte sie.

»Bälle? Heißt das, es gibt hier einen Ballsaal?«

»Genau das heißt es. Ich zeige ihn dir später.«

»Ich bin immer mehr beeindruckt, Emily.«

»Musst du nicht. Meine Familie ist fast normal, trotz des
Ballsaals.« Sie zwinkerte ihm grinsend zu, dann nahm sie seine Hand und zog ihn mit sich. »Da hinten ist unser Weiher,
den musst du unbedingt noch sehen, bevor wir ins Haus
gehen. Es ist herrlich dort.«

Kurz darauf standen sie am Ufer des Weihers, den Emily
so sehr liebte. Das kleine Gewässer war umgeben von tief
hängenden Weiden und prächtigen Wasserlilien.

»Wenn die Lilien erst blühen, ist es hier märchenhaft
schön«, sagte sie. »Ich habe diesen Ort schon als Kind geliebt.«

»*Aye*, das glaube ich sofort.« Er sah sich um. »Von hier aus
kann man ja sogar auf die Elbe sehen.«

»Ja, aber das geht nur, weil Lindenhain auf einem Hügel
liegt. Einen direkten Zugang zum Fluss haben wir von hier

aus leider nicht. Früher soll es ihn aber gegeben haben, das geht aus der Chronik von Lindenhain hervor. Der Weiher wird noch immer unterirdisch von der Elbe gespeist.«

»Es ist wirklich schön hier. Es kommt einem vor, als wäre die Stadt weit weg.«

»Ja, nicht wahr?« Sie sah zu ihm auf und musste blinzeln, weil die Sonne sie blendete. »Ich hätte meine Sonnenbrille mitnehmen sollen. Sie liegt noch im Auto.«

Als ihre Blicke sich trafen, zog er sie an sich und küsste sie. Der Kuss erschien ihr herzzerreißend zärtlich. Ryans Hände glitten von ihren Schultern hinauf bis zu ihren Wangen. Er vertiefte den Kuss, und sie schmolz regelrecht dahin. All ihre Sinne waren mit einem Mal viel sensibler. Das Gezwitscher der Vögel, das leise Rauschen des Frühlingswinds in den Baumkronen, ja, selbst das sanfte Plätschern des Wassers und die Wärme der Sonne nahm sie in diesem Moment viel stärker wahr. Seufzend und ein wenig bedauernd sog sie den Atem ein, als Ryans Lippen sich wieder von ihren lösten.

Sie war erfüllt von der tiefen Gewissheit, dass sie nie wieder so viel für einen Mann empfinden würde wie für ihn.

Er hielt sie noch eine Weile an sich gedrückt, doch dann löste er die Umarmung.

»Ich muss zugeben, mein Schriftstellerherz ist ziemlich neugierig auf das Haus.«

»Gib es zu, du willst vor allem den Ballsaal sehen.«

»Erwischt.«

Gut aufgelegt schlugen sie den Weg zurück zum Haupthaus ein. Als sie um eine kleine Wegbiegung kamen, zeigte Emily auf eine Fensterfront des großen Gebäudes.

»Schau, da kannst du den Ballsaal schon von außen sehen.

Er zieht sich über den gesamten unteren Teil des hinteren Flügels hinweg.«

»Man kann nur leider nicht hineinsehen«, stellte er im Vorbeigehen fest.

»Nein, die dichten Vorhänge sind wegen der Sonne meist zugezogen. Meine Mutter hat ständig Angst um das Parkett und die alten Bilder.«

»Das kann ich verstehen. Solche Schätze sollte man in Ehren halten und gut auf sie achtgeben.«

»Das stimmt wohl.«

Hand in Hand spazierten sie seitlich am Haus vorbei und folgten dem Weg bis vor die Eingangstür. Emily fischte den Schlüssel aus ihrer Umhängetasche und schloss eine Seite der bogenartigen Doppeltür auf. Kurz darauf standen sie in der Eingangshalle.

»Hier unten kann ich dir fast alles zeigen. Die Privaträume meiner Eltern sind natürlich tabu.«

»Selbstverständlich.«

Nach und nach führte sie ihn durch alle Räume.

»Dies ist das Kaminzimmer. Hier halten meine Brüder und ich uns am liebsten auf«, sagte sie, als sie eine Art Wohnzimmer betraten.

Meerblaue Sessel und kleinere Sofas standen verteilt im Raum. Eine größere Sitzecke befand sich direkt vor einem riesigen Kamin. Auf dem hochpolierten Marmorsims standen zwei mehrarmige Kerzenleuchter und einige Fotos. Ryan ging zum Kamin und sah sich die Fotos genauer an. Das größte Bild in der Mitte zeigte offensichtlich die gesamte Familie Magnussen. Ryan nahm den schweren goldfarbenen Rahmen vom Kaminsims, um sich das Foto genauer anzusehen.

Emily kam zu ihm und tippte auf die einzelnen Personen, die darauf zu sehen waren, während sie erklärte: »Mich kennst du ja. Das links ist meine Mutter, in der Mitte meine Brüder Leo und Nicki, und der Mann rechts ist natürlich mein Vater.«

»Deine Mutter könnte auch eine ältere Schwester von dir sein«, stellte er fest.

»Ja, das sagen viele. Sie ist noch immer unglaublich schön, nicht wahr?«

»Das ist sie.« Er löste den Blick von dem Foto und sah sie an. »Nicht so schön wie du, natürlich. Das geht gar nicht.«

»Ach, Ryan.« Lachend nahm sie ihm das Foto aus den Händen und stellte es zurück an seinen Platz. »Komm mit, jetzt ist der Ballsaal dran.«

»Au ja.« Sie durchquerten die Eingangshalle und kamen schließlich vor einer riesigen doppelflügeligen Tür an. Emily öffnete sie, und sie traten ein.

Wie angewurzelt blieb Ryan an der Tür stehen. »Soll ich lieber die Schuhe ausziehen?«, fragte er.

»Sei nicht albern. Unsere Schuhe sind trocken, und wir tragen beide Sneakers. Es besteht nicht die geringste Gefahr für das Parkett. Hier wurde sogar mit hohen Absätzen getanzt, und da hat sich auch niemand drum geschert.«

Langsam folgte Ryan ihr durch den Saal. Auf der rechten Seite hingen mehrere Gemälde, die andere wurde von der riesigen Fensterfront dominiert, an der sie draußen bereits vorbeigelaufen waren. Das größte Gemälde zeigte den Gründer des Familienunternehmens: Paul Friedrich Magnussen und seine Frau Amalia, wie Emily ihm erklärte.

Ryan hatte vorhin nicht übertrieben, er war wirklich zutiefst beeindruckt von dem Anwesen.

»Ich kann deine Mutter jetzt noch besser verstehen«, sagte er. »Dieser Saal ist ein wahres Schmuckstück.«

»Ja, das ist er wohl.«

»Wird er denn noch für Feierlichkeiten benutzt?«

Emily schüttelte den Kopf. »Schon lange nicht mehr. Die letzte große Feier, die hier stattfand, war die Hochzeit meiner Eltern, und die ist schon fast vierzig Jahre her. Ansonsten war der Saal für mich und meine Brüder eine Art Spielplatz, auch wenn es natürlich bestimmte Regeln einzuhalten galt. Fußbälle und irgendwelche Kinderfahrzeuge waren hier verboten.«

Er konnte sich kaum vorstellen, wie es sein musste, in so einem riesigen Haus aufzuwachsen.

»Meine Güte, Emily, du kommst wirklich aus stinkreichem Hause, was?«

Er setzte ein Grinsen auf, um ihr zu zeigen, dass seine Bemerkung humorvoll gemeint war.

Sie winkte ab. »Das ist richtig, aber das war nicht immer von Vorteil.«

»Es war ein Scherz, Emily.«

»Der allerdings den Kern getroffen hat.«

»Trotz all dem hier und der Geschichte deiner Familie konntest du keinerlei Interesse für die Kaffeedynastie aufbringen, in die du hineingeboren wurdest?«

»Nein, leider überhaupt nicht, doch ich brauchte selbst eine Weile, um das zu begreifen. Bei Dominik war es recht früh klar, dass er einen anderen Weg für sich suchen würde. Er hatte schon immer eine künstlerische Ader. Was mich angeht, hat es etwas gedauert. Inzwischen hat meine Familie aber zum Glück meine Entscheidung akzeptiert, darüber bin ich wirklich sehr froh. Du weißt ja, wie sehr ich das Hotel liebe.«

»Ja, das habe ich schon mitbekommen«, erwiderte er.

»Das Hotel ist meine Welt, und darin fühle ich mich pudelwohl. Wie auch immer, natürlich halten auch Dominik und ich Anteile an der Firma. Wir werden regelmäßig über alle Entwicklungen informiert und haben in bestimmten Bereichen sogar Mitspracherechte. Leonard war das immer sehr wichtig.«

»Na ja, das finde ich auch normal. Ihr gehört ja zur Familie.«

»So sieht er das zum Glück auch.« Sie verließen den Saal und stiegen eine eindrucksvolle Treppe mit kunstvoll geschnitztem Geländer hinauf ins obere Stockwerk. »Auf der Seite dort wohnen meine Eltern, da hinten befinden sich die Räume meiner Brüder.« Als sie oben auf der Galerie angekommen waren, nahm sie ihre Erläuterungen wieder auf und zeigte in die verschiedenen Richtungen. »Wir müssen diesen Flur entlang«, schob sie nach, »dann kommen wir in meinen Wohnbereich.«

Schließlich öffnete sie eine weitere Tür. Sie durchquerten ein Wohnzimmer, das in einem ähnlich klassischen Stil wie das untere Kaminzimmer eingerichtet war, und gelangten durch eine weitere Tür ins Schlafzimmer.

»Uff«, entfuhr es Ryan, als er das übergroße Himmelbett sah, das den Raum dominierte.

»So kann man es sagen.« Emily lachte.

»Im Hotel wohnst du deutlich anders.«

»Das ist wahr. Aber du wirst es kaum glauben … So gerne ich die modernen und schlichten Möbel in meiner Suite mag, so wunderschön finde ich auch diese Einrichtung hier.« Sie ging hinüber zu einer alten Frisierkommode und strich mit den Fingerspitzen über die glänzende Oberfläche, während er vor dem imponierenden Bett stehen blieb. »Das hier war einmal das Zimmer von Amalia Magnussen, der Frau des Gründers. Du erinnerst dich an meine Erzählungen und das große Ölgemälde im Ballsaal?«

»Natürlich. Sie war die Frau, die das Unternehmen durch die schweren Zeiten nach dem Krieg brachte, richtig?«

»Gut aufgepasst.« Emily sah ihn strahlend an, und er fühlte das inzwischen schon vertraute Kribbeln in seiner Magengegend. »Schon als kleines Mädchen hatte ich eine Schwäche für diese Frau«, fuhr sie fort. »Alles an ihr hat mich fasziniert. Für ihre Zeit war sie nämlich äußerst emanzipiert, musst du wissen. Sie hatte zwei Söhne, meinen Großvater, der versehrt aus dem Krieg heimkehrte, und meinen Onkel Bernhard, der damals in Berlin starb. Amalia hatte es alles andere als leicht.« Emily kam zurück zu ihm. »Wenn ich überhaupt jemals ein schlechtes Gewissen hatte, weil ich einfach kein Interesse für das Kaffeegeschäft aufbringen konnte, dann vor allem ihr gegenüber. Ich weiß, das klingt albern, denn sie lebte ja schon lange nicht mehr, als ich auf die Welt kam, aber so habe ich das manchmal empfunden, sobald ich an sie dachte.« Emily seufzte. »Als Kind habe ich noch ein Zimmer im vorderen Flügel des Hauses bewohnt, wo auch meine Brüder untergebracht waren. Die Räume hier waren für eine lange Zeit einfach verschlossen, und sämtliche Möbel waren mit Tüchern abgedeckt. Dabei sind gerade diese Räume besonders schön, wie ich finde. Schon zu Amalias Zeiten gab es hier ein eigenes Bad, und durch die Fenster kann man in den Park hinüber bis zum Weiher sehen. Als ich vierzehn Jahre alt wurde, habe ich so lange gequengelt, bis ich hier endlich einziehen durfte. Seitdem ist das mein Zimmer, und ich wohne hier, sobald ich mich auf Lindenhain befinde.« Er beobachtete, wie ihre Blicke erneut durch den Raum glitten. »Das Bad nebenan wurde natürlich von Grund auf renoviert, doch der Stil wurde erhalten. Noch immer steht dort eine Badewanne auf Klauenfüßen, auch wenn sie neu ist. Einige der Möbel hier im Schlafzimmer habe ich später ein bisschen aufbereiten lassen, und selbstverständlich liegt inzwischen eine äußerst moderne Matratze in dem alten Bett, doch alles in allem sieht es noch immer so aus, wie es Amalia Magnussen hinterlassen hat. Ich mochte die Vorstellung sehr, so zu wohnen, wie meine faszinierende Urgroßmutter es einst getan hat.«

»Du bist eine Romantikerin«, stellte er fest. »Das gefällt mir.«

Sie zuckte mit den Schultern. »Damals war ich ein Teenager. Ich muss zugeben, dass ich mich inzwischen hier nicht mehr ganz so wohlfühle – zumindest wenn es ums dauerhafte Wohnen geht. Versteh mich nicht falsch. Wie ich vorhin schon sagte, mag ich die alten Möbel noch immer gerne anschauen, aber meine Suite im Hotel ist mir lieber und entspricht viel eher meinem heutigen Lebensstil.«

»Das kann ich gut nachvollziehen.«

»Sollte ich irgendwann einmal nicht mehr im Jacoby arbeiten, würde ich mir jedenfalls so schnell wie möglich eine Wohnung suchen, wie es meine Brüder auch getan haben. Ich komme lieber zu Besuch, und dann schlafe ich auch gerne mal eine Nacht in diesem Bett, wenn es sich ergeben sollte.«

Sein Blick fiel erneut auf das Bett, dann sah er sie verschmitzt an.

»Du hast also keine Lust, in diesem Himmelbett über mich herzufallen?«, fragte er.

»Vergiss es, Maclane.«

Lachend ging sie zur Tür, und er folgte ihr.

19. Kapitel

»Hoffentlich sind die bald fertig mit der doofen Schrankwand.« Emily blähte die Wangen auf. »Meine Güte, sind die
laut. So kann sich kein Mensch konzentrieren.«

Die Hände in die Seiten gestemmt stand sie vor Ryans
Schreibtisch.

»Schau mich nicht so vorwurfsvoll an. Ich kann nichts
dafür«, erwiderte er.

»Du hättest ja mit dem ollen Ding weiterhin leben können, dann wäre uns diese nervige Geräuschkulisse erspart geblieben.«

Ryan schnitt ihr eine Grimasse. »Die holen nur die
Schrauben und Dübel aus der Wand, wahrscheinlich wird
auch das eine oder andere Brett zersägt. Das Theater kann
nicht mehr lange dauern.« Er stand ebenfalls auf und ging
um den Schreibtisch zu ihr herum. »Es war übrigens ein richtig schöner Ausflug gestern«, sagte er und strich ihr eine
Haarsträhne hinters Ohr, die sich aus einer Klammer gelöst
hatte. »Danke, dass du mir euer Lindenhain gezeigt hast. Das
war sehr inspirierend.«

»Ich fand den Nachmittag auch schön. Es ist immer so
entspannend, dort zu sein, wenn alle ausgeflogen sind.«

»Wann kommen denn deine Eltern zurück?«

»Ach, das kann noch dauern. Mein Bruder Leonard hat vor

ein paar Tagen mit den beiden telefoniert, und sie fühlen sich pudelwohl. Wie gesagt, sind sie bei Verwandten auf einer Kaffeeplantage in Brasilien. Obwohl das Land unserer Familie gehört und sogar schon mein Urgroßvater den Kaffee überwiegend von dort bezogen hat, ist meine Mutter bisher noch nie vor Ort gewesen. Offenbar ist sie nun völlig hin und weg – nicht nur von der Plantage, sondern auch von ihrer Verwandtschaft.« Sie winkte ab. »Lange Geschichte. Ich erzähle sie dir irgendwann mal. Kurz gesagt, solange meine Mutter nicht nach Hause will, hält mein Vater die Füße sowieso still.«

»Ah, ein schlauer Mann. Er folgt der Devise: *Happy wife, happy life*?«

»Ja, so ungefähr.« Sie hob die Hand. »Oh, es ist still, wie herrlich.«

»Stimmt.« Er hatte kaum ausgesprochen, als es an der Tür klopfte.

Beide riefen sie gleichzeitig: »Herein!«

Es war einer der beiden Handwerker.

»Herr Bartels, schon fertig?«, fragte Ryan.

»Leider noch nicht ganz, aber deshalb bin ich nicht hier.« Bartels holte tief Luft. »Wir haben etwas entdeckt, dass Sie sich ansehen sollten.«

Ryan und Emily wechselten einen fragenden Blick, folgten dem Mann aber sofort über den kurzen Flur in Ryans Büro. Die Schrankwand war vollständig von der Wand gelöst, und im oberen Bereich bereits abgebaut worden. Einige Teile lagen ordentlich gestapelt an der gegenüberliegenden Wand des Zimmers.

»Was wollen Sie uns denn zeigen?«, fragte Ryan, der auf den ersten Blick nichts Ungewöhnliches entdecken konnte.

»Wir haben hinter der Schrankwand etwas gefunden, dass Sie vielleicht interessieren könnte«, sagte der Handwerker.

»Um was geht es denn?«, fragte Emily.

»In der Mauer gibt es eine Art Klappe. Vielleicht ist es auch ein nachträglich wieder verschlossener Durchbruch im Mauerwerk. So ganz lässt sich das nicht erkennen.« Der Handwerker zuckte mit den Schultern. »Der Bereich ist zwar verschlossen und recht ordentlich verputzt und abgedichtet worden, aber man kann ihn noch gut erkennen. Mein Kollege und ich vermuten stark, dass es hinter der Wand einen Hohlraum geben muss. Wir haben nach unserem Fund die Wand an verschiedenen Stellen abgeklopft, und es klingt praktisch überall hohl. Es könnte also sein, dass hier eine zusätzliche Wand eingezogen wurde.« Bartels schüttelte den Kopf. »Wenn Sie beide hier zum Fenster herüberkommen, können Sie es besser erkennen.«

Kurz darauf starrten Ryan und Emily auf den Bereich in der Wand, auf den der Handwerker zeigte. Eigentlich war nur eine leichte Verdickung im Mauerwerk zu erkennen, die schätzungsweise die Größe einer halben Tür hatte. Man musste schon genau hinsehen, um die ehemalige Öffnung überhaupt zu erkennen.

Ryan wechselte erneut einen Blick mit Emily und zog die Augenbrauen in die Höhe.

»Kriegen Sie das auf?«, fragte er.

»Wir haben es uns schon genauer angesehen. Um es zu öffnen, brauchen wir auf jeden Fall zusätzliches Werkzeug. Das muss aufgestemmt werden. Es gibt ja keine sichtbare Öffnung, die man nutzen könnte, um eine Hebelwirkung zu erzielen.«

»Das stimmt allerdings.«

»Es ist Ihre Entscheidung, Herr Maclane. Doch selbst wenn da nichts ist, wäre es doch eine Schande, den Raum nicht in der Größe nutzen zu können, in der er eigentlich vorgesehen war.«

»Das sehe ich auch so.«

»Soll ich also das entsprechende Werkzeug holen lassen, damit wir die Mauer aufstemmen können?«, wollte Bartels wissen.

»Schaffen Sie das denn heute noch?«

»Ich müsste nur ein paar Termine umlegen, dann kriegen wir das hin.«

Bartels wechselte einen Blick mit seinem Angestellten, der sofort zustimmend nickte.

»Öffnen Sie die Mauer, Herr Bartels. Lassen Sie uns herausfinden, was es mit diesem Hohlraum auf sich hat.«

»In Ordnung.« Der Handwerker nickte. »Ich muss kurz ein paar Telefonate führen, dann können wir loslegen. Ich würde vorschlagen, dass wir zunächst die Teile der Schrankwand abholen lassen, damit wir hier mehr Platz haben. Das erleichtert das Aufräumen später.«

»Klingt logisch«, erwiderte Ryan.

»Finde ich auch«, stimmte Emily ihm zu.

»Also gut, dann erledigen Sie das, Herr Bartels, und gehen Sie so vor, wie wir es besprochen haben. Ich möchte allerdings unbedingt dabei sein, wenn Sie die Wand öffnen. Sagen Sie uns einfach Bescheid, wenn Sie so weit sind.«

»Selbstverständlich. Ich besorge für Sie beide Schutzanzüge und ausreichend Folie für die Tür. Das wird nämlich tüchtig stauben.«

»Und danke, dass Sie so aufmerksam waren und das entdeckt haben.«

Bartels zog die Stirn kraus. »Fast hätten wir es übersehen. Es waren eher die ungewöhnlichen Geräusche beim Abbau, die uns aufhorchen ließen. Ohne sie wäre uns die verputzte Stelle vielleicht gar nicht groß ins Auge gefallen.« Der Handwerker zeigte auf das Fenster. »Im Übrigen habe ich gleich heute Morgen festgestellt, dass die Fensteröffnung in diesem Raum eigentlich viel zu weit rechts liegt, wenn man von der Tür aus in den Raum hineinsieht. Das muss bei diesen alten Gebäuden natürlich nichts heißen, doch es würde ebenfalls zu der Vermutung passen, dass hier irgendwann einmal eine zusätzliche Wand eingezogen wurde. Sie sehen also, eins kam zum anderen, Herr Maclane.«

Als sie wieder zurück in Emilys Büro waren, rief Ryan beim Service an. »Hallo, Frau Jörde.«

»Herr Maclane, was kann ich für Sie tun?«

»Bitte sorgen Sie doch dafür, dass den beiden Handwerkern hier oben ein kräftiger Imbiss, eine große Kanne Kaffee, ausreichend Wasser und ein paar Softdrinks serviert werden. Stellen Sie für den Imbiss etwas Passendes zusammen, das kein Besteck braucht. Sie wissen schon ...«

»Natürlich. Wird sofort erledigt, Herr Maclane.«

»Ach, und noch etwas. Im Laufe des Tages könnte es im Haus noch mal recht laut werden. Ich weiß, es steht bereits ein entsprechendes Hinweisschild in der Lobby, doch sorgen Sie bitte trotzdem dafür, dass unsere Gäste für die Unannehmlichkeiten entschädigt werden.« Er überlegte kurz. »Ein Gutschein für einen Cocktail in der Bar oder wahlweise für Kaffee und Kuchen im Café sind vermutlich angebracht.«

»Ich kümmere mich darum.«

Ryan bedankte sich, legte auf und sah Emily an.

»Kluge Entscheidung, Chef.«

»Was meinst du, was hinter dieser Wand sein könnte?«, fragte er, ohne auf ihre Bemerkung einzugehen.

Sie zuckte mit den Schultern. »Keine Ahnung, aber spannend ist es allemal.«

»Ja, finde ich auch.«

Erst am frühen Nachmittag war es dann so weit. Auf Bartels Vorschlag hin schlüpften Emily und Ryan in die weißen Schutzanzüge, die der Handwerker ihnen mitgebracht hatte, um einigermaßen gegen den Mauerstaub geschützt zu sein. Der Zugang zum Büro wurde sorgfältig mit Folie abgedeckt. Mit einem großen Bohrhammer in der Hand begann Bartels schließlich, den Umriss des von ihm entdeckten Bereichs in der Mauer zu bearbeiten, während sein Kollege einen knallgelben Baustaubluftreiniger in Gang setzte. Das Geräusch des Bohrhammers war ohrenbetäubend, und es dauerte eine ganze Weile, bis der Schlitz in der Wand deutlich sichtbar wurde. Plötzlich – Bartels schien selbst überrascht zu sein – brachen große Teile aus der Mauer heraus. Obwohl der Luftreiniger durchgehend lief, war nun der gesamte Raum voller Staub.

»Wir sollten erst mal ein paar Minuten kräftig lüften«, riet Bartels, obwohl einer der Fensterflügel schon sperrangelweit offen stand.

Emily ging hinüber zum Fenster und öffnete auch noch den zweiten Flügel. Zusammen mit dem elektrischen Luftreiniger sorgte das dafür, dass sich die Luft im Raum nun erstaunlich schnell klärte.

»Da laust mich doch der Affe«, sagte Bartels, der sich eine große Taschenlampe genommen hatte und einen ersten Blick durch das Loch in der Wand riskierte. »Das ist tatsächlich ein Hohlraum, der über die gesamte Länge des Zimmers geht. Gut einen Meter breit, würde ich sagen«

Ryan stand bereits hinter ihm. »Lassen Sie mich mal schauen«, bat er. Der Handwerker trat beiseite und reichte Ryan die Taschenlampe. »Ja, der Raum ist mindestens einen Meter tief. Weiter hinten an der Wand sehe ich eine recht große Kiste«, teilte er den anderen seine Beobachtung mit.

Die Spannung in seinem Inneren verwandelte sich in etwas noch Größeres. Dies hier war eine entscheidende Entdeckung, das spürte er einfach. Er drehte sich zu den beiden Männern und Emily um. Auch Emilys Augen waren vor Aufregung geweitet.

»Was kann das nur sein?«, fragte sie.

»Vor vielen Jahren habe ich so etwas schon einmal gesehen«, meldete sich Bartels zu Wort. »Es war in einer alten Villa in Harvestehude. Auch dort gab es in einem Zimmer unter dem Dach eine Art Doppelwand. Dahinter fanden die neuen Besitzer der Villa ein paar wertvolle Gemälde und andere Kunstgegenstände, die der verstorbene Vorbesitzer offenbar dort in Sicherheit gebracht hatte.« Bartels rieb sich über den eisgrauen Vollbart. »Komisch, dass mir das jetzt erst einfällt. Ich weiß noch, wir nahmen damals an, dass der Vorbesitzer es wegen des Krieges getan haben könnte.«

»Na, dann brechen Sie die Wand erst mal so weit auf, dass wir durchkommen«, forderte Ryan Bartels auf. »Schauen wir mal, was es in unserem Versteck zu finden gibt.«

»Geht klar.«

»Sobald wir die Sachen aus dem Hohlraum geholt haben, können Sie die gesamte Wand einreißen. Es wäre wirklich gut, wenn Sie das Thema heute noch abschließen könnten, Herr Bartels. Wir sollten unseren Gästen diesen Baulärm nicht zwei Tage lang zumuten.«

»Das dürfte kein Problem sein, Herr Maclane. Die Wand besteht nur aus einem halben Stein, deshalb sind auch so schnell Teile herausgebrochen. Der Rest wird ebenso schnell gehen, dann bleiben nur noch die Aufräumarbeiten. Alles, was danach kommt, wie das Verputzen und so weiter, macht keinen großen Lärm mehr. Wir werden auch bei den Aufräumarbeiten und beim Abtransport des Schutts achtgeben, dass wir nicht unnötig laut sind.«

»Das klingt perfekt.«

Schon eine Viertelstunde später war der Durchbruch in der Wand so groß, dass man problemlos hindurchgehen konnte. Jetzt fiel auch genug Licht in den Hohlraum, sodass man nur noch für den hinteren Bereich die Taschenlampe benötigte. Dort stand ein hohes Regal von der Sorte, wie man es auch in Kellerräumen fand. Es war leer. Direkt daneben, auf dem Fußboden, befand sich die Holzkiste, die Ryan vorhin schon gesehen hatte. Etwas versteckt hinter der halb offenen Schranktür einer alten Kommode entdeckte Emily eine Schatulle aus Metall, die in etwa so groß wie ein Schuhkarton war. Zusammen leerten sie den schmalen Hohlraum hinter der halb eingerissenen Wand.

Schließlich standen das alte Regal und die Kommode mitten in Ryans Büro, das zurzeit eher einer Baustelle ähnelte. Mit einem großen Lappen wischte Bartels Kollege die Sachen nacheinander notdürftig ab. Nun erkannten sie, dass die

Schatulle recht kunstvoll verziert war. Auf dem schwarzen Grund der Oberfläche war ein goldfarbenes Muster zu erkennen, das asiatisch anmutete. Gemeinsam untersuchten sie noch einmal gründlich die beiden Möbelstücke, die genau wie die Kiste und die Schatulle mit einer zentimeterdicken Staubschicht bedeckt gewesen waren. Sie zogen die Schubladen der alten Kommode heraus und drehten sie um, prüften auch das Innenleben der Kommode, doch außer dem Karton und der schwarz-goldenen Schatulle fanden sie nichts mehr.

»Meiner Meinung nach lassen das Regal und die Kommode darauf schließen, dass dort früher einmal deutlich mehr gelagert wurde«, sagte Ryan.

»Ja, das denke ich auch«, gab Bartels ihm recht. »Das würde auch die nachträgliche Öffnung erklären, die uns aufgefallen war. Sie war jedenfalls groß genug, damit ein Mensch hindurchschlüpfen konnte.«

Zusammen mit der Schatulle trugen sie die Kiste hinüber in Emilys Büro und stellten beides auf Ryans Schreibtisch ab. Ryan ging noch einmal zurück zu den Handwerkern.

»Machen Sie weiter wie besprochen, Herr Bartels. Die Wand soll vollständig weg, dann sitzt das Fenster optisch auch wieder an der richtigen Stelle. Sie hatten wirklich einen guten Riecher.«

Der Handwerker grinste. »Das war spannend. Sollten Sie etwas Wichtiges in dem Karton oder dem Kästchen finden ...«

»Lass ich es Sie wissen, darauf können Sie wetten.«

Der Handwerker nickte. »Na, dann machen wir hier mal weiter.« Bartels zögerte kurz. »Und, Herr Maclane, mein Kollege und ich möchten uns für das gute Essen und die Getränke bedanken. Es war wirklich nett, dass Sie uns ein Mittagessen spendiert haben.«

Ryan hob die Hand und winkte ab. »Das war doch das Mindeste, nachdem Sie wegen uns Ihre gesamte Tagesplanung über den Haufen werfen mussten. Falls Sie noch etwas brauchen, sagen Sie gerne Bescheid.«

Emily stand noch immer vor seinem Schreibtisch und betrachtete die beiden Behältnisse eingehend, als er zurück in ihr Büro kam. Nebenan wurde bereits wieder der Bohrhammer in Gang gesetzt. Das machte eine Unterhaltung praktisch unmöglich, deshalb standen sie für einen Moment unschlüssig da und sahen sich an. Doch dann fiel offensichtlich der Rest der Mauer in sich zusammen, so wie Bartels es vorausgesehen hatte. Von nun an waren die Geräusche zu ertragen.

»Du hast noch nicht hineingesehen?«, fragte er Emily.

»Natürlich nicht. Was denkst du von mir? Es ist dein Besitz, Maclane. Du solltest sie öffnen.«

»*Aye*, womit fangen wir an?«

»Die Kiste sieht weniger spektakulär aus. Öffne sie zuerst.«

Ryan nahm sich die Kiste vor. Der Deckel wurde mit zwei Klemmen gehalten, die sich recht leicht lösen ließen. Er hob ihn an. In der Kiste stand zwischen Holzwolle und etwas Seidenpapier eine große Silberschale. Daneben lag eine Art Sockel, der offenbar dazugehörte. Beides war recht schwer, als er es heraushob.

»Was soll das denn sein?«, fragte Ryan. »Eine überdimensionale Obstschale?«

Emily schüttelte den Kopf. »Nur im weitesten Sinne. Das ist ein Tafelaufsatz. Jugendstil, würde ich meinen.«

»Bitte, was ist ein Tafelaufsatz?« Ryan lachte kurz auf. »Entschuldige, aber es gibt wohl immer noch ein paar deutsche Wörter, die mir nicht geläufig sind.«

»Ein Tafelaufsatz in dieser Form wird heutzutage eigentlich auch nicht mehr benutzt. Zumindest nur noch äußerst selten und wenn, dann in deutlich kleineren Ausführungen. Tafelaufsätze wurden im Mittelbereich von großen Festtagstafeln oder Banketttischen aufgestellt. Es waren übrigens nicht immer Schalen, sondern manchmal auch richtige Skulpturen aus Silber. Gelegentlich waren sie sogar vergoldet und äußerst aufwendig gestaltet.« Ihr Blick glitt zurück zu der Schale, die nun neben der Kiste auf Ryans Schreibtisch stand. »Mit diesem Modell hier hast du gar nicht so falschgelegen, denn manchmal wurden die Schalenaufsätze tatsächlich mit Obst befüllt. Meistens wurden aber prächtige Blumenbukette darin arrangiert. So ein Tafelaufsatz war im Grunde nicht viel mehr als ein Dekorationsobjekt.« Emily hob den silbernen Fuß der Schale an. »Nebenbei bemerkt, standen diese ausladenden Dinger grundsätzlich auf derart hohen Sockeln, denn so nahmen sie auf dem Tisch deutlich weniger Platz weg. Außerdem war das nicht ganz unwichtig für die Gäste, die sich gegenübersaßen. Die konnten sich auf diese Weise wenigstens noch einigermaßen sehen. Die Schale oder die Skulptur selbst befand sich dann meist ein gutes Stück über den Köpfen der Anwesenden, zumindest sobald diese ihre Plätze eingenommen hatten.«

»Also, eher ein überflüssiges Teil«, kommentierte Ryan ihre Ausführungen belustigt.

»Na ja, es war halt eine Modeerscheinung. In Deutschland benutzte man die Dinger überwiegend im 18. und 19. Jahrhundert. Natürlich nur in reichen Häusern oder eben in Hotels.«

»Und was machen wir nun damit?«

»Auf jeden Fall sollten wir es von einem Sachverständigen anschauen lassen. Man weiß ja nie.« Emily seufzte. »Wir könnten es aufpolieren lassen. Vielleicht wäre es ein schöner Hingucker im Foyer. Mit einem tollen Blumenarrangement könnte ich es mir gut auf der Ecke des Rezeptionstresens vorstellen. Das wäre ein toller und recht ungewöhnlicher Blickfang.«

»Wie auch immer … Darum können wir uns später kümmern«, beschloss Ryan.

Zusammen packten sie den Tafelaufsatz vorsichtig zurück in die Kiste und legten den Deckel drauf. Ryan schob die Kiste unter seinen Schreibtisch.

»Hm, hast du eine Idee, warum das Ding überhaupt noch in dem Raum stand?«

»Da die Kiste auf dem Boden neben dem leeren Regal stand, könnte ich mir vorstellen, dass sie einfach dort vergessen oder übersehen wurde, als man den versteckten Raum ausgeräumt hat.«

»Ja, das wäre gut möglich. Dann könnte auch die Erklärung von Herrn Bartels zutreffen, dass der Raum genutzt wurde, um während des Krieges kostbare Gegenstände in Sicherheit zu bringen.«

»Das klang für mich von Anfang an einleuchtend. Warum sollte man sonst eine zusätzliche Wand einziehen und sie zudem großflächig mit einem Möbelstück tarnen, das man nicht mal eben beiseiteschieben kann. Für mich wäre diese Erklärung jedenfalls absolut nachvollziehbar.«

»Für mich auch. Sie klingt verdammt logisch.« Ryan zog die schwarz-goldene Schatulle zu sich heran. »Na, dann wollen wir doch mal sehen, was man noch in dem Versteck vergessen hat.«

Die Metallschatulle ließ sich nicht so einfach öffnen wie die Kiste. Der Deckel saß ziemlich fest, und Ryan musste seinen Brieföffner zu Hilfe nehmen.

»Mein Vater hätte jetzt gesagt, die hat sich mit den Jahren festgefressen«, fluchte er, während er den Brieföffner zunächst erfolglos als Hebel benutzte.

Plötzlich gab das Material jedoch nach, und der Deckel sprang auf.

»Papiere«, stellte Emily lapidar fest.

»Ja, ein Stapel Papiere.« Ryan holte hörbar Luft. »Papiere sind immer spannend, besonders wenn sie versteckt wurden.«

»Sie könnten es zumindest sein«, wiegelte Emily ab.

Ryan hob den kleinen Stapel heraus und blätterte ihn kurz durch. Die vergilbten Blätter waren überwiegend in der Mitte gefaltet und handbeschrieben. Zum Teil steckten einzelne Blätter in ebenfalls vergilbten oder braunen Umschlägen.

»Das sollten wir uns lieber in aller Ruhe ansehen.«

Am Boden der Schatulle fand sich außerdem noch ein kleines dunkelblaues Schmuckkästchen. Ryan legte den Stapel Papiere beiseite, nahm das Kästchen in die Hand und öffnete es. Eine feine Goldkette kam zum Vorschein. An der Kette hing ein goldener Anker. Der Anker war ebenso filigran gestaltet wie der im Emblem des Hotels und in etwa so groß wie ein Daumennagel. »Schau an.«

»Hübsch«, kommentierte Emily.

»Hm ...«

»Was denkst du, Ryan?«

»Das Denken fällt mir gerade ziemlich schwer, weil mein Magen knurrt und mein Körper schon seit Stunden nach Nahrung verlangt.« Er ließ die Halskette mit dem Anker zurück in das Schmuckkästchen gleiten, klappte es zu und legte es auf den Stapel mit den Papieren aus der Schatulle. »Ich bringe das eben rüber in meine Wohnung. Danach schaue ich, wie weit Bartels ist. Falls nicht noch etwas Unvorhergesehenes passiert ist, müssten die gleich fertig sein.«

»Ich würde gerne noch duschen, bevor wir zum Essen runtergehen.«

»Ja, ich auch. Obwohl wir vorhin den Schutzanzug anhatten, habe ich das Gefühl, ich müsste mich dringend von jeder Menge Staub befreien.«

»So geht es mir auch.«

»Ich bin bestimmt schneller als du«, feixte er. »Komm einfach zu mir rüber, wenn du so weit bist.«

Zweieinhalb Stunden später saßen sie in Ryans Wohnung nebeneinander auf der Couch.

»Ich glaube übrigens, dass im Hotel schon über uns geredet wird.«

Emily hatte die Beine unter sich gezogen und kuschelte sich in seine Armbeuge. Sie liebte es, die Abende mit ihm zu verbringen. Ihre Gespräche waren niemals langweilig oder banal, und auch die Anziehungskraft zwischen ihnen ließ nicht nach. Im Gegenteil. Ihr erstes Zusammensein war wie eine Art Dammbruch gewesen. Seither war kaum ein Abend vergangen, an dem sie nicht sofort miteinander im Bett gelandet waren, nachdem die Arbeit des Tages erledigt war. Ihre

Leidenschaft füreinander schien sich sogar noch zu verstärken, egal, wie oft sie miteinander schliefen.

Heute hatten sie sich schon im Fahrstuhl wild geküsst. Ryans Küsse und seine ungezähmte Leidenschaft, die Emily jedes Mal aufs Neue überwältigten, riefen eine Begierde in ihr hervor, die fast schon erschreckend war. Nie zuvor hatte ein Mann sie körperlich so sehr angezogen. Als sie dann in der Wohnung gewesen waren, hatten sie schon auf dem Weg ins Schlafzimmer damit begonnen, sich hastig auszuziehen, und so wie jedes Mal war der Sex wie ein einziger Rausch gewesen, der sie alles andere vergessen ließ. Danach hatte es eine ganze Weile gedauert, bis sie wieder klar denken konnte. Doch dann war ihr der Fund aus der Schatulle wieder eingefallen, und sie hatte Ryan, der neben ihr schon fast eingeschlafen war, daran erinnert.

»Wein oder Kaffee?«, hatte er sie matt gefragt.

»Beides.«

Nun saßen sie also aneinandergekuschelt auf dem Sofa, und der Stapel mit den Papieren lag noch unberührt vor ihnen auf dem Couchtisch. Schließlich löste Ryan sich von ihr.

»Na dann, lass uns den Kram mal durchsehen«, schlug er vor und griff nach dem obersten Papier. Es war ein kräftiger Bogen Büttenpapier, mit dem so typischen ungleichmäßigen Rand.

»Vielleicht sind das ja alte Liebesbriefe.« Emily setzte sich gerade hin, nahm einen Schluck aus ihrem Glas und betrachtete das Blatt, das Ryan gerade auseinanderfaltete.

»Das ist ein Vertrag«, bemerkte er.

»Jedenfalls steht es groß drüber.« Emily gluckste, doch

dann blieb ihr das Kichern im Halse stecken, denn sie begann zu lesen. Neben sich hörte sie Ryan nach Luft schnappen.

»Was zum Teufel …?«

»Maclane … Ryan, da steht dein Name.«

Sie lasen den handgeschriebenen Vertrag durch, dann ließ Ryan das Blatt sinken und starrte sie an.

»So wie es aussieht, hat Erich Jacoby das Schriftstück aufgesetzt und unterschrieben.«

»Und das daneben ist die Unterschrift von Liam Maclane.«

»Weißt du, wer das ist?«

Ryan schüttelte den Kopf. »Das war 1899, meine Güte.«

»Und der Name Liam sagt dir nichts?«

»Emily, Liam ist in Schottland ein Name, der in nahezu jeder Familie mindestens einmal vorkommt, wenn nicht noch öfter.«

»Wie hieß dein Urgroßvater?«

»Er hieß Cameron, und ich weiß das nur so genau, weil mein Opa mal erwähnt hat, dass er seinen Sohn, also meinen Vater, nach seinem eigenen Vater benannt hat. Das ist bei mir hängen geblieben.« Ryans Blick fiel noch einmal auf das Blatt. »Aber selbst für meinen Urgroßvater wäre das zu früh. Wenn ich mich nicht völlig verrechne, wurde er irgendwann um die Jahrhundertwende geboren. Er war also wahrscheinlich selbst noch ein Baby, als dieser Vertrag aufgesetzt wurde.«

»Meinst du, es geht darin um Lina-Marie Jacoby?«

»Wir sollten uns die anderen Papiere ansehen, vielleicht erfahren wir dann mehr.«

Kaum eine halbe Stunde später wussten sie, warum Ryan Maclane das *Grandhotel Jacoby* geerbt hatte.

20. Kapitel

Hamburg, Anfang Juni 1958

Die Post lag bereits auf ihrem Schreibtisch, als Lina an diesem Morgen ins Büro kam. Sofort fiel ihr der Brief ganz oben auf dem Stapel auf, denn er sah nicht nach der üblichen Geschäftskorrespondenz aus. Mit schön geschwungener Handschrift standen in blauer Tinte ihr Name und der unterstrichene Zusatz *Persönlich* auf dem Umschlag. Der Absender, eine Brigitte Stahmer, sagte ihr allerdings nichts. Lina nahm ihren Brieföffner zur Hand, öffnete den weißen Umschlag und zog das Schreiben heraus. Sie überflog zunächst die wenigen Zeilen und las sie dann gleich noch einmal sorgfältig Wort für Wort durch.

Sehr geehrte Frau Jacoby,
mein Name ist Brigitte Stahmer, mein Mädchenname ist
Meier. Ich bin Hebamme am Universitätsklinikum Eppen-
dorf. Meine Mutter Traude Meier war ebenfalls Hebamme,
wenn auch überwiegend freischaffend. Sie stand Ihrer
Mutter, verehrte Frau Jacoby, zur Seite, als diese niederkam.
Vor einiger Zeit ist meine Mutter verstorben, und in ihren
Unterlagen fand ich nun etwas, dass ich Ihnen sehr gerne
persönlich aushändigen würde. Es ist von überaus großer

Wichtigkeit für Sie. Da ich Sie nicht einfach so überfallen möchte, bitte ich Sie höflich, von Ihrer Seite aus Kontakt mit mir aufzunehmen, damit wir einen Termin für ein Treffen vereinbaren können.
Hochachtungsvoll
Brigitte Stahmer

Unter dem Namen fand sich neben einer Adresse in Eimsbüttel auch eine Telefonnummer. In Linas Bauch begann es zu kribbeln. Eine innere Stimme sagte ihr, dass es tatsächlich bedeutungsvoll sein könnte, was diese Frau ihr zu sagen hatte. Ohne noch lange darüber nachzudenken, griff sie nach dem Hörer ihres Telefons und wählte die angegebene Nummer. Es dauerte eine Weile, bis sich jemand meldete.

»Frau Stahmer?«

»Am Apparat«, erklang eine etwas heisere Stimme.

»Hier spricht Lina-Marie Jacoby. Sie haben mir geschrieben.«

»Ah, Frau Jacoby. Wie wunderbar, dass Sie sich so bald bei mir melden. Ja …« Lina hörte, wie Frau Meier sich leise räusperte. »Entschuldigen Sie, aber ich hatte Nachtschicht, und Sie haben mich aus dem Schlaf geholt. Meine Stimme muss sich mal eben ans Sprechen gewöhnen.«

»Ach herrje, das tut mir leid.«

»Keine Sorge, ich bin es gewohnt, aus dem Schlaf gerissen zu werden. Das gehört zu meinem Beruf. Mein Gehirn arbeitet bereits.« Ein leises Lachen erklang, dann blieb es einen Moment still in der Leitung. »So, nun habe ich einen Schluck Wasser getrunken und fühle mich besser. Es kann losgehen.«

Lina fand Frau Stahmers Art äußerst erfrischend. »Sie

schrieben mir, dass Sie mich gerne persönlich sprechen möchten?«

»So ist es. Ich würde Ihnen das alles wirklich gerne von Angesicht zu Angesicht erklären, Frau Jacoby. Ich weiß, das klingt ein bisschen geheimnisvoll, aber ich habe in meinem Brief nicht übertrieben, die Sache ist außerordentlich wichtig für Sie.«

Lina zögerte nicht. »Gut. Dann schlagen Sie mir einen Termin vor.«

»Ich habe von heute an eine Woche Urlaub. Ich könnte also zu Ihnen ins Hotel kommen, wann immer es Ihnen passt.«

»Na, dann würde ich vorschlagen, wir treffen uns gleich heute Nachmittag zum Kaffee. Würde das gehen?«

»Natürlich. Ich freue mich, Frau Jacoby. Die Sache liegt mir nämlich sehr am Herzen.«

»Melden Sie sich einfach an der Rezeption im Hotel. Ich sage unten Bescheid. Jemand wird Sie dann zu mir raufbringen. Fünfzehn Uhr?«

»Ich werde pünktlich sein.«

Lina legte den Hörer auf und dachte in den nächsten Stunden vor allem darüber nach, was diese Brigitte Stahmer ihr zu sagen haben könnte, aber zu einem schlüssigen Ergebnis kam sie nicht. Eine Stunde vor dem vereinbarten Termin gab sie der Rezeption Bescheid und bestellte für fünfzehn Uhr Kaffee und Gebäck für zwei Personen in ihr Büro.

Brigitte Stahmer war tatsächlich pünktlich. Einer der Pagen geleitete sie zu Linas Büro und ließ sie dann mit ihrer Besucherin allein. Die Frau sah äußerst sympathisch aus, wie Lina fand, während sie sich zur Begrüßung die Hände schüttelten. Frau Stahmer war ungefähr in Linas Alter, trug ein schlichtes marineblaues Kostüm, einen farblich passenden Chiffonschal um den Hals und halbhohe Pumps. Ihr dunkelblondes Haar war zu einer modernen Hochsteckfrisur aufgetürmt.

»Bitte nehmen Sie doch Platz, Frau Stahmer.« Lina deutete auf einen der beiden Sessel in der Sitzecke ihres Büros. Kurz zuvor hatte ein Kellner auf dem kleinen Tisch bereits den Kaffee und einen Teller mit Gebäck angerichtet. »Ehrlich gesagt bin ich schon sehr gespannt darauf, was Sie mir erzählen möchten. Sie haben es wirklich spannend gemacht«, gab Lina zu, nachdem sie ihnen Kaffee eingeschenkt hatte.

Sie sah zu, wie Brigitte Stahmer einen Schuss Sahne in ihren Kaffee gab und langsam umrührte. Schließlich sah ihre Besucherin auf. Ihr Blick wirkte nun ernst.

»Da denkt man die ganze Zeit über dieses Gespräch nach, und jetzt weiß ich nicht so richtig, wie ich beginnen soll.« Frau Stahmer atmete tief durch.

»Das kenne ich nur zu gut«, erwiderte Lina lächelnd. »Fangen Sie einfach so an, wie es Ihnen in den Kopf kommt.«

Brigitte Stahmer nickte. »Wie ich in meinem Brief erwähnte, ist vor einiger Zeit meine Mutter verstorben.«

»Mein Beileid, Frau Stahmer. Ich weiß, wie schwierig das ist.«

»Es ist immer schwer, Abschied von einem geliebten Menschen zu nehmen, aber meine Mutter hatte ein erfülltes Leben, und das tröstet mich. Ihren Beruf hat sie über alles geliebt, und sie ist friedlich im Schlaf gestorben. Sie musste nicht leiden, obwohl sie ihr Leben lang Angst davor hatte. Deshalb bin ich auch hier.«

»Ach ja?« Lina begann sich zu fragen, worauf ihre Besucherin eigentlich hinauswollte.

»Bevor ich zum Punkt komme, muss ich etwas vorwegschicken, und ich hoffe, Sie geben mir die Zeit. Es hilft mir.«

»Ich habe Zeit, Frau Stahmer.«

Ihre Besucherin deutete ein Nicken an. »Schon als ich noch ein kleines Mädchen war, erzählte meine Mutter mir oft das Märchen von einer schönen Prinzessin, die in einem Schloss am Wasser lebte, sich dort aber furchtbar einsam fühlte, obwohl ihr Vater, der König, sie liebte und sie von vielen Menschen umgeben war. Es fehlte der Prinzessin an nichts, und doch fühlte sie sich einsam.«

Lina musste schlucken. Gebannt wartete sie darauf, dass Brigitte Stahmer weitersprach. Ihre Besucherin räusperte sich leise und schüttelte kaum merklich den Kopf.

»Meine Mutter war eine sehr gläubige Frau. Später, als ich dann selbst Hebamme wurde, sagte sie oft, dass sie einst eine unverzeihliche Sünde begangen habe. Je älter sie wurde, desto häufiger sprach sie von ihrem Vergehen, und dass sie Angst davor habe, eines Tages dafür in die Hölle zu kommen oder sogar noch zu Lebzeiten dafür bestraft zu werden. Sie können sich wahrscheinlich vorstellen, dass ich während meiner gesamten Kindheit von ihr sprichwörtlich überbehütet wurde, weil sie so große Angst davor hatte, dass ich ihr genommen werden könnte. Natürlich habe ich sie unzählige Male gefragt, was sie denn nur so Furchtbares getan hätte, aber sie wollte es mir partout nicht sagen. Sie sagte nur, dass sie keiner Menschenseele davon erzählen dürfe, weil sie es jemandem hoch und heilig versprochen habe.«

Brigitte Stahmer machte eine kleine Pause, um einen Schluck von ihrem Kaffee zu nehmen. Lina wartete geduldig ab, bis die Frau weitersprach.

»Wissen Sie, Frau Jacoby, ich kannte meine Mutter nur als eine äußerst aufrichtige, achtbare und gradlinige Person. Ich konnte mir beim besten Willen nicht vorstellen, dass sie wirklich etwas Schreckliches getan haben könnte, deshalb hörte ich mir ihre Tiraden zwar an, nahm sie aber nicht besonders ernst. Ich dachte damals, dass sie aus irgendeiner Mücke einen Elefanten machte, verstehen Sie, was ich meine?«

»Ja, sehr gut sogar.«

Auch Lina trank ihren Kaffee. Das merkwürdige Gefühl in ihrem Inneren war seit heute Morgen nicht wieder verschwunden. Jetzt verstärkte es sich sogar noch.

»Bitte sprechen Sie weiter«, bat sie ihre Besucherin.

»Nachdem meine Mutter gestorben war, kümmerte ich mich natürlich um ihren Nachlass. Ich sortierte ihre Papiere und so weiter, Sie wissen schon ... das übliche schmerzvolle Prozedere, das nach dem Tod eines Angehörigen unweigerlich folgt.«

Brigitte Stahmer griff nach ihrer Handtasche, die sie vorhin neben sich auf den Boden gestellt hatte, und platzierte sie auf ihrem Schoß. Sie zog einen schmalen Heftordner aus hellrosa Pappe aus ihrer Tasche, behielt ihn jedoch in der Hand.

»Jedenfalls fand ich in einer verschlossenen Kassette das hier. Das obere Blatt ist ein Vertrag. Meine Mutter hat ihn am Tage Ihrer Geburt mit Ihrem Vater abgeschlossen. Darunter befindet sich außerdem noch der dazugehörige Auszug eines Tagebucheintrags, den ich für Sie handschriftlich kopiert habe, damit Sie den Text behalten können. Ich habe Ihnen natürlich auch das Original mitgebracht, so können Sie es mit meiner Kopie vergleichen.«

Ihre Besucherin nahm ein kleines gebundenes Buch aus ihrer Tasche und legte es vor sich auf den Tisch.

»Meine Mutter hat ganz genau aufgeschrieben, was an diesem Tag – oder besser in der Nacht – Ihrer Geburt geschehen ist, Frau Jacoby.«

Brigitte Stahmer holte geräuschvoll Luft und reichte Lina den Heftordner.

»Sie sollten das alles besser selbst lesen, denke ich. Und, Frau Jacoby, ich möchte noch hinzufügen, dass Sie sich selbstverständlich und ohne weitere Bedingungen oder gar Forderungen auf mein Schweigen verlassen können. Es ist so viel Zeit vergangen, und mir ist nur wichtig, dass Sie erfahren, was damals passiert ist, weil es vielleicht für Ihr Seelenheil wichtig ist. Rückgängig machen lässt sich das ohnehin nicht mehr. Wie Sie letztlich mit Ihrem Wissen umgehen, ist also allein Ihre Sache.«

Lina fühlte sich beklommen. Sie nahm den Hefter entgegen und schlug ihn auf. Schon nach den ersten Sätzen begann ihr Herz wie wild zu schlagen. Der Vertrag war handschriftlich verfasst und eigenhändig von ihrem Vater unterschrieben worden, daran bestand nicht der geringste Zweifel. Lina erkannte seine Handschrift sofort. Die so typischen ausladenden Buchstaben schienen die zarte Unterschrift von Traude Meier, die neben seiner klar und deutlich lesbar war, fast zu erdrücken.

Sorgfältig las sie das Dokument durch, dann blätterte sie um und nahm sich die Kopie des Tagebucheintrags von Traude Meier vor.

»Lassen Sie mich bitte noch etwas hinzufügen, bevor sie weiterlesen«, bat Brigitte Stahmer.

Lina hielt inne, hob den Blick und sah ihre Besucherin wieder an. »Natürlich.«

»Meine Mutter war zu der Zeit in ernsten finanziellen Schwierigkeiten. Sie können auch das im Tagebuch nachlesen«, fuhr Frau Stahmer fort. »Zu dem Zeitpunkt waren sie und mein Vater bereits mehrere Monate mit der Miete im Rückstand, und der Verlust ihrer Wohnung stand kurz bevor. Mein Vater, den ich selbst niemals kennenlernte, war ein Trinker und dem Spiel verfallen. Obwohl meine Mutter als Hebamme einen außerordentlich guten Ruf hatte und auch regelmäßig Geld verdiente, gerieten sie durch die Eskapaden meines Vaters in eine äußerst bedrohliche Situation. Meine Mutter hatte damals große Existenzängste, doch nachdem der Vertrag mit Ihrem Vater zustande gekommen war, Frau Jacoby, konnte sie sich eine neue, bessere Wohnung nehmen und reichte sogar die Scheidung ein, obwohl sie bereits mit mir schwanger war. Mein Vater trank sich zu Tode, bevor die Scheidung rechtskräftig wurde. All das habe ich allerdings auch erst in diesem Umfang beim Lesen des Tagebuchs erfahren. Ich kann mich nicht daran erinnern, dass wir jemals Geldprobleme bekamen. Meine Mutter hat ihr ganzes Leben lang viel gearbeitet.«

Lina nickte stumm und konzentrierte sich dann wieder auf die Abschrift in ihrer Hand. Der Tagebucheintrag war nur wenige Tage nach ihrer Geburt im Spätsommer des Jahres 1899 entstanden. Während sie las, schlug Frau Stahmer die entsprechende Seite im Tagebuch ihrer verstorbenen Mutter auf und tippte auf den Text, damit Lina ihn vergleichen konnte. Nachdem sie ihn einmal durchgelesen hatte, konnte sie vor lauter Entsetzen kaum noch atmen. Sogleich überflog sie den Text ein weiteres Mal. Nun ließ sie bereits der erste Satz vor Bestürzung erschaudern.

Ich habe meine Seele dem Teufel verkauft ...

Noch mehrere Tage nach dem Besuch von Brigitte Stahmer fühlte sich Lina wie betäubt. Es war ihr noch nicht einmal möglich, mit Martin geschweige denn mit ihrem Sohn über das zu sprechen, was sie erfahren hatte. Natürlich spürten beide, dass sie etwas umtrieb, doch sie bat sie einfach, noch eine Weile geduldig mit ihr zu sein.

Max schüttelte nur verständnislos den Kopf, hakte aber nicht mehr nach, und darüber war sie sehr froh. Ohnehin hatte er zurzeit andere Dinge im Kopf, denn zusammen mit seiner jungen Frau Karin würde er in den nächsten Tagen für ein volles Jahr nach London reisen, um dort im *Ritz* zu arbeiten. In dem ehrwürdigen Hotel wollte er mehrere Stationen – vor allem in der Verwaltung und der Geschäftsleitung – durchlaufen und so seine bereits vorhandenen Kenntnisse über die Führung eines Grandhotels festigen und sicherlich auch noch ausweiten. Es war nicht einfach gewesen, ihm diese Chance zu verschaffen, doch ihre vertrauensvolle Verbindung zu Prinzessin Mary, die seit dem Ende der britischen Besatzung wieder regelmäßig nach Hamburg kam und im *Hotel Jacoby* residierte, war schließlich ausschlaggebend gewesen. Die Prinzessin hatte nun schon zum zweiten Mal ihre Loyalität bewiesen und damit den Weg für Max geebnet. Lina war ihr unendlich dankbar. Nach Max' Rückkehr aus London würde sie ihn auch offiziell zu ihrem Stellvertreter machen und ihm danach Zug um Zug die Leitung des Hotels übergeben. Das hatte sie ihm versprochen. Es war also kaum ein Wunder, dass er im Augenblick nur wenig Lust verspürte, sich um irgendwelche Probleme seiner Mutter zu kümmern. Lina konnte ihn verstehen und nahm es ihm nicht übel. Wenn sie ehrlich war, kam es ihr sogar sehr entgegen, dass er keine weitere Erklärung verlangte.

Martin hingegen war nicht so leicht zu beruhigen.

»Versprich mir nur, dass du gesund bist, sonst mache ich kein Auge mehr zu.«

»Natürlich bin ich gesund. Damit hat es nichts zu tun, Martin. Versprochen.«

»Es geht auch nicht um unsere Liebe?«

»Aber nein, wie kommst du denn nur auf so was?«

»Ich wollte nur sichergehen.« Zärtlich gab er ihr einen Kuss auf die Nasenspitze. »Rede mit mir, wann immer dir danach ist, Liebling. Ich bin für dich da, das weißt du.«

»Ich danke dir, mein Schatz.«

Wie immer vertraute er ihr blind, und sie war einmal mehr dankbar dafür, dass dieser Mann all die Jahre so verlässlich an ihrer Seite geblieben war. Es sollte jedoch noch fast eine Woche dauern, bis sie endlich einen Entschluss fassen konnte.

Max und Karin waren bereits nach London abgereist, das würde Lina den nötigen Freiraum verschaffen, den sie brauchte. In dieser Zeit saß sie oft gedankenverloren da, und wie von selbst wanderten ihre Finger in diesen Momenten zu dem kleinen goldenen Anker, der an seiner Kette um ihren Hals hing.

Damit du immer weißt, dass unser Hotel für alle Zeiten dein Anker, dein sicherer Hafen ist, hatte ihr Vater gesagt, als er ihr einst die Kette mit dem Anhänger zum fünfzehnten Geburtstag geschenkt hatte. Seitdem hatte Lina sie nicht einen einzigen Tag wieder abgenommen, doch jetzt ertrug sie es plötzlich nicht mehr, sie weiterhin zu tragen. Mit fahrigen Bewegungen öffnete sie den Verschluss und legte das Schmuckstück in eine kleine Porzellanschale, die auf ihrer Frisierkommode stand. In dieser Sekunde beschloss sie, dass es an der Zeit war, Martin endlich zu erzählen, was sie von Brigitte Stahmer hatte erfahren müssen.

Am Abend fand sie die Ruhe, um mit ihm zu sprechen. Zunächst skizzierte sie kurz in ihren eigenen Worten, worum es ging, doch als er sie nur ungläubig ansah, zeigte sie ihm die Dokumente, damit er mit eigenen Augen lesen konnte, was am Tag ihrer Geburt passiert war.

Noch während er las, stieß er einen Fluch aus und warf ihr dann und wann einen erschütterten Blick zu.

»Das ist wirklich harter Tobak«, befand er schließlich, nachdem er sich Linas Erläuterungen angehört und in Ruhe die Papiere ein weiteres Mal durchgelesen hatte.

»Ja, das ist es. Mit diesem Wissen hat sich für mich alles verändert, Martin. Sogar die Einstellung zu meinem Vater, den ich doch immer so sehr geliebt habe, hat sich völlig verschoben. Fast habe ich das Gefühl, dass ich ihn überhaupt nicht gekannt habe.«

»Du weißt, dass das so nicht stimmt. Dein Vater war ein guter Mensch.«

»Ja ... Aber das, was er getan hat ...«

»Es ist sehr wahrscheinlich, dass er es aus Liebe getan hat, Lina.«

»Das mag sein. Alles, was da drinsteht, lässt diesen Schluss zu, trotzdem hat er eine grausame Entscheidung getroffen. Die Eintragungen der Hebamme in ihr Tagebuch sind eine

Sache, aber dieser furchtbare Vertrag ist eine ganz andere. Ich kenne seine Handschrift so gut wie meine eigene, und dieser Vertrag wurde von Erich Jacoby selbst aufgesetzt und unterschrieben, daran besteht für mich nicht der geringste Zweifel. Irgendwo muss es hier im Haus noch sein Exemplar des Vertragsdokuments geben.«

»Hast du eine Idee, wo das sein könnte?«

Lina dachte einen Moment nach. »Vielleicht hatte er ein ähnliches Versteck wie wir während des Krieges, was meinst du?«

»Hm, kannst du dich denn an irgendwelche Umbauten erinnern, die damit in Verbindung stehen könnten?«

Sie schüttelte den Kopf. »Nein, eigentlich nicht.«

»Dann sollten wir die persönlichen Sachen deines Vaters noch einmal genau durchsehen, Lina.« Martin strich sanft über ihre Hand. »Wenn es den Vertrag noch gibt, werden wir ihn finden.«

»Es gibt noch ein paar Kisten in der Kammer neben seinem ehemaligen Schlafzimmer, mit denen wir beginnen könnten.« Ein tiefes Seufzen löste sich aus Linas Kehle. »Oh, Martin, das ist alles so furchtbar. Ganz plötzlich verstehe ich auch meine seltsamen Träume und die deprimierenden Phasen der Einsamkeit, die mich schon als Kind heimgesucht haben. Ich konnte mir diese Gefühle nie erklären, doch nun erscheint all das plötzlich in einem anderen Licht. Ständig hatte ich das Gefühl, mir würde etwas fehlen.«

Martin legte den Arm um ihre Schultern und zog sie an sich. »Diese Geschichte erklärt viel, das stimmt. Was willst du jetzt tun? Ich meine, außer nach dem Vertragsexemplar deines Vaters zu suchen.«

»Zunächst brauche ich einen guten und zuverlässigen Privatdetektiv. Ich muss einfach herausfinden, ob das alles wirklich so war, wie es in diesem Tagebuch steht. Und wenn ja, muss ich *ihn* finden, Martin. Ich *muss* ihn finden.«

Martin nickte. »Das klingt nach einem vernünftigen Anfang. Ich helfe dir bei der Suche.«

Bereits zwei Tage später saß ein Mann mittleren Alters vor Linas Schreibtisch. Es war Werner Mühlbach, der Privatdetektiv, den Martin für sie aufgetrieben hatte. Der Mann hatte ausgezeichnete Referenzen und war bekannt für seine Diskretion.

»Das dürfte keine große Sache sein«, erwiderte Mühlbach, nachdem Lina ihm erklärt hatte, nach wem er suchen sollte. »Wie schnell brauchen Sie die Informationen?«

»So schnell wie nur möglich.«

»Gut, ich könnte schon Anfang nächster Woche nach Schottland aufbrechen.«

»Sehr gut.«

»Soll der Mann wissen, dass Sie nach ihm suchen, Frau Jacoby?«

»Nein, auf keinen Fall. Sobald ich weiß, wo er sich aufhält, werde ich selbst Kontakt zu ihm aufnehmen.«

»Kein Problem. Er wird nichts bemerken, das kann ich Ihnen versprechen.«

Lina nickte. »Fein. Werden Sie fliegen oder mit dem Schiff reisen?«

»Das wird sich noch zeigen. Ich muss mich erst mal erkundigen, wie man am schnellsten und einfachsten dorthin kommt.«

»Ich verstehe. Geben Sie mir Bescheid, sobald Sie klarer sehen. Wie besprochen überweise ich Ihnen noch heute einen großzügigen Vorschuss, damit Ihre Spesen gedeckt sind. Und bitte sammeln Sie alle Originalbelege, Herr Mühlbach.«

»Selbstverständlich.«

Lina verabschiedete sich von dem Detektiv und blieb noch eine ganze Weile nachdenklich an ihrem Schreibtisch sitzen, nachdem er gegangen war. Schließlich stand sie auf und ging hinüber zum Fenster. Ein Blick auf die Alster tat ihrer Seele immer gut, egal, was das Leben ihr auch aufbürdete oder wie aufgewühlt ihr Inneres auch sein mochte.

»Wie konntest du nur, Papa?«, fragte sie leise in die Stille des Zimmers hinein. »Wie konntest du nur so etwas tun?«

Es war nicht das erste Mal, dass sie diese Frage ins Universum schickte, und sicherlich würde es auch nicht das letzte Mal sein, das wusste sie schon jetzt.

Später berichtete sie Martin während des gemeinsamen Abendessens von ihrem Treffen mit dem Privatdetektiv. »Mühlbach wird Anfang der nächsten Woche abreisen.«

»Das ist gut. Der wird ihn schnell finden, da bin ich sicher.«

»Ja, er meinte auch, dass das keine große Sache sei. Genau so drückte er sich aus.«

»Was hast du ihm erzählt?«

»Nicht viel. Er weiß nur, dass er jemanden für mich suchen soll, und dass ich nur wissen will, wo genau derjenige sich aufhält. Mein Herz ist schon jetzt deutlich leichter, Martin. Ich werde bald vor ihm stehen, das fühle ich.«

»Vielleicht kannst du jetzt wieder besser schlafen.«

»Das hoffe ich auch.«

»Wann willst du mit Max über die Sache reden?«

»Noch nicht so bald. Er soll jetzt erst mal in Ruhe seine Zeit in London genießen. Wenn er zurückkommt, ist es noch früh genug, um mit ihm darüber zu reden.«

»Das ist eine gute Entscheidung, finde ich.«

»Du warst heute in Kiel, nicht wahr?«, wechselte sie das Thema.

»Ja, das war ich.«

»Wie geht es Bärbel?«

»Unverändert«, erwiderte er seufzend. »Sie erkennt mich nicht mehr, aber sie scheint ansonsten nicht unglücklich zu sein. Sie lacht viel, hört gerne Musik und liebt es, aufs Meer zu schauen. Ich habe mit dem Arzt gesprochen, und er meinte, dass sie, wenn man mal von der Querschnittslähmung absieht, körperlich ansonsten erstaunlich gesund ist.« Sein Blick wurde weich. Er neigte sich ihr zu und strich kurz über ihre Wange. »Es könnte sein, dass uns eine Heirat noch viele Jahre verwehrt bleibt, mein Liebling. Vielleicht sogar für immer.«

»Dann ist das so, Martin. Ich liebe dich, mit oder ohne Urkunde. Für mich bist du mein Mann.«

»Ich könnte mich vielleicht doch scheiden lassen.«

»Nein, diesen Gedanken lass mal gleich beiseite. Du würdest dich damit nicht wohlfühlen, und das weißt du.«

»Ja, wahrscheinlich hast du recht.«

»Uns geht es doch gut, so wie es ist. Du solltest dir deshalb nicht das Leben schwermachen.« Sie schenkte ihm ein strahlendes Lächeln. »Ich bin so froh, dass du bei mir bist, mein Schatz. Gerade in Zeiten wie diesen. Du bist mein Fels.«

21. Kapitel

Hamburg, im August 1899

Erich Jacoby hörte seine Frau vor Schmerzen stöhnen. Das Geräusch ging ihm durch und durch. Er fühlte sich überfordert und furchtbar hilflos. Seit zwei Stunden lag Martha in den Wehen, und mindestens genauso lange warteten sie nun schon auf die Hebamme, die jedoch einfach nicht aufzutreiben war. Zunächst hatte Erich seinen Kutscher zur Hebamme nach Hause geschickt, doch die Frau war nicht da gewesen. Der Kutscher hatte eine Nachricht mit der dringenden Bitte hinterlassen, sofort ins *Hotel Jacoby* in die Direktionswohnung zu kommen. Danach hatte Erich einige Pagen angewiesen, nach Traude Meier zu suchen, doch auch dieses eher sinnlose Unterfangen war bisher ohne Erfolg geblieben.

Für ihn war es die reinste Qual, Martha nicht helfen zu können, denn er liebte sie abgöttisch. Vor einer halben Stunde hatte er ihre Zofe angewiesen, bei ihr zu bleiben, damit sie nicht allein war. Außerdem hatte er eines der Dienstmädchen losgeschickt, um sich umzuhören und ein zweites Mal bei der Wohnung der Hebamme vorbeizuschauen. Die Frau wohnte kaum fünf Minuten vom Hotel entfernt, aber bisher war weder das Mädchen noch die Hebamme erschienen.

Als er das Dienstmädchen endlich zurückkommen hörte,

fühlte er zunächst einen Anflug von Erleichterung in sich aufsteigen, doch dann sah er, dass sie allein war.

»Was ist, Thea?«, fragte er aufgebracht. »Wo in drei Teufels Namen ist diese gottverdammte Hebamme?«

»Sie sollten nicht fluchen, Herr Direktor, das bringt Unglück.« Das Dienstmädchen strich sich eine Strähne hinters Ohr, die sich aus ihrem Haarknoten gelöst hatte. »Frau Meier ist bereits im Hause.«

»Na, Gott sei Dank! Aber warum ist sie noch nicht hier?« Das Mädchen hustete. »Nun rede schon, Kind!«

»Weil gerade auch eines der Küchenmädchen niederkommt, Herr Direktor«, antwortete sie, und ihre Stimme zitterte leicht. »Es ist ein Unglück, ich weiß. Gerade habe ich erfahren, dass Adele ebenfalls schon seit Stunden in den Wehen liegt. Die Hebamme meinte, es könne noch dauern.«

Erich fluchte erneut. »Das kann doch nicht wahr sein. Gerade jetzt! Die Hebamme soll auf der Stelle nach oben kommen. Meiner Frau geht es sehr schlecht.«

»Das wird nicht gehen, Herr Direktor. Frau Meier sagte, dass sie Adele gerade nicht alleine lassen könne. Das Mädel hat keine leichte Geburt.«

In seinem Kopf begann es zu arbeiten. »Wo findet die Geburt statt? Halten sie sich im Personaltrakt auf?«

»Ja, sie haben Adele nach unten gebracht, als es angefangen hat. Ihr Mann ist auch dort. Er sitzt in einem Nebenraum und ist das reinste Nervenbündel. Es geht ihm also nicht besser als Ihnen, Herr Direktor. Er schimpft ebenfalls die ganze Zeit herum.«

Trotz der angespannten Situation musste Erich ein Grinsen unterdrücken. Thea gehörte seit vielen Jahren zum Hotel, war in diesem Haus praktisch aufgewachsen, da schon ihre Eltern hier gearbeitet hatten. Wahrscheinlich würde sich keines der anderen Dienstmädchen ihm gegenüber so frei äußern. Er nahm es Thea nicht übel, denn er mochte sie.

»Männer sind für so was einfach nicht gemacht, denke ich«, sagte er. Er holte tief Luft, um sich ein bisschen zu beruhigen, doch dann kam ihm plötzlich eine Idee. »Hör zu, du gehst jetzt runter und sorgst dafür, dass man Adele hier heraufbringt. Das ist eine Anweisung, Thea, hast du verstanden? Wir können sie ins Gästezimmer legen. Ich lass es sofort entsprechend vorbereiten. Die Hebamme wird ·einsehen, dass Adele es hier oben viel komfortabler hat, und kann dann abwechselnd nach beiden Frauen sehen, ohne lange Wege zurücklegen zu müssen. Sag ihr, es wird nicht ihr Schaden sein.«

»Oh!« Das Mädchen schien kurz überfordert zu sein. »Und der ...?«

»Adeles Mann kann natürlich mitkommen.«

»Der Mann ... er ist ein einfacher Schiffskoch, Herr Direktor.«

»Wenn ich dich richtig verstanden habe, ist er vor allem ein Mann, der ebenfalls um seine Frau und sein Kind bangt. Bring ihn mit. Ich kümmere mich um ihn, verstanden?«

»Jawohl, Herr Direktor.«

In dieser Sekunde drang erneut ein lautes Wehklagen aus Marthas Schlafzimmer. Erich zuckte zusammen. »Na, nun lauf schon los, Thea. Beeile dich! Ich verlasse mich auf dich.«

»Jawohl, Herr Direktor.« Das Mädchen drehte sich auf dem Absatz um und verschwand erneut.

Erich atmete ein weiteres Mal tief durch, bevor er die Tür zum Schlafzimmer seiner Frau öffnete und sich an die Zofe wandte, die neben Marthas Bett saß, ihr mit feuchten Tüchern die Stirn kühlte und ihre Hände hielt, sobald eine neue Wehe einsetzte. Er befahl ihr, kurz aus dem Zimmer zu kommen. Er wollte Martha nicht unnötig beunruhigen.

»Selma, richte bitte sofort das Gästezimmer so her, dass auch dort eine Geburt stattfinden kann.«

»Eine weitere Geburt? Herr Direktor ...«

»Mach einfach, was ich dir sage. Ich bleibe so lange bei meiner Frau. Und beeile dich, Selma, die Hebamme wird gleich mit der anderen Gebärenden hier erscheinen. Kümmere dich also zuerst um das Bett.«

»Jawohl, Herr Direktor.«

Die Zofe eilte den Flur entlang zum Gästezimmer, und Erich setzte sich auf den frei gewordenen Stuhl neben Marthas Bett. Seine Frau wirkte mitgenommen. Erich wrang das Tuch aus, das auf dem Nachttisch in einer Schüssel mit kaltem Wasser lag, und tupfte ihr die Schweißperlen von der Stirn.

»Alles wird gut, meine Liebste. Die Hebamme ist gleich bei dir.«

»Das ist gut«, flüsterte Martha. »Dieses Mal wird doch alles gut gehen, nicht wahr, Erich?«

»Natürlich wird es das, mein Engel.«

Er musste schlucken. Martha hatte bereits drei Fehlgeburten erleiden müssen. Jedes Mal war es für sie beide wie ein Albtraum gewesen, besonders für Martha. Sie hatte nie aufgehört, um ihre Babys zu trauern.

»Ich habe furchtbare Angst um unser Kind, Erich.« Sie hatte kaum ausgesprochen, als die nächste Wehe über sie hereinbrach. Sie schrie auf, und ihre Hand umklammerte seine. Er spürte, wie sich ihre Fingernägel in sein Fleisch bohrten. Die

Schmerzen dauerten an, und er hätte am liebsten ebenfalls laut aufgeschrien, weil er es kaum ertragen konnte, wie sehr sie litt, doch dann sackte sie plötzlich wieder zurück in die Kissen.

»O mein Gott, das war arg«, wisperte sie.

Noch einmal kühlte er ihre Stirn, dann kam die Zofe zurück. Sie teilte ihm mit, dass alles im Gästezimmer vorbereitet sei.

»Ich bleibe hier bei der gnädigen Frau, bis die Hebamme da ist, Herr Direktor. Sie können sich ruhig wieder zurückziehen.«

»Gut.« Behutsam beugte er sich über Martha und drückte ihr einen Kuss auf die Stirn. »Alles wird gut, Liebste«, versuchte er sie, aber nicht zuletzt auch sich selbst zu beruhigen.

Eine widersprüchliche Mischung aus Erleichterung und dem Gefühl, bei seiner Frau bleiben zu wollen, überflutete ihn, als er den Raum verließ. Sein Diener Karl ließ genau in diesem Moment die kleine Gruppe um Adele in die Wohnung. Zwei Pagen und ein kräftig gebauter Mann mit rötlichem Haar trugen die leise vor sich hin wimmernde Frau mithilfe einer Gartenliege ins Gästezimmer. Der kräftige Mann – Erich nahm an, dass es sich um Adeles Ehemann handelte – hob sie vorsichtig hoch und ließ sie ebenso behutsam auf die Matratze des großen Betts sinken. Die junge Frau schloss kurz die Augen. Sie sah zu Erich, der in der Tür stand, und trotz ihrer sichtbaren Erschöpfung glitt ein Lächeln über ihr Gesicht.

»Wie sollen wir Ihnen nur danken, Herr Direktor? Hier ist es so wunderschön. Das Bett ist herrlich weich. Hier fühle ich mich viel sicherer.«

Erich erwiderte das Lächeln des Küchenmädchens und

nickte. »Mach dir keine Gedanken. Es ist für uns alle die beste Lösung.« Er sah die Hebamme an. »Würden Sie jetzt nach meiner Frau sehen, Frau Meier?«

»Natürlich. Wo ist das Zimmer?«

Erich führte die Hebamme zu Marthas Zimmer. Traude Meier blieb eine ganze Weile dort. Er wartete auf dem Flur, bis sie wieder aus dem Zimmer kam. Die Hebamme wirkte sehr besorgt.

»Ich denke, wir haben es mit einer Querlage zu tun«, sagte sie. »Es gibt da ein paar Griffe… Ich kann versuchen, das Kind im Bauch zu drehen, aber das ist keine einfache Sache und geht nicht immer gut.«

»Meine Frau darf dieses Kind nicht verlieren, Frau Meier. Sie hatte schon drei Fehlgeburten, einen weiteren Verlust würde sie nicht überleben.«

»Ich tue mein Möglichstes, Herr Jacoby, aber ich kann keine Wunder vollbringen, wenn es darum geht, Mutter *und* Kind zu retten.«

»Ihre Bezahlung wird weit über das Übliche hinausgehen«, schob er nach. »In diesem speziellen Fall übernehme ich natürlich auch die Kosten für die Betreuung von Adele.«

»Das ist wirklich großzügig von Ihnen, ändert aber nichts an der Tatsache, dass Ihrer Frau noch einige schwere Stunden bevorstehen und ich nicht sagen kann, wie es ausgeht. Wie gesagt, ich werde für beide Frauen tun, was in meiner Macht steht.« Sie seufzte leise. »Zunächst einmal werde ich beide Frauen ein wenig am Chloroformläppchen riechen lassen. Das macht es ihnen leichter.«

»Ich danke Ihnen, Frau Meier.«

Die resolute Hebamme machte eine scheuchende Bewegung mit den Händen. »So, und nun tun Sie mir einen Gefallen und lassen Sie mich in Ruhe arbeiten. Am besten ziehen Sie sich irgendwohin zurück und nehmen Sie den anderen Kerl gleich mit. Geben Sie ihm einen Schnaps, und gönnen Sie sich auch selbst einen kräftigen Schluck. Das beruhigt die Nerven.«

»Kann ich noch etwas für Sie tun, Frau Meier?«

»Eine Kanne Kaffee wäre gut. Das kann hier nämlich noch ein paar Stunden dauern.« Sie stieß ein Schnauben aus. »Dann sehe ich mal wieder nach meiner anderen Patientin, die hat es nämlich auch nicht leicht. Bei Adele sieht es nach Zwillingen aus, aber sagen Sie das besser noch nicht dem werdenden Vater.« Inzwischen standen sie wieder vor dem Gästezimmer. »Warten Sie hier, Herr Jacoby. Ich schicke Ihnen Adeles Mann raus.«

Erich zeigte auf eine Tür. »Sie finden uns dann dort im Esszimmer, falls etwas sein sollte.«

Ihr Lächeln wirkte nachsichtig. »Wie schön, Sie haben mich verstanden.«

Erich wartete, bis Adeles Mann aus dem Zimmer kam und reichte ihm die Hand.

»Es ist wohl an der Zeit, dass wir uns einander richtig vorstellen«, sagte er. »Ich bin Erich Jacoby.«

»Liam Maclane«, antwortete der Mann, während er den Händedruck erwiderte.

»Engländer?«

»Nein, Schotte. Ich bin Schiffskoch auf der *Mary-Jane*. In drei Tagen legen wir wieder ab, dann geht es nach Hause.«

Der Mann sprach recht gutes Deutsch, wenn auch mit deutlichem Akzent.

Erich nickte und ging voran. »Folgen Sie mir, Herr Maclane. Wir können jetzt beide einen ordentlichen Schluck gebrauchen, denke ich. Wenn ich mich nicht irre, kann ich sogar mit einem guten Whiskey aus Ihrer Heimat dienen.«

Kurz darauf saßen sie sich im Esszimmer gegenüber und prosteten sich zu.

»Sie werden also in drei Tagen wieder zurück an Bord sein?«, fragte Erich.

Als Hoteldirektor war er geübt darin, eine Unterhaltung zu führen, und da es offensichtlich war, dass sie es beide ganz gut gebrauchen konnten, wollte er für etwas Entspannung sorgen. Der Whiskey und eine gute Unterhaltung von Mann zu Mann würde sie beide sicherlich ein wenig ablenken, da war sich Erich sicher. Wie erwartet ging Liam Maclane dankbar auf seine Frage ein.

»*Aye*, unser Heimathafen ist Aberdeen, aber ich bin in Inverness zu Hause.«

»Ah, Inverness. Ich habe über die Stadt gelesen. Sehr geschichtsträchtig. Und ihre Frau lebt in Hamburg?«, fragte Erich. »Das ist ungewöhnlich.«

Maclane lachte trocken auf. »Adele und ich haben uns im letzten Jahr kennengelernt. Die *Mary-Jane* liegt recht oft im Hamburger Hafen, um Fracht zu laden, meistens Stückgut. Dieses Mal werde ich Adele endlich mit in meine Heimat nehmen.«

»Adele will uns verlassen?«

»Ja, mit Ihrem Koch war schon alles besprochen. Eigentlich sollte das Kind in Schottland auf die Welt kommen, aber die Mary-Jane traf zwei Wochen später hier ein als geplant. In Frankreich gab es ein Problem mit irgendwelchen Frachtpapieren. Außerdem dachten wir, dass Adele erst in einem Monat niederkommen wird.« Der Schotte stieß einen leisen Fluch aus.

»Das Schicksal spielt manchmal seine eigenen Karten aus«, kommentierte Erich. Er erhob sich und ging hinüber zum Bartisch, um die Karaffe mit dem Whiskey zu holen. »Auch noch einen?«

Maclane nickte und hielt ihm sein leeres Glas hin. »Der ist verdammt gut.«

»Ja, das ist er. Whiskey wärmt nicht nur den Körper, sondern tut auch der Seele gut.« Erich ließ die Karaffe dieses Mal auf dem Tisch stehen.

»Da sprechen Sie einem Schotten aus der Seele, Herr Jacoby.«

»Wo in Schottland werden Sie leben?«

»In meiner Heimatstadt Inverness. Ich habe eine Anstellung als Koch in einem Restaurant gefunden, die ich schon im nächsten Monat antreten kann.«

»Sie wollen also nicht mehr zur See fahren?«

»Nein, das war nur eine Übergangszeit, um Geld zu verdienen. Unser Kind soll es so gut wie nur möglich haben.« Maclane nahm einen weiteren Schluck Whiskey, bevor er weitersprach. »Heute bin ich meiner Mutter dankbar, dass sie mich auf eine Schule geschickt hat. Es hilft im Leben doch sehr, wenn man lesen, schreiben und rechnen kann. Auf See habe ich mir die Zeit meist mit Lesen vertrieben und versucht, möglichst viel zu lernen. Bücher können Wunder bewirken, wenn Sie mich fragen. Wie auch immer ... Wenn alles gut geht, werde ich in ein paar Jahren genug gespart haben, um ein eigenes Restaurant eröffnen zu können. Vielleicht sogar mit einer kleinen Pension angeschlossen. Das wäre mein Traum, und Adele würde das auch gefallen. Sie hat hier bei Ihnen eine gute Ausbildung bekommen und könnte mitarbeiten. Wir und unser Kind wären dann gut versorgt.«

»Sie haben also vor, sich auf eigene Beine zu stellen. Das finde ich großartig.«

»*Aye*, davon träume ich schon seit Langem. Wie gesagt, bin ich deshalb auch zur See gefahren, denn als Schiffskoch konnte ich mehr verdienen als an Land in irgendeiner Küche. Einen Teil meiner Heuer habe ich zurückgelegt, aber jetzt … *Aye*, es wird wohl schwieriger werden und noch länger dauern mit dem Kind. Daher bin ich froh, die Anstellung in dem Restaurant gefunden zu haben. Ich brauche noch einen tüchtigen Batzen, wenn ich ein passendes Haus anzahlen will.«

»Das Kind war also nicht geplant?«

»Eigentlich wollten wir noch ein oder zwei Jahre damit warten. Aber nun ist es, wie es ist.«

Erich hatte sich zunächst gewundert, doch jetzt war ihm klar, warum sich der Mann trotz seiner einfachen Herkunft so gut ausdrücken konnte. Er empfand die Unterhaltung als sehr angenehm.

»Ich wünsche Ihnen, dass alles so wird, wie Sie es sich erhoffen, Herr Maclane.«

»Danke, gute Wünsche kann man immer gebrauchen.« Der Schotte machte eine Bewegung mit dem Kopf Richtung Tür. »Was meinen Sie, wie lange das noch dauern wird?«

»Darüber weiß ich leider auch nicht Bescheid. Die Hebamme meinte vorhin, die Sache könnte sich noch über mehrere Stunden hinziehen. Unsere Frauen haben beide ziemlich zu kämpfen.«

»Sie haben also auch noch keine Kinder?«

»Nein, bisher nicht.«

Erich zögerte. Er überlegte kurz, ob er der Versuchung nachgeben sollte, diesem vollkommen Fremden von den Fehlgeburten zu erzählen. Einerseits war es nicht angebracht, doch andererseits fühlte er sich seinem Gegenüber auf eine seltsame Art verbunden. Kurzerhand entschied er, dass es in ihrer Situation keinen Unterschied mehr machen würde, was der eine vom anderen erfuhr. Vielleicht half auch der Whiskey, doch letztlich würde er den Mann wahrscheinlich sowieso niemals wiedersehen.

»Wir haben bereits drei Kinder verloren«, brachte er schließlich hervor.

»Oh, das tut mir leid. War es die Cholera?«

»Nein, es waren Fehlgeburten. Eine sogar im letzten Drittel der Schwangerschaft. Meine Frau hat das kaum verwinden können.«

»Welch ein Unglück.« Maclane sah sich im Esszimmer um. »Sie sind ein sehr reicher Mann, Herr Jacoby. Sie brauchen einen Erben, nicht wahr?«

»Das ist natürlich auch ein Grund, das kann ich nicht verhehlen. Aber darum geht es mir nicht allein. Ich habe einen entfernten Neffen, dem ich das Hotel vererben könnte, sollte uns ein eigenes Kind versagt bleiben. Nein, mir geht es vor allem um das Glück meiner Gattin. Sie leidet noch immer schrecklich unter dem Verlust, und ich hoffe, dass es besser werden wird, sobald dieses Kind gesund auf die Welt kommt.«

Liam Maclane hob erneut sein Glas und nahm einen kräftigen Schluck.

»Wissen Sie, durch meine Reisen habe ich viele Menschen

kennengelernt. Meistens waren es gerade diejenigen, die selbst nicht viel hatten, die zuerst an andere dachten. Im Gegensatz dazu waren die meisten Reichen, mit denen ich bisher zu tun hatte, stets auf ihren eigenen Vorteil bedacht. Sie jedoch sind ein verdammt guter Mensch, Herr Jacoby, das spüre ich. Meine Menschenkenntnis hat mich noch nie getäuscht.«

»Ich heiße Erich.«

Der Schotte prostete ihm zu. »Liam.«

Erich erhob sich und läutete nach seinem Diener, der kurz darauf ins Esszimmer kam. »Herr Jacoby.«

»Lassen Sie für Herrn Maclane und mich ein kräftiges Abendbrot bringen. Schinken, Käse und mit allem, was sonst noch dazugehört. Die Küche macht das schon. Ich denke, wir könnten auch eine Kanne Kaffee gebrauchen.« Er hob eine Hand und dachte kurz nach. »Und Karl, fragen Sie bei der Gelegenheit bitte bei Frau Meier nach, ob sie vielleicht Hunger hat oder sonst irgendetwas benötigt. Die Frau sollte bei Kräften bleiben.«

»Wird sofort erledigt, Herr Jacoby.«

»Danke, Karl.«

Eine gute Stunde nachdem Erich und sein Gast ausgiebig gespeist hatten, klopfte es an der Tür, und unweigerlich sprangen sie beide auf.

»Immer herein!«, rief Erich.

Die Hebamme blieb in der offenen Tür stehen. Ihr Blick richtete sich auf ihn.

»Herr Jacoby, ich brauche jemanden, der außerordentlich verlässlich und vor allem schnell ist. Jemanden, der sich nicht sofort abweisen lässt, sondern über eine natürliche Autorität verfügt. Ich möchte für Ihre Frau einen Arzt aus dem Hafenkrankenhaus holen lassen, den ich gut kenne.«

»Einen Arzt?«, fragte er alarmiert. »Geht es Martha so viel schlechter?«

»Ihre Frau ist sehr tapfer, aber das Kind lässt sich nicht drehen, und so ...« Traude Meier senkte die Stimme. »So wird es nicht gehen, Herr Jacoby. Meine Kunst ist begrenzt, und ihre Frau ist viel zu schwach, um sie jetzt noch ins Krankenhaus zu transportieren.«

»O mein Gott.« Sofort brach ihm der Schweiß aus, denn er ahnte bereits, was die Hebamme meinte. Es würde vielleicht sogar auf einen Kaiserschnitt hinauslaufen. Ihm wurde übel.

»Ich brauche ein Blatt Papier, um eine Nachricht für den Doktor aufzuschreiben. Wir sollten nicht mehr länger warten. Ich habe wirklich alles versucht. Jemand, auf den Sie sich blind verlassen können, sollte umgehend losgeschickt werden.«

»Karl!«, rief Erich, während er zur Anrichte eilte, um einen Bogen Papier und einen Bleistift aus der Schublade zu nehmen. »Karl, schnell!«

Die Hebamme nahm die Utensilien entgegen, setzte sich kurz auf einen Stuhl und schrieb einige kurze Sätze auf das Blatt. Danach faltete sie es zusammen und reichte es Karl, der inzwischen erschienen war.

»Sie müssen zum Hafenkrankenhaus in die Abteilung für Frauen«, wies sie ihn an. »Diese Notiz müssen Sie Doktor Kreidler überbringen. Bestehen Sie darauf, sie ihm persönlich zu überreichen und warten Sie auf seine Antwort. Am besten wäre es, Sie würden ihn gleich mit herbringen. Lassen Sie sich nicht abspeisen, bevor Sie den Doktor gesprochen haben, und sollte es trotzdem schwierig werden, sagen Sie der Stationsschwester, dass Sie im Auftrag von Traude Meier kommen. Man kennt mich dort.«

»Ich werde sofort losfahren«, erwiderte Karl und nickte Erich zu. »Verlassen Sie sich auf mich, Herr Direktor.«

»Danke, Karl. Ich weiß, Sie werden Ihr Bestes geben.«

Der Diener verschwand, und der Blick der Hebamme glitt zu Maclane. »Nun zu Ihnen. Anfangs war es schwierig, aber jetzt scheint die Geburt bei Adele so langsam in Gang zu kommen – was an ein Wunder grenzt, nach all dem Chloroform, das ich ihr geben musste, damit sie mich während ihrer Wehen nicht umbringt.« Traude Meier schmunzelte. »Die Deern hat um sich geschlagen wie ein Preisboxer. Mir blieb keine Wahl, ihr ein bisschen mehr Chloroform zu gönnen. Jetzt ist sie die meiste Zeit im Land der Träume, aber wie ich es einschätze, wird sie es trotzdem gut hinter sich bringen.« Sie atmete geräuschvoll aus. »Ich denke, es werden Zwillinge werden, Maclane.«

»Zwei!« Der Schotte wurde blass. Dann stieß er einige unverständliche Worte aus, die nach einem Fluch klangen. Erich nahm an, dass es Gälisch war. Maclane sackte zurück auf seinen Stuhl und rieb sich mit beiden Händen übers Gesicht. »Zwei«, wiederholte er. »Wie soll ich das denn schaffen, verdammt noch mal?«

Der Schotte wirkte völlig verzweifelt.

»Ich muss wieder rüber«, teilte die Hebamme ihnen mit und verschwand.

Erich schickte ein stilles Gebet gen Himmel. *Bitte, lieber Gott …*

»Hast du etwas dagegen, wenn ich noch einen einschenke?«, fragte Liam.

Bis vor einer halben Stunde hatten sie sich zwar schon bei den Vornamen genannt, aber noch gesiezt, doch während des Abendessens waren sie zum vertrauten Du übergegangen.

»Nein, mach nur. Ich brauche einen doppelten.«

Erich setzte sich zurück auf seinen Stuhl. Liam füllte erneut die Gläser, dann nahm auch er wieder Platz. Sie tranken, und eine Weile hingen beide ihren Gedanken nach. Als die Gläser leer waren, schenkte Erich nach, wenn auch verhaltener.

»Wir sollten uns nicht sinnlos betrinken, auch wenn uns danach ist«, gab er zu bedenken.

»Du hast recht. Es ist besser, wenn wir bei klarem Verstand bleiben.«

»Du hast die Meier gehört. Bei Adele wird alles gut gehen, Liam. Mach dir keine Sorgen. Wenn dein Schiff ablegt, werden du und deine Familie an Bord sein.«

»*Aye*, aber wenn es wirklich zwei Kinder sind, macht es die Sache weiß Gott nicht leichter«, erwiderte der Schotte. »Ich weiß nicht, wie das gehen soll.«

»Du bist ein kluger und fleißiger Kerl, mein Freund. Du wirst schaffen, was du dir vorgenommen hast, da bin ich mir sicher.«

»Dein Vertrauen ehrt mich, aber im Augenblick geht in meinem Kopf alles drunter und drüber.«

Erichs Diener Karl kam tatsächlich in Begleitung des Arztes zurück. Doktor Kreidler, ein großer, schlanker Mann in mittleren Jahren, stellte sich ihnen kurz vor, dann verschwand er zusammen mit Traude Meier im Schlafzimmer. Erich und

Liam wurden gebeten, weiterhin im Esszimmer zu warten. Die Anwesenheit des Arztes löste trotz der Umstände eine gewisse Zuversicht in Erich aus. Der Mann machte einen außerordentlich kompetenten Eindruck auf ihn.

Es dauerte nicht lange, und der Arzt kam zu ihnen ins Esszimmer. Erich fühlte, wie sich sein Herzschlag beschleunigte.

»Wie geht es meiner Frau?«

Doktor Kreidler sah Liam an. »Würden Sie Herrn Jacoby und mich kurz allein lassen?«, bat er.

»Natürlich.«

Liam war schon im Begriff zu gehen, doch Erich hielt ihn auf. »Bleib ruhig hier.« Dann blickte er Doktor Kreidler in die Augen. »Herr Maclane und ich sitzen hier seit Stunden beieinander und teilen unsere Ängste und Hoffnungen. Vor ihm können Sie frei reden, Herr Doktor.«

»Wie Sie meinen.« Der Arzt räusperte sich. »Ich komme gleich zum Punkt. Ihrer Gemahlin geht es den Umständen entsprechend. Ich habe einen Kaiserschnitt machen müssen, sonst wäre sie gestorben. Frau Meier hat das vollkommen richtig eingeschätzt. Ihre Gattin ist jetzt versorgt und wird sich hoffentlich gut erholen. Grundsätzlich hat sie eine gute Konstitution. Solange nichts Unvorhergesehenes eintritt, wird es ihr in einigen Tagen schon wieder recht gut gehen. Jetzt braucht sie erst einmal viel Ruhe und gute Verpflegung. Im Augenblick schläft sie.« Doktor Kreidler räusperte sich erneut. »Es tut mir sehr leid, Herr Jacoby, aber Ihre Frau wird keine weiteren Kinder mehr bekommen können. Es gab eine Vereiterung in ihrem Unterleib, die sie ebenfalls früher oder später umgebracht hätte. Ich musste handeln und ihr die

Gebärmutter entfernen.« Doktor Kreidler machte eine kleine Pause und seufzte. »Und es gibt noch eine schlechte Nachricht. Leider konnten Frau Meier und ich nichts mehr für das Kind tun.«

Es war, als würde ihm jemand einen schwarzen Schleier über die Augen legen und ihm gleichzeitig den Boden unter den Füßen wegziehen. In der nächsten Sekunde fühlte er Liams Hände an seinen Schultern. Mit sanfter Gewalt sorgte der Schotte dafür, dass er sich hinsetzte. Als er kurz darauf wieder klarer denken und sehen konnte, fühlte der Arzt seinen Puls.

»Geht's wieder?«, fragte der Doktor.

»Ja, danke. Es geht.« Erich fröstelte. »Das Kind. Was war es?«, fragte er.

»Ein Mädchen. Nach meiner Einschätzung war es schon seit mehreren Stunden tot«, erwiderte Doktor Kreidler.

Erich nickte. »Danke, dass Sie meine Frau gerettet haben, Herr Doktor.«

Der Arzt nickte ebenfalls, dann wandte er sich an Liam. »Ich habe kurz nach Ihrer Gattin geschaut. Auch wenn die Geburt, wahrscheinlich aufgrund des Chloroforms, nicht unbedingt zügig vonstattengeht, scheint bei ihr alles normal zu verlaufen. Frau Meier ist jetzt bei ihr. Es wird nicht mehr lange dauern. Ich denke, in spätestens einer Stunde hat sie es überstanden.«

»Danke«, sagte Liam.

»Wenn ich sonst nichts mehr für Sie tun kann, würde ich mich jetzt wieder verabschieden. Ich werde im Krankenhaus gebraucht. Meine Rechnung wird Ihnen in den nächsten Tagen zugehen.«

»Sicher.« Erich rief nach Karl. »Karl, bitte geleite Doktor Kreidler nach unten und sorge dafür, dass er zurück zum Krankenhaus gefahren wird.«

»Sehr wohl, Herr Direktor.«

»Ich danke Ihnen, Herr Jacoby.«

Doktor Kreidler war kaum eine halbe Stunde fort, als der erste Schrei eines Babys erklang. Kurz darauf erfolgte der zweite. Liam sprang auf und wollte schon losrennen, doch Erich hielt ihn zurück.

»Warte lieber noch. Die Anweisungen von Frau Meier waren eindeutig.«

»Du hast recht. Die letzten Minuten machen jetzt auch keinen Unterschied mehr.«

Kurz darauf kam die Hebamme lächelnd ins Esszimmer. In jedem Arm hielt sie ein Baby. Nur die kleinen Gesichter schauten aus den weißen Tüchern heraus, in die sie fest eingewickelt waren.

»Sie haben einen Jungen und ein Mädchen, Maclane. Beide sind gesund und kräftig.« Sie kam auf die Männer zu, die sich inzwischen beide von ihren Plätzen erhoben hatten. »Ihre Frau ist noch chloroformiert. Könnten Sie die Kleinen einen Moment nehmen? Ich würde Adele gerne noch versorgen, bevor sie wieder richtig wach wird.«

»Aber ja«, sagte Liam.

Die Hebamme machte einen Schritt auf Liam zu. »Nehmen Sie Ihren Sohn, Herr Maclane. Er liegt in meinem rechten Arm. Vorsichtig, ja, genau so.«

Nachdem Liam das Kind sicher in seinem Arm platziert hatte, wollte sie ihm auch noch das zweite Baby reichen, doch

Liam schüttelte den Kopf. Noch immer wirkte er wegen der Zwillinge völlig verunsichert und überfordert, wenn nicht sogar verzweifelt. Mit flehendem Blick sah er Erich an.

»Erich, könntest du sie nehmen?«, fragte er. »Mir wird das zu viel. Ich muss mich erst daran gewöhnen, jetzt gleich zwei Kinder zu haben.«

Erich wollte sich schon weigern, doch in dieser Sekunde öffnete das Baby im Arm der Hebamme die Augen und sah ihn direkt an. Es war, als würde augenblicklich das Herz in seiner Brust anschwellen, doch es fühlte sich wundervoll und alles andere als bedrohlich an.

»Fühlen Sie sich denn in der Lage dazu?«, fragte Frau Meier hörbar zweifelnd.

Kurz entschlossen nickte er nur, nahm das Kind entgegen und wiegte es sanft in seinem Arm. Eine wunderbare Wärme überschwemmte sein Innerstes, während er auf das kleine Wesen hinunterschaute.

»Ich bin gleich wieder bei Ihnen«, sagte die Hebamme, bevor sie aus dem Zimmer ging. »Es dauert nicht lange.«

Die beiden Männer standen da, die Blicke auf die Kinder gerichtet, doch dann sahen sie einander im gleichen Moment an.

»Überlass sie mir, Liam«, sagte Erich plötzlich aus einem Impuls heraus. Er hatte den Gedanken schon ausgesprochen, bevor er ihm richtig bewusst geworden war.

»Was?« Liams Augen wurden groß. »Was hast du gesagt?«

»Überlass mir deine Tochter, Liam. Es wird ihr an nichts fehlen, das schwöre ich dir.«

»Bist du jetzt völlig übergeschnappt, Jacoby?«

Wenn Erich sich nicht täuschte, klang es weniger erschüttert, als es angebracht gewesen wäre. Dennoch war deutlich zu erkennen, wie sehr der Schotte mit sich rang.

»Ich weiß, was ich von dir verlange, aber ... Liam, du sagtest doch selbst, dass zwei Kinder ... Ach, wie auch immer, wir haben nur wenig Zeit, um das zu entscheiden. Hör zu, du hast zwei Kinder und wolltest eigentlich noch nicht einmal eines. Ich wollte eins und habe jetzt keines mehr. Du hast recht, ich bin ein sehr reicher Mann. Ich kann mit Leichtigkeit dafür sorgen, dass du deinen Traum von einem eigenen Haus sofort erfüllen kannst, sobald du nach Schottland kommst. Verstehst du, was ich dir sagen will? Überlass mir das Mädchen, und du wirst nicht mehr auf dein eigenes Restaurant oder eine Pension sparen müssen, das verspreche ich dir. Ebenso hoch und heilig verspreche ich dir, dass dieses kleine Mädchen wie eine Prinzessin aufwachsen wird – sogar mit einem eigenen Königreich, wenn man es genau nimmt. Du hast deinen Sohn, und alles ist gut. Adele kann sicherlich noch einige Kinder bekommen.«

Die Worte sprudelten nur so aus ihm heraus. Es war wie eine Eingebung, als hätte ihm jemand die passenden Worte in den Mund gelegt.

Einige Sekunden lang starrte Liam ihn an, als würde er plötzlich seine Sprache nicht mehr verstehen, doch dann veränderte sich etwas in seinem Gesicht. Seine Miene entspannte sich, und in Erich wuchs die Hoffnung, dass der Schotte tatsächlich auf seinen Vorschlag eingehen würde.

»Wir müssen uns schnell entscheiden, mein Freund«, drängte er. »Bevor die Frauen aufwachen. Noch wissen beide nicht, was passiert ist, und wenn du mich fragst, sollten sie es auch niemals erfahren.«

»Du meinst, wir legen deiner Frau das Mädel in die Arme und meiner den Jungen?«, fragte Liam.

Erich hatte den Eindruck, als würde die Panik, aber auch seine Unentschlossenheit immer mehr von Liam abfallen.

»Genau.« Erich atmete tief durch, sah noch einmal hinab auf das Baby in seinem Arm. »Sie würden es niemals erfahren, Liam«, wiederholte er nachdrücklich. »Niemals. Weder die Kinder noch ihre Mütter. Aber alle wären glücklich und zufrieden.«

»Die Hebamme muss herkommen, bevor Adele aufwacht und von den Zwillingen erfährt«, sagte Liam. Die Stimme des Schotten klang belegt, doch zu Erichs Freude auch sehr entschlossen. »Ich weiß nicht, ob uns das Schicksal eines Tages dafür bestrafen wird, aber bei Gott, Erich, dein Angebot ist verlockend und klingt verdammt einleuchtend.«

»Glaub mir, ich werde deine Tochter wie eine Prinzessin behandeln.«

»Ich glaube dir.«

Liam hatte kaum ausgesprochen, als die Hebamme zurückkam.

»Ist sie wach?«, fragte Liam sofort.

»Haben Sie schon mit Adele gesprochen?«, wollte Erich gleichzeitig wissen.

Traude Meier sah von einem zum anderen, dann schüttelte sie den Kopf. »Sie ist noch nicht richtig wach. Ich wollte abwarten, bis sie wieder ganz bei Sinnen ist.«

»Meine Frau schläft auch noch?«

»Ja, Ihre sowieso. Doktor Kreidler brauchte für den Eingriff eine starke Narkose.«

Der Blick der Hebamme richtete sich nun nacheinander

auf die Kinder, die noch immer in den Armen der beiden Männer lagen und selig schliefen. Sie sah auf, dann zog sie die Stirn kraus, als würde sie bereits ahnen, was gleich auf sie zukommen könnte.

»Dann setzen Sie sich bitte einen Augenblick, Frau Meier. Wir benötigen Ihre Hilfe und Ihre vollkommene Verschwiegenheit.« Erich holte tief und geräuschvoll Luft. »Und bevor ich beginne, sollten Sie wissen, dass Sie von nun an keine Geldsorgen mehr haben werden, meine Liebe. Vorausgesetzt, Sie sehen sich in der Lage, meine Bedingungen zu erfüllen.«

22. Kapitel

Inverness, Schottland, Ende Juli 1958

Es regnete leicht, aber das störte Lina nicht. Bis in die kleinste Faser aufgeregt, aber voller Vorfreude lief sie die King Street entlang und auf das Café zu, das Cameron Maclane ihr am Telefon genannt hatte. Sie hatten im Laufe der vergangenen Woche schon dreimal miteinander telefoniert, und allein diese wenigen Kontakte hatten ausgereicht, um eine Verbindung zwischen ihnen zu spüren, die sich zutiefst vertraut anfühlte. Zu ihrer großen Überraschung hatte Cameron nicht eine Sekunde daran gezweifelt, dass sie die Wahrheit sagte. Eigentlich hatte sie sich schon auf lange Erklärungen vorbereitet, doch der Mann mit der sanften Stimme hörte sich alles in Ruhe an, was sie zu sagen hatte. Dann fragte er sie, ob es ihr möglich sei, nach Schottland zu kommen. Er erklärte ihr, dass er selbst im Augenblick nur ungern reisen würde, da er gesundheitlich ein wenig angeschlagen sei. Lina hatte keine Sekunde gezögert und noch am selben Tag die Tickets gebucht.

Nachdem sie einen Tag und eine Nacht in London geblieben war, um Max und Karin zu sehen, war sie heute Morgen auf dem kleinen Flugplatz von Inverness gelandet. Beim gemeinsamen Abendessen hatte sie ihrem Sohn nur erklärt, dass sie große Sehnsucht nach ihm gehabt habe, was durchaus der Wahrheit entsprach. So nahm er an, dass allein ihre Liebe zu ihm der Anstoß für sie gewesen war, in ein Flugzeug zu steigen, denn das war ihr noch nie leichtgefallen, und das wusste er natürlich. Max hatte sich auch nicht gewundert, dass sie noch für zwei Tage nach Schottland reisen wollte. Sie hatte erzählt, dass sie eine kleine erholsame Auszeit nehmen würde und schon immer mal die Highlands hatte sehen wollen. So hatte Max sie heute in aller Frühe zum Flughafen gefahren, wo eine kleine Chartermaschine bereits auf sie gewartet hatte, denn regelmäßige Linienflüge zwischen London und Inverness gab es nicht.

Nun war sie also hier und stand vor dem Café, in dem Cameron auf sie wartete. Lina legte ihre Hand auf den mächtigen goldfarbenen Griff und öffnete die schwere Tür aus Holz und Glas. Das kleine Café war in einer außerordentlich behaglichen Mischung aus schottischer Tradition und britischer Eleganz eingerichtet.

Lina schob die Kapuze ihres Regencapes zurück und ließ ihren Blick durch den Gastraum gleiten. Es waren nicht viele Menschen hier, doch obwohl sie Cameron Maclane noch nie zuvor gesehen hatte, erkannte sie ihn auf Anhieb. Im Grunde war er äußerlich eine Mischung aus einer älteren Version von Max und einer männlichen von ihr selbst. So wie sie hatte Cameron haselnussbraunes, auffallend volles Haar und leicht schräg stehende goldbraune Augen. Ihm schien es nicht anders zu gehen, denn er erhob sich sofort, als ihre Blicke sich trafen. Seine Miene wurde von einem strahlenden Lächeln erhellt, während sie langsam auf ihn zuging. Und dann standen sie voreinander und sahen sich eine Ewigkeit lang nur an.

Plötzlich lachten sie beide los, und im nächsten Augenblick wurde ihnen klar, dass die anderen Gäste des Cafés alle zu ihnen hersahen.

»Ich muss erst mal mein nasses Cape loswerden«, sagte sie auf Deutsch, denn durch ihre Telefongespräche wusste sie bereits, dass er ihre Sprache exzellent beherrschte.

»*Aye*«, erwiderte er schlicht.

Da musste sie schon wieder lachen, einfach weil sie so glücklich war. In diesem Moment kam eine Kellnerin und nahm ihr das Cape ab. Lina bedankte sich höflich und bestellte einen Kaffee und ein Glas Wasser.

Erst danach trat sie auf ihn zu, und er breitete sofort die Arme aus. Sie hielten einander fest, streichelten die Wangen des anderen und schauten sich in die Augen. Lina konnte nicht genug davon bekommen, ihn einfach nur anzusehen.

»Du bist wunderschön«, sagte er schließlich.

»Du auch«, antwortete sie unter Freudentränen. Endlich schafften sie es, sich loszulassen, und Lina setzte sich zu ihm an den Tisch.

»Hast du alles mitgebracht?«, wollte er wissen.

»Ja, ich habe alles bei mir. Du kannst es dir in Ruhe anschauen.«

Lina öffnete ihre Handtasche und legte den Stapel Papiere neben seine Teetasse und den Teller mit drei Scones, der noch unberührt vor ihm stand. Ihr Kaffee wurde gebracht, und sie genoss ihn in aller Ruhe, während er las. Manchmal sah er auf, einmal musste er sich die Tränen aus den Augen wischen, und dann legte er schließlich das letzte Blatt beiseite. Stumm brach er einen der Scones entzwei und bestrich ihn mit *Clotted Cream* und Erdbeermarmelade.

»Hast du die jemals probiert?«, fragte er mit heiserer Stimme, ohne auf das einzugehen, was er soeben gelesen hatte.

»Nein, noch nicht.«

Er hielt ihr den bestrichenen Scone hin. Sie nahm ihn und biss hinein.

»O mein Gott, das ist köstlich«, brachte sie schließlich hervor.

»*Aye*, das ist es«, bestätigte er und schob sich selbst auch ein Stück in den Mund.

»Weiß dein Sohn schon Bescheid?«, fragte sie.

Er schüttelte den Kopf. »Meine Familie ist gerade in Aberdeen und besucht die Eltern meiner Schwiegertochter. Das gibt mir noch zwei Tage Zeit, mir genau zu überlegen, auf welche Weise ich es ihnen sage. Außerdem wollte ich erst sichergehen. Das musst du jetzt aber nicht falsch verstehen.«

»Keine Sorge, ich habe genauso gehandelt. Auch mein Max ist noch ahnungslos.«

Er schob ihr ein weiteres Stück von den köstlichen Scones in den Mund und freute sich sichtbar darüber, dass sie es voller Genuss entgegennahm.

»Obwohl ich schon am Telefon wusste, dass das, was du sagtest, die Wahrheit ist.« Er atmete tief durch. »Deine Stimme, die Art, wie du gesprochen hast … Das seltsame Gefühl in mir, das seit jeher da war. Ich habe dich an jedem Tag meines Lebens vermisst, ohne dich gekannt zu haben.«

»Doch, du hast mich gekannt«, widersprach sie leise lachend.

»*Aye*, du hast recht. Wir waren ja schon einmal vereint.« Während er lächelte, vertieften sich die Fältchen um seine haselnussbraunen Augen wie Strahlenkränze.

»Erzähl mir von ihnen«, bat sie ihn. »Erzähl mir von Adele und Liam. Ich möchte alles wissen.«

Er begann zu erzählen, sprach von seiner psychisch kranken Mutter, die sich das Leben nahm, als er noch nicht einmal in der Schule war. Er sprach auch über seinen überforderten Vater, der es neben der vielen Arbeit für die kleine Pension, die er betrieb, kaum schaffte, seinem Sohn die nötige Aufmerksamkeit und Liebe zukommen zu lassen, und schließlich dem Alkohol verfiel.

Lina hörte ihm begierig zu, saugte jedes einzelne Wort in sich auf und weinte mit ihm. Erst zwei Stunden später verließen sie das Café und gingen ein paar Schritte bis zu der kleinen Wohnung, in der Cameron lebte. Die Pension seines Vaters betrieb inzwischen sein Sohn James, wie er ihr berichtete. Camerons Wohnung lag im oberen Stockwerk eines zweistöckigen Mietshauses. Von einem schmalen Treppenhaus gingen insgesamt vier Parteien ab. Obwohl sie viel größere Räume gewohnt war, fühlte Lina sich sofort wohl in Camerons behaglich eingerichtetem Zuhause.

Zusammen bereiteten sie sich in der winzigen Küche ein paar Sandwiches zu und teilten sich eine Flasche Bier.

»Es wird schon dunkel. Nachher bringe ich dich zu deinem Hotel«, versprach Cameron.

Sie spürte, dass es ihm wichtig war, sie zu begleiten, deshalb widersprach sie nicht.

»Das ist lieb von dir, Cameron.«

»Nenn mich ruhig Cam. Ich bin es nicht anders gewohnt.«

»Sehr gerne, Cam.«

»Wie lange kannst du bleiben?«

»Ich werde morgen am frühen Nachmittag von meinem

Hotel abgeholt und zum Flugplatz gebracht, aber beim nächsten Mal werde ich länger hierbleiben, und dann kannst du mir und meinem Martin deine Heimat zeigen. Wie findest du das?«

»Das wäre wundervoll, aber lass nicht zu viel Zeit vergehen, bis wir uns wiedersehen.«

»Das werde ich nicht, versprochen. Wir bekommen das sicherlich noch vor Weihnachten hin. Und danach musst du auch mal nach Hamburg kommen. Am besten ist es, du bringst dann deine ganze Familie mit.«

Sein Lächeln war sanft. »Genauso machen wir das. Ich wollte Hamburg schon immer mal sehen. Einmal bin ich in München gewesen, aber in Hamburg war ich noch nie.«

»Die Stadt ist wunderschön, sie wird dir gefallen.« Sie seufzte. »Ehrlich gesagt, mir graut es ein bisschen vor dem Flug, ich mag das Fliegen eigentlich nicht so gerne. Ich bin von London aus mit einer dieser kleinen Chartermaschinen hierhergeflogen. Das war sehr aufregend. Stell dir vor, Cam, es saßen nur eine Handvoll Leute darin. So geht es morgen auch wieder zurück.«

»Ach, diese kleinen Maschinen sind hier oben in den Highlands völlig normal«, erwiderte er. »Weißt du was? Komm doch morgen nach dem Frühstück einfach wieder her. Es sind kaum zwanzig Minuten Fußweg bis zu deinem Hotel, und ich könnte dir wenigstens noch ein bisschen von Inverness zeigen. Würde dir das gefallen?«

»Das würde mir sogar sehr gefallen. Zwei oder drei Stunden blieben uns dann sicherlich noch, bevor ich abgeholt werde.«

»Dann sei gegen halb zehn oder zehn Uhr hier. Wir können gemütlich einen Kaffee miteinander trinken, wenn du möchtest, und danach losmarschieren.«

Nach dem Essen lasen sie noch ein weiteres Mal gemeinsam die Tagebuchaufzeichnungen von Traude Meier. Jeden einzelnen Satz ließen sie auf sich wirken. Gemeinsam bedauerten sie die Frau, die zu dem Zeitpunkt schon selbst schwanger gewesen war und durch die Spielsucht ihres Mannes in bedrohlichen finanziellen Schwierigkeiten steckte. Sie hatte offensichtlich berechtigte Angst davor gehabt, ihre Wohnung zu verlieren und zusammen mit ihrem Kind auf der Straße zu landen.

»Ich kann sehr gut nachvollziehen, warum diese arme Hebamme die Chance auf ein besseres Leben für sich und ihr Kind ergriffen hat«, sagte Lina.

»Ja, so geht es mir auch«, erwiderte Cameron und nickte.

»Wenn jemand Schuld auf sich geladen hat, dann ist es Erich Jacoby.« Lina musste schlucken. »Er war ein guter und liebevoller Vater für mich, Cam, doch ich kann ihm trotzdem nicht verzeihen, was er damals getan hat. Mein Bild von ihm ist irgendwie völlig verrutscht, falls du verstehst, was ich meine.«

»Ich verstehe dich sogar sehr gut, Lina. Vergiss nicht, dass auch mein Vater … Nein, unser Vater, also Liam, maßgeblich an dieser schrecklichen Geschichte beteiligt war. Die beiden Männer haben Schicksal gespielt, offenbar ohne ernsthaft über die Folgen nachzudenken.«

»Das stimmt allerdings.« Seufzend sortierte sie die Papiere und schob den Stapel zurück in ihre Handtasche.

»Wer weiß, wie viele Jahre uns noch vergönnt sind«, sagte Cameron nach einer Weile des Schweigens. »Wir dürfen uns niemals wieder aus den Augen verlieren. Versprich mir das, Lina-Marie.«

»Ich verspreche es dir, Cam Maclane. Von nun an sind wir eine Familie.«

»*Aye.*«

Am nächsten Morgen erwachte Lina früh. Sie konnte es kaum erwarten, Cameron wiederzusehen. Es gab noch so viel zu erzählen. Sie frühstückte schnell und verließ schon kurz nach neun das hübsche Hotel, in dem sie übernachtet hatte. Es war ein schöner Weg entlang des River Ness, und deshalb ging sie die zwanzig Minuten zu Camerons Haus gerne zu Fuß. Heute schien die Sonne von einem wolkenlosen Himmel, und sie genoss die frische Luft und die freundlichen Gesichter der Menschen, die ihr entgegenkamen. Schließlich bog sie links in die Straße ein, in der Cameron Maclane lebte.

Als sie kurz darauf an seiner Tür klingelte, öffnete niemand. Verwundert sah sie sich um und wusste nicht so richtig, was sie jetzt tun sollte. Sie versuchte es noch einmal. Dann klopfte sie, doch nichts geschah. Hinter ihr ging die andere Wohnungstür auf, und eine kleine Frau mit auffallend roten Haaren erschien.

»Wollten Sie zu Cam?«, fragte sie auf Englisch.

Lina nickte und kramte im Kopf nach den richtigen Vokabeln. Sie sprach nicht besonders gut Englisch, auch wenn sie fast alles verstand.

»Ja, wir waren verabredet, aber er öffnet nicht.«

»Cam ist letzte Nacht gestorben«, teilte die Frau ihr mit fast schon teilnahmsloser Stimme mit.

»Was?«

O nein! Bitte nicht, lieber Gott!

»Er hatte seit vielen Jahren ein schwaches Herz, und es ging ihm schon lange nicht mehr gut. Meine Güte, er war ja noch gar nicht so alt. Fünfzig oder so.«

»Neunundfünfzig«, flüsterte Lina erschüttert, während die furchtbare Mitteilung dieser Frau langsam in ihren Verstand einsickerte. »Er wäre im nächsten Monat neunundfünfzig geworden.«

Plötzlich fiel Lina wieder ein, dass er sie am Telefon gefragt hatte, ob sie nach Inverness kommen könne, weil er gesundheitlich nicht auf der Höhe sei und deshalb nicht reisen wolle. Es hatte nicht besorgniserregend geklungen, so wie er es gesagt hatte. Natürlich hatte sie trotzdem nachgefragt, doch er hatte ihr versichert, dass es nichts Ernstes, sondern nur eine vorübergehende Unpässlichkeit sei. Sie hatte sich zwar vorgenommen, noch einmal nachzuhaken, sobald sie hier war, doch dann war das Treffen mit ihm viel zu aufregend gewesen, und sie hatte nicht mehr daran gedacht.

Zu aufregend, dachte sie bestürzt. Es war alles zu viel für ihn gewesen. Linas Kehle war wie zugeschnürt, sie musste schlucken.

»Und Sie sind sich ganz sicher, dass er tot ist?«, fragte sie Cams Nachbarin.

»Ja, er war wohl gestern Abend noch unterwegs, und als er nach Hause kam, brach er hier direkt vor seiner Tür zusammen. Ich habe selbst den Rettungsdienst gerufen. Ich hörte es poltern und … Na ja, der Arzt konnte nur noch den Tod feststellen. Ich habe alles mitbekommen. Auch als die Polizisten dann in die Wohnung gingen, weil sie seinen Sohn benachrichtigen wollten.« Cams Nachbarin schüttelte den Kopf.

»Stellen Sie sich vor, Cam hatte schon den Schlüssel ins Schloss gesteckt, bevor er umfiel. Die Polizisten mussten noch nicht einmal danach suchen.«

Der Schock und die Trauer ließen Lina die Knie weich werden. Sie musste sich auf die Stufen des Treppenhauses setzen. Ihr liefen Tränen über die Wangen.

»Das ist einfach nicht fair«, flüsterte sie.

»Oh, sie standen ihm wohl sehr nahe«, sagte die Frau. »Möchten Sie vielleicht ein Glas Wasser?«

Lina schüttelte den Kopf. »Nein. Nein, danke, es wird gleich wieder gehen.«

»Ich wusste gar nicht, dass Cam eine Freundin hatte.«

»Wir ... wir kannten uns kaum«, antwortete Lina. Plötzlich wollte sie nur noch fort von hier. Sie bedankte sich noch einmal und verließ eilig das Haus.

Blind vor Tränen lief sie den Weg zurück zum Hotel. Kurz bevor sie dort ankam, setzte sie sich auf eine Bank am Fluss und weinte still vor sich hin. Als die Tränen endlich versiegten, blickte sie noch eine ganze Weile gedankenvoll auf die glitzernde Wasseroberfläche des River Ness, bevor sie zurück ins Hotel ging.

Hamburg, einen Tag später

»Ich kann dir gar nicht sagen, wie leid mir das tut, mein Liebling.«

Martin hatte den Arm um ihre Schultern gelegt und zog sie noch ein Stück näher zu sich. Sie saßen auf dem Sofa in ihrem Wohnzimmer, und Lina hatte ihren Bericht gerade abgeschlossen. Martins Betroffenheit konnte sie fast körperlich spüren.

»Da findet ihr euch endlich, und dann schlägt das Schicksal gleich noch einmal so grauenvoll zu«, sagte er fassungslos.

»Es fällt mir immer noch schwer, das zu akzeptieren, Martin. Er war so ein wundervoller Mann, so voller Gefühl und Wärme. Du hättest ihn sofort gemocht, da bin ich mir sicher. Wir alle zusammen hätten noch so viele schöne Dinge erleben können.«

Sie spürte seine Lippen auf ihrer Schläfe. Es tat gut, hier mit ihm zu sitzen und ihm alles zu erzählen.

»Was hast du getan, als du wieder in deinem Hotel warst?«, fragte er. »Ich meine, dein Flug ging ja erst am Nachmittag.«

»Da es mir immer noch widerstrebte, der Nachbarin von Cam einfach so zu glauben, half mir eine sehr nette Rezeptionistin. Ich weiß nicht genau, wie sie das bewerkstelligt hat, aber nach einigen Telefonaten fand sie schließlich heraus, dass Cam tatsächlich in der Nacht verstorben war.«

Erneut kamen ihr die Tränen. Martin ließ sie gewähren. Er hielt sie im Arm und wartete ab, bis sie sich wieder im Griff hatte.

»Was willst du jetzt tun, Lina? Wirst du Kontakt zu Camerons Sohn aufnehmen? Schließlich ist er dein Neffe.«

Sie schüttelte den Kopf. »Nein, das werde ich nicht. Cam hatte noch nicht mit ihm gesprochen, er ist also völlig ahnungslos und soll es auch bleiben. Während der Flüge hatte ich genug Zeit, um über alles nachzudenken, und ich habe einen Entschluss gefasst.« Lina sah zu ihm auf. »Könntest du mir vielleicht ein Gläschen Portwein einschenken, Schatz?«

»Aber natürlich. Ich könnte auch einen gebrauchen.«

Martin erhob sich und ging hinüber zu dem kleinen Barwagen, der vor dem Fenster stand. Er schenkte zwei Gläser ein, kam zu ihr zurück und reichte ihr eins davon.

Lina wartete, bis er sich wieder neben sie gesetzt hatte.

»Auf Cameron Maclane«, sagte sie, als sie ihm zuprostete.

»Auf Cameron Maclane«, wiederholte Martin.

Lina stellte ihr Glas ab, atmete tief durch und senkte kurz die Lider. Für einen Moment genoss sie die entspannende Wirkung des Portweins in ihrem Inneren.

»Das tut gut.« Sie sah ihn an. »Wo waren wir stehen geblieben?«

»Du sagtest, du willst seinen Sohn nicht informieren, hättest über alles nachgedacht und eine Entscheidung getroffen.«

»Ah ja, genau.« Sie räusperte sich. »Ich werde dir jetzt meine Entscheidung mitteilen, aber ich bitte dich: Höre mich erst zu Ende an, bevor du panisch aufspringst, Martin. Versprichst du mir das?«

Er blies die Wangen auf. »Das klingt nach einem Donnerschlag.«

»Das kann schon sein.«

Sie nahm noch einen winzigen Schluck von ihrem Portwein, um ein bisschen Zeit zu gewinnen, denn sie wusste nicht so richtig, wie sie beginnen sollte. Dann entschied sie sich dafür, ihre Überlegungen einfach möglichst in der richtigen Reihenfolge in Worte zu fassen.

»Max soll natürlich das Hotel erben. Er hat mit großem Fleiß darauf hingearbeitet und tut es noch. Ich möchte nicht, dass sein Einsatz umsonst gewesen ist. Das wäre eine Schande.« Sie musste schlucken. »Außerdem ist er mein Sohn, und ich liebe ihn. Er ist mein Erbe.«

»Daran gibt es keinen Zweifel«, warf Martin ein.

»Das ist richtig. Trotzdem werde ich zu gegebener Zeit mit ihm sprechen müssen, denn ich muss von ihm verlangen, dass er selbst das Hotel den Maclanes vererbt. Ich möchte, dass er und ich eine entsprechende Vereinbarung unterzeichnen und bei unserem Notar hinterlegen.«

»Ich verstehe nicht …« Martin runzelte die Stirn. »Max und Karin werden doch selbst Kinder haben, Lina.«

»Das ist mir bewusst, aber daran habe ich natürlich gedacht. Du weißt ja, dass wir inzwischen ein noch viel besseres Geschäft machen als vor dem Krieg. Die Leute geben plötzlich wieder ihr Geld für Luxus aus.«

»Richtig. Der allgemeine Aufschwung ist schon fast beängstigend, wenn du mich fragst.«

»Deshalb werde ich Max vorschlagen, dass wir so bald wie möglich expandieren. Über kurz oder lang sollten wir sowieso über Investitionen nachdenken. Darüber haben er und ich sogar schon gesprochen, bevor er nach London ging. Geld muss arbeiten, wenn es sich vermehren soll. Ich werde dazu natürlich seine Meinung einholen, aber ich denke, ein oder zwei weitere, natürlich kleinere Hotels, eventuell auch Restaurants wären eine gute Investition und könnten seinen Kindern die Zukunft sichern.« Lina setzte sich kerzengerade hin. »Verstehst du, Martin? Max wird meinen Enkelkindern etwas hinterlassen können, doch das Hotel kann trotzdem an die Familie Maclane gehen. Solange ich lebe, werde ich Max dabei unterstützen, das Erbe und damit die Zukunft seiner Kinder zu sichern.«

»Warum gerade das Hotel?«, fragte Martin.

»Weil es ohne die Familie Maclane das Hotel vielleicht gar nicht mehr geben würde. So einfach ist das.«

»Cameron Maclane ist tot, Liebling. Alle diejenigen, die es betrifft, sind dann schon lange nicht mehr auf dieser Welt.«

»Das ist nicht mehr zu ändern. Trotzdem möchte ich die Sache genau so handhaben. Ich muss es tun, um meinen Frieden zu finden, Martin. Die einzige Einschränkung, die ich mir selbst auferlege, ist, Cams Sohn nicht zu informieren. Ich kenne ihn nicht, und es ist in jedem Fall sicherer, um Max jeglichen Ärger zu ersparen, der ihm eventuell ins Haus stehen könnte. Die meisten Leute verlieren ihren guten Charakter, sobald es um viel Geld geht. Dieses Risiko möchte ich von vornherein ausschalten.« Lina ließ sich zurück in die weichen Sofakissen fallen. »Erich Jacoby und Liam Maclane haben mit ihrem Handeln das Schicksal herausgefordert, und ich verspüre einfach das starke Bedürfnis, die Dinge wieder geradezurücken – zumindest so weit es mir überhaupt möglich ist.«

»Aber die Maclanes hätten doch mit dem Hotel so oder so niemals etwas zu tun gehabt, Lina.«

»Auf den ersten Blick nicht, doch wenn man genauer darüber nachdenkt, haben sie sehr viel mit diesem Haus zu tun, deshalb sehe ich das anders. Sie haben ein enormes Opfer für dieses Hotel gebracht. Allein die Vorstellung raubt mir schon den Atem. Ich finde, diese Traude Meier hat es ganz gut auf den Punkt gebracht, als sie schrieb, dass sie einen Pakt mit dem Teufel geschlossen hat.« Erneut seufzte sie. »Wie auch immer, sobald Max wieder hier ist, werde ich mit ihm reden und ihm die Papiere zeigen. Danach werden sie für alle Zeiten im Versteck verschwinden.«

»Im Versteck?«

»Ja. Wir haben den Hohlraum hinter dem Schrank zwar

vor ein paar Jahren ausgeräumt, aber er ist ja noch immer da. Ich packe den ganzen Kram in eine Keksdose, stelle sie da rein und lasse die Wand endlich wieder zumauern. Ich möchte, dass die Maclanes völlig unbelastet an das Erbe herangehen können.«

»Unbelastet? Wie meinst du das denn?«

»Cam erzählte mir, dass seine Familie seit vielen Jahrzehnten eine Pension in Inverness betreibt. Die Kinder und Enkel haben sie stets weitergeführt. Erst Cam, dann hat er die Pension im vergangenen Jahr an seinen Sohn und dessen Familie abgegeben. Cams Schwiegertochter erwartet ihr erstes Kind, es wird also weitergehen. Die Pension läuft gut, weil sie in einer Gegend von Inverness liegt, die für Touristen besonders attraktiv ist. Wenn man es genau nimmt, ist die Familie Maclane also in derselben Branche wie wir. Sie werden sich irgendwie einfinden und es auch schaffen, ein Grandhotel zu leiten, da bin ich mir sicher. Im Leben gibt es meistens für alles eine Lösung.« Lina griff nach ihrem Glas und trank es aus. »Wie ich schon sagte, die Papiere werden verschwinden, aber es widerstrebt mir, sie zu vernichten. Das bringe ich nicht fertig. Deshalb werde ich sie ins Versteck hinter der Mauer bringen, sobald Max sie gelesen hat.« Lina nickte, wenn auch mehr zu sich selbst. »Max muss sie lesen, damit er mir all das glaubt. Cam sagte, wenn man die Seiten liest, besonders die Aufzeichnungen von Traude Meier, sieht man nach und nach die ganze Geschichte vor dem inneren Auge ablaufen. Das habe ich genauso empfunden und du doch auch.«

»Ja, das ist so«, stimmte Martin ihr zu.

»Max wird es ebenso ergehen, ich kenne meinen Sohn.

Wenn er erst alles erfahren hat, wird er verstehen, warum ich nicht anders handeln kann.«

Martin neigte sich zu ihr und legte seine Hand auf ihre. »So wie ich dich kenne, weißt du natürlich, dass du ein winziges Fenster offen lässt, nicht wahr, mein Liebling?«

»Ein Fenster?«

»Du vernichtest die Papiere nicht, also könnte sie trotzdem irgendwann jemand finden, selbst wenn es nur durch puren Zufall geschehen sollte.«

Er lächelte, hob ihre Hand und drückte seine Lippen auf ihre Fingerspitzen.

»Das, mein Schatz, ist dann aber eine Sache, die wir beide nicht mehr erleben werden.« Auch sie musste lächeln. »Aber ich muss dir recht geben, die Möglichkeit bleibt. Auch deshalb werde ich noch einen eigenen Bericht verfassen und ihn mit zu den Papieren legen. Falls irgendwann einmal jemand die Unterlagen findet, soll derjenige auch meine Sicht der Dinge kennenlernen und erfahren, dass Cam und ich uns noch begegnet sind. Doch das wird sicherlich erst in ferner Zeit sein, denke ich. Weder Max noch wir werden zulassen, dass diese Mauer jemals fällt, auch das wird er mir versprechen müssen. Was nach uns geschieht, liegt dann nicht mehr in unserer Hand.« Erst nach einem langen und sehr tiefen Atemzug sprach sie weiter. »Vielleicht möchte ich auch gar nicht, dass diese Geschichte jemals vergessen wird, wer weiß.«

23. Kapitel

Hamburg, im Frühsommer 2019

Emily dachte über Ryan und ihre Beziehung zu ihm nach. Das tat sie oft in der letzten Zeit. Fast jede Nacht verbrachten sie nun gemeinsam und schliefen entweder in seiner Suite oder in ihrer. An ihrer Beziehung hatte sich nur so viel geändert, dass sie vertrauter miteinander geworden waren und durch die vielen, teilweise intensiven, manchmal nächtelangen Gespräche sehr viel voneinander erfahren hatten. Inzwischen hatten sie einander ihre Familiengeschichten erzählt und wussten mehr über die Stärken und Schwächen des anderen als noch vor wenigen Wochen.

Emily liebte ihn nach wie vor leidenschaftlich, doch so langsam wurde das für ihr inneres Gleichgewicht zum Problem, und damit hätte sie nicht gerechnet. Anfangs war sie wirklich davon überzeugt gewesen, dass auch Ryan in sie verliebt war, sich seinen Gefühlen aber noch nicht stellen konnte oder wollte. Inzwischen war sie sich dessen nicht mehr so sicher. Zudem hatte sie erkennen müssen, dass sie nicht dafür geschaffen war, eine derartig unsichere Gefühlslage noch länger durchzuhalten. Sie hatte sich selbst überschätzt, das hatte sie sich bereits eingestanden.

In den letzten Tagen hatte sie versucht, ihr Inneres zu ordnen, hatte nachgedacht, geweint und heimlich geflucht, doch all ihre Überlegungen liefen stets auf einen einzigen Punkt hinaus: Sie würde etwas unternehmen müssen, wenn sie nicht daran zerbrechen wollte.

Ryan begehrte sie, daran gab es nicht den geringsten Zweifel. Er machte keinen Hehl daraus, dass er gerne mit ihr zusammen war, doch wenn sie nicht gerade Sex miteinander hatten, verhielt er sich ihr gegenüber fast freundschaftlich. Im Gegensatz zu den ersten Wochen ihrer seltsamen Beziehung schien er sich unterdessen sogar zurückzuhalten, wenn es um alltägliche kleine Zärtlichkeiten ging, und das machte ihr immer mehr zu schaffen. Es tat weh, ihn so sehr zu lieben und völlig allein mit diesen Gefühlen dazustehen. Sie hielt es schlichtweg nicht länger aus.

Natürlich war ihr klar, dass er nach dem Fund der Papiere über viele Dinge nachdenken musste, aber im Grunde betraf diese Sache nicht ihn persönlich, sondern seinen längst verstorbenen Urgroßvater. Sicher, wenn man es genau betrachtete, profitierte er nun davon, dass Lina-Marie Jacoby und Cameron Maclane in Wahrheit Zwillinge gewesen waren, die man einst auf verabscheuungswürdige Weise getrennt hatte. Nur deshalb war er jetzt der Besitzer des Hotels. Vielleicht machte ihm dieser Aspekt zu schaffen, aber das ahnte sie nur, weil er nicht mit ihr darüber sprach. Natürlich hatte sie an dem Abend, an dem sie die Papiere durchgesehen hatten, über all das reden wollen, doch er hatte sie gebeten, ihm ein wenig Zeit zu geben, um seine Gedanken ordnen zu können. Eigentlich konnte sie das sogar sehr gut nachvollziehen. Allerdings war das jetzt schon eine ganze Weile her, und sie wartete noch immer darauf, dass er von sich aus mit ihr darüber sprach, wie er sich angesichts all dieser Enthüllungen fühlte. Dabei hatte sie sogar das Gefühl, als würde er sich innerlich mehr und mehr von ihr abschotten, und sie fragte sich, warum das so war.

Emily seufzte tief. So konnte es nicht weitergehen, so viel war klar. Sie sah auf ihre Armbanduhr. Es ging bereits auf den Feierabend zu. Da sie gerade den Mut aufbringen konnte, erhob sie sich entschlossen von ihrem Schreibtischstuhl und stand kurz darauf in der halb offenen Tür zu Ryans Büro. Da hier oben nur sie beide ihre Büros hatten, standen die Türen meistens offen. Das hatte sich mit der Zeit so eingespielt. Als sie noch für Max Jacoby gearbeitet hatte, war das anders gewesen.

Ryan telefonierte gerade, doch als er sie sah, machte er ihr ein Zeichen, dass sie hereinkommen und sich setzen sollte. Es ging nicht um das Hotel, wie sie schnell heraushörte, sondern um sein nächstes Buch.

»Gut, dann verbleiben wir so, Jürgen. Ja, ich beginne in den nächsten Tagen, und wie vereinbart bekommst du das Manuskript im Frühjahr … Fein, liebe Grüße an Natalie. Auf bald, Jürgen.« Ryan legte auf, machte sich ein paar Notizen und sah sie an. »So, jetzt bin ich für dich da.«

»Dein Verleger?«, fragte sie.

»Ja, der neue Vertrag ist unter Dach und Fach. Das heißt, dass ich demnächst wieder intensiver schreiben werde. Die Pause war lang genug.«

»Es fehlt dir.«

»Ohne Frage. Ich bin Schriftsteller, Emily. Der Schreibdrang wird immer in mir sein, und der neue Roman ist in meinem Kopf praktisch schon fertig.« Er stieß ein leises

Schnaufen aus. »Das heißt übrigens gar nichts. Es liegen nämlich Welten zwischen der Vorstellungskraft und dem eigentlichen Schreibprozess.« Er sah ihr in die Augen. »Ich bin auch fertig für heute. Wollen wir zum Essen runtergehen?«

»Deshalb bin ich nicht hier. Ich muss etwas mit dir besprechen«, sagte Emily. »Es ist wichtig.«

»Na dann, leg los.«

»Ich …« Sie räusperte sich. Ihr Hals war plötzlich ganz trocken, aber ihr war klar gewesen, dass es schwer werden würde.

Sie erhob sich, ging hinüber zur Kommode, wo Ryans Wasserkaraffe stand, schenkte sich ein Glas ein und nahm einen Schluck.

»Emily? Alles in Ordnung?«

»Ich denke ernsthaft darüber nach, das Hotel zu verlassen, Ryan.«

Er sprang auf, aber sie hatte eine heftige Reaktion erwartet, denn schließlich war er bislang ahnungslos.

»Was? Das kannst du doch nicht ernst meinen«, rief er bestürzt aus.

»Ich meine das sogar sehr ernst.«

»Aber warum, um Gottes willen? Du, wir … Du hast hier doch alles, Emily. Deine Arbeit, deine Wohnung … und …«

»Den Sex mit dir … Ja, sprich es ruhig aus.«

»Sei nicht so sarkastisch.« Seine Stimme klang jetzt heiser. »Hast du etwa ein besseres Angebot bekommen? Du weißt, wir können über alles sprechen …«

»Um Geld geht es mir nicht, und das weißt du ganz genau.«

»Was ist es dann, verdammt?«

»Du, Ryan. Du bist der Grund.«

Eine Weile blieb es still. Sie beobachtete, wie sich sein Blick veränderte. Offenbar dachte er angestrengt nach.

»Also ist es für dich vorbei«, sagte er. »Du willst eigentlich gar nicht das Hotel verlassen, sondern mich. Ich verstehe.« Seine Stimme klang noch immer belegt. Er räusperte sich. »Ist, ähm, Ronald Boyens zurück?«

Dieser Mann verstand wirklich überhaupt nichts. Entnervt holte Emily tief Luft. »Nein, Ryan, Ronald ist nicht zurück. Soweit ich informiert bin, wird er die nächsten Jahre in New York bleiben.«

Ryan kam um den Schreibtisch herum zu ihr. »Warum willst du mich dann verlassen?«, fragte er und umfasste ihre Schultern. »Ich weiß, ich war in den vergangenen Tagen nicht unbedingt ... ähm, zugänglich, aber ich hatte so viel im Kopf, und ich ...«

»Hör auf«, unterbrach Emily ihn unwirsch. Sie schloss kurz die Augen. »Auch darum geht es nicht, jedenfalls nicht nur. Die vergangenen Tage haben mir nur die Augen geöffnet. Ich kann nicht mehr, Ryan. Ich kann nicht mehr länger bei dir bleiben, weil ich über kurz oder lang daran zerbrechen würde. Nur deshalb muss ich gehen.«

»Meine Güte, bin ich so schrecklich? Ich hätte gedacht ...«

»Idiot! Du bist so ein ignoranter Idiot, Ryan Maclane.« Sie ging den letzten Schritt auf ihn zu und legte ihre Hand auf seine Brust. »Ich liebe dich, Maclane, so einfach ist das.«

»Du liebst mich?« Sein Blick veränderte sich erneut. Er drückte das Rückgrat durch und sah sie an, als wäre sie irgendeine mystische Erscheinung aus einem Fantasyfilm.

»Ja, ich liebe dich«, wiederholte sie. »Schon lange, falls du es genau wissen willst. Um ehrlich zu sein, habe ich mich schon nach wenigen Tagen in dich verliebt. Und genau das war auch der ausschlaggebende Grund für meine Trennung von Ronald. Das muss ich wohl oder übel zugeben.« Sie schluckte. »Seit ich mich in dich verliebt habe, ist mir einfach der Unterschied klar geworden, aber das ist jetzt unwichtig. Eine Weile war da die Hoffnung, du würdest dich irgendwann auch in mich verlieben. Ehrlich gesagt, war ich mir sogar sicher, dass du mich liebst und es nur noch erkennen und zugeben musst, aber da habe ich mich wohl geirrt.«

Emily spürte, dass ihre Augen sich mit Tränen füllten, doch darauf kam es nun auch nicht mehr an.

»Ich halte es einfach nicht mehr aus, Ryan. Ich muss fort von dir, damit sich mein Herz von dir erholen kann. Du hängst noch immer an deiner Frau und den alten Gefühlen. Ich verstehe das, das musst du mir glauben, aber hierbei geht es jetzt allein um mich, verstehst du? Ich, Ryan, *ich* kann es nicht mehr ertragen, dich zu lieben, ohne von dir wiedergeliebt zu werden. Ich habe mir etwas vorgemacht, so einfach ist das. Und nun ist meine Kraft aufgebraucht, und ich muss meinen Weg ohne dich weitergehen.«

Noch immer stand er da wie vom Donner gerührt, vollkommen regungslos, und starrte sie an.

»Hast du überhaupt verstanden, was ich dir gerade versuche zu erklären, Maclane?«

Langsam nickte er. »Du liebst mich.«

Seine Hände lagen noch immer auf ihren Schultern, doch nun ließ er sie sinken.

»Entschuldige mich«, stieß er heiser hervor, dann verließ er fluchtartig den Raum.

Vollkommen fassungslos stand Emily da und sah ihm nach. Es dauerte mehrere Atemzüge, bis ihrem Verstand klar wurde, dass er tatsächlich ohne ein einziges Wort gegangen war, ohne zumindest sein Verständnis auszudrücken. Der Schmerz in ihrem Inneren drohte ihr Herz zu zerreißen, und verzweifelt versuchte sie, dagegen anzuatmen, doch es war zu viel, zu quälend.

Mit bedächtigen Schritten, aber durchaus zielstrebig verließ sie den Bürotrakt und ging hinüber in ihre Wohnung. Es dauerte nur wenige Minuten, bis sie die wichtigsten Sachen in einen Koffer geworfen hatte. Den Rest würde sie irgendwann abholen lassen. Die Hausdame konnte das für sie erledigen.

Bevor sie die Wohnung verließ, warf sie einen schnellen Blick in den Spiegel an der Garderobe. Es war wohl besser, ihre große Sonnenbrille aufzusetzen, beschloss sie. Dann fuhr sie hinunter in die Tiefgarage, stieg in ihren Wagen und verließ das Hotel. Als ihr Smartphone zweimal brummte, schaltete sie es kurzerhand aus, ohne aufs Display zu sehen. Sie wollte und konnte jetzt mit niemandem sprechen, dafür war sie viel zu aufgewühlt.

Als sie die Auffahrt von Lindenhain entlangfuhr, sah sie schon von Weitem die große Limousine ihres Bruders vor dem Haus stehen. Sie stellte ihren Wagen direkt daneben ab, stieg aus und zog ihren Koffer vom Rücksitz.

»Emmy?« Leonards Stimme klang überrascht. »Was machst du denn hier?«

»Leo …« Sie ließ ihren Koffer stehen und warf sich in seine Arme. Sofort kamen wieder die Tränen. »Ach, Leo, es tut so furchtbar weh.«

»Sch, sch… Sag mir, wen ich für dich verkloppen muss, Schwesterchen.«

Obwohl sie todunglücklich war, hätte sie um ein Haar gelacht. Leonard hielt sie fest und ließ sie weinen. Er wartete, bis sie sich etwas beruhigt hatte, dann schob er sie ein Stück von sich weg, um ihr ins Gesicht sehen zu können. Nach einem kurzen forschenden Blick fischte er ein Taschentuch aus der Innentasche seines Sakkos und hielt es ihr hin.

»Es ist der Schotte, oder?«, fragte er, während sie sich die Nase putzte. Emily nickte. »Das habe ich mir schon gedacht.« Leonard griff nach ihrem Koffer und legte seinen freien Arm um ihre Schultern. »Komm, ich mach uns jetzt einen schönen starken Kaffee, du erzählst mir alles, und dann sehen wir weiter.«

»Wolltest du nicht gerade wieder los? Du musst doch sicher ...«

»Rede keinen Unsinn! Ich bleibe bei dir, bis es dir wieder besser geht. Alles andere kann warten.«

Wenige Minuten später saßen sie in der Küche des Gutshauses an dem ausladenden Kiefernholztisch mit der blank gescheuerten Platte. Leonard hatte Kaffee gemacht. Die dampfenden Tassen standen jetzt vor ihnen und erfüllten den Raum mit dem gewohnt heimeligen Duft. Es fühlte sich vertraut an, mit ihrem großen Bruder hier zu sitzen. Als Kinder hatten sie vor der Schule jeden Morgen zusammen an diesem Tisch gefrühstückt.

»Wartet Melly nicht auf dich?«, fragte Emily. Sie hatte sich beruhigt, doch ihr Herz fühlte sich so schwer an, als wäre es aus Blei.

»Sie ist mit ihrer Freundin Antonia verabredet, die seit

einiger Zeit in London lebt und gerade zu Besuch in Hamburg ist. Die beiden haben sich jede Menge zu erzählen, das kann also bis tief in die Nacht dauern. Außerdem weiß sie, dass ich hier nach dem Rechten schauen wollte.«

»Dann ist es ja gut.«

»Erzähl mir, was los ist, Emmy. Was hat er dir getan?«

»Ich liebe ihn wie verrückt«, begann sie, doch dann suchte sie nach den richtigen Worten.

»Da wäre ich jetzt nicht drauf gekommen.« Leonard grinste, und sie zog ihm eine Grimasse. Auch das tat gut. »Mir war klar, dass da was im Busch war, nachdem du dich von Ronald getrennt hast. Worüber ich persönlich übrigens immer noch ziemlich erleichtert bin, aber das nur nebenbei.« Seine Miene wurde wieder ernst. »Fang am besten ganz vorne an, Emmy. Wie schon gesagt, ich habe Zeit und bin inzwischen ein echter Experte, wenn es um Herzensangelegenheiten geht, das weißt du ja.«

Ihr Bruder nahm einen Schluck Kaffee, lehnte sich zurück und sah sie erwartungsvoll an.

Nach einem tiefen Atemzug begann sie zu erzählen. Zuerst stockte sie dann und wann, doch schließlich sprudelte alles aus ihr heraus. Um das Bild vollständig zu machen, erzählte sie ihm auch von dem Versteck hinter der Mauer und den Papieren, die sie dort gefunden hatten. Leonard war ein besonnener und kluger Mann, und je mehr sie ihm anvertraute, umso besser ging es ihr. Die Anspannung, die sie seit Wochen in sich spürte, löste sich ein wenig, sodass sie wieder freier atmen konnte. Schon während sie sprach, wurde ihr klar, wie gut es war, mit ihrem Bruder über all das zu sprechen.

»Der Mann ist ein Idiot«, kommentierte er, als sie mit

dem Vorfall des heutigen Nachmittags ihren Bericht beendete.

»Genau das habe ich ihm auch an den Kopf geworfen.« Sie schnaubte empört. »Was denkt der sich eigentlich, mich da einfach so stehen zu lassen, nachdem ich ihm meine Liebe gestanden habe? Das ist doch nicht normal. So was tut man doch nicht, oder siehst du das anders?«

»Sicher nicht.« Leonard kräuselte nachdenklich die Lippen. »Zumindest nicht, solange man nichts zu verbergen hat oder zu überfordert ist, um sich in einer solchen Situation angemessen zu verhalten.«

»Ach nee, dir wurden also schon häufiger Liebeserklärungen gemacht, ja? Warum wundert mich das jetzt nicht?«

»Ich schiebe deine Reaktion jetzt mal auf das übliche Geplänkel zwischen Geschwistern.« Er schüttelte den Kopf. »Im Ernst, du hast den Kern meiner Aussage nicht kapiert, Emmy. Dafür bist du wahrscheinlich noch immer zu aufgelöst.«

»Welchen Kern denn, bitte schön? Es ist doch wohl klar, dass sich ein Mann anständig verhalten sollte, wenn ihm eine verzweifelte Frau ihr Herz vor die Füße wirft. Selbst wenn er leider Gottes nichts damit anfangen will oder kann. Ryan hat sich jedenfalls nicht anständig verhalten, so viel steht fest.«

»Eigentlich sagte ich, dass man sich als Mann in derartigen Situationen nur völlig bescheuert verhält, wenn man etwas zu verbergen hat oder sich überfordert fühlt. Das hast du offenbar überhört.« Er grinste. »Um es auf den Punkt zu bringen, Emily: Wir Männer neigen unter solchen Voraussetzungen grundsätzlich zu ziemlich blödsinnigen Aktionen oder Reaktionen.« Leonard trank seinen Kaffee aus und schob die Tasse beiseite. »Hättest du in Bezug auf deinen Schotten da eine Idee?«

Emilys Kopf war wie leer gefegt. »Ich weiß immer noch nicht, worauf du hinauswillst, Leo.«

»Denk doch mal nach, Schwesterchen. Du sagtest vorhin, dass du zu Beginn eurer Affäre im Grunde davon ausgegangen bist, dass auch er sich in dich verlieben wird, sobald er seine Gefühle im Zusammenhang mit dem Tod seiner Frau überwunden oder zumindest geordnet hat.«

»Das stimmt auch. Sein Verhalten mir gegenüber ließ eigentlich nur diesen Schluss zu. Es war, als ob die Liebe in ihm schon da war, er sie aber noch nicht zulassen konnte. Genau dieses Gefühl gab mir die Kraft, geduldig darauf zu warten, bis ihm endlich ein Licht aufgeht.«

»Und was hat sich in der Zwischenzeit geändert, dass du nun den Glauben daran verloren hast?«

»Genau beschreiben kann ich das nicht.« Sie dachte einen Moment nach und trank ihren Kaffee aus. »Es war irgendwie schleichend. In den letzten Wochen hat es sich eher so angefühlt, als würde er sich von Tag zu Tag ein winziges Stückchen mehr von mir zurückziehen. Wir haben kaum noch über persönliche Dinge miteinander geredet. Meist drehten sich unsere Gespräche um die Arbeit und das Hotel.« Sie schüttelte den Kopf. »Das kann nicht nur damit zusammenhängen, dass wir endlich die Hintergründe seines Erbes aufgedeckt haben. Natürlich hat ihn das beschäftigt, das ist ja normal, aber es hat doch nichts mit unserer Beziehung zu tun.«

»Für mich klingt das eher nach einer seelischen Belastung. Meinst du, er könnte ein schlechtes Gewissen haben, weil er das Hotel geerbt hat?«

»Nein, das glaube ich nicht. Darüber haben wir ausführlich gesprochen, lange bevor wir die Papiere fanden. Ryans Erbe entsprach voll und ganz dem letzten Wunsch von Lina-Marie Jacoby, aber auch dem Testament von Max. Beides war eindeutig. Die Unterlagen, die wir hinter der Mauer gefunden haben, haben das nur unterstrichen. Vor allem weil eine Niederschrift von Lina-Marie dabei war, in der sie ihre Beweggründe ausführlich erläuterte.«

»Eine Niederschrift von Lina-Marie? Wow, das klingt spannend. Was stand denn da drin? Erzähl doch mal«, bat Leonard.

Auch wenn Emily ahnte, dass ihr Bruder sie im Grunde nur von ihrem Kummer ablenken wollte, ging sie auf seine Bitte ein.

»Na ja, Lina-Marie hielt darin fest, dass ihrer Meinung nach das Hotel jetzt der Familie Maclane gehören sollte. Zum einen weil sie selbst eigentlich eine Maclane gewesen ist und ihr Leben dem Hotel gewidmet hatte. Zum anderen war sie aber der Überzeugung, dass der Familie durch die furchtbare Entscheidung der beiden Männer sehr viel Leid widerfahren ist. Lina-Marie sah es hauptsächlich als eine Art Wiedergutmachung an. Ihr selbst ist es als Tochter von Martha und Erich Jacoby gut gegangen, doch durch ihren Bruder erfuhr sie schließlich die Geschichte der Maclanes.« Emily seufzte. »Wenn man das liest, ist es wirklich entsetzlich, Leo. Offenbar hat Lina-Maries leibliche Mutter, Adele Maclane, tief in sich gespürt, dass ihr ein Kind genommen wurde. Auch wenn sie es niemals in Worte fassen konnte, und ihr Mann das Geheimnis sein Leben lang für sich behielt, wie er es mit Erich Jacoby vereinbart hatte. Sie haben Adele gesagt, dass nur eines ihrer Kinder lebend auf die Welt gekommen sei. Es ist sehr wahrscheinlich, dass sie jedoch von Anfang an gespürt hat, dass das eine Lüge war. Vielleicht hat sie auch gefühlt, dass ihr zweites Kind noch lebte. Das ist zwar nur eine Annahme, die Lina-Marie in ihrem Text formuliert hat, aber Ryan und mir erschien sie durchaus plausibel. Jedenfalls verfiel Adele Maclane ihren Depressionen immer mehr und war schließlich so verzweifelt, dass sie sich das Leben nahm. Sie tat das, obwohl ihr Sohn Cameron zu der Zeit noch ein Kind war und sie wusste, dass sie ihn mit einem Vater zurückließ, der kaum in der Lage sein würde, sich vernünftig um seinen Sohn zu kümmern. Ihre Verzweiflung muss also immens gewesen sein und alles andere überschattet haben. Lina hat das ebenso gesehen. Sie wollte reinen Tisch machen, einen Ausgleich zwischen den Familien schaffen, wenn du so willst. In einem langen Brief, den sie den anderen Unterlagen beigelegt hat, wird das sehr deutlich. Auch Ryan konnte ihre Beweggründe sofort nachvollziehen.« Emily schüttelte den Kopf. »Nein, Leo, mit den Papieren oder seinem Erbe hat sein Verhalten nichts zu tun.«

»Dann bin ich mir sicher, dass dein erster Eindruck richtig war, und der Mann jetzt einfach überfordert ist, nachdem du deine Karten so offen auf den Tisch gelegt hast.«

»Ich kann dir nicht folgen.«

»Emmy, ich glaube nicht, dass du dich zu Beginn eurer Affäre geirrt hast. Der Typ liebt dich. Er hat es sich nur noch nicht eingestanden, oder er hat es sogar schon getan und kommt wegen seiner Vorgeschichte nicht damit klar. Wie gesagt, neigen wir Männer manchmal zu ziemlich schwachsinnigen Reaktionen, wenn es um tiefere Gefühle geht.«

»Leo, du irrst dich. Glaub mir.«

»Nach all dem, was du mir von ihm erzählt hast, bin ich mir ziemlich sicher, dass ich richtigliege.« Leonard strich sich mit beiden Händen das dunkle Haar zurück – eine Geste, die ihr seit jeher vertraut war. »Du hast dich einmal ziemlich eindrücklich in mein Leben eingemischt. Erinnerst du dich, Schwesterchen?«

»Natürlich. Und das war auch gut so, sonst hättest du in deiner Verbohrtheit sehr wahrscheinlich dein Glück verspielt.«

»Genau. Und ich bin dir noch heute dankbar für dein Eingreifen.«

Er lehnte sich zurück und verschränkte die Arme vor der Brust, dann sah er sie vielsagend an.

»O nein, untersteh dich, Leo!«, rief sie schließlich aus, als sie verstand, worauf er hinauswollte. Sie stand sofort auf und stemmte ihre Hände in die Hüften. »Das kommt überhaupt nicht infrage. Du hältst dich da fein raus.«

»Sei vernünftig, Emmy. Darauf kommt es nun wirklich nicht mehr an. Lass mich mit dem schottischen Dickschädel reden. So von Mann zu Mann.«

»Nein!«

»Ich verspreche dir hoch und heilig, dass ich ihn nicht verhauen werde.«

»Ich sagte Nein, Leo.«

Ryan war außer sich. Emily war verschwunden, als er zurückgekommen war, dabei war er kaum zwanzig Minuten weg gewesen. Er hatte einfach frische Luft gebraucht, um einen klaren Kopf zu bekommen, und nun stand er da und wusste nicht weiter. Zunächst hatte er geglaubt, sie wäre irgendwo im Haus unterwegs und würde jede Minute wieder auftauchen, doch diese Hoffnung hatte sich inzwischen zerschlagen. Natürlich hatte er sofort versucht, sie anzurufen, doch offenbar war ihr Handy ausgestellt. Dann hatte er an ihre Wohnungstür geklopft, und noch einmal vergeblich versucht sie anzurufen. Also musste er sich schließlich überwinden und zum ersten Mal ihren Schlüssel benutzen, den sie ihm schon vor vielen Wochen gegeben hatte. Wie vom Donner gerührt hatte er in ihrer Wohnung gestanden und sich fassungslos umgesehen. Fast all ihre persönlichen Sachen waren fort, selbst ihr Kleiderschrank war leer. Emily hatte ihn verlassen, und diese Tatsache rief Gefühle in ihm hervor, die ihn bis ins Mark erschütterten und völlig neu für ihn waren.

Nun lief er schon seit gut einer Stunde wie ein Tiger im Käfig in seinem Wohnzimmer auf und ab, und in seinem Kopf ging alles drunter und drüber. Er nahm an, dass sie zum Anwesen ihrer Familie nach Nienstedten gefahren war. Das lag auf der Hand. Seinen ersten Impuls, sich einen der Wagen vom Hotel zu schnappen und ihr nachzufahren, verwarf er nach einer Sekunde wieder, um dann gleich noch einmal darüber nachzudenken. So ging es nun schon seit einer Ewigkeit.

Seine Gedanken überschlugen sich, und gerade als er zum Haustelefon greifen wollte, um sich einen Wagen zu sichern, klingelte es. Die Nummer der Rezeption leuchtete auf. Er stutzte kurz, bevor er abnahm, und atmete tief durch, um sich zu sammeln, bevor er sich meldete.

»Herr Maclane, Herr Magnussen ist hier und würde Sie gerne sprechen.« Ryan erkannte die Stimme von Ulf Willmer, dem Empfangschef, der heute offenbar den Spätdienst übernommen hatte.

»Herr Magnussen?« Ryan schloss kurz die Augen. *Was zum Teufel …?*

»Ja, Herr Leonard Magnussen. Er ist der Bru…«

»Ich weiß, wer der Mann ist, Willmer«, unterbrach Ryan den Empfangschef eine Spur zu schroff. »Schicken Sie ihn rauf. Ich denke, er kennt den Weg.«

»Wird erledigt.«

»Und, Herr Willmer, entschuldigen Sie bitte meinen harschen Ton. Das hatten Sie nicht verdient.«

»Schon vergessen, Herr Maclane.«

Ryan legte auf und verließ die Suite, um Leonard Magnussen in Empfang zu nehmen. Da er sich kaum vorstellen konnte, dass Emily ihren Bruder aus eigenem Antrieb zu ihm schicken würde, war er leicht irritiert über dessen Besuch. Eine Mischung aus Anspannung und Besorgnis machte sich in ihm breit.

Als sich die Fahrstuhltüren öffneten, kam Emilys Bruder mit ausladenden Schritten auf ihn zu. Erstaunt bemerkte Ryan, dass der Mann recht freundlich dreinblickte, als er ihm zur Begrüßung die Hand reichte.

»Herr Magnussen, was führt Sie zu mir?«, fragte er.

»Hätten Sie ein paar Minuten für mich, Herr Maclane?«

»Eigentlich war ich gerade auf dem Sprung, um ehrlich zu sein, aber bitte kommen Sie herein.«

Ryan ging voraus, bis sie im Wohnzimmer standen, und bedeutete ihm, sich zu setzen. Magnussen entschied sich für das Sofa, er selbst nahm auf seinem Lieblingssessel Platz.

»Ich werde Sie nicht lange stören«, erwiderte Magnussen.

»Sie können sich sicherlich denken, warum ich Sie so überfalle.«

»Ich vermute, dass Emily nicht weiß, dass Sie hier sind.«

»Da liegen Sie richtig, und sie würde mich wahrscheinlich auf der Stelle vierteilen, wenn sie es wüsste.« Magnussen zog einen Mundwinkel in die Höhe. »Nein, ich bin tatsächlich aus eigenem Antrieb hier, nachdem meine Schwester mir berichtet hat, was zwischen Ihnen vorgefallen ist. Ich hoffe, Sie sehen es nicht als Einmischung an, aber da wir uns bis jetzt noch nicht persönlich über den Weg gelaufen sind, wollte ich mir einfach selbst ein Bild machen und bin kurzerhand hergekommen.«

»Ich verstehe.«

Natürlich mischst du dich gerade ein, Magnussen, und das weißt du genau, dachte Ryan, ließ sich jedoch nichts anmerken.

»Sie kennen ja bereits das Anwesen unserer Familie, wie ich hörte?«

»Ja, Emily und ich waren zusammen dort.«

»Sie ist jetzt auf Lindenhain.«

»Das habe ich mir schon gedacht.«

»Ich sollte vielleicht noch sagen, dass meine Schwester und ich uns sehr nahestehen.«

»Das hat sie mir erzählt.«

»Okay, es ist ziemlich albern, was ich hier gerade abziehe, oder?« Magnussen lachte kurz auf. »Der besorgte große Bruder knöpft sich den Liebhaber seiner Schwester vor, um ihm auf den Zahn zu fühlen. Das ist wirklich ... ähm ... lächerlich.« Emilys Bruder klopfte sich auf die Oberschenkel und erhob sich. »Bitte entschuldigen Sie, Herr Maclane ... Das war wirklich keine gute Idee. Vergessen Sie einfach, dass ich Sie so überfallen habe ...«

»Mögen Sie schottischen Single Malt?«, unterbrach Ryan ihn. Er konnte nicht genau sagen warum, aber Leonard Magnussen gefiel ihm.

Sichtlich verblüfft hielt sein Besucher mitten in der Bewegung inne und sah ihn an, doch dann nickte er. »Wer mag den nicht?«

»Dann nehmen Sie wieder Platz, bitte.«

Ryan erhob sich, ging hinüber zur Kommode, auf der ein Tablett mit der Karaffe und ein paar Gläser standen, und schenkte zwei Whiskey ein. Zurück am Couchtisch reichte er eines davon Emilys Bruder und prostete ihm zu.

»Auf all die besorgten großen Brüder dieser Welt«, sagte er mutwillig grinsend, bevor er einen großen Schluck nahm.

Magnussen schmunzelte. »Und auf ihre kleinen Schwestern, die auch sehr gut ohne deren Einmischung klarkämen«, erwiderte er und trank ebenfalls.

»Okay, dann lege ich mal meine Karten auf den Tisch«, begann Ryan, nachdem er sein Glas abgestellt hatte.

»Das müssen Sie nicht. Wie gesagt, war es albern und ziemlich übergriffig, überhaupt herzukommen.«

»Ich möchte es aber. Denn ob Sie es glauben oder nicht, auch wenn ich selbst keine Schwester habe, kann ich durchaus verstehen, warum Sie hier sind.« Er lächelte leicht. »Und ich möchte Ihnen versichern, dass Sie sich keine Sorgen zu machen brauchen. Wirklich nicht.«

»Sie erwidern also die Gefühle, die Emily Ihnen entgegenbringt?«

»Drücken wir es mal so aus: In den letzten Stunden bin ich

durch die Hölle gegangen, weil sie plötzlich fort war. Ich bin ein ziemlicher Idiot gewesen und habe mich absolut dämlich verhalten. Das weiß ich jetzt.«

»Was Sie nicht sagen. Ich glaube, diese Bezeichnung ist heute schon einige Male im Zusammenhang mit Ihnen gefallen.«

»Sie wissen, dass meine Frau Jenna vor gut zwei Jahren starb?«

»Emily erwähnte es, ja.«

»Bis vor wenigen Wochen steckte ich noch bis zum Hals in einem tiefen Trauerloch, Magnussen. Aus eigener Kraft konnte ich mich einfach nicht daraus befreien. Das klingt jetzt vielleicht dramatisch, aber genau so hat es sich angefühlt.«

»Das kann ich nachvollziehen. Jeder Mann, der eine Frau wirklich liebt, kann das.«

»Das ist wohl so. Fakt ist aber auch, dass ich mich ganz plötzlich mit der Erkenntnis auseinandersetzen musste, dass ich die Liebe, die ich für meine Frau empfunden habe, offenbar auf ein Podest gestellt habe. Gefangen in meiner Trauer habe ich mir damit selbst eine Bürde auferlegt, die bleiern und viel zu schwer auf meinen Schultern lag und mich in fast allem, was ich tat, bremste.« Ryan schüttelte den Kopf. »Als ich Emily kennenlernte, war ich sofort fasziniert von ihr. Natürlich war ich beeindruckt von ihrer Schönheit, die ist offensichtlich. Doch vor allem habe ich ihre Klugheit bewundert und den unerschütterlichen Mut, den sie bewiesen hat, als sie so loyal und voller Selbstverständlichkeit den letzten Willen von Max Jacoby mittrug. Ich meine, sie kannte mich doch überhaupt nicht und wusste nicht, was auf sie zukam. Ich war ein völlig Fremder für sie, und doch hat sie mich in allem unterstützt, auch gegen die Familie Jacoby. Sie war einfach großartig.« Ryan seufzte. »Dennoch konnte ich diese erdrückende Schwere einfach nicht loswerden und schleppte sie weiterhin mit mir herum. Gott, das klingt wirklich furchtbar.«

Ryan griff nach seinem Glas und stürzte den Rest des Whiskeys herunter.

»Nein, das klingt absolut nachvollziehbar. Ich finde, Sie haben das gerade ziemlich bildhaft erklärt.«

»Okay, dann bleibe ich mal bei dem Bild. Ich trug also weiterhin diese Bürde mit mir herum. Sie war wie ein Schutzschild. Die Trauer um Jenna, aber auch um meine Eltern, die ja zusammen mit ihr ums Leben kamen, war vor allem für mich selbst eine hervorragende Ausrede, um mich nicht vollständig auf Emily einlassen zu müssen. Ich pflegte sozusagen meinen bemitleidenswerten Zustand. Zunächst klappte das auch großartig. Unsere Affäre begann, und in Emilys Gesellschaft fühlte ich mich wunderbar und so befreit wie seit Langem nicht mehr. Ja, und dann erkannte ich vor einigen Wochen ganz plötzlich, dass die Trauer um Jenna sich in einen hinteren Winkel meines Herzens zurückgezogen hatte, und das geschah in gar keinem außergewöhnlichen Moment. Es war einfach ein ganz normales Abendessen. Emily saß auf der Couch und genoss mit absoluter Hingabe ein Tartufo zum Dessert. Sie liebt dieses Zeug, aber das wissen Sie wahrscheinlich. Jedenfalls sah ich ihr dabei zu und war schlichtweg hingerissen. In diesem Moment gingen mir regelrecht die Augen auf, und ich wusste, dass meine Liebe zu Jenna von nun an einen anderen Stellenwert für mich haben würde.«

Ryan erhob sich, holte die Karaffe mit dem Single Malt zum Tisch und füllte erneut beide Gläser, wenn auch deutlich verhaltener.

»Vorsichtig, ich muss noch fahren«, warf Magnussen ein.

»Ich sehr wahrscheinlich auch. Es ist nur noch ein winziger Schluck«, erwiderte Ryan.

Sie grinsten beide und prosteten sich ein weiteres Mal zu.

»Dir sind also die Augen aufgegangen? Was heißt das?«, hakte Magnussen nach und ging damit wie selbstverständlich zum Du über. »Erklär mir das noch schnell.«

»Das soll heißen, dass ich wie aus heiterem Himmel erkannte, dass ich schon lange in Emily verliebt war. Ziemlich heftig sogar. Vielleicht schon seit unserer ersten Begegnung.«

»Dann solltest du ihr zumindest erklären, warum du dich vorhin wie ein Volltrottel aufgeführt hast.«

»Das habe ich vor. Kurz bevor du hier aufgetaucht bist, war ich schon fast auf dem Weg nach Nienstedten.«

»Emily ist ziemlich fertig, Ryan. Du solltest nicht mehr länger warten. Ich kenne meine Schwester. Wenn sie erst einmal einen bestimmten Punkt erreicht, schlägt ihre Verzweiflung nur allzu leicht in Wut um, und wenn das passiert, wirst du es nicht mehr so leicht haben, zu ihr durchzudringen, glaub mir. Sie kann nämlich ziemlich unerbittlich sein, auch gegen sich selbst, und dann könnte es durchaus passieren, dass sie dich am langen Arm verhungern lässt.«

»Gott bewahre.« Ryan wurde flau im Magen.

»Soll ich dich fahren?« Sie standen beide gleichzeitig auf.

»Nein, lass nur, ich kenne den Weg. Ich nehme mir einen Wagen des Hotels.«

Keine halbe Stunde später fuhr Ryan die Auffahrt von Lindenhain entlang. Er ließ die schwarze Hotellimousine langsam ausrollen und stellte sie neben Emilys Cabrio ab. Mit langen Schritten ging er auf die Haustür zu. Sein Klingeln blieb unbeachtet, deshalb versuchte er es gleich noch mal, und dann noch mal. In diesem Moment wünschte er sich inständig, er hätte sich doch von Leonard fahren lassen, denn der hätte wenigstens einen Schlüssel für die Tür gehabt, vor der er jetzt hilflos stehen musste, und die er aus tiefstem Herzen verfluchte.

»Emily!«, rief er. »Bitte, Emily, hör mich wenigstens an.«

Sie musste bereits hinter der Tür gestanden haben, denn diese öffnete sich einen Spalt.

»Was willst du, Maclane?«

»Ich möchte dir etwas erklären.«

»Ich will deine Erklärungen nicht.«

»Emily, bitte, lass mich rein. Hör mir nur ein paar Minuten zu.«

»Geh weg. Für heute habe ich genug von dir.«

»Das glaube ich dir nicht. Du hast gesagt, du liebst mich.«

Die Tür schwang auf. In Jeans und einem viel zu weiten T-Shirt, die Hände auf die Hüften gestützt und mit blitzendem Blick stand sie vor ihm. Es war nicht zu übersehen, dass sie geweint hatte, und der Anblick versetzte ihm einen Stich mitten ins Herz.

»Du bist so ein eingebildeter Fatzke, Maclane. Wenn du glaubst, du kannst mich so dazu bringen, weiterhin für dich zu arbeiten, irrst du dich gewaltig.«

»Das ist überhaupt nicht meine Absicht. Es geht mir nicht um das Hotel, verdammt noch mal.«

»Warum bist du dann hier?«

Er holte tief Luft, suchte nach den richtigen Worten, aber in seinem Kopf hatte sich ein Vakuum breitgemacht, das sämtliche Denkprozesse außer Kraft setzte. Hilflos hob er eine Hand, um sie zu berühren, doch sie wich vor ihm zurück. Auch wenn der Schmerz in seinem Inneren noch stärker wurde, ergriff er instinktiv die Chance, einen Schritt durch die Tür ins Haus zu machen. Nun konnte sie ihm das verdammte Ding wenigstens nicht mehr vor der Nase zuschlagen.

Sie trat zurück, und er gab der schweren Haustür einen Schubs, sodass sie ins Schloss fiel. Emily machte einen weiteren Schritt rückwärts, doch dann veränderte sich plötzlich ihr Gesichtsausdruck. Wenn er sich nicht irrte, ging ihr in dieser Sekunde ein Licht auf. Ihre Augen weiteten sich, und ihr Blick wurde sanfter.

»Warum bist du hier, Maclane?«, wiederholte sie ihre Frage.

Ryan beobachtete die Veränderung in ihrer Miene ganz genau, und die aufflammende Hoffnung verscheuchte augenblicklich die Verkrampfung in seiner Brust.

»Wenn du mir etwas zu sagen hast, solltest du das jetzt tun. Vielleicht ist es deine letzte Chance«, fügte sie noch hinzu. »Ich bin nämlich kurz davor, ein Ticket nach Brasilien zu meiner Familie zu buchen, um erst mal möglichst weit von dir wegzukommen.«

Dieser letzte Satz löste die seltsame Lähmung in seinem Kopf endgültig auf. Er beschloss, dass jetzt nicht die Zeit für lange Erklärungen war. Leonard Magnussen hatte mit seiner Warnung recht gehabt. Wenn er nun zögerte, würde Emily Entscheidungen treffen, die es ihm noch viel schwerer machen würden, zu ihr durchzudringen.

»Mal davon abgesehen, dass ich dir nachreisen würde ...«
Fast wunderte er sich über seinen ruhigen Tonfall, denn sein
Herz schlug hart gegen seine Rippen. »Ich liebe dich, Emily.
Ich liebe dich wirklich, du einzigartige Frau. Das war es, was
ich dir unbedingt sagen wollte. Nur deshalb bin ich hier.
Ich wollte dir sagen, dass du mir das Herz herausreißt, wenn
du mich tatsächlich verlässt. Du darfst das nicht tun. Nie
wieder.«

Es war, als hätte jemand in ihr eine Kerze angezündet. In
ihrem Inneren wurde es gleichzeitig hell und warm. Ein
Lächeln schlich sich auf ihre Lippen, und endlich war es ihr
auch wieder möglich, tief durchzuatmen. Dennoch rührte sie
sich nicht von der Stelle.

Ryan stand vor ihr und erwiderte eindringlich ihren Blick.
Sein Brustkorb hob und senkte sich sichtbar. Sie kannte ihn
gut genug, um zu wissen, dass er in diesem Moment jede
Regung ihres Gesichts registrierte.

»Ich werde dir alles genau erklären, wenn du mich nur
lässt«, sagte er mit sanfter Stimme. »Bitte, Emily, schick mich
nicht weg. Ich bin ... verloren ohne dich.«

»Du bist verloren ohne mich?«

»Ja, Herrgott noch mal.«

»Im Hotel oder überhaupt?«

Für einen Moment gestattete sie sich den Genuss, ihn so
fassungslos zu sehen, weil es ihr zeigte, was in ihm vorging. Es
dauerte nur einen Augenaufschlag, bis er sich wieder im Griff
hatte.

»Das hast du jetzt nicht wirklich gefragt?« Endlich zog er
sie an sich und hielt sie fest.

»Verzeih mir, Emily«, flüsterte er in ihr Haar. »Ich habe mich heute Nachmittag wirklich grauenhaft aufgeführt. Es tut mir furchtbar leid, dass ich dir so wehgetan habe.«

Sie sah zu ihm auf. »Weißt du, was mich wirklich schwach macht, Maclane?«

»Na?«

»Ein Mann, der sich auf die richtige Weise entschuldigen kann.«

Sie stellte sich auf die Zehenspitzen und küsste ihn, genoss seinen vertrauten Duft und die unvergleichliche Art, wie er ihren Kuss sofort erwiderte. Der Kuss dauerte lange, doch bevor sie in den Strudel des gegenseitigen Begehrens gerieten, zog sie sich zurück.

Ryan stöhnte auf. Es klang halb frustriert, halb nachsichtig.

»Ich möchte trotzdem eine Erklärung, Ryan.«

»Das habe ich erwartet, und du sollst sie bekommen.« Er legte den Kopf in den Nacken und ließ ein Geräusch hören, das seiner Erleichterung Ausdruck verlieh. Emily fand das sehr amüsant.

»Können wir bitte nach Hause fahren und dort in Ruhe weiterreden?«, fragte er. »Ich helfe dir gerne beim Packen.«

Sie hob die Hand und streichelte seine Wange. »Das geht schnell. Die meisten Sachen sind sowieso noch im Koffer. Du kannst schon vorfahren, wenn du willst. Ich erledige hier alles und komme dann nach.«

»Sicher?«

»Ganz sicher. Ich bin spätestens eine halbe Stunde nach dir im Hotel. Du kannst schon mal einen schönen Chianti für uns öffnen.«

24. Kapitel

Emily lag leicht ermattet, aber zutiefst befriedigt an Ryans nackter Brust und genoss die beruhigende Wärme seines Körpers. Für einen Moment schloss sie die Augen und fragte sich, wie sie auch nur eine Sekunde lang hatte annehmen können, sie wäre tatsächlich stark genug, um ihn zu verlassen. Zum Glück war es anders gekommen. Er liebte sie wahrhaftig, daran hatte auch der Sex, den sie gerade gehabt hatten, keinen Zweifel gelassen. Es war anders gewesen, viel inniger als all die Male zuvor. Während der ganzen Zeit hatte Ryan ihr in die Augen gesehen. Jeder Kuss, jedes Wort, das sie gewechselt hatten, war ihr neu und noch viel berauschender erschienen als alles, was jemals zuvor zwischen ihnen geschehen war. Ihr gemeinsamer Höhepunkt hallte noch immer in Emily nach, und gerade hatte er ihr ein weiteres Mal versichert, wie sehr er sie liebte.

Minutenlang lagen sie nun schon nebeneinander und tauschten Zärtlichkeiten aus. Schließlich löste sich Ryan sanft von ihr. Er stand auf, griff nach seinen Boxershorts und schlüpfte hinein.

»Gehen wir rüber ins Wohnzimmer?«, fragte er. »Oder soll ich uns den Wein hierherholen?«

»Nein, lass uns ruhig rübergehen.« Auch sie erhob sich. »Ich bin noch mal kurz im Bad, dann komme ich.«

»Alles klar.« Er zog sich ein T-Shirt über und hob seine Jeans auf, die neben dem Bett auf dem Boden lag, um sie anzuziehen.

Kurz nachdem Emily bei ihm angekommen war, hatten sie sich auch schon im Bett wiedergefunden. Jetzt, wo das Wichtigste ausgesprochen worden war, hätte die gegenseitige Erlösung einfach keinen weiteren Aufschub mehr geduldet.

»Ich schenke uns schon mal ein Glas ein«, sagte er, bevor er rüber ins Wohnzimmer ging.

»Ja, tu das.«

Der Wein stand auf dem Tisch, als sie kurz darauf zu ihm kam. Er saß nicht wie üblich in seinem Sessel, sondern hatte es sich auf der Couch bequem gemacht. Als sie sich neben ihm niederließ und ihre Beine unter sich zog, legte er einen Arm um ihre Schultern und zog sie an seine Seite. Sie tranken einen Schluck Wein, dann setzte sich Ryan gerade hin.

»Ich bin dir noch eine Erklärung schuldig.«

»Und ob.« Lächelnd küsste sie seine Wange, auf der sich inzwischen dunkle Bartstoppeln zeigten.

»Ich könnte jetzt lange und komplizierte Erklärungen abgeben, aber ich versuche mich erst einmal auf das Wesentliche zu konzentrieren«, sagte er. »Zusammenfassend könnte man sagen, dass ich mich hinter meiner Trauer wie hinter einem Schutzschild verschanzt habe. Ich habe meine Gefühle für dich verleugnet und war letztlich völlig überfordert, als du mir heute Nachmittag deine Liebe gestanden hast.«

»Ich hatte das Gefühl, dass du dich in den letzten Wochen von mir zurückgezogen hast. Also nicht körperlich, falls du verstehst, was ich meine. Wir haben ja weiterhin miteinander geschlafen, doch eigentlich wurdest du mir gegenüber immer verschlossener. Lag ich damit richtig?«

»Ja, weil mir von Tag zu Tag klarer wurde, was du mir wirklich bedeutest, Emily. Meine Trauer um Jenna hat sich in der letzten Zeit verändert, und plötzlich dachte ich Tag und Nacht nur noch an dich. Ich erkannte sogar, dass selbst Jenna mir von Herzen eine neue Liebe wünschen würde, und dennoch wollte ich diese Gefühle nicht zulassen. Im Gegenteil. Ich versuchte mich sogar innerlich immer stärker dagegen zu wappnen, deshalb zog ich mich von dir zurück. Allein die Vorstellung, ich könnte noch einmal jemanden verlieren, der mir das Wichtigste im Leben ist, rief blanke Angst in mir hervor. Ich war einfach nicht imstande, mich auf meine Gefühle einzulassen, also verleugnete ich sie vor mir selbst.«

Er schluckte heftig. Langsam beugte er sich vor, sodass sie ihm nicht mehr direkt ins Gesicht sehen konnte. Er stützte die Unterarme auf die Oberschenkel und verschränkte die Hände.

»Als du mir sagtest, dass du mich liebst und deshalb gehen würdest, fiel eine Art Vorhang, und ich wurde gezwungen, mich meinen Gefühlen zu stellen. Es war wie ein Schock, besser kann ich es nicht erklären. Allein die Vorstellung, du könntest wieder aus meinem Leben verschwinden, war mir unerträglich. Ich konnte keinen klaren Gedanken fassen und fand mich schließlich wie betäubt unter der alten Weide am Ufer wieder. Ein paar Minuten habe ich aufs Wasser gestarrt, dann wurde mir plötzlich bewusst, was ich gerade getan hatte. Dich im Büro einfach stehen zu lassen war unverzeihlich. Ich bin sofort losgerannt, doch als ich wieder nach oben kam, warst du schon fort.«

Emily legte ihm ihre Hand auf die Schulter. »Ich denke, ich habe verstanden, was in dir vorgegangen ist.«

»Da bin ich erleichtert.« Er sah sie wieder an, neigte sich zu ihr, und seine Lippen streiften ihren Mundwinkel. »Ich bin kein einfacher Mensch, Emily. Es werden immer wieder Tage kommen, an denen ich es dir schwer machen werde, mich zu lieben. Meine Schreiberei kann für den Menschen an meiner Seite anstrengend sein, zumindest in bestimmten Phasen. Während eines Schreibprozesses stecke ich nicht selten in einer Art Tunnel, und es kommt vor, dass ich nächtelang durcharbeite. Das wird dir einiges an Verständnis abverlangen.«

»Darüber mach dir mal keine Sorgen. Ich kann mich sehr gut alleine beschäftigen.« Liebevoll verstrubbelte sie sein Haar. »Außerdem muss ja jemand den Laden hier schmeißen, solange du in deine Fantasiewelten abtauchst. Damit werde ich gut ausgelastet sein.« Emily umfasste sein Gesicht, damit er sie ansah. »Ryan, ich habe auch meine Macken. Keine Sorge, die wirst du noch zur Genüge kennenlernen. Was auch kommen mag, wir werden das alles mit Bravour meistern. Das weiß ich einfach. Missverständnisse, Launen oder gar Streit gehören doch zum Leben dazu. Sie sind das Salz in der Suppe. Solange du mich liebst und ich dich liebe, wird das alles nicht wichtig sein.«

»Das wollte ich hören.« Er setzte sein jungenhaftes Lächeln auf. »Dann haben wir nichts zu befürchten, denn ich werde dich immer lieben, Emily. Damit solltest du dich besser abfinden.«

»Was das angeht, sind wir uns einig. Siehst du, nun hatten wir unser erstes Gespräch über unsere Beziehung.« Sie lachte kurz und ließ sich mit ausgebreiteten Armen zurück in die Sofakissen fallen.

»Du verzeihst mir also wirklich?«

»Ganz und gar.«

Er beugte sich kurz über sie, um sie zu küssen, doch gleich darauf setzte er sich wieder aufrecht hin und trank einen Schluck von seinem Wein.

Emily tat es ihm nach und wartete. Sie hatte das Gefühl, dass ihm noch mehr auf der Seele lag und er einen Moment Zeit brauchte, um darüber nachzudenken.

»Mal etwas anderes …«, sagte Ryan nach einer Weile und bestätigte damit ihre Vermutung. Gedankenvoll drehte er den Stiel seines Glases zwischen den Fingern hin und her. »Seit wir die Papiere gefunden haben, habe ich über sehr vieles nachgedacht.« Er nahm einen weiteren Schluck, stellte das Glas zurück auf den Tisch und sah sie an. »Ich habe beschlossen, Thomas Jacoby und seine Schwester über unseren Fund zu informieren. Ich werde ihnen also von allen Dokumenten, auch von den Erläuterungen ihrer Großmutter, Kopien zukommen lassen. Ich denke, sie haben ein Recht darauf zu erfahren, warum ich das Hotel geerbt habe. Außerdem sollten sie wissen, dass wir im Grunde zu einer Familie gehören.«

»Das ist wirklich ein guter Gedanke, Ryan. Ich kann nur hoffen, dass sie mit den Informationen angemessen umgehen werden und den Hass gegen ihren Vater, aber auch gegen dich überwinden können.«

Ryan schüttelte leicht den Kopf. »Es geht mir nicht um ihre Akzeptanz, sondern eher darum, dass sie die Entscheidung ihrer Großmutter, aber auch die ihres Vaters zumindest annähernd nachvollziehen können. Es ist besser für alle, wenn jeder für sich seinen Frieden mit der Geschichte machen kann. Die Hintergründe zu kennen wird ihnen helfen.«

»Ja, da könntest du recht haben.«

»Lina-Maries Aufzeichnungen berühren mich tief.«

Emily nickte. »Das ging mir genauso. Sie hatte eine Art, ihre Gefühle in Worte zu fassen, die sehr eindringlich war.«

»Vor allem die Zeilen, die sie über Cameron Maclane geschrieben hat, gingen mir sehr zu Herzen.«

»Mir auch, aber für dich muss es noch viel emotionaler sein.«

Ryan nickte. »Er war mein Urgroßvater, doch bis vor Kurzem wusste ich so gut wie nichts über ihn. Seinen Sohn, also meinen Opa, habe ich sehr geliebt. Ich war gerne mit ihm zusammen. Er war ein gütiger, warmherziger und meist fröhlicher Mensch. Erst durch Lina-Maries Aufzeichnungen weiß ich nun, dass er diese Charaktereigenschaften sehr wahrscheinlich seinem Vater Cameron zu verdanken hat.«

»Die Vorstellung ist wirklich furchtbar traurig. In ihrem ganzen Leben waren den Zwillingen nur ein einziger gemeinsamer Tag, nein, eigentlich nur ein paar Stunden miteinander vergönnt.«

»Aber die müssen sehr nachhaltig gewesen sein.«

»Kannst du Lina-Maries Begründung nachvollziehen? Ich meine, warum sie nach Camerons Tod nicht sofort Kontakt zu den Maclanes aufgenommen hat.«

»Hm …« Ryan zog die Stirn kraus. »Grundsätzlich denke ich, zu derart persönlichen Entscheidungen sollte man kein Urteil fällen. Man könnte jetzt natürlich mit dem Argument kommen, dass Camerons Sohn, also mein Opa, auch ein Anrecht darauf gehabt hätte, die Wahrheit zu erfahren, aber ehrlich gesagt, kann ich Lina-Maries Überlegungen durchaus nachvollziehen. Mein Opa war ahnungslos. Das wusste sie, weil Cameron es ihr gesagt hatte. Sie wollte vor allem ihrem eigenen Sohn Max Schwierigkeiten ersparen, und das finde ich normal und verständlich. Mit ihrer Entscheidung, das Geheimnis um ihren Zwillingsbruder vorerst für sich zu behalten, hat sie sich und Max ermöglicht, den Moment der Verfügung über das Erbe vorzubereiten, besonders im Hinblick auf ihre Enkel. Außerdem hat sie auf diese Art sich selbst, aber auch ihren Sohn völlig aus der Schusslinie genommen. Sie haben gemeinsam die Vereinbarung für Max' Testament getroffen, mussten sich aber nicht mit den Folgen auseinandersetzen. Das haben sie dann Thomas, Bettina und letztlich auch mir überlassen. Vielleicht ist das tatsächlich ein Punkt in der ganzen Geschichte, der kritikwürdig wäre. Meiner Meinung nach wäre es nämlich für alle besser gewesen, die Hintergründe schon bei der Testamentseröffnung zu erläutern. Der Notar unterlag so oder so der Schweigepflicht.«

»Das ist wahr, daran habe ich auch schon gedacht.«

»Vielleicht hat Lina-Marie schlicht beschlossen, dass ihr eigenes Schicksal für ihre Enkel nicht mehr von Bedeutung ist. Doch das werden wir nie erfahren, weil sie diesen Punkt in ihrer Niederschrift nicht thematisiert hat. Wie auch immer ... Menschen treffen nun einmal Entscheidungen, die falsch und nicht perfekt sein können – manchmal sogar schicksalhaft. So war es schon immer, und so wird es immer sein, Emily.«

»Lina-Marie war eine ganz besondere Frau, nicht wahr?«

»Das steht außer Frage. Es wäre bestimmt interessant,

wenn man sich mit ihr, aber auch mit Cameron unterhalten könnte. Ich denke, ich würde es genießen.«

»Siehst du, so ähnlich ergeht es mir, wenn ich an meine Urgroßmutter Amalia denke.« Emily seufzte. »Ich habe noch über etwas anderes nachgedacht, Ryan. Obwohl Martin Hoffmann in den Sechzigerjahren Witwer wurde, haben sie nie geheiratet. Das finde ich merkwürdig für die damalige Zeit. Noch bis in die Achtziger hinein wurden sogenannte wilde Ehen schief angesehen, das weiß ich von meinen Eltern.«

»Das ist wohl richtig, aber Lina-Marie und Martin waren da schon in einem Alter, in dem es ihnen vielleicht nicht mehr so wichtig erschien zu heiraten. Sie hatten viele Jahrzehnte ohne Trauschein miteinander verbracht. Und wie gesagt, sie war eine besondere Frau. In ihrem Text betont sie mehrmals, wie sehr sie ihn geliebt hat. Ich denke, sie hatten ein gutes Leben zusammen. Ich habe übrigens in den Hotelunterlagen nachgesehen. Martin Hoffmann hat die Küche des Hotels über Jahrzehnte geprägt. Als Küchenchef war er hoch angesehen und ziemlich berühmt.«

»Ja, ich weiß. Unten in der Küche hängt noch immer ein Porträt von ihm. Etwas versteckt, kurz bevor man in die Vorratsräume geht. Ich bin schon so oft daran vorbeigelaufen, ohne es zu beachten, doch letzte Woche habe ich es mir genauer angesehen. Er war ein sehr attraktiver Mann mit ausdrucksstarken Augen. Sicherlich waren die zwei ein tolles Paar.«

»So wie wir«, erwiderte Ryan lächelnd und zog sie an sich. »Möchtest du etwas über meine Pläne hören, mein Schatz?«

Emily schmiegte sich an ihn. »Immer wieder gerne.«

»Ich möchte Kinder mit dir. Unbedingt sogar. Wir sollten

also schauen, ob wir uns auch nächste Woche noch so toll finden, und dann müssen wir uns bald über wichtige Entscheidungen in unserem Leben unterhalten.« Er lachte leise.

»Du bist verrückt, Maclane.«

»Verrückt nach dir, das mag hinkommen.«

Mitten in der Nacht wurde Ryan wach. Er warf einen Blick auf sein Handy, das neben ihm auf dem Nachttisch lag. Es war gerade vier Uhr. Emily schlief tief und fest, und wie immer war sie bis zu ihrer süßen Nasenspitze unter der Bettdecke versteckt.

Er lächelte. Sein Leben mit dieser Frau würde wundervoll werden, das wusste er so sicher, wie er seinen eigenen Namen kannte. Eine Weile blieb er noch liegen, lauschte auf Emilys gleichmäßige Atemzüge, und während er das tat, bedankte er sich in Gedanken bei Lina-Marie und Max Jacoby. Ohne sie hätte er vielleicht noch viele weitere Jahre in dem tiefen Loch voller Trauer und Selbstmitleid zugebracht. Ohne sie hätte er niemals herausgefunden, wie viel Freude es ihm machen würde, ein Hotel zu leiten. Er hätte auch niemals erfahren, was für ein besonderer Kosmos so ein Hotel sein konnte. Vor allem aber hätte er Emily niemals kennengelernt.

Ryan schloss kurz die Augen, doch an Schlaf war nicht mehr zu denken. Also stand er leise auf und zog sich ein T-Shirt über. Barfuß ging er hinüber ins Wohnzimmer und schloss lautlos die große Schiebetür hinter sich, um Emily nicht zu stören. In der Küche kochte er sich einen Kaffee, und mit dem Becher in der Hand setzte er sich an seinen Computer und fuhr ihn hoch. Eine Weile starrte er vor sich hin und dachte nach. Schließlich trat er ans Fenster und sah dem Tag beim Erwachen zu. Das Wasser der Alster glitzerte im Licht der aufgehenden Sonne.

Mein Zuhause.

Meine Heimat sind die Highlands, doch Hamburg wird von nun an mein Zuhause sein.

Plötzlich kam ihm ein Gedanke. Er kannte den Prozess gut. Seit Jahren war er ihm vertraut. Einem flüchtigen Gedanken folgten weitere, wie kleine Wassertropfen, die sich in seinem Kopf sammelten, zusammenliefen und schließlich in einem kreativen Strom endeten.

»Eine Zwillingsgeschichte«, sagte er leise zu sich selbst. »Ich werde eine Geschichte über Zwillinge und deren tiefe Verbindung schreiben.«

Er setzte sich zurück an den Computer und richtete das Dokument ein. Als er sich seine Tastatur heranzog, um ein paar erste Notizen festzuhalten, fiel sein Blick auf die Papiere aus dem Versteck, die noch immer auf seinem Schreibtisch lagen. Ryan griff nach dem obersten Blatt und faltete es auseinander. Es war die Niederschrift von Lina-Marie, und wie so oft in den vergangenen Wochen las er ein weiteres Mal den letzten Absatz.

Nahezu mein ganzes Leben lang habe ich dich schmerzlich vermisst, Cameron Maclane. Ohne dich zu kennen oder auch nur zu wissen, dass es dich irgendwo da draußen gibt, habe ich dich an jedem einzelnen Tag vermisst. Ich hatte Menschen um mich, die mich liebten, und doch fühlte ich mich einsam ohne dich. Die wenigen Stunden mit dir ließen meine Seele heilen. Ein einziger Blick in deine lieben Augen machte alles in mir ganz. Das klingt wie eine Liebeserklä-

rung, und es ist auch eine – an dich, meinen Bruder, meine
zweite Hälfte. Wir werden uns wiedersehen, irgendwann.
Warte auf mich, dort, wo du jetzt bist.

»Ja, eine Zwillingsgeschichte«, dachte Ryan noch einmal, als
er das Blatt sinken ließ. »Ich denke, das würde dir gefallen,
Lina-Marie.«

– E N D E –

Anmerkung der Autorin

Die wahre Prinzessin Mary war tatsächlich eine geborene Sachsen-Coburg und Gotha. Sie wurde 1897 auf dem Landsitz *Sandringham* in Norfolk geboren und starb im März 1965 im *Harewood House* in Yorkshire. Als Urenkelin von Königin Victoria trug sie von Geburt an den Titel einer Prinzessin.

Prinzessin Mary war in ihrem Land sehr beliebt, da sie außerordentlich wohltätig war. Vor allem setzte sie sich für britische Soldaten und deren Familien ein. Außerdem war sie ausgebildete Krankenpflegerin und arbeitete sogar für einige Zeit im *Great Ormond Street Hospital* in London. Ihr zu Ehren tragen in Großbritannien viele Institutionen ihren Namen, vor allem Krankenhäuser.

Die regelmäßigen Besuche in Hamburg und ihre Affäre sind allerdings ganz und gar meiner Fantasie entsprungen. Soweit es bekannt ist, führte Prinzessin Mary eine harmonische Ehe.

Ich selbst habe schon früher über sie gelesen und war von Anfang an fasziniert von dieser Frau. Allein deshalb spielt sie eine kleine, wenn auch nicht ganz unwichtige Rolle in meinem Roman. Es war mir ein Vergnügen.

Susanne Rubin

Danksagung

Es ist nicht immer leicht, die richtigen Worte zu finden, wenn man sich bedanken möchte. Vor allem weil es dabei nicht ausbleibt, dass man sich mit der Zeit wiederholt. Dennoch ist es mir wichtig, mich auch dieses Mal bei den Menschen zu bedanken, die an meiner Seite waren, während dieser Roman entstanden ist.

Zuerst wäre da meine Agentur Langenbuch & Weiß. Ich bin wirklich froh, euch zu haben.

Mit meiner neuen Lektorin Sarah Mainka vom Heyne Verlag habe ich mich auf Anhieb verstanden, und ich bedanke mich für ihre Unterstützung und das Vertrauen.

Natürlich geht auch dieses Mal ein riesiges Dankeschön an meine Zweitlektorin Christiane Wirtz. Dies war jetzt der dritte Roman, bei dem ich mich auf ihre großartige Arbeit und ihr sicheres Gespür verlassen durfte.

Angelo Winter und Lennart Graupner dürfen auch dieses Mal nicht unerwähnt bleiben. Zusammen betreuen sie zuverlässig, mit großem Sachverstand, aber auch mit engelsgleicher Geduld meine Webseite susannerubin.de

Meine Familie bildet nach wie vor die wichtigste und unverzichtbare Basis meines Lebens. Ihr seid alles für mich. Danke für eure Liebe und Unterstützung!

Und Peter, wie immer und immer wieder. Dir habe ich

dieses Buch gewidmet, nicht allein weil ich dich liebe – du weißt, dass ich es tue –, sondern auch weil du ein echter Kümmerer und Herzensmensch bist. Die Menschen, die du liebst, werden für dich immer an erster Stelle stehen, und ich kann mich vollkommen und in jeder Lebenslage auf dich verlassen. Dafür danke ich dir von Herzen! In gewisser Weise warst du das Vorbild für die Figur des Martin Hoffmann. Danke, dass du mit mir dein Leben teilst!

Odile Bouhier

**Mai 1897: Der große Brand von Paris
bedeutet für viele den Tod.
Für vier Frauen ist er die Rettung.**

978-3-453-42496-8

Birgit Reinshagen

Ruth, eine junge Frau im Nachkriegsdeutschland, die ihr ganz eigenes Wirtschaftswunder vollbringt

978-3-453-42462-3